贵州省社会科学院甲秀文库

李开先俗文学创作研究
Likaixian Suwenxue Chuangzuo Yanjiu

薛雪 著

中央民族大学出版社
China Minzu University Press

图书在版编目（CIP）数据

李开先俗文学创作研究 / 薛雪著. --北京：中央民族大学出版社，2024.6. --ISBN 978-7-5660-2390-2

Ⅰ. I206.2

中国国家版本馆 CIP 数据核字第 2024YY1702 号

李开先俗文学创作研究

著　　者	薛　雪
策划编辑	舒　松
责任编辑	舒　松
封面设计	舒刚卫
出版发行	中央民族大学出版社
	北京市海淀区中关村南大街27号　邮编：100081
	电话：(010) 68472815（发行部）　传真：(010) 68932751（发行部）
	(010) 68932218（总编室）　　　　(010) 68932447（办公室）
经 销 者	全国各地新华书店
印 刷 厂	北京鑫宇图源印刷科技有限公司
开　　本	787×1092　　1/16　　　印张：17.75
字　　数	260 千字
版　　次	2024 年 6 月第 1 版　　2024 年 6 月第 1 次印刷
书　　号	ISBN 978-7-5660-2390-2
定　　价	68.00 元

版权所有　翻印必究

本书受贵州省哲学社会科学创新工程
资助出版

贵州省社会科学院甲秀文库

编辑委员会

主　任：黄朝椿　黄　勇
副主任：赵　普　索晓霞　陈应武
成　员：谢忠文　戈　弋　刘　岚　余　希　颜　强

贵州省社会科学院甲秀文库
出版说明

近年来，贵州省社会科学院坚持"出学术精品、创知名智库"的高质量发展理念，资助出版了一批高质量的学术著作，在院内外产生了良好反响，提高了贵州省社会科学院的知名度和美誉度。经过几年的探索，现着力打造"甲秀文库"和"博士/博士后文库"两大品牌。

甲秀文库，得名于贵州省社会科学院坐落于甲秀楼旁。该文库主要收录院内科研工作者和战略合作单位的高质量成果，以及院举办的高端会议论文集等。每年根据成果质量数量和经费情况，全额资助若干种著作出版。

在中国共产党成立 100 周年之际，我们定下这样的目标：再用 10 年左右的工夫，将甲秀文库打造为在省内外、在全国社科院系统具有较大知名度的学术品牌。

贵州省社会科学院
2021 年 1 月

序

薛雪博士著《李开先俗文学创作研究》即将出版，索序于予，于是，回想起她做这篇博士论文的经过，忆念起她的勤奋、刻苦、好学与严谨，且重读一过，略有所感，新有所获，兹书数语，以示贺忱。

李开先，是明代大家，其留名于世，较大的缘由是他于当时的通俗文学多有贡献，撰有传奇《宝剑记》等戏曲作品多种，编选、修订元杂剧作品成《改订元贤传奇》，开了明人刊刻元杂剧选本的先河，并树立了评判戏曲作品的标准："今所选传奇，取其辞意高古，音调协和，与人心风教俱有激劝感移之功；尤以天分高而学力到，悟入深而体裁正者，为之本也。"（《改订元贤传奇后序》）他本人又是散曲作家，有《中麓小令》传世，且颇有影响，可谓明代散曲的名著。综合观之，李开先身为士大夫，而深喜通俗文艺，其著述经历及其成果，恰好是明代雅俗文学的碰撞与交汇的一个鲜活的"标本"。薛雪君以《李开先俗文学创作研究》为题撰写博士论文，选取了一个典型的"点"，由"点"及"面"，阐释了明代中晚期文学发展、变通的大势，她于"变通"二字尤为着力，切实而明辨，微观与宏观并重，读其文，当能会其用意。

薛雪君在前人研究基础上，充分借鉴和利用时贤整理李开先文集的成果，而做出自己的探讨。其文有考辨、有论析、有品鉴，更有对曲折而复杂的问题的研判，时出己见，言而有据，如文中"李开先对戏曲选本的改订与批评"、"《中麓小令》的文体特征与'以俗入雅'问题"、"李开先与明代中叶文坛的雅俗文学之辨"等论题，每每造语平实，不尚空谈，而融会贯通，其眼光、其新意可见诸字里行间，水到渠成，不哗众取宠而实事求是，体现出其扎实、平易而机敏的学风。

诚然，由于读博的时间有限，阅历与学力有向上拓展的空间，文中尚存不足之处，其论述还可以更为系统一点、更为周密一些。薛雪君还相当年轻，来日方长，以其勤奋而聪敏，未来大可预期。

是为序。

董上德

2024 年 4 月 19 日于中山大学

目 录

绪论 ·· 001
  一、选题缘起 ··· 001
  二、研究现状 ··· 002
  三、研究方法及创新之处 ·· 027

第一章 李开先的生平交游及其影响 ····························· 031
  第一节 李开先生平与交游述略 ······································· 032
  第二节 王世贞与李开先的交往及其影响 ························· 045
  第三节 王骥德《曲律》"李尚宝伯华"条与李开先关系辨析 ······ 054
  小结 ·· 065

第二章 "罢官"事件：李开先文学思想及创作的前后分野 ······ 067
  第一节 罢官前期的创作及思想考辨 ································ 069
  第二节 "雅负经济，不屑称文士"考述 ··························· 078
  第三节 闲居后的创作境况与思想转向 ···························· 088
  小结 ·· 109

第三章 《改定元贤传奇》：李开先对戏曲选本的改订与批评 ······ 112
  第一节 《改定元贤传奇》文本形态 ································ 115
  第二节 《改定元贤传奇》的改订问题 ···························· 134
  第三节 《改定元贤传奇》对文本"旧貌"的保留 ············· 146
  余论 ·· 158

第四章 《中麓小令》的文体特征与"以俗入雅"问题 …… 162
    第一节 "中麓体"的特征及确立 …… 163
    第二节 从《中麓小令》诸跋语看李开先的散曲创作观 …… 171
    第三节 从《中麓小令》艺术特征看"伧夫气"评价的成因 …… 179
    余论 …… 194

第五章 李开先的雅俗观念与文学创作成就 …… 201
    第一节 李开先的雅俗观念与实践 …… 202
    第二节 "雅俗分界"与李开先的辨体意识 …… 213
    第三节 李开先"寄俗于雅"的审美倾向 …… 223
    余论 …… 229

结语 …… 233

参考文献 …… 236

附录 《改定元贤传奇》曲词异文一览表 …… 247

绪 论

一、选题缘起

李开先（1502—1568），字伯华，号中麓、中麓山人、中麓放客。祖籍陇西，后避兵祸，迁居山东章丘。嘉靖八年（1529）进士，官至太常寺少卿，提督四夷馆。嘉靖二十年（1541），因"九庙灾"罢官回乡。李开先在诗文方面成就显著，身列"嘉靖八子"之一；戏曲、散曲创作亦为可观；在明代戏剧理论上，他被学界视为承前启后之人物。李开先共著传奇三种，今存《宝剑记》《断发记》，《登坛记》已佚。又著院本集《一笑散》，收录作品六种，今存《园林午梦》《打哑禅》，其余四种《搅道场》《乔坐衙》《昏厮迷》《三枝花大闹土地堂》已佚。同时，作为明代著名的藏书家，李开先还享有"藏书之富，甲于齐东"的美誉，他的藏书尤以词曲为众，又有"词山曲海"之称。

李开先的生平履历丰富而命途多舛，终其一生，大致有三个时期值得关注：一是初入仕时，运饷边关，与康、王等前辈的交往；二是回京在任期间，励精图治并与时贤诗文唱和、交往频繁；三是罢官归田后，在章丘故居广交结社、征词度曲。可以说，对某一作家全面而系统地考察，离不开其生活的时代和文人群体，故本论文的研究，不局限于孤立的作家、作品之考证，并试图以李开先个人的戏剧、散曲等文学创作为基准，发散到明代同时期及以后的相关作家作品以及后世理论批评著作，从而观照明代中后期的整体文化面貌，以窥明代学术思潮的变迁。

置身于明代文学发展的转折时期，有大量诗文创作，又在俗文学领域兼有所长的李开先，无疑是此中一个典型案例。本文期以回溯明代整体的戏剧理论发展，对此历史过程进行总结和逻辑性的梳理，借以考究李开先在此文化进程中的过渡作用。本文着重关注李开先的戏曲创作及相关活动，其诗文作品则作为重要的参考资料，共同纳入考察范围之中。

二、研究现状

从现有成果来看，针对李开先及其文学作品的研究，主要有两个方面：一是从宏观上的回顾李开先的整个创作生涯，着眼于李氏的生平考证、作品流传，兼之探讨其创作心态和思想成就；二是对于单独某个作品的微观考察，侧重于作品的版本考据、文本分析及渊源影响的探讨。

（一）整体研究

从宏观来看，新时期的研究直到20世纪80年代，还主要是对李开先简单的介绍性文字，缺少系统性的研究，如日本学者青木正儿《中国近世戏曲史》[①]、郑振铎《插图本中国文学史》[②] 等。之后，由于《宝剑记》反映时代主题、表现朝廷忠奸斗争之开创意义，使得李开先成为不少戏曲史著作中不可或缺的一部分，又因与《鸣凤记》、梁辰鱼《浣纱记》并称为"明中期三大传奇"，时被专章列出讨论，大致观点无非表述这一时期作品鲜明的政治倾向与戏剧社会功用的开拓，皆是学术界比较认可和既定的看法，此处不再赘述。此外，其他针对李开先的整体研究，呈现出浓厚的地域色彩，部分为山东当地为宣传本土文化、提高知名度，而整理汇编的科普性丛书，专门性的学术论著不算丰富却亮点频见，兹选取较有代表性的作品，以类相从，在后文详加论述。

整理历来宏观视角下的李开先研究，大致可分以下几个方面：

---

① （日）青木正儿著，王古鲁译，蔡毅校订：《中国近世戏曲史》，中华书局2010年版，第134-136页。

② 郑振铎：《插图本中国文学史》（下），中华书局2016年版，第957-958页。按：在书中，郑振铎指出"（《夜奔》）剧中更插入花和尚做新娘、黑旋风乔坐衙二段，也与本传毫无关系。"详见中华书局2016年版书中958页，郑先生所述有待考究，且这个地方或可联系到散佚的院本"乔坐衙"，还没有人注意过。

1. 作品及文献资料的整理

明清以降，李开先的作品多以碎片化的形式被接受（尤其是《宝剑记》）。诸作的版本流变和收录情况，尤其是两部传奇《宝剑记》和《断发记》的散出，亦经过戏曲选本的摘取和改动，得到了重新解读和接受。

新时期以来，通过前辈学者的不断努力，李开先的作品得以较全面地展现。现今对李开先作品的整理本，以路工辑校本[①]（简称路工本）和卜键笺校本[②]（简称卜键本）最为重要。路工辑校本为新时期最早的李开先作品整理本，于1959年由中华书局出版（三册）；卜键笺校本自2004年由文化艺术出版社首次出版以后，又经修订，于2014年自上海古籍出版社再版（三册）。两位学者都较为系统和全面地对李开先作品进行收集和梳理，为本论文的研究提供了极大的借鉴和参考。比较来看，二者在作品选择、收录等问题上，存在不小差异：首先，路工辑校《李开先集》，囿于当时所见，有些作品并未收录，如《赠对山》组曲、《改定元贤传奇》等；其次，路工本《断发记》只收《德武离婚》一折（据明末《新刻精选南北青昆徽池雅调》校印），卜键本则选择日藏万历世德堂刻本为底本，比较即可发现两种版本间存在诸多异文；最后，类似《中麓拙对》《中麓续对》等作品，被路工认为是"缺乏文学价值"之作，皆摈弃未收，因此路工本实未能反映李开先著作的全貌。与此同时，卜键本在细节上亦有不少疏漏和讹误之处，如《改定元贤传奇·江州司马青山泪》第二折【尾煞】部分："都道这风尘是夙缘明，理会得穷神解不的冤。"[③] 断句当在"夙缘"后；又修订本中直接定性《词谑》为"曲论"，这一判断或有误，可以重加讨论。

徐泳、陶嘉今编的《李开先研究资料汇编》[④]，分别从家世、生平、著述、交游等方面，收录了与李开先有关的历史文献与论著，工程浩大而材料丰富，间有点评按语以供思考，对研究李开先有一定的参考意义。仍需

---

① （明）李开先著，路工辑校：《李开先集》，中华书局1959年版。
② （明）李开先著，卜键笺校：《李开先全集（修订本）》，上海古籍出版社2014年版。
③ （明）李开先编：《改定元贤传奇·江州司马青山泪》，选自李开先著，卜键笺校：《李开先全集（修订本）》，上海古籍出版社2014年版，第2064页。
④ 徐泳、陶嘉今编：《李开先研究资料汇编》，齐鲁书社2008年版。

注意的是，因不少内容有所重合，分门别类上稍显杂乱，需要甄别。

2. 人物与作品的研究

首先是一些涵盖比较全面的研究。日本学者八木泽元1959年以《明代剧作家研究》为题的博士论文（后成书出版）①，系统考述了明代八位重要剧作家的生平和创作经历，李开先即位列其中。此作偏于介绍性质，困于时代和地域之限制，资料稍显单薄且论证简单，李开先的不少作品作者不曾亲自目验，很多观点带有猜测成分。但能较早关注到李开先在戏剧领域之成就，亦不失首创、开辟之功。孟祥荣《李开先与〈宝剑记〉》②，属于知识普及性的专著，内容较为通俗易懂，所涉内容较广泛，惜在未深入剖析，流于表面。且多引征先前学者的研究观点，缺乏个人创见。

《李开先传略》③ 一书由卜键先生的硕士论文扩写而成，通过实地走访，收集大量李开先及其家族之资料，在人物生平、家族世系一部分撰写得颇为翔实。分析作品时，偏重对作家思想感情与社会背景的探讨，意在归纳总结其主要特征和规律，除专论《宝剑记》的一章外，对于李开先其他著作没有细致的文本解读，不少问题点到即止，还有可深入讨论的空间。如论《词谑》一书，大多是类似介绍性的文字，缺乏观点和问题的提出。该书最后一章推论《金瓶梅》的作者，通过与《宝剑记》的交互关照，提出两书互补之说，甚有别见。（按：作者另有《〈金瓶梅〉作者李开先考》一书，疑《玉娇李》与《金瓶梅》同出李开先之手，书后附李开先年表。）

政协章丘县文史资料研究委员会于1990年编写《李开先年谱》④，曾远闻所撰《李开先年谱》⑤ 不久后也出版面世。曾作总体分为"谱略"和"年谱"两大部分，"谱略"收录家世、行实、著述等内容，对年谱进行补充；"年谱"部分以文学和政治活动为主干，串联李开先的思想、性格及

---

① （日）八木泽元著，罗锦堂译：《明代剧作家研究》，龙门书店1966年版。
② 孟祥荣：《李开先与〈宝剑记〉》，山东文艺出版社2004年版。
③ 卜键：《李开先传略》，中国戏剧出版社1989年版。
④ 政协章丘县文史资料研究委员会编：《李开先年谱》，选自政协章丘县文史资料研究委员会编：《文史资料》（第7辑），1990年版（内部资料）。
⑤ 曾远闻：《李开先年谱》，齐鲁书社1991年版。

文学创作，凡与李开先有交往的重要作家，诸家生平均一并勾连，覆盖全面。该书通过大量史书、诗作等文献材料，对李开先的生平事迹进行了周详的考辨，为之后李开先及其作品的研究提供了大量基础资料。

刘铭的《李开先文学研究》[①]，是偏向李开先诗文进行专门探讨的博士论文。该论文按照时间脉络，将李开先的生平与交游情况并谈，尤重前者，故对其个人生活经历的呈现较为清晰，与士人学者、门人后辈之交往情况则不太直观，有待补充。在谈及李开先思想的章节，提倡南北文学风格的融合、贵通俗自然两个部分；对文学史的回顾追溯较多，与李开先作品的结合不够紧密，尤其李开先影响明代通俗文学发展的这一观点，没有展开论述，仍有拓展的空间。该文作者认为李开先的诗歌、散文和散曲创作数量可观，当下的研究却较为薄弱，所以将论述的重心向诗歌部分倾斜；在曲学类著作的分析上相对简单，但不乏亮点，如从与明中叶时代思潮的关系，去探讨《打哑禅》之内涵及创作动机；又通过内证和与《宝剑记》的比勘，进一步论证了《断发记》作者即李开先之说，可资借鉴。

周潇的博士论文《明代山东作家研究》[②]，展现了同一时代特定区域的作家群像，重点关注这一群体的整体特点和联系。文中选择李开先为个案专章讨论，其中不少较有贡献之处：如将其交游情况进行分类整理，尤关注山东籍人士；末尾详细梳理章丘词会的成员构成，可作为参考裨益后来的研究。但此文主要还是围绕作家生平际遇和文学活动，叙述部分较多，相关作品研究深入不够。同类型的还有单明川的硕士论文《明代济南府作家研究》[③]，整体结构与前文相似、大致观点相近，然而此作引入"地域文学"的理论和研究方法，立论明确；兼在附录处以图表形式展列作家著述、生平小传，表述清晰，是为可取。以上两篇学位论文的涵盖面都比较宽泛，精细之处尚待琢磨，不过皆在研究方法上有所创新、文献整理上有所补充，有一定的参考价值。

---

① 刘铭：《李开先文学研究》，复旦大学2011年博士论文。
② 周潇：《明代山东作家研究》，上海师范大学2006年博士论文。
③ 单明川：《明代济南府作家研究》，上海师范大学2011年硕士论文。

随着资料的不断增多和研究热点的转向，切入点日渐具体化，相关研究又可细致分为以下几个具体部分：

(1) 生平考证

在不少文学史著作中，诸家学者已搜集和梳理了有关史料，此后仍有学者通过实地考察等方式，发现新的文献、文物资料，史书中不少语焉不详之处，也得以重新审视。就现有研究来看，因与李开先的文学创作生涯、艺术思想动向紧密关联，考证重心偏向两点：

一是李开先的在官经历，尤其是作为他人生转折点——罢官缘由的探讨。

路工先生《李开先的生平及其著作》一文，辑录当时能见之材料，并对重要问题进行集中评述，不少观点深有启发性：如一改前人之态度，称赞《一笑散》存宋金元讽刺之风格，是"当时戏曲中的尖兵"[1]；又深刻分析《宝剑记》之思想内涵，虽带有强烈的时代烙印，仍旧对后来的研究产生了极大影响。

稍后一段时期，以卜键先生的研究成果最具代表性。他表明研究其作先要研究其人，故而《关于李开先生平几个史实的考辨——兼与宁茂昌同志商榷》[2]《李开先妻王氏墓志铭考引》[3]、两篇《李开先疑事考》[4] 等论文，皆着眼细节，从居官、罢归、家事等方面，采用历史考证的方式，结合墓志石刻等地上文物，辨析史料，勾连线索，将李开先为官任数、罢官根由清晰展现，为后来李开先文学之研究，提供了切实的材料和基础。黄维若《论李开先罢官》[5] 一文，亦通过翔实的史料，详细论证其罢官根源为"派系斗争"，二人观点基本已成为学界共识。

二是围绕其文学活动展开的交游情况考述。

---

[1] 参见路工辑：《李开先集》（下册）所附《李开先的生平及其著作》，中华书局1959年版，第1041页。

[2] 卜键：《关于李开先生平几个史实的考辨——兼与宁茂昌同志商榷》，载《山东师范大学学报》（人文社会科学版），1985年第2期。

[3] 卜键：《李开先妻王氏墓志铭考引》，载《戏曲艺术》，1985年第3期。

[4] 卜键：《李开先疑事（上）》，载《戏曲艺术》，1986年第4期；卜键：《李开先疑事考（下）》，载《戏曲艺术》，1987年第1期。

[5] 黄维若：《论李开先罢官》，载《戏曲研究》，1985年第14期。

刘恒《词曲交游与李开先的曲学成就》①，将李开先词曲交往对象分为曲坛名耆、同邑友人和弟子门客三类，通过人物之略评和交往方式之考述，较为立体、全面地归纳出李开先曲学观念的形成过程，并回归明代戏曲文化史，考察其整体成就，由小及大，资料丰富，很有参考意义。朱红昭《略论康海、王九思与李开先的交往及其影响》②更进一步选择康、王两位在当时文坛较有影响力的人物，考述了他们与李开先的交往过程，旨在探讨二人对李氏在创作和思想上的影响，偏向叙述，分析比较浅层。梁海柱的硕士论文《李开先与嘉靖八才子交往考论》③，则选择"嘉靖八才子"这一文学群体为考察对象，整篇结构比较简单，以交往的时间、背景和内容作为框架，内容单薄，偏叙述性质，所论不脱前人观点，但余论处总结掀起李开先研究热潮的诸种外部因素，不少想法颇值得考究。然而该文作者认为李开先的文学作品和思想主张缺乏深度，研究前景黯淡，不免持论偏颇，还需商榷。此外，刘英波《李开先与"章丘词会"成员略考》④关注到李开先归田后的文学往来对象，侧重文献梳理，因现存资料较少，便从李开先的作品和当地方志中勾稽线索，尽力展现词会成员的生平事迹，对山东作家群之研究有所裨益。

由上述可见，李开先与三个群体的交往最惹人注目，康、王二人及章丘词会和嘉靖八才子，然在此之外，他与艺术表演者、在官要员之间的往来，对其文学观念、艺术思想的形成，应也有所牵涉，故仍有值得探索和深入挖掘的地方。不过可以说，通过近年来相关论文的不断梳理、整合，我们对李开先的生平情况已能有比较清晰的认识。

（2）文学思想

生平考据之外，探析文学思想也是历来人物研究的关键，而针对李开

---

① 刘恒：《词曲交游与李开先的曲学成就》，载《渤海大学学报》（哲学社会科学版），2014年第5期。
② 朱红昭：《略论康海、王九思与李开先的交往及其影响》，载《短篇小说》（原创版），2012第4期。
③ 梁海柱：《李开先与嘉靖八才子交往考论》，广西师范大学2001年硕士论文。
④ 刘英波：《李开先与"章丘词会"成员略考》，载《山东文学》，2009年第2期。

先文学思想的研究,影响较大的几篇有:宁茂昌《李开先及其文学主张》①、黄洽《李开先文学创作新议》②《李开先文学思想嬗变管窥》③《李开先与通俗文学》④及李献芳《简论李开先思想的变化与文艺观的创新》⑤,上述论文分别从明中叶文坛生态、自我创作实践和"求真""重俗"的核心主张,分析李开先的重要文学理论,对于李开先在明代文坛承上启下的过渡意义,所见略同,基本已达成共识。而刘铭《李开先文学思想综论》⑥经过系统的爬罗剔梳,整理出李开先文学思想的大体脉络,进而深入钻研发掘其闪光之处,考察李开先在明代文学理论构建中的意义和价值,足见工夫。另有王卓的硕士论文《文体选择与李开先的文学思想》⑦,选题很有创见,全文围绕两个核心问题展开:一是多种文体选择呈现的李开先思想之复杂性;二是其文学观念在明中期鲜明的代表性。论者以创作实践联系社会思潮,点明李开先身上所蕴含的三重时代缩影,该文阐释适度,论述合理,不少观点可兹借鉴。

基于前人研究,李开先散见在诸多序跋、散文中的文学观念,业已有了充分全面的呈现。我们可以总结到,李开先的文学思想、兴趣趋向,不仅与生平遭际有着密切关系,置之于明中叶文学嬗变的趋势中,更有着承前启后的过渡意义。

(3)曲学研究

在所有撰写、编辑的作品中,李开先的曲学创作无疑是更为亮眼的,也是本书的重点关注部分。涵盖散曲、戏剧等比较综合分析李开先曲学创作的研究论文,因所涉作品较多较杂、研究者甚众,为便于理解分析,

---

① 宁茂昌:《李开先及其文学主张》,载《山东师大学报》(哲学社会科学版),1984年第4期。
② 黄洽:《李开先文学创作新议》,载《烟台师范学院学报》(哲学社会科学版),1994年第2期。
③ 黄洽:《李开先文学思想嬗变管窥》,载《烟台师范学院学报》(哲学社会科学版),1996年第4期。
④ 黄洽:《李开先与通俗文学》,载《烟台师范学院学报》(哲学社会科学版),1998年第3期。
⑤ 李献芳:《简论李开先思想的变化与文艺观的创新》,载《齐鲁学刊》,1997年第5期。
⑥ 刘铭:《李开先文学思想综论》,载《东方论坛》,2012年第6期。
⑦ 王卓:《文体选择与李开先的文学思想》,首都师范大学2005年硕士论文。

故置于"宏观"视角下加以论述。至于某一部或某类作品的专论，因研究成果众多，故在后文单独列出讨论。

有不少论文由评述李开先的曲学成就展开，比较有代表性的是：

谢柏梁《李开先及其同仁的戏剧理论——嘉靖隆庆五十年的剧论走向》①，提出嘉靖、隆庆的五十年是中国剧论黄金时代的先声，李开先则是其间比较有代表性的一位，介入文学史维度，紧密结合时代，评价中肯，整体论述比较有思想深度。连洁《李开先曲学思想的初探——论戏曲创作中"雅正"观》②，借诗学理论中的"雅正"观，来看待李开先曲学上的艺术规范和思想追求，因视角有所局限，部分看法不免偏颇。郑传寅《李开先及其曲论》③、俞为民《李开先的曲学实践与戏曲理论》④两作，则通过回顾李开先相关的戏剧创作，总结归纳出其制曲观念、论曲方法，最后上升到其对于文学史层面和社会层面的不同意义。刘恒《二十世纪以来李开先曲学研究述评》⑤，则系统梳理各家成果，比较全面地展现了百年来李开先研究之状况，条理清晰，表述顺畅，对后人之研究颇有裨益。

同时，还有不少硕士论文选择李开先的曲学研究为题，如王博雅《李开先戏曲创作研究》⑥和王国彬《李开先戏曲研究》⑦的论文，前者以时间为序，梳理了李开先的戏曲创作轨迹，比较清晰地展现了李开先各个时期的主要作品及创作观念；后者从李开先《宝剑记》《断发记》《一笑散》几部重要剧作入手，结合其戏曲理论加以评介，各种观点不出前人结论；而张冠男《李开先诗文与戏曲创作关系研究》⑧则将范围扩展到了李开先

---

① 谢柏梁：《李开先及其同仁的戏剧理论——嘉靖隆庆五十年的剧论走向》，载《齐鲁学刊》，1990年第2期。
② 连洁：《李开先曲学思想的初探——论戏曲创作中"雅正"观》，载《戏剧之家》，2016年第23期。
③ 郑传寅：《李开先及其曲论》，载《上海戏剧》，1981年第2期。
④ 俞为民：《李开先的曲学实践与戏曲理论》，载《艺术百家》，2014年第1期。
⑤ 刘恒：《二十世纪以来李开先曲学研究述评》，载《贵州大学学报》（艺术版），2011年第4期。
⑥ 王博雅：《李开先戏曲创作研究》，兰州大学2008年硕士论文。
⑦ 王国彬：《李开先戏曲研究》，苏州大学2006年硕士论文。
⑧ 张冠男：《李开先诗文与戏曲创作关系研究》，集美大学2012年硕士论文。

的诗文作品,采用"知人论世"之法,以梳理为主,深入不够。以上论文虽然视野稍显局限,创新性略有不足,但各家对李开先曲学成就之评价,也为我们日后正确看待李开先之成就提供了重要参考。

李开先的散曲创作也是学界研究的热点之一。回溯明清时期,针对李开先散曲作品的评点,主要集中于各类序跋和往来书信之中。此后,在1934年出版的梁乙真所著《元明散曲小史》中,就将其归入"昆曲未流行前的豪放派作家"[①]一脉;而后罗锦堂《中国散曲史》[②]则将李开先划为以康(海)、王(九思)为中心的西北派,并认为此派以本色著称。诸如赵义山《明清散曲史》[③]等多部专著,基本对李开先的散曲创作问题有所涉及。

不少学位论文也将李开先的散曲作为考察对象,着力探讨李开先散曲在题材和思想上的开拓性,以此总结他在当时散曲创作上的成就。如王卓《文体选择与李开先的文学思想》[④]将散曲作为其文体选择中的一种,用以观照其前后期思想的变化;甄飒飒《李开先诗歌研究》[⑤]第六章,从诗的研究延伸到曲的研究,因关注点仍重在诗歌,故对曲的讨论主要通过列举具体作品,进而分析其艺术特点和创作风格;何静《明中期散曲中的自述研究——以陈铎、康海、李开先为中心》[⑥]围绕"词人之词、文人之词"立论,分析李开先对待散曲创作的态度,及其观念上与陈铎、康海两家的异同。可以说,现今针对其散曲创作的探讨尚处于基础阶段,还是比较"孤立"的研究,之如李开先散曲流派的归属、与戏剧作品的关联性,以及他与明代其他散曲家的互动,皆有尚待发掘之处。

(二)个案研究

从微观来看,在前辈学者持续不断的努力之下,李开先研究渐呈现多

---

① 梁乙真:《中国戏曲艺术大系:元明散曲小史》,中国戏剧出版社2015年版,第267页。
② 罗锦堂:《中国散曲史》,陕西师范大学出版社2017年版,第134页。
③ 赵义山:《明清散曲史》,人民出版社2007年版。
④ 王卓:《文体选择与李开先的文学思想》,首都师范大学2005年硕士论文。
⑤ 甄飒飒:《李开先诗歌研究》,山东大学2011年硕士论文。
⑥ 何静:《明中期散曲中的自述研究——以陈铎、康海、李开先为中心》,华东师范大学2013年硕士论文。

元趋向，关注视角也开始偏于具体，以李开先某一单独作品为对象的深入考察，逐步掀起热潮，尤以《宝剑记》《断发记》《一笑散》和《改定元贤传奇》等戏剧作品的讨论为多。又，上世纪八十年代受"《金瓶梅》热"的影响，自孙楷第倡李开先为《金瓶梅》的作者后①，不少学者亦撰文予以响应和驳论，因不纳入本文主要研究范围之内，暂不展开讨论。

1. 《宝剑记》研究

《宝剑记》可以说是李开先影响最大、成就最高的一部作品。自嘉靖二十六年（1547）问世以来，该作的声韵问题就备受关注，褒贬之声兼而有之。新时期以来，伴随着材料的不断累积和视野的逐步拓展，新的观点和成果不断涌现。统而观之，针对《宝剑记》的研究，主要有以下几个方面：

其一，探析《宝剑记》的思想内涵和艺术成就。

究其艺术特色，《宝剑记》所包含的鲜明时代意义和政治性，业已成为学者们频频提及的要点，如郭英德的《〈宝剑记〉忠奸剧的定型》称赞该作"最早以传奇这一戏曲样式透露时代风气，表达时代主题，从此揭开了中国戏曲史上的新篇章"②，此评价对后人研究影响颇深。卜键《〈宝剑记〉论略》③《李开先及其〈宝剑记〉的再认识》④《李开先传略·论〈宝剑记〉》⑤几篇，力图廓清多年来从作者到作品余留的疑问，重新审视其地位成就，认为《宝剑记》树立先帜，是明传奇发展中的关键性转折，不少观点很有代表性。

此外，大家也开始注意到一些细节性的问题，从作品立意、人物形象的塑造到曲牌音律的合辙、叙事结构的分析，皆有论及。

祝肇年在《〈宝剑记〉述评》⑥中就细致分析林冲形象从小说到戏曲

---

① 参见苗怀明：《〈金瓶梅〉作者李开先说的首创者当为孙楷第》，载《古典文学知识》，2003年第6期。
② 郭英德：《〈宝剑记〉忠奸剧的定型》，载《佳木斯大学社会科学学报》，1998年第2期。
③ 卜键、朱建新：《〈宝剑记〉论略》，载《艺术百家》，1987年第2期。
④ 卜键：《李开先及其〈宝剑记〉的再认识》，载《陕西理工大学学报》（社会科学版），1986年第1期。
⑤ 卜键：《李开先传略·论〈宝剑记〉》，中国戏剧出版社1989年版。
⑥ 祝肇年：《〈宝剑记〉述评》，载《戏剧杂志》，1997年第4期。

的逐步生成，点明人物身上所蕴含的悲剧性，认为林冲是经由李开先再创作而成的全新人物，不能单纯看作是小说人物的戏剧化，很有启发性。作者述评中对李氏认可度颇高，故而某些论述不免有些绝对化，但本文论点鲜明独到，思维缜密，不少地方值得学习和借鉴。

徐扶明的《李开先和他的"林冲宝剑记"》[①]一文，认可该作取材于"水浒"故事，却又不限于复述，乃是借古讽今、反映现实；又对剧中主要人物详加论述，认为李开先善用心理描写刻画人物。值得关注的是，文中提及李开先自撰曲牌的疑问，仍有待解决，给我们之后的研究留下拓展的方向。台湾学者林立仁《李开先〈林冲宝剑记〉题材运用及创作旨趣探析》[②]，从"不协音律""不识炼局"两个论争逐步深入，进行了较为公允的评述，列举大量史料肯定了李开先在音律上之造诣，又从创作旨趣上辨析情节安排的合理性，材料翔实，足见工夫。

邱苇、程国赋所撰《〈宝剑记〉叙事结构研究》[③]，亦从《宝剑记》成书后所受"不识炼局之法"的批评入手，借用叙事结构的理论，层层分析《宝剑记》的文本框架，但诸如李开先戏剧意识不强等观点还有待商榷。刘铭《论〈宝剑记〉中的"宝剑意象"》[④]将"宝剑意象"置于中国传统文化的语境中，同时套用西方主题学的研究理论，从作为情节线索的"宝剑"，关联到作者思想主题的营造，认为李开先借"宝剑"赋予了剧作更深层次的审美内涵，论述周详，颇有创见。

也有部分学者聚焦于《宝剑记》文本之外的多重文化背景。

甘子超《明中叶"三大传奇"论》[⑤]围绕传奇萌芽时期的三部代表作，结合明中期士人价值取向和社会文化心态，从精神、结构和艺术贡献三个方面，综合考论三作于戏剧发展史上的地位和意义。张之薇《明清易

---

① 徐扶明：《李开先和他的"林冲宝剑记"》，载《文史哲》，1957年第10期。
② 林立仁：《李开先〈林冲宝剑记〉题材运用及创作旨趣探析》，载《通识教育学报》，2015年第3期。
③ 邱苇、程国赋：《〈宝剑记〉叙事结构研究》，载《四川戏剧》，2006年第2期。
④ 刘铭：《论〈宝剑记〉中的"宝剑意象"》，载《中国文学研究（辑刊）》，2013年第1期。
⑤ 甘子超：《明中叶"三大传奇"论》，华南师范大学2005年硕士论文。

代之际"士子献祭"戏剧审视——以〈宝剑记〉、〈清忠谱〉为例》① 一文,从"悲剧"之争议入手,围绕"士子献祭"这个核心线索,选取《宝剑记》作为明代的典型个案来讨论,立意比较新颖,从作家生平勾连作品内涵,结论和方法虽仍不脱传统内核,对李开先身上所影射的明代士人境遇的分析,却是颇有见地。李献芳《李开先的〈宝剑记〉与明中叶社会思潮》② 通过分析剧中主要人物——林冲和张贞娘,指出该剧对明中叶思想解放之潮流有所顺应,兼能在制曲上打破南北曲樊篱,或为开传奇风气之缘由,此文对明代思想史有所涉及,具有一定参考价值。

综上所述,在分析《宝剑记》思想内涵层面,"自喻林冲""暗讽夏言"的观点,已是目前学界比较认同的看法。探讨其文本之外的时代背景,也是不少学者用力之处,而作品与外在的联系,归咎起来是两方面的,一是《宝剑记》的创作如何受到社会思潮的影响,二是《宝剑记》如何成为一种潮流去影响后世的创作,尤其后一部分还有比较大的延展空间。

其二,传奇《宝剑记》与小说《水浒传》的相关问题。

现今研究者们大致认同,《宝剑记》是明传奇中最早采用水浒故事作为题材的作品。万历之后水浒题材的传奇作品逐渐增多,就其题材运用而言,李开先当为开创者。据序中所言,《宝剑记》乃李开先在同乡前辈之作的基础上改编而成,目前学界普遍认可李开先在创作前有阅读过小说《水浒传》,唯周贻白在《中国戏曲发展史纲要》中认为《宝剑记》或不必以《水浒传》小说为根据,林冲故事的衍生可能与朱有燉写李逵、鲁智深有关③,惜没有深入论述,还待进一步考证。

同时,大量的研究基本沿循两个角度,一是考察小说与戏剧之间的互文关系,如严敦易《〈宝剑记〉中的林冲故事》④ 先回顾明代以水浒为题

---

① 张之薇:《明清易代之际"士子献祭"戏剧审视:以〈宝剑记〉、〈清忠谱〉为例》,载《戏剧艺术》,2012年第1期。
② 李献芳:《李开先的〈宝剑记〉与明中叶社会思潮》,载《曲靖师范学院学报》,2002年第4期。
③ 周贻白:《中国戏曲发展史纲要》,上海古籍出版社1979年版,第239页、261页。
④ 参见严敦易:《元明清戏曲论集》,中州书画社1982年版,第144-151页。

材的戏曲，又以水浒各版刊行、流传情况为佐证，资以证明《宝剑记》应是从小说取材，很有说服力；又反从传奇去悬测小说早期版本的各种情况，不失为作者之洞见。时红明《明清水浒戏与小说〈水浒传〉》[①]通过比较小说文本，归纳明清水浒戏总体反映出的思想特点，分析稍显单薄，亦可作参考。

也有不少研究者从分析主要人物"林冲"入手，试图讨论小说《水浒传》、传奇《宝剑记》对人物形象塑造的差异，并以此来蠡测作者创作心态，一系列的论文如甘子超《异类的忠臣——〈宝剑记〉之林冲形象简析》[②]、王军明《林冲形象的嬗变——从〈水浒传〉到〈宝剑记〉》[③]及谭晶的硕士论文《李开先〈宝剑记〉中林冲形象研究——与施耐庵〈水浒传〉比较》[④]，基本把作者个人的"不平则鸣"和明代个性解放的社会思潮，归结为李开先改造林冲的主要因素。

二是梳理历代水浒戏的创作状况，如王晓家出版于1989年的《水浒戏考论》[⑤]，是一部较为系统和全面研究"水浒戏"的论著。该书从整理文献资料入手，纵向上以时间为序厘清水浒戏发展脉络，横向上又关注小说和戏曲文本之间的互动，重视民间传说、话本小说等创作素材的影响，虽某些观点难免受时代之局限不甚准确，但总体而言对后来学者影响较深。

之后，此类研究以硕士论文居多，譬如王强《元明水浒戏主题的嬗变》[⑥]、邱苇《明代水浒传奇研究》[⑦]、窦开虎《水浒戏述论》[⑧]、汪姗《明清水浒戏改编研究》[⑨]以及孙小斐《水浒剧的演变研究》[⑩]，大体以元明清

[①] 时红明：《明清水浒戏与小说〈水浒传〉》，载《四川戏剧》，2009年第2期。
[②] 甘子超：《异类的忠臣——〈宝剑记〉之林冲形象简析》，载《中央戏剧学院学报》，2004年第3期。
[③] 王军明：《林冲形象的嬗变——从〈水浒传〉到〈宝剑记〉》，载《时代文学》，2010年第12期。
[④] 谭晶：《李开先〈宝剑记〉中林冲形象研究——与施耐庵〈水浒传〉比较》，广西师范大学2015年硕士论文。
[⑤] 王晓家：《水浒戏考论》，济南出版社，1989年版。
[⑥] 王强：《元明水浒戏主题的嬗变》，河北大学2003年硕士论文。
[⑦] 邱苇：《明代水浒传奇研究》，暨南大学2006年硕士论文。
[⑧] 窦开虎：《水浒戏述论》，西北师范大学2008年硕士论文。
[⑨] 汪姗：《明清水浒戏改编研究》，东华理工大学2013年硕士论文。
[⑩] 孙小斐：《水浒剧的演变研究》，山东艺术学院2015年硕士论文。

三代为时间界限，着眼整体，追源溯流的同时，梳理这一题材从思想内涵到艺术表现的演变情况，研究的方向和角度仍是比较单一。张筱筠《昆剧中的水浒戏研究》①则将范围缩小到昆剧，偏重舞台表演性质的考察，尤其是对剧中"武戏"的分析，很有参考意义。

此外，还有一些视角比较新的研究论文，如周琦玥、姜复宁《"生扭吴中之拍"与"真诗只在民间"的深层次自洽——李开先〈宝剑记〉"不娴度曲"说新读解》，从李开先的文学复古观和对民歌时调的重视入手，解读《宝剑记》特殊曲律表现；刘恒《浅论〈宝剑记·林冲夜奔〉的演变和表演特色》②，将关注重点置于舞台表演上，结合自身经历对该剧演出形式的传承和发展做了探讨，是比较少见的有实践意义的文章。王军明的两篇论文《〈宝剑记〉在明代的传播》③和《〈宝剑记〉在康乾年间的传播》④以时间为序，分析《宝剑记》在明清两代的传播、接受情况，对后人有失公允的评价和误读进行辩驳，同时紧密结合时代审美取向与世人心态，论述详实，条理清晰，比较具有参考价值。朱红昭《伦理与技艺——明人曲选中的〈宝剑记〉》⑤，考察了《宝剑记》在明代曲选中的流传情况，又分析了选录内容随时而变的审美倾向，虽然论述尚浅有待深入，但资料充实可征，亦有助于我们重新思考《宝剑记》在戏曲史上的地位。

从上述研究来看，比较小说和戏曲的差异，不少学者只关注到外部作者的心态和时代的思潮，没有从文学内部的动因来看，即不同体裁间所呈现的个性化特征。小说与戏剧类而不同，此种区别不仅存于人物刻画上，在叙事结构、情节设置上或皆有表现，仍值得探讨。从今人收集史料来看，明清时期大量有涉水浒的小说、戏曲遭到禁毁，创作者却依然屡见不

---

① 张筱筠：《昆剧中的水浒戏研究》，苏州大学2015年硕士论文。
② 刘恒：《浅论〈宝剑记·林冲夜奔〉的演变和表演特色》，中国艺术研究院2015年硕士论文。
③ 王军明：《〈宝剑记〉在明代的传播》，载《山西大学学报》（哲学社会科学版），2012年第1期。
④ 王军明：《〈宝剑记〉在康乾年间的传播》，载《徐州师范大学学报》（哲学社会科学版），2012年第6期。
⑤ 朱红昭：《伦理与技艺——明人曲选中的〈宝剑记〉》，选自中国明代文学学会：《中国明代文学学会（筹）第八届年会暨2011年明代文学与文化国际学术研讨会论文集》，2011年版（内部资料）。

鲜，其中不乏在官要员，各种缘由亦值得考究。而《宝剑记》及相关水浒戏的流传，仍有一些在曲牌、科诨及命名上的内在细节可以发现新问题。

2.《断发记》研究

《断发记》未题著者，且全本流传不广、版本稀少，现今传世的刻本仅有万历十四年（1586）金陵世德堂刻本一种，藏于日本大谷大学。由此，针对《断发记》的研究，基本集中于讨论作者的归属问题。自明代起，《断发记》的作者就有无名氏和李开先两说，尤以后者居多，前人考论已多，兹不赘述。

现今的研究中，影响最大且为大多数学者所接受的是日本学者岩城秀夫的"李开先说"[①]，他通过比较《宝剑记》和《断发记》用韵情况，以两剧入声押韵的一致性为内证，判定两作皆出自李开先之手。而欧阳江琳《〈断发记〉作者考辨》[②]一文，力图反驳岩城秀夫的观点，同样从声腔的角度，举《琵琶记》和《精忠旗》为例，指出明代入声与平上去三声互押的现象一直存在，仅从入声押韵一个角度，缺乏足够的说服力；又从后世传唱情况不同来分析，《宝剑记》多为昆腔，《断发记》则流行于青阳腔、徽调等地方声腔，颠覆了"李开先"创作说，亦提出了比较有参考价值的意见。

之后，刘恒《〈断发记〉版本、流传及作者考辨》[③]一文，由两个角度切入考察：一方面比较直观地利用图表陈列《断发记》的散出情况，为后来的研究提供了有利参考；从"全本鲜收而散出屡见"这一情形，推断该剧舞台表演性强于文本可读性的结论，考虑到戏曲剧本的文体特性，论述较为可靠。另一方面指出李开先与友人常谈及《宝剑记》，而对《断发记》几乎只字未提，同时认为该作浓重的伦理教化色彩与明初的创作风气更为契合，因而推断《断发记》应创作于明代初年，并非出自李开先的手笔。惜缺乏有力证据，不免稍嫌主观，姑备一说，以兹参考。

---

① （日）岩城秀夫：《中国戏曲善本三种·解说》，日本株式会社思文阁版，1982年版，第594页。
② 欧阳江琳：《〈断发记〉作者考辨》，载《中山大学学报》（社会科学版），2001年第6期。
③ 刘恒：《〈断发记〉版本、流传及作者考辨》，载《齐鲁学刊》，2013年第2期。

还值得关注的是，黄竹三先生《守坚贞断发戴耳——评明传奇〈断发记〉》①另辟蹊径，在作者的考证之外，追溯《断发记》的本事源流，比较《新唐书·列女传》中的记载，讨论戏剧对史实的继承与艺术加工，又进一步分析该剧的曲词、结构，探讨其独特的艺术价值，为之后的研究提供了新的思路。

综上所述，笔者比较赞同《断发记》的作者为李开先的观点。由于缺乏足够的材料，作者的考证仍是一个较难展开的课题，不如回归到文本，一方面适时结合当时的思想潮流和习俗民风，关注本事考证、作者创作意图等；另一方面，研究可以延伸到散见的地方戏中，在剧本演变、声腔渊源等角度，还有值得突破和继续探讨的地方。

3.《改定元贤传奇》研究

李开先主持编选的《改定元贤传奇》，原定编选杂剧共五十种，后因资费不足、刊刻困难等缘由，删减到十六种，现今仅存六种，分别为：《江州司马青衫泪》《唐明皇秋夜梧桐雨》《西华山陈抟高卧》《玉箫女两世姻缘》《杜牧之诗酒扬州梦》《刘晨阮肇误入天台》。该书现存南京图书馆（简称南图）藏的明嘉靖刻本（残本），且为海内孤本，其卷首散佚部分则藏于国家图书馆善本部。学界普遍认为，《改定元贤传奇》是现存最早的明人整理的元杂剧选集，其重要的文献价值自然不言而喻，因此也成为学界频繁选择的考察对象之一。现今的研究大致可分为两类：

其一是比较偏重文献价值，针对此书的独立性考察；解玉峰亲自到南图访书之后，撰写《读南图馆藏李开先〈改定元贤传奇〉》②一文，除细致描述刻本版式特点、剧本形态，兼及论证其他明刊杂剧与此本之关联，辨析了《改定元贤传奇》对于元明北杂剧研究的意义，颇有开创之功。日本学者赤松纪彦《〈改定元贤传奇〉小考——〈陈抟高卧〉与〈青衫泪〉》③，在解玉峰文和卜键校本的基础上，从体裁、文字异同等方面，探

---

① 参见黄竹三：《戏曲文物研究散论》，文化艺术出版社1998年版，第400-411页。
② 解玉峰：《读南图馆藏李开先〈改定元贤传奇〉》，载《文献》，2001年第2期。
③ （日）赤松纪彦：《〈改定元贤传奇〉小考——〈陈抟高卧〉与〈青衫泪〉》，载《中华戏曲》，2005年第2期。

析其中保存的元杂剧古老特征，认为剧本原有面貌保存较多，并非序中所言改定严格，意见中肯颇有参考价值。

另一位日本学者佐藤晴彦《〈改定元贤传奇〉的出版时期》①则旨在考证该书的出版时间，并吸收路工先生的观点，推断其刊刻大概在嘉靖三十七年（1558）至嘉靖末年。而任广世《〈改定元贤传奇〉编纂流传考》②钩稽史料，指出李开先重视元曲且藏曲丰富，是编撰此书的主、客观原因，并详细梳理了该书的流传情况。

孙书磊的两篇论文《李开先与〈改定元贤传奇〉的辑刊》③与《元杂剧体制在元明的传播与演进——以〈改定元贤传奇〉为研究中心》④，前者还是从文献学角度介绍此书，后者通过分析折楔、上下场诗、题目正名和脚色四个因素，进一步关注到《改定元贤传奇》在元杂剧传播中的中介作用，在继承前人研究的基础上，仍小有突破。而甄飒飒《论李开先〈改定元贤传奇〉的审美价值和文化意义》一文，结合明代中后期的时代风气及元杂剧选集编撰的地域性，从该书体现的"案头化"特点，窥探当时的审美风向，并从戏曲传承的角度，看到《改定元贤传奇》的特殊文化意义。

其二是站在戏曲发展史的高度，与其他戏曲选本更深层次的类比研究。如朱崇志的博士论文《中国古代戏曲选本研究》⑤，将戏曲选本的发展历程分为萌生、成熟及转型三个阶段，认为《改定元贤传奇》恰可归入第一个阶段，其典雅的选剧偏好和整饬的文本形式，正反映出当时选本渐趋"文人化"的特质；作者将戏曲选本作为独立的文学现象，认为其具有文学（审美性和思想性）、文献（辑佚和校勘）和传播（舞台和文本）三方面的研究价值，而《改定元贤传奇》的编撰正是戏曲选本发展的重要一环，该文在宏观的视野之下进行探讨，由局部到整体，为后来的研究提供了不少线索和启发。

---

① 参见叶春生主编、中山大学中国非物质文化遗产研究中心编：《中国非物质文化遗产》（第十一辑），2006年版，第1-9页。
② 任广世：《〈改定元贤传奇〉编纂流传考》，载《戏曲研究》，2008年第1期。
③ 孙书磊：《李开先与〈改定元贤传奇〉的辑刊》，载《古典文学知识》，2011年第1期。
④ 孙书磊：《元杂剧体制在元明的传播与演进：以〈改定元贤传奇〉为研究中心》，载《戏曲艺术》，2011年第3期。
⑤ 朱崇志：《中国古代戏曲选本研究》，华东师范大学2003年博士论文。

张倩倩《元杂剧版本研究》① 以反思《元曲选》失去元杂剧本来面貌为立题根本，梳理历代元杂剧版本的情况，认为《改定元贤传奇》揭开了文人刊刻整理元杂剧的序幕，并厘定了改编标准，论证细致，颇有可借鉴之处。该文同样把《改定元贤传奇》归入文人选本系统中，提出其选录标准并不如序中所言事关教化，而是侧重语言的清丽和曲辞的抒情。先辨析李开先剧本的来源，后与其他版本进行比勘，判断他改动的精力主要放在宾白而非唱词上；同时谈及该书的流散情况，认为"十六种"剧本在明末尚存，后因战火仅余今之六种，虽缺乏有力证据，但思路清晰，令人颇受启发。

毕裴裴在硕士论文《李开先〈改定元贤传奇〉研究》② 中，比较了《改定元贤传奇》与《元刊杂剧三十种》《元曲选》的相同剧目，深入分析相关内容的异同，进而探析《改定元贤传奇》的文献价值和理论价值。可惜其中略有疏漏，文献综述不够翔实，不免流于简单。

从上述文章来看，不少学者都将《改定元贤传奇》与《元刊杂剧三十种》《元曲选》进行比勘，追源溯流，以期探析元杂剧的版本问题，对戏曲发展史的研究有着重要意义。无论是细微处的校对，还是整体脉络的疏通，前人的研究已经比较细致整饬，仅从文本去考虑，可发掘的空间已然十分有限，还需延伸到戏剧史的视野中。同时，还有一些细节值得讨论，如从李开先《改定元贤传奇序》中所述"精选十六种"③，到傅惜华《元代杂剧全目》附录称"七种"④，再到现今切实可查的"六种"⑤，即知流传过程中是有散佚的，那傅惜华"七种"之说何来，其流散情况又如何，亦有待找到证据厘清。此外笔者疑惑的是，各类研究文章一直在强调该书的文献价值，然而在后世的戏曲目录著作中，此书却鲜被提及，可考的流传版本亦只有嘉靖刻本一种，是不被当时所重还是别有原因，其中缘由仍

---

① 张倩倩：《元杂剧版本研究》，山东大学2016年博士论文。
② 毕裴裴：《李开先〈改定元贤传奇〉研究》，山西师范大学2017年硕士论文。
③ （明）李开先：《〈改定元贤传奇〉序》，选自卜键笺校：《李开先全集（修订本）》（下册），上海古籍出版社2014年版，第2051页。
④ 参见傅惜华：《元代杂剧全目》，作家出版社1957年版，第369页。
⑤ 参见解玉峰：《读南图馆藏李开先〈改定元贤传奇〉》，载《文献》，2001年第2期。

旧值得思考。

4.《一笑散》研究

题名即含调侃戏谑之意的《一笑散》，乃李开先所著短剧总称，原有六种，今多散佚，仅存《打哑禅》和《园林午梦》，前者有清钞本，后者附于明万历刘龙田刊《重刻元本题评音释西厢记》卷尾得以流传。1958年出版的傅惜华《明代杂剧全目》将李开先《一笑散》中的所有院本名录收入，除上述两种外，另有《搅道场》《昏厮迷》《乔坐衙》和《三枝花大闹土地堂》四种。

固然李开先在"跋"中明确为"院本之作"，但该作体制的归属，至今仍存争议。从明代祁彪佳、清代姚燮，到近代的傅惜华、庄一拂等学者，都在所著书目中将之归为"明杂剧"，后来者亦多踵此说，刘世珩虽提出《一笑散》是小令套数选集的看法[①]，姑为一家之言。吕靖波《〈园林午梦〉、〈打哑禅〉体制辨正》[②]就针对上述问题进行考证，表明内容上两作可视为闹剧小品，但杂剧创作远比院本更严格和庄重，两作内容的戏谑嬉闹、押韵的宽松，皆不符合杂剧之美学品貌，故不能以"杂剧"的概念来规范两剧。另有徐子方《李开先及其院本创作》[③]一文，考论详细且分析到位，略述故事内容和主旨后，指出李开先以"院本"称之，是有意直承金院本的滑稽传统。今存两作皆为一折短剧，事涉玩笑，文学性相对较弱，体制、内容上皆与元明主流戏曲拉开差距，或为同时代文人轻视的重要原因，所论颇为可信。姜丽华《以元为尚：〈一笑散〉文体及其宗元曲观》[④]逐一列举和回应前人观点，不过以"宗元"为关键词，行文却未抓住该核心论点，仅在文末稍加提及，略显"名不副实"，且掺杂版本流传及钱谦益借阅等事，内容稍微有些驳杂。

脱离体制的困囿之后，不少文章将研究角度转向思想内涵和艺术成就上。李献芳《李开先和他的杂剧创作》[⑤]即是如此，该文仍使用"杂剧"

[①] 参见蔡毅编：《中国古典戏曲序跋汇编》，齐鲁书社1989年版，第863页。
[②] 吕靖波：《〈园林午梦〉、〈打哑禅〉体制辨正》，载《文学遗产》，2001年第3期。
[③] 徐子方：《李开先及其院本创作》，载《文史知识》，2005年第3期。
[④] 姜丽华：《以元为尚：〈一笑散〉文体及其宗元曲观》，载《北方论丛》，2014年第1期。
[⑤] 李献芳：《李开先和他的杂剧创作》，载《山东教育学院学报》，1997年第3期。

称之,通过与《宝剑记》的比较后,辨析李开先创作心态上的前后期差异,又关注到该作语言俚俗的市井趣味,论述虽显简短,且分析上仍有细致深入的空间,却也不乏提点后人之处。孙晓东《李开先的救世心态与〈一笑散〉院本创作》① 采用传统知人论世的方法,认为李开先早期的两次饷边之行,是使其遭受罢官"创伤"后,仍存济世之心、渴望出山的重要经历,更影响到他闲居生涯的文学创作;又在前人基础上,进一步指明《一笑散》寄寓着李开先个人感情和人生思考,并非单薄无意之作。

总而言之,较之于其他作品,《一笑散》的研究并不算丰富,造成此局限的因素,还是在于文献材料的缺乏,同时也给发掘新的突破口带来了一定困难。所幸现有研究成果及结论,可作为本论文撰写重要的参考资料,其中方法和观念,更有不少可学习借鉴之处。

5. 其他

除典型的诗文、戏剧等文学创作外,李开先还撰有《中麓画品》《词谑》等作品,分别来看,前者跨越到绘画史领域,后者则有作者、版本含混的问题;整体而观,两作皆有篇幅短小、体例不清、题材局限的共性,这些皆使得研究者的目光较少被吸引,故统归一处讨论。至于《诗禅》《中麓山人拙对》此类文学性不强的作品,一方面学界研究涉及较少,另一方面对于本论文的参考意义不大,故暂不纳入讨论。

(1)《词谑》

《词谑》是李开先生前未竟的论曲著作,不仅辑录大量元明散曲、剧曲,略加评点,时有灼见,还兼及伶人轶事和曲词作法。虽有列词谑、词套、词乐和词尾四部,分门别类各述其事,但仍未形成严密的理论体系。因原书未著作者,又无序跋,在进入学者们的视野后,其作者归属和成书时间一直是争议的焦点。

在现有的研究中,卢前先生可以说是第一位讨论《词谑》作者的人,在其校订共读楼藏本《词谑》"弁言"中,虽未明确推断出作者,但将成

---

① 孙晓东:《李开先的救世心态与〈一笑散〉院本创作》,载《渤海大学学报》(哲学社会科学版),2014年第3期。

书时间进一步划定于明嘉靖、正德之间①。此后，顾随《读〈词谑〉》最先提出作者"疑是李开先"②，稍后孙楷第在《吴昌龄与杂剧〈西游记〉》一文中，通过文中的"冬夜悼内之作"及"市井艳词"一条的内证，推论"这书是明嘉靖时李中麓作的"③。此后，《中国古典戏曲论著集成》和路工辑《李开先集》皆将该作归为李开先，这一观点也就基本为学界普遍接受。不过仍有质疑的声音存在，吴书荫撰写《〈词谑〉的作者献疑》④一文，认为书中四个部分内容割裂、独立成篇，又引用《南北词广韵选》中的材料，提出《词谑》为康海、李开先作品合刊本、编撰时间大概在隆庆、万历年间的猜测。之后黄仕忠指出作者确为李开先无疑，吴文有引用不周之处，并逐一举证回应；又补证说明，今题《词谑》嘉靖刻本有误，该书编刊应在李开先卒后，或不会早于万历五年（1577）。⑤

与此同时，不少研究者也开始从各个层面去审视《词谑》的价值，黄浯《〈词谑〉的价值》⑥较早关注到该书推崇民间文学及元人风味、重视舞台搬演和词尾创作的特点，给后来学者重新审视其价值不少启示。王辉斌《究心与录载北曲的佳构——论李开先〈词谑〉的戏曲学价值》⑦所论层面亦是对黄文多有吸收借鉴，不过也有提出《词谑》为李开先眷恋北曲的具体反映的看法。而周明鹃《〈词谑〉疏证》⑧将全书进行详尽梳理、注释和分析，其中所涉曲牌、俗语及重要典籍等皆标有出处，是目前较好的参考资料。此外，刘恒先后撰写《李开先〈词谑〉述评》⑨和《〈词谑〉

---

① （明）无名氏，卢前校：《词谑》，上海中华书局1937年版，第1页。
② 顾随：《顾随全集·著述卷》，河北教育出版社2000年版，第243页。
③ 孙楷第：《吴昌龄与杂剧〈西游记〉》，选自孙楷第：《沧州集》，中华书局2009年版，第354-359页。
④ 吴书荫：《〈词谑〉的作者献疑》，载《艺术百家》，2002年第2期。
⑤ 黄仕忠：《〈词谑〉作者确为李开先——与吴书荫先生商榷》，载《艺术百家》，2005年1期。
⑥ 黄浯：《〈词谑〉的价值》，载《古典文学知识》，1998年第6期。
⑦ 王辉斌：《究心与录载北曲的佳构——论李开先〈词谑〉的戏曲学价值》，载《宁夏师范学院学报》，2014年第5期。
⑧ 李开先著，周明鹃疏证：《〈词谑〉疏证》，江西教育出版社2015年版。
⑨ 刘恒：《李开先〈词谑〉述评》，载《戏剧文学》，2009年第2期。

的编纂意图、来源及文献价值》①两篇文章,前者对李开先曲学理念的概括,不脱前代学者之积累,只在音韵曲律角度稍有扩展;后者开篇即系统回顾了前人研究状况,悉数罗列诸家观点,又立足于戏曲选本的概念,窥探李开先的编撰意图,充分发掘《词谑》之于文献辑佚和校勘的重要意义,角度甚佳。

受此启发,我们应当注意到,李开先在撰写《词谑》时扮演着记录者和批评家两种角色,作为记录者,对采用材料的择取出于何种考虑,又呈现出怎样的偏好,需要我们的更多关注;反之,作为批评家,在书中点评词曲时,能相对自由地表述个人观点,这些观点又与他个人的戏曲创作是否吻合,仍值得我们进一步思索。而《词谑》一书的性质,被学界大多定义为"曲论",实与其他明代曲论著作相较,体制相差甚远,故对《词谑》性质的定位,还有待商榷。

(2)《中麓画品》

《中麓画品》是李开先撰写的一部涉及明代绘画史及绘画鉴赏、画家评点等内容的艺术著作。该书篇幅短小且个性鲜明,编撰体例较为随性,是典型的私人化理论著述,故而后世对于《中麓画品》总体评价不高,《四库全书总目提要》就曾指摘其"持论偏颇"②。早先伴随着李开先文学、曲学研究的热潮,不少学者在研究中会旁涉该作,遗憾的是深度和广度稍显不足,往往呈现出边缘化的状态,近十年才逐渐受到重视,研究也逐步深入,针对此书的考察基本遵循两条主线:一则偏重整理、校释,进行个案研究;二则以此书为立论中心,围绕明代画派之争展开讨论。

从个案研究的角度来看,一方面不少学者着眼于其编撰体例的探讨,介绍性的文字较多,如耿明松在《〈中麓画品〉的画史观念与编撰体例研究》③一文中,归纳此书在画史观念和体例上具有史论结合、褒贬分明以及私人性强等特点,凸显其"得"而疏漏其"失",对于其价值的强调显

---

① 刘恒:《〈词谑〉的编纂意图、来源及文献价值》,载《郑州大学学报》(哲学社会科学版),2014年第1期。

② (清)纪昀总纂:《四库全书总目提要·艺术类存目》(卷一百十四),河北人民出版社2000年版,第2935页。

③ 耿明松:《〈中麓画品〉的画史观念与编撰体例研究》,载《艺术百家》,2010年第7期。

然有些过誉了；而陈太一《李开先及其〈中麓画品〉著述范式》① 先回顾了前人的研究成果，再以生平遭际和性格特点为依据，分析李开先著述该书的意旨，认为此书是"抒发不得志的移情之作"，可备一说。

另一方面就是讨论作品中表现的艺术思想和审美旨趣，于文学层面略有疏失。李蓁的论文《从〈中麓画品〉看明代李开先的绘画批评观》②，从批评的态度、方式和风格三个角度论述，借书法品评中的"拟象"——即以现实中的形象来阐述作家作品，用来形容李开先的评点方式，同时关注到当时文艺评论界复古风潮的影响，在对《中麓画品》研究上更进一步，有所深入。

李盟盟《现实主义观念下的〈中麓画品〉——"真诗只在民间"思想对〈中麓画品〉的影响》③，关照到李开先重视民间词曲、市井小调的文学偏好，立足于文学和绘画同作为艺术门类的相通性，分析李开先作品中所贯穿的反映现实生活、专注真情独创的品评标准。李盟盟另撰有《李开先〈中麓画品〉研究》④ 一书，先回顾了作者生平、该书的流传情况，又逐一梳理了李开先撰写此书的成因、观点和意义，虽乏亮点，亦算是对《中麓画品》比较系统性的整理研究。

明代的画派之争，一直是中国古代绘画史研究的热门所在，在《中麓画品》逐渐受到关注后，其中"特立独行"的观念也受到重视。若说《中麓画品》探索的起步是为剥离偏见的外壳，重新审视和定义，之后的研究则是将其置于明代艺术史背景中，以小见大。可以说，在跳出"李开先"的困囿之后，它的存在不仅为研究明代前中期的绘画理论提供了素材，也为我们了解这一时期的艺术审美风尚，提供了一定的参考。

比较有代表性的研究有，杨春凤《从李开先〈中麓画品〉看明代中后

---

① 陈太一：《李开先及其〈中麓画品〉著述范式》，载《美术学报》，2011年第3期。
② 李蓁：《从〈中麓画品〉看明代李开先的绘画批评观》，载《美术文献》，2018年第12期。
③ 李盟盟：《现实主义观念下的〈中麓画品〉："真诗只在民间"思想对〈中麓画品〉的影响》，载《天津美术学院学报》，2012年第3期。
④ 李盟盟：《李开先〈中麓画品〉研究》，天津社会科学院出版社2016年版。

期浙派、吴派之争》① 文章比较简短,适合作为了解古代绘画史的入门读物。作者先清晰介绍浙派、吴派的概念,又围绕当时的时代背景,分析该作的写成正处于两派竞争此消彼长之际,故背后实蕴含着贵族与文人品味之间势力的纠葛,认为该作中透露出的"崇浙贬吴"观念正是此种纠葛的表征之一。

就现有成果来看,学界普遍认同李开先"重浙轻吴"是使此书饱受争议的重要原因,正基于此,不少学者试图探索造成李开先这种偏好的缘由:如冯保荣《浅谈李开先与浙派绘画》② 中认为不少浙派画家相似的人生经历,易使李开先产生情感上的共鸣;而浙派取材广泛又感受真实的特点,也正契合李开先的审美取向。陈太一《〈中麓画品〉褒浙贬吴思想辨析》③,抓住"褒浙贬吴"这个深刻影响《中麓画品》后世评价的核心因素,颠覆前人稍显偏颇的评价,从李开先的政治交游切入,窥探贵族及上层士大夫阶层主导风向对他审美判断的影响,再由"大议礼"后的政治派系之争,论及此书写作倾向,由整体到个体,史论结合,予以笔者颇多启发。

张同标在《论〈中麓画品〉为院体浙派辩护》④ 中提出,李开先在书中既未提到"浙派",成书之时也还没有"浙派"之称,因此李开先并非一味称扬"浙派",他赞赏戴进、吴伟却贬其传派,与时人大抵无异,贬抑沈石田或许才是他遭受诟病的真正原因,该文论述与明代绘画史紧密结合,分析也更加深入。与此同时,王安莉《〈中麓画品〉与戴进问题》⑤ 的着眼点更加细微,放大了书中所论浙派代表画家戴进,列举层层史料,认为李开先至少在审视戴进的价值上,没有独出机杼而是承继前人,且当时吴门画派也尚未形成主流,由此判定《中麓画品》并非标新立异,很大程度上仍是反映时代声音之作。另,韩雪松的博士论文《中国古代绘画品

---

① 杨春凤:《从李开先〈中麓画品〉看明代中后期浙派、吴派之争》,载《东方藏品》,2018 年第 2 期。
② 冯保荣:《浅谈李开先与浙派绘画》,载《书画世界》,2019 年第 10 期。
③ 陈太一:《〈中麓画品〉褒浙贬吴思想辨析》,载《美术学报》,2013 年第 4 期。
④ 张同标:《论〈中麓画品〉为院体浙派辩护》,载《中国书画》,2011 年第 6 期。
⑤ 王安莉:《〈中麓画品〉与戴进问题》,载《美苑》,2013 年第 6 期。

评理论研究》①，其中第四章比较细腻地解读了《中麓画品》的品评标准及方式，指出在理论运用上，《中麓画品》不再沿袭前人"等第观念"，而重在分析作品风格与笔法优劣；并认为李开先提出的"六要""四病"，以及对刚劲迅猛风格的崇尚，正代表着明代正德、嘉靖前期的审美风尚。

综上所述，对《中麓画品》的考察，艺术史方向的研究仍为当今主流，不少学者"以小见大"，从李开先个人的艺术审美偏向，引申到中国绘画史上浙派与吴派之争；再"由此及彼"，将《中麓画品》表现的艺术旨趣同李开先的文学观念相结合，成果还是比较全面而深刻的。从早先标榜该作的"独树一帜"，到后来判定其对时代风尚的反映，随着研究的不断深入，大家的认识也是一个不断颠覆的过程，无论孰是孰非，仍需客观地辨识，不能过度强调《中麓画品》的成就和价值。与此同时，这些研究多立足艺术学角度，围绕作品艺术风格和明代文化环境作讨论；反向观之，《中麓画品》乃至李开先文学作品的研究，亦可从中汲取经验，把艺术史的理论应用到文学研究中，比肩李开先同时期的其他文学创作，视角和研究领域的切换，或许能得到新的领悟。

总而言之，前人研究基本依循"知人论世"的传统模式，对李开先的生平进行了细致考证。日本研究者八木泽元1959年发表的博士论文《明代剧作家研究》，可谓是首开风气，系统考述了明代八位重要剧作家的生平和创作经历，李开先即置身此列，借此亦可窥见现代学者对李开先在明代戏曲界地位的认可。

又如谢柏梁先生所言，李开先身上可以窥见"时代的缩影"②，即置之于戏剧史演进框架内，李开先较能集中地代表明中叶过渡时期的部分作家群体，即可以他为轴心，去探讨当时剧作家们创作中反映的时代心态，以及背后蕴含的文化生态。故作为明代文学发展转折时期"过渡式"的人物，李开先无疑是其中一个鲜明而又典型的个案。

可以说，现今对于李开先及其文学作品的研究，已经取得不小的成

---

① 韩雪松：《中国古代绘画品评理论研究》，上海大学2010年博士论文。
② 谢柏梁：《李开先及其同仁的戏剧理论——嘉靖隆庆五十年的剧论走向》，载《齐鲁学刊》，1990年第2期。

绩,前辈同侪丰硕的学术成果,是研究之裨益,更是后进之勉励。当然,若能跳出"文学"的条条框框,重新审视李开先及其所处的时代背景,或许能有新的发现和认识。比如潘瑞雪的论文《明中期山东章丘士绅与地方社会——以李开先为中心》,就从社会史的研究角度,以《闲居集》为蓝本,从李开先辐射到章丘士绅群体,借以探讨他们在明中叶社会中扮演的角色和作用。如此这般学科之间的交叉、借鉴,亦对文学史的研究颇有裨益。

不过,关于李开先其人其作整体性、系统性的研究较少,且总体呈现"具体化""碎片化"的研究倾向,一些零散容易被忽视的细节,有待系统地整饬和规范。对他的文学思想的研究多是归纳总结性质,未有厘清其文学思想的形成及发展脉络。对于李开先重要文学创作的研究更是层出不穷,但相对而言仍比较割裂,主要表现在他的作品往往被当作个案单独讨论,以及因诗文、戏曲雅俗有别、文体各异,而没有联系起来发掘共通性,由此忽视了他身上兼容并包、雅俗共赏的个人风格气质。同时,除一些疏漏和遗憾尚需订正外,自李开先其人其作延伸出的文学批评、传播活动等,都有待拓展深入。本文以此为基准,整合现今学界较为分散的成果,希望从总体的角度,重新审视和评判李开先在明中叶文学环境下的艺术成就。

三、研究方法及创新之处

"俗文学"一词最早由日本汉学家狩野直喜提出,并于《支那俗文学史の材料》中多次使用。其后,中国学界对俗文学的内涵界定及研究以郑振铎贡献最著,他于1938出版的《中国俗文学史》,即是关于俗文学研究的重要成果。书中指出:"'俗文学'就是通俗的文学,就是民间的文学,也就是大众的文学。换一句话,所谓俗文学就是不登大雅之堂,不为学士大夫所重视,而流行于民间,成为大众所嗜好,所喜悦的东西。"[①] 曾永义则综合各家说法,总结到:"所谓'俗文学'或'通俗文学'都只是在说

---

① 郑振铎:《中国俗文学史》(上),作家出版社1954年版,第1页。

明它是不登大雅之堂而流行群众之中为群众所喜爱的文学……如此说来，'民间文学'和'俗文学'或'通俗文学'可说是一物之异名而已。因为说其'民间'，是指其为大众所创作、所喜好；说其'俗'或'通俗'，是因为大众所创作所喜好的作品大抵都'不登大雅之堂'。如此说来，所谓'民间文学'、所谓'俗文学'或'通俗文学'，几十年哓哓争论不休的命义和观念问题，反倒是郑振铎的说法最为平正通达了。"①

　　以此为基准关照到李开先的俗文学创作，则主要涵盖杂剧、传奇、散曲、对联等文体，兼及其提出的相关思想观念。故本论文的研究以李开先及其俗文学创作为对象，以现今可见各版本李开先的文学作品为范畴，研究重点虽在俗文学领域，但并不会与李开先的诗文作品完全割裂，仍将他的诗文创作作为重要的补充和辅助材料。在具体的研究中，本论文将以审慎的文献考证为前提，采用文献学、历史学、社会学等学科的研究方法，尽可能全面地搜集、爬梳和整理相关理论、史实及文本材料，力求准确而理性地分析解读文献，在此基础上客观还原李开先的生平遭际与文学创作过程，寻求较为可信的结论。研究方法如下：第一，回归文本，一则探析作者生平际遇与作品的内在联系，二则关注不同剧作之间的联系与差异；第二，追源溯流，关注作家思想及创作对当时及后世之影响；第三，因"体"制宜，考虑不同文体间的特殊性，重视戏剧文学的舞台表演性，关注相关作品兼及的艺术史背景及反映出的世俗化和平民化等特征。

　　本论文从以下几个方面作为主要切入口，并在前贤研究成果的基础上有所延伸，进而有一些新的见解和发现：

　　首先，经过几代学人的努力，我们对李开先的生平经历已能有比较客观明晰的认识，但在一些细节方面还有未竟之处，特别体现在其交游情况上。本文依循知人论世的方法，回顾李开先的生平及交往对象，考虑到社会身份始终处于不停流变的过程中，因此李开先在明中叶文化圈中名望、地位的潜在变化，乃是本文关注的核心内容。同时将"罢官"作为李开先人生的分水岭，分别看待其"仕宦时期"和"闲居时期"的"朋友圈"，而通过比较前后阶段交际阶层的变化，不仅使我们对李开先的生平情况能

---

① 曾永义：《俗文学概论》，三民书局2003年版，第22-23页。

有更全面的认识，对了解其俗文学观念的形成、俗文学作品的写作，乃至明中叶的剧作家生态、曲坛状况，皆有一定的参照价值，这正是本论文试图探索和深入挖掘的地方。

先前的研究中，主要关注点在于康海、王九思两位前辈及李开先的门生后辈、章丘词会和"嘉靖八才子"三个群体，尤其是李开先作为后辈与文坛名家康海、王九思的往来最受关注。但在此之外，他与游离于社会下层的歌妓、琴师等艺术表演者多有互动，而细究《闲居集》中所载不少酬和之诗词、序跋及墓志铭，其中更不乏与朱氏藩王的往来，这些不同阶级构成的朋友圈层，都对李开先的俗文学创作及文学观念，带来或多或少的影响。

其次，聚焦于李开先的"思想矛盾"——作为士大夫阶层却格外热衷于俗文学创作。

李开先并非欲以艺事立言传身者，他饱读诗书，胸怀经世济民的愿景。一方面，不同于大多数官场失意者，李开先对俗文学的热爱，并非归田后的逃避之举，他在仕为官时即醉心于此，归田后更因此受到苛责："有才如此，不宅心经术，童子不使之读书，歌古诗，而乃编词作戏，与平日所谓大不相蒙，中麓将如斯已乎？"[①] 可从人生经历来看，李开先不仅是一位深受正统思想浸润的士大夫，更肩担着家中几辈人"光耀门楣"的重担。所以，这种"偏好"显然并不是受家庭的熏陶而成。一个走"正统"路子出身的文士，俗文学对他如此深厚的影响源自何处，他"尚俗"的观念是怎样构建起来的，仍是值得思考的问题。

另一方面，在"壮年谢政"之后，李开先迎来了词曲创作的"巅峰"时期，但其"正统"观念也不曾完全改变。据乾隆《章丘县志·艺文志》所载，李开先曾著《经义待质》一书（现已亡佚），又在王九思所书《〈宝剑记〉序》提及"公之《六经注疏》，想已著成。"[②] 虽书未见，推其时间，亦是罢官后的作品。在他所写《藏书万卷楼记》中称："乃仿刘氏

---

① （明）李开先：《〈宝剑记〉后序》，选自李开先：《李开先全集》，上海古籍出版社2014年版，第1259页。
② 王九思：《书〈宝剑记〉后》，选自李开先：《李开先全集》，上海古籍出版社2014年版，第1260页。

《七略》分而藏之。楼独藏经学时务，总之不下万卷，余置别所凡五。"① 再如字句稍显隐晦的《闲居集》，或出于"日后复官"的考虑，考察其中对"大议礼"事件的言语，皆未能尽意。凡此种种，皆可窥见他在罢官之后，并未完全"纵情声色"，重返官场的执念、经世济民的理想以及"尊经重道"的思想，一直纠葛在他的闲居岁月中，也能在不少作品中窥见一二。

最后，由俗文学辐射到李开先整体的文学创作，由俗及雅关注到李开先身上"雅俗兼赏"的审美情趣，一来关联着其作品的重新定性；二来关系到其个人的重新定位。

从李开先自己对作品的整理命名来看，诗文、传奇、院本、小令等概念的使用，皆体现出其鲜明的文体意识，这却是学界少有人关注到的。再从《词谑》和《改定元贤传奇》两书的编纂来看，他堪称一位较有远见的"元杂剧专家"，特别是《〈改定元贤传奇〉序》中，把汉文、唐诗、宋理学、元词曲相提并论，将词曲置于"经典"之列，此种观念较金圣叹"六才子书"更早，却少为人知晓。而李开先的戏剧、散曲创作，在当时即饱受争议，批者称之"不娴度曲"，赞者称之"曲部美才"，诸家批评者持论不一，这番争议的由来，主要是大时代背景下，文学观念更迭、社会思潮变迁所导致的，也与批评者如王世贞等重要文坛领袖、曲评家的个人影响力有关。

在文学创作上，李开先各类文体均有涉猎，尤其曲学方面基本俱到，并有数量可观的作品传世。尤其是《宝剑记》，作为他最具代表性的传奇作品，在明中叶戏曲史上占有一席之地，故从创作背景到艺术表现，再到思想内涵、主题嬗变，一直以来针对该作的研究几乎"面面俱到"，故笔者主要关注《宝剑记》雅俗交融的创作特色，在本书第四章中作为旁证加以适当补充。而《改定元贤传奇》的研究，前人要么关注版本系统，要么"重曲轻文"，却因为内容的驳杂和繁复，忽略了对宾白、科介的考察，这也就成为本文可以深入展开的部分。

---

① 李开先：《藏书万卷楼记》，选自李开先：《李开先全集》，上海古籍出版社2014年版，第996页。

第一章　李开先的生平交游及其影响

李开先（1502—1568），字伯华，号中麓子、中麓山人及中麓放客，山东章丘人，一生经历明代弘治、正德、嘉靖、隆庆四朝，他的文学活动与相应的人际往来，主要集中于嘉靖年间。关于李开先生平及其交游活动的文献资料，学界研究成果十分丰富，曾远闻《李开先年谱》，卜键《李开先传略》，李永祥《李开先年谱》，徐泳、陶嘉今编《李开先研究资料汇编》等著作对李开先的生平皆有翔实的考证；诸如何宗美《北曲南歌优游词会——李开先与章丘词社考论》、朱红昭《略论康海、王九思与李开先的交往及其影响》、郑利华《"嘉靖八才子"与明代正、嘉之际文坛的复古取向》、刘恒《词曲交游与李开先的曲学成就》等文章，则对李开先重要的交游活动进行讨论。

除了这些重要的文人政客，随着李开先身份的改变，他罢官后的交往对象也有所不同。不过，交往阶层虽然转向下僚，圈层却在不断扩大，乐伎歌童、棋士词客都在其《闲居集》中被屡屡提及，甚至有几位乐伎被李开先纳为妾室，后来常常出席词会的歌舞表演。正基于此，李开先可以切实地从民间文化中汲取养分，并融汇到个人的文学创作中，因此考察他们的交往情况，必将有助于理解李开先文艺思想的形成。同时，他与王室成员的往来，却鲜少有人提及，时已闲居家中的李开先，何以与这些王室成员结识、保持往来，也是值得关注之处。

本章以李开先重要的人生阶段为区别，结合其相关的文学创作和相应的成就，重点关注两个问题：其一，从李开先的角度而言，他不同时期的朋友圈层、择友观念作何表现；其二，这些人际交往给他的创作，乃至后世评价带来何种影响？结合时代背景和当时的文艺风气，又应如何看待相关评价产生的原因？

第一节 李开先生平与交游述略

李开先嘉靖八年（1529）考中进士，后于嘉靖二十年（1541）被削职回到章丘故居，在任时间共计十三年。十三年的宦海浮沉，他由户部主事六品之官，做到吏部文选司郎中、太常寺少卿，尤其在执掌吏部期间，颇有政绩。虽然经历罢官之祸，境遇有变，但李开先为人仗义豪迈，又兴趣爱好广泛，不仅与为官时期的故友保持良好往来，更在乡居时期结交甚众，而这些不同人生阶段的朋友们，也或多或少影响着他的文学创作，对我们考察其文学观念的形成有着重要的意义。

李开先为人率直多情，朋友圈广而杂，难以面面俱到，故选择其中具有代表性的人物集中讨论，更能摒去繁芜、突出中心。因此，本节将结合李开先的生平，分阶段阐述其交游情况，进而讨论人际交往与其文学创作的关系。

一、李开先早年经历与文学创作的关系

（一）家世背景与功名之心的养成

原生家庭和早年的经历，往往会给一个人带来终身的影响，李开先亦是如此。从家庭背景来看，李开先虽不算寒门，却也并非出身显贵。《先太常年谱》[①]中记载着李氏祖先的迁移史，据称李氏家族祖居陇西，宋、金之际为避战火，辗转迁移至山东章丘城南的长城岭，"乱定，卜居北至

[①] 按：该年谱载于明刻本《闲居集》卷首，由李开先的孙子李瓒、李瑛辑校，曾孙李巽、李论刊刻而成。

绿园村"①，遂落籍于此。及至明初，十世祖李士秀"尝以富户填实京师"②，但自他亡故后，伴随着差繁赋重，整个家族也开始衰落。大父李聪亦曾苦读，最终却弃学归田，自称："非吾恶此而逃之，命不可强，无如躬耕养亲，以甘吾志分。"③ 已然安心于务农。

李开先之父李淳，当时为一方名士，待人友善亲和，又"善解说书意，点窜时文，从之游者，常数十人。"④ 却命运不济，屡试不第，一直到李开先这辈才实现科举中第、光耀门楣的嘱托。至此，李开先的家庭情况，简而言之可用"三代耕读"概括，但父亲李淳的言传身教，对李开先而言可谓影响至深，直至其临终前仍叮嘱李开先："今病势愈急，殆不久人世。虽教汝学业将成，切勿自足，弃却前功。尔祖母年高，生养死葬，其代吾！其代吾！"⑤

李氏本就并非望族，甚至在其父当家之时，已经是家道消乏、几不可支，呈现没落之势。父亲亡故之后，李开先的母亲亲省田桑，含辛茹苦，甚至典卖簪珥极力支撑，却一直支持着他的科举学业；大妹甚至为供哥哥读书，"丝枲织作，夜以继日"⑥，辛勤劳作补贴家用。家人的无私奉献和默默付出，都成为李开先求学之路的莫大动力，他亦暗下誓言："他年予或读书有成，幸勿有忘今日。"⑦

综上可知，在家庭的熏染之下，传统儒教观念下"读书传家""经世济民"的思想，在李开先身上几乎是根深蒂固的，父亲的临终遗恨，更直

---

① 李开先：《先大父处士墓表》，选自李开先：《李开先全集》，上海古籍出版社2014年版，第832页。
② 李开先：《累赠奉直大父吏部验封司员外郎绿园显考墓志铭》，选自李开先：《李开先全集》，上海古籍出版社2014年版，第768页。
③ 李开先：《先大父处士墓表》，选自李开先：《李开先全集》，上海古籍出版社2014年版，第831页。
④ 李开先：《累赠奉直大父吏部验封司员外郎绿园显考墓志铭》，选自李开先：《李开先全集》，上海古籍出版社2014年版，第768页。
⑤ 李开先：《累赠奉直大父吏部验封司员外郎绿园显考墓志铭》，选自李开先：《李开先全集》，上海古籍出版社2014年版，第768页。
⑥ 李开先：《亡妹卢氏妇墓志铭》，选自李开先：《李开先全集》，上海古籍出版社2014年版，第702页。
⑦ 李开先：《亡妹卢氏妇墓志铭》，选自李开先：《李开先全集》，上海古籍出版社2014年版，第702页。

接促使他燃起强烈的追求功名之心。于李开先而言，无论是踏上仕途还是迈入文学道路，可谓是既有家教，又兼天资，据《先太常年谱》记载，李开先自幼聪慧过人，四岁能属对，七岁即善文，"诵书一见辄成诵，又即知声律吟咏之学。"① 若以历史经验为参照，政治上的飞黄腾达常常是一个家族崛起的重要契机，因此，这份事关家族兴旺的使命感，令他亦渴望着建功立业，在仕途上有所成就，最终可以回馈家人。

（二）仕途交际与政治抱负、文学素养的培育

十三载仕宦生涯，不仅给李开先带来施展政治抱负的机会，也为他的文学创作生涯注入新的活力与转机。

李开先于嘉靖八年（1529）中进士，最初任事户部，曾两次运饷金至宁夏，因亲身目睹边关状况，故对防务荒弛、外患猖獗感触良多，这段经历不仅使他的报国之志愈加坚毅，更成为其后期诗歌创作的重要素材。譬如《塞上曲》等作，皆以此段经历为依托，既有边塞风光的描写，又夹杂着他个人对边事不力的反思和沉痛。还值得一提的是《卧病江皋》套曲，就写成于饷边归途之后，踌躇满志却因病而不得不返家修养的李开先，在曲中更是寄寓了错综复杂的情感。

试政期间的李开先，因个人的积极结交和自身的满腹才干，得到不少贵人赏识，刘鈗即是最早与李开先交结的一位。刘鈗作为李开先的同乡前辈，对他非常器重，并予以颇多帮助和提携，更留有遗言指名李开先为自己作墓志铭。李开先在《资善大夫太常寺卿兼翰林院五经博士西桥刘公墓志铭》中回忆道：

> 余好购书，公曰："四十年前，亦有此病。"余好辞章，公曰："三十年前，亦有此病。"两事今更有同者，殆同病相怜矣！余好谈朝家故实，公曰："二十年前，亦有此好。"然不为病也。制度沿革，兵火变动，每会及之，移日竟夜，未尝倦歇。余既又穷经学，讲时务，

---

① 参见李瓒、李瑛辑校，李巽、李论刊刻：《先太常年谱》，选自李开先：《李开先全集》，上海古籍出版社2014年版，第2261页。

公大喜曰："十年来方究心于是，穷经致用，以经术而饰吏治，古之人皆然，惜今人学多支漫，不从顶（寧頁）上做工耳。"……余蒸蒸焉日有长进，而公病归矣。①

李开先以对话的形式展现出他们的交往过程，从中可知，除同乡之谊之外，刘、李二人皆性格刚直，在兴趣爱好、治学志趣以及政治见解上又十分投契，因此一见如故，结下深厚情谊；而刘铉也在言语中，对李开先多有勉励和指点，使其在经学研究、政治见解上受益良多，故张萱《西园闻见录》"好学"篇摘录二人交谈文字后，又言"李往往诵以语人"②，可见刘铉对李开先的影响之深，令后者一直心存感念。

回归朝堂后的李开先，既担任过验封司员外郎之类的闲职，也在吏部四曹之首的文选司就职，掌管着官员们的铨衡陟黜，而这一时期，他与"唐宋派"成员茅坤的交往颇有代表性。彼时年轻气盛、恃才傲物的茅坤，屡遭当权者所忌，却与李开先相处融洽，其《三黜纪事》曾记述道：

闻翁君已免，予愤郁甚，乃为书数千言，以辞于吴君春。而书中语稍稍侵吴君，且咎其不当污我为也。而吴君者，执政婿也，亦怒，遂以其书投贵溪公，鞅鞅恨甚，且诫吏部，除予边徼令。适文选郎中李公开先，故尝雅以文相友善者，力为讲解，乃得除青阳县。③

从茅坤的回忆中不难看出，一方面，李开先为人慷慨仗义，面对在官场中遭受排挤的茅坤，时任文选司郎中的李开先，不畏权贵、刚正不阿，极力帮助茅坤，使其得授青阳令。此事并非个例，又如嘉靖十八年（1539）唐顺之因上疏请太子受朝贺而触怒圣上，李开先无惧牵连为之多方求救、不遗余力，唐顺之终免于死罪④。另一方面，茅坤与李开先早有

---

① 李开先：《李开先全集》，上海古籍出版社2014年版，第662页。
② 张萱：《西园闻见录》卷八，民国二十九年（1940）哈佛燕京学社印本。
③ 茅坤：《三黜纪事》，选自张梦新、张大芝点校：《茅坤集》（第3册），浙江古籍出版社2012年版，第787页。
④ 参见：李开先《荆川唐都御史传》："同罗念庵、赵浚谷上封章，请朝东宫，因以激上之怒，以为'意在剌朕'；阁臣又有'身首异处，不足偿责'揭帖，事势似不可测矣。予为之多方求救，如崔京山等，不遗余力，因召见言之。圣心本无他，章留二十余日始批下，俱夺职为民。"（选自李开先：《李开先全集》，上海古籍出版社2014年版，第952页。）

文学往来，且较为投契，这也从侧面说明李开先诗文主张与唐宋派的接近。还值得注意的是，茅坤亦是当时出名的藏书家，据称有数十间藏书楼，仍然充栋不能尽容，并编有《白桦楼书目》，因此，共同的藏书之好，可能也是促进二人友好交往的重要因素。

简而言之，李开先居官生涯的各种交际往来，难免与政治利益交杂，满腔热忱的他在受到扶持与提携的同时，也对友人尽力施以援手帮助，不过，爱好品味与精神气质，仍是他看重的结交之道，故而与这些文士名流的交际，更促进着李开先文学素养的提升，尤其是康海、王九思两位前辈、"嘉靖八才子"等同侪好友，他们对李开先在文坛从崭露头角到声名鹊起，皆有着重要意义，也是历代研究者着重关注的部分，故在本节第三部分将继续讨论。

二、闲居生涯的交游和文艺趣味的展现

"九庙灾"祸端使得李开先经历巨大波折，受之波及而导致的罢官事件，亦将其人生划分为前、后两个落差甚大的阶段。从人际交往来看，罢官后的李开先，因为远离京师，和原先的官员朋友逐渐断绝往来，如其《闲居忆友》所述："故友暌违动隔年，目中鲜见有材贤。"① 回到家乡的他也开始踏入新的交际圈，一边积极融入当地文坛，一边又与不少同样遭受罢官的士人保持往来，与此同时，他还和一些王室成员、艺人乐妓有着频繁的交流。

首先，李开先与济上名流刘天民的交往最具代表性。刘天民（1486—1541），与边贡、李攀龙并称为"历下三杰"，自嘉靖十四年（1535）辞官回乡后，专事词曲，宴饮为乐，啸傲于山水之间。李、刘二人就结识于酒席之上，张萱《西园闻见录》卷七特载二人交往之事：

> 刘宪副天民致政归，一日，会李开先于酒筵，越席执手问曰：

---

① 李开先：《闲居忆友》，选自李开先：《李开先全集》，上海古籍出版社2014年版，第319页。

"君善聚书，书解有几种耶？"李曰："三十余种。"李戏之曰："先生方以声诗擅名，问此何为？无亦蔡传外有可复取者乎？"公曰："吾以治书发身，童时看《禹贡遡洄》《洪范解疑》等论，病举业之拘也。近更有论语古解，川中亦多见之。"李曰："国制，业举者，蔡氏与汉疏并行，不知疏废何时？汉之训诂，宋之讲解，以今观之，殆尤以魂载魄，以影随形，均不可缺。只以宋论之，东坡失之简，少颖失之烦，陈上舍失之碎，其他各有得失，在印之吾心耳。"公曰："不有金仁山、王耕野、吴草庐耶？"李曰："分章无踰于金氏，小断细解，王、吴二氏亦多合者，三氏之失，抑又多于宋儒。"公曰："吾意亦如此，幸勿令人闻之，因陋守残者必怪，我将并忌之矣。"以说经恐触时忌，然而卒不免焉。虽作钓鱼人，亦在风波内矣。仕路崄巇如此哉！①

可见，刘天民虽年长李开先十余岁，但两人缘分的起始，颇有些相见恨晚、倾盖如故的意味，更夹杂着同为遭受仕路风波之人的惺惺相惜。刘天民去世之后，李开先亲自为其撰写墓志铭，上引张萱之文就源自李开先在墓志铭中的回忆，按文中所述："余在文选，后先生十余年，慕先达之行事，寻旧绪之茫然，往往于故牍中见其批驳遗墨，犹足以知其政也。"②可知两人虽同在吏部文选司任职，但时间有先后，在任之时并无往来，故不可归为政治上的朋友，不过李开先对这位前辈仰慕已久。

更重要的是，刘天民晚年醉心于词曲创作，虽然其散曲集《酸咸构肆》今已亡佚，但李开先《词谑》中仍著录【胡十八】、【仙吕】套数及【叨叨令】③诸曲，仍可窥见其滑稽调笑、雅俗相融的风格，这也是李开先欣赏和推崇的词曲之趣，故李开先评价他："晚年为词曲，杂俗兼雅，歌

---

① 张萱：《西园闻见录》卷七，民国二十九年（1940）哈佛燕京学社印本。
② 李开先：《四川按察司副使前吏部文选司郎中函山刘先生墓志铭》，选自李开先：《李开先全集》，上海古籍出版社2014年版，第653页。
③ 参见李开先著．周明鹃疏证：《〈词谑〉疏证》，江西教育出版社2015年版，第44-45、62页。

者便之。盖虽假金元之音以泄不平，亦可见才之优赡，无往不宜人也。"①不难得见，两人不仅意气相投，在文学的交流上，又多有互相影响的因素，充沛的情感表达之外，更青睐其艺术表现之造诣，雅俗共赏更可谓他们于散曲创作中共通的审美追求。

其次，同样在罢官期间，李开先反而与部分明王室成员的交往增多，让人难免猜测他仍有政治上的谋求，但实际情况或许并非如此。

如太祖第五子周定王朱橚六世孙为其《中麓山人咏雪诗》作跋，称赞道："如获隋珠楚玉，光彩烂盈室宇。"②《闲居集》中还有《上卢江王》和《水盏》两首诗，分别作与荣缪王朱佑和恭王朱颐坦，尤其《水盏》之小序曰："曾乞于鲁王，蒙不峻拒，并惠之书曰：乐盏一副，传自先王，特割爱相赠。"③ 能割舍心爱之物，可见交情不浅。

又，李开先与赵康王朱厚煜也颇有交情。李开先之友谢榛曾为赵王门客，通过酬答谢榛《谢四溟自赵府惠书与诗，附使酬谢，即用其韵》一诗，或可推测二人因谢榛而结识；嘉靖三十六年（1557）秋，李开先寄《遥贺赵王寿六十岁》为之祝寿；在赵康王去世后，李开先还曾作《挽赵国主》一首："莫由躬一奠，歧路各西东。下士情无倦，著书志未终。"④字里行间满是哀悼之情。

其中与之文学往来最多的，应是新乐王朱载玺。李开先与朱载玺的结交，或与吕时臣（号东野）有关，吕时臣早有诗名，曾旅寓章丘携诗册拜访李开先，《闲居集》有诗《送东野吕中辅自浙回携新制词册再赴新乐王之招》，可知其曾客食于新乐王门下，并与李开先一直有书信往来。而朱载玺曾仿《傍妆台》百首和作《诗外微撒》，并付梓刊刻，又由李开先亲自题序，文末曰："予词独幸如此，谓非间有稀逢事哉！"尽显感激和欣喜之情。

最后，李开先闲居时的交际圈，也充分展露着他的文艺趣味。譬如擅

---

① 李开先：《四川按察司副使前吏部文选司郎中函山刘先生墓志铭》，选自李开先：《李开先全集》，上海古籍出版社2014年版，第656页。
② 路工辑：《李开先集》（上），中华书局1959年版，第200页。
③ 李开先：《李开先全集》，上海古籍出版社2014年版，第198-199页。
④ 李开先：《李开先全集》，上海古籍出版社2014年版，第237页。

长手谈的他，就与当时知名的棋客们关系亲近，《闲居集》中留存不少赠与他们的诗作，如《赠棋客陈国用有序》《戏赠棋士吴橘隐》《送棋客吴橘隐兼及吴升甫》等，正如《前象棋歌》中所述："吾以棋名擅天下，后先访者纷相望。蔡荣陈珍有职守，屡会朱相共曹杨。二吴担簦不惮远，一岁一来惟小张。"① 可知，闲居无事又热衷象棋的李开先，常常与慕名前来的棋客们对垒博弈，好不快活。另有江湖艺人张渊泉，从《赠渊泉张琴士》诗中描述的"琴士重相访，棋朋喜欲狂……兼得琴棋客，闲中岁月长"② 可知，张渊泉擅弹琴之外，更精通棋艺，常访李开先并与之对弈。

接下来再看李开先与艺人、乐妓交往的情况。在这些人中，与其关系最亲近的乃是瞽者刘九。李开先还曾作《瞽者刘九传》，言及他与江湖艺人刘九相识相交之事。初时刘九拜谒，素不延接瞽者的李开先原不想接纳，因棋士吴橘隐的鼓劝方才面见，不料二人相见恨晚、一见如故，李开先更感叹"自恨得之晚，惟恐去之速也。"③

这位刘九出身世家，擅长说书及歌讴，旅居章丘时曾为李开先门客，李开先称赞他"刘郎歌比张司乐，博记人称虞伯生。"诗下自注曰："张籍官司乐，盲而善歌古诗，韩昌黎谓其不亚吹竹弹丝，敲金击石。虞集博学善记，以文宗代草事丧明。九官人目虽盲，善记诵，善歌南北曲词。"④ 由此可见，刘九虽然目盲却多才多艺、身兼众长，并且技艺高超，对各类民间文艺甚为了解，李开先或许也是从他这里，获取了不少相关知识。

另外，《词谑·词乐》中对不少当时有声名的艺人进行点评，又总结并记述下颜容、周全两位伎者的演唱与表演之法，虽未直接表明互相之间的交际情况，但文字中许多细节性的技巧表述，以及源自多年经验而来的艺术感悟，绝非道听途说可以获得，可见李开先与艺人们多有接触，其中

---

① 李开先：《前象棋歌》，选自李开先：《李开先全集》，上海古籍出版社2014年版，第80页。
② 李开先：《赠渊泉张琴士》，选自李开先：《李开先全集》，上海古籍出版社2014年版，第246页。
③ 李开先：《瞽者刘九传》，选自李开先：《李开先全集》，上海古籍出版社2014年版，第906页。
④ 李开先：《赠济宁刘九》，选自李开先：《李开先全集》，上海古籍出版社2014年版，第444页。

定有他们在往来时的言传身教、心口相授。对于李开先来说，与这些艺人的交流更是一种艺术上的切磋与学习，特别是演与唱的表演层面，这些艺人的实践经验显然更为丰富，而李开先的文字记录令之留名后世的同时，也保留下了重要的研究史料。

检点李开先的《闲居集》，即有多篇提及乐家、乐妓表演的篇目，其中有言及姓名者，有《戏赠小妓》中"晚年逢秀瑛"①、《戏赠少棠宠妓刘五》②题中所记刘五。可惜的是，直接描述他与艺人往来的文字较少，更多的则是赠诗诉情，如《赠别歌妓》"尔于予减愁，予为尔增价"③；或对他们的精彩表演予以刻画，如描写登山途中听曲小憩："凤头钗弹沉清溜，雁足筝排趁绿阴。弹手轻拢兼歌拍，歌唇不动有余音。"④ 记叙冬日筵席之上赏雪观舞："冬日酒筵非一设，招宾赏雪始今朝。落花皎洁同歌扇，飞絮轻盈妒舞腰。"⑤种种描述既能窥见李开先与友人们宴饮为乐的日常活动，又可佐证其交往的多为兼善歌舞和弹奏的乐妓，他们之间虽身份地位悬殊，却能够交流切磋，在艺术声名上相互成就。

除了游历于江湖的表演者，李开先还自蓄家乐，他的妾室也是家乐表演中的重要成员，《忆张二》《咏范四》《赠张三》三首诗，分别提及李开先的三位姬妾：张二、范四和张三，俱是能歌善舞之辈，《元夕邀客赏灯兼听筝笛二乐》《范张二姬弹筝》等诗作，兼有提及张二、范四等人家宴献艺之事。其中张二是最受宠爱的一位，她去世之后李开先无比悲痛，有诗《侍姬张二诔》和《过张二墓》表示悼念，并亲自为其立碑撰文，《牡丹碑文》中称其"诗词歌赋俱能，琴棋书画皆工。舞起满座惊，歌罢众人

---

① 李开先：《戏赠小妓》，选自李开先：《李开先全集》，上海古籍出版社2014年版，第236页。
② 李开先：《戏赠少棠宠妓刘五》，选自李开先：《李开先全集》，上海古籍出版社2014年版，第317页。
③ 李开先：《赠别歌妓》，选自李开先：《李开先全集》，上海古籍出版社2014年版，第396页。
④ 李开先：《携妓游山》，选自李开先：《李开先全集》，上海古籍出版社2014年版，第366页。
⑤ 李开先：《席上小雪歌》，选自李开先：《李开先全集》，上海古籍出版社2014年版，第88页。

倾，为一时之花魁。"① 极尽夸赞张二表演艺术上的造诣。显而易见，对李开先而言，张二不仅是情感上的红颜知己，更是艺术表演上的知音。

又，据吕时臣《李太常伯华江上草堂雪夜出妓弹琵琶》云："座中举目皆英豪，主人呼出郑樱桃。红丝袅地氍毹暖，帘额纷香落凤毛。大小忽雷手中出，须臾翻作《郁轮袍》。媚脸斜凝新病眼，一曲低回黄金槽。众客闻之皆掩泪，浔阳此夜我先醉。"② 可知李开先府上有位专擅琵琶的歌妓郑樱桃，技艺堪称精妙。

总而言之，与艺人们的往来以及家乐的设立，不仅给李开先带来艺术层面切磋交流的契机，也为他度曲撰词、炫才逞技提供写作素材和表演展示的机会，如《春日雪夜宴用妓佐酒》就记述李开先即兴创作，当场交付艺人表演之事："雪宴聚名姬，旋教春雪词。"③ 又有《中麓小令》引言所述："偶有西郡歌童投谒，戏擅南北，科范指点色色过人，因作【傍妆台】小令一百，付之歌焉。"④ 艺人们大多慕名前来，拜其门下，李开先的散曲、戏剧作品，也常交付他们歌唱表演。这对于李开先作品的创作和传播皆产生十分关键的作用，这批艺人乐妓正是传唱其散曲、表演其戏剧的主力军。

三、重要交往群体及其对李开先文学创作的影响

正如前文所述，以今人之眼光仔细审视李开先的交游情况，可按"罢官"为界，划分为前后两个不同的阶段，其交往对象也随人世的迁转而有所改变，这之中对他文学创作有巨大影响的，则凸显为三个关键群体：

其一，文坛前辈康海和王九思。初试官时，李开先奉旨运饷金至宁

---

① 李开先：《牡丹碑文》，选自中国人民政治协商会议山东省章丘县委员会文史资料委员会编：《章丘文史资料》第2辑，政协山东省章丘县委员会文史资料委员会1984年版，第201页。
② 徐釚：《本事诗》（卷五），选自张寅彭编纂，杨焄点校：《清诗话全编》（康熙期一），上海古籍出版社2018年版，第1140页。
③ 李开先：《李开先全集》，上海古籍出版社2014年版，第152页。
④ 李开先：《中麓小令·引》，选自李开先：《李开先全集》，上海古籍出版社2014年版，第1449页。

夏，归来途中经过陕西关中，他曾亲自拜访罢官闲居的著名曲家康海和王九思，自此缔交。康、王二人对李开先也颇为赏识，康海在《与唐渔石》中表示："昨在省见山东进士李开先者，资性英发，识见超远，文艺精典，哲匠所难，治体通达，后辈希睹，心殊重之。"① 毫不吝惜溢美之辞。直至李开先罢官之后，虽然无缘再晤，但三人的往来并未断绝，仍旧通过诗文唱和等方式频繁通信。总之，无论是政治上的举荐、提携，还是词曲创作和思想情趣层面的熏染、影响，可以说在这段关系中，李开先受益良多。②

其二，同侪好友"嘉靖八才子"。所谓"嘉靖八才子"，乃指李开先和王慎中、唐顺之、陈束、赵时春、熊过、任瀚、吕高七人，除王慎中和赵时春外，其余六人皆为嘉靖八年（1529）进士，此八人者同在京师为官，志气相投。据李开先《吕江峰集序》记载："古有建安七子、大历十才子，今嘉靖十年后更有八才子之称。八人者，迁转忧居，聚散不常，而相守不过数年，其久者亦止八九年而已，不知天下何以同然有此称。"③ 又，在其《遵岩王参政传》和《荆川唐都御史传》中，回忆二人的交游情况时，分别记录到："改官礼曹，更得一意文事，交游如众称'八才子'外……相与切磋琢磨，各成其学"④、"至京，则向所交游者多半凋敝，世所指'八才子'者，独少二人，仍相与旧业、正新知，与诸友俱有益。"⑤

通过上述材料可知，与"八才子"往来的时期，也是李开先仕途最为春风得意的阶段。不过，该团体的聚集、离散虽有一定的政治因素，但主要还是结缘于投契的文学品味，而李开先一再强调"天下所称""世所

---

① 康海：《与唐渔石》，选自贾三强、余春柯点校：《康对山先生集》，三秦出版社2015年版，第428页。

② 按：关于康海和王九思对李开先影响的研究，前辈学者多有成果，兹不赘述，可参见刘恒：《词曲交游与李开先的曲学成就》，载《渤海大学学报》，2014年第5期；张莉莉：《从康海王九思到李开先——"前七子"复古运动与明中叶曲文学的复兴》，山东大学2001年硕士论文；朱红昭：《略论康海、王九思与李开先的交往及其影响》，载《短篇小说》，2012年第4期。

③ 李开先：《吕江峰集序》，选自李开先：《李开先全集》，上海古籍出版社2014年版，第537页。

④ 李开先：《遵岩王参政传》，选自李开先：《李开先全集》，上海古籍出版社2014年版，第944页。

⑤ 李开先：《荆川唐都御史传》，选自李开先：《李开先全集》，上海古籍出版社2014年版，第952页。

指"，也表明"嘉靖八才子"并不具有自主的结社意识，如此合称难免有"标榜风气"①之嫌。虽然存续的时间比较短暂，成员间的交往也不算紧密，但他们与当时的文学复古运动关系密切，相关创作亦主要针对诗文领域，尤其王慎中、唐顺之二人，后成为"唐宋派"之代表人物，故"八才子"在"前七子"与"唐宋派"间不乏承上启下之意义，也是其多受后人关注的重要原因。

与此同时，据李开先《九子诗》序言所述，他在居官时期的文友，还可延伸至"九人"，按其序曰："李崆峒有九子诗，率多诗文之友。予亦有犹九人焉，诗文而兼经济者也。"②与"八才子"相较稍有差别，"九子"除却陈束、任瀚两人，又添李舜臣、刘绘、罗洪先、潘高四位，皆为李开先同年同僚或同乡中佼佼者。而从"足稔相思深，不愁鳞鸿乏"③、"恨无缩地术，相忆摧心肝"④等语句看来，此九子者，堪称李开先为官期间交游最笃、情谊最厚之人，故钱谦益曾评价刘绘道："成进士，与李开先、唐顺之、赵时春为文章意气之交。"⑤笔墨文章间的默契，志气和性格的相投，皆是促使他们缔结深厚友情的重要因素。又如李开先所言："同履仕途，相继一蹶弗起，惟赵浚谷起而复蹶；产殊各方，无缘再会，别近者亦且十年余矣。"⑥故友久别，各自零落，在闲居岁月缅怀过往，相似的坎坷经历，让他对这段故人情意更添一分"同是天涯沦落人"的酸楚。

其三，章丘词会耆旧乡贤。罢官之后，李开先返回故乡章丘，便开启了诗酒酬唱、优游林下的生活，《东村乐府序》自谓："自辛丑夏罢归田庐，优游词会。"⑦《醉乡小稿序》又云："予自辛丑引疾辞官，归即主盟

---

① 郭绍虞：《照隅室古典文学论集》（上编），上海古籍出版社 2009 年版，第 518 页。
② 李开先：《九子诗·序》，选自李开先：《李开先全集》，第 61 页。
③ 李开先：《罗念庵洪先》，选自李开先：《李开先全集》，上海古籍出版社 2014 年版，第 63 页。
④ 李开先：《赵浚谷时春》，选自李开先：《李开先全集》，上海古籍出版社 2014 年版，第 65 页。
⑤ 钱谦益：《列朝诗集小传》（丁集"刘重庆绘"），上海古籍出版社 1959 年版，第 380 页。
⑥ 钱谦益：《列朝诗集小传》（丁集"刘重庆绘"），上海古籍出版社 1959 年版，第 380 页。
⑦ 李开先：《东村乐府序》，选自李开选：《李开先全集》，上海古籍出版社 2014 年版，第 479 页。

词社。"①显而易见，这是一个因地缘因素而聚集的文学团体，除李开先外，还有山西按察司前佥事乔龙溪、四川重庆府前同知夏文宪等致仕文人，袁崇冕、谢九容之类的乡贤耆老，以及苏洲这般寓居章丘的江湖散客②。同时，虽名为"词社"偏重文学气质，传统的诗文酬唱、词曲创作不少，但宴乐赏剧、山水游玩、猜谜对弈等娱乐活动亦是层出不穷："延客为嘉会，满堂尽赏音。赓诗方白战，醉酒卧清音。博陆齐呼采，捶丸暂解襟。罇前分戏剧，诗就共讴吟。"③可见，这帮人爱好广泛且兴致盎然，堪称兼有艺术品味和生活情趣的文人组织。

实际上初到故土的他，就因染病而闭门谢客、居家修养，据其《题高秋怅离卷》称："中麓子以疾辞官，抵家又以疾谢客。"又，《归休家居病起蒙诸友邀入词社》二首，也描述过这一情况："官罢非无兴，病多几不支。秋来吾已健，夜宴客相随。""强推为会长，深愧不相宜。"④可见，李开先因名望受邀成为盟主，虽然他一度成为词社的中心人物，但词社的成立远在他罢官归家之前，并非由他组织成立，不过仍可以说词社是在他的主持下发扬光大的。

而回归家乡后的李开先，在人际往来上也经历"疏离"到"热络"的适应过程，正反映着他初罢官时，从消极失落到重燃希望的心态变化。显而易见，词会的存在也令苦闷的他获得真挚的友谊，并为他营造出心灵上的安憩之所。《闲居集》中收录不少如《东村乐府序》《烟霞小稿序》之类，李开先为词会成员作品集题写的序文，他的许多文学观点，也尽数输出在此类序言中。由此可见，跟词会友人的互动交流，亦是不断互通学习和观点碰撞的过程，有些甚至成为他的写作素材，并最终予他文学思想上良多的启发和裨益，更在一定程度上促进了当地文学的发展与繁荣。

---

① 李开先：《醉乡小稿序》，选自李开先：《李开先全集》，上海古籍出版社2014年版，第504页。

② 按：章丘词会的具体成员名单，参见何宗美：《北曲南歌 优游词会——李开先与章丘词社考论》，载《文艺研究》，2008年第12期。

③ 李开先：《立秋后作》（十三），选自李开先：《李开先全集》，上海古籍出版社2014年版，第147页。

④ 李开先：《归休家居病起蒙诸友邀入词社》，选自李开先：《李开先全集》，上海古籍出版社2014年版，第112页。

上述三个群体，一直以来也是学者们着重关注的部分，但是透过这些人际往来，我们还能直观感受到李开先的社会身份与文坛地位，始终处于不断变换的过程中。十三载为官，一再升迁，可谓李开先最为光耀的人生阶段，在文坛的头角初露与声名渐起，也与其政治生涯相伴相随；他作为后辈及文学上的追随者，与康、王二位前辈结交，而作为"嘉靖八才子"之一，与相关成员的往来，他的身份不仅是参与者，更是这一时期文学复古运动的见证者；闲居生涯中，李开先以词曲为媒介，频繁地交流唱和，使他得以迅速跻身于当地文坛的较高位置，实现了文学领域，从"追随者"到"领导者"的身份转换，多重身份的交织，也不断影响着他的创作生涯，是构建李开先文学思想体系不可或缺的部分。

第二节 王世贞与李开先的交往及其影响

王世贞（1526—1590），字元美，号凤洲，晚年又自号弇州山人。与布衣出身、壮岁辞阙的李开先不同，王世贞出身于官宦世家，年少成名，虽遭遇其父王忬死难等波折，被陈田称其一生"多历情变"[①]，但他在当时文坛和政坛的地位皆不容小觑。大抵是身为后辈且未对李开先文学创作有过影响的缘故，王世贞较少在李开先的交游情况中被论及。然而实际上，王世贞作为"后七子"的领袖，在李攀龙亡故后，独领文坛二十载，名重一时，后世声名远在李开先之上，也正因如此，他笔下对李开先其人其作的记述和评价，在当时亦有着不小的影响力，理应予以关注。

与此同时，正如有学者评价的那样："李开先与王世贞，无论是对政治或者对文艺的看法，并不一致，但他们之间有交往。"[②] 不同的人生经历，使得两人对政治、文学艺术的看法亦截然有别，而梳理有涉二人往来的相关文字材料，亦能发现王世贞对李开先的真实态度。由此，促使李、王二人往来的动因、王世贞对李开先的整体态度如何？以及其对李开先作

---

① 陈田辑：《明诗纪事》（四）己签卷一，上海古籍出版社1993年版，第1880页。
② 徐泳、陶嘉今辑：《李开先研究资料汇编》，山东文艺出版社2006年版，第114页。

品评价的影响,都值得深入考究,本文拟就此展开讨论。

一、王世贞与李开先的结识与文学交往

王世贞生于明世宗嘉靖五年(1526),彼时李开先已二十有余,仍求学乡中,尚未踏入仕途;到嘉靖二十六年(1547)王世贞中举之时,李开先业已因祸罢官,乡居章丘故园,因此,二人在朝为官的时间有所交错,尤其是李开先在京任官之时,两人并无交集。

据钱大昕《弇州山人年谱》记载,嘉靖三十五年(1556)十月,王世贞官迁山东按察司副使、兵备青州,这次职务调动,正是其得以与李开先结识的契机。王世贞曾回忆道:"余犹记嘉靖丁巳(1557)、戊午(1558)间承乏青州兵使者,往来道章丘,甚能悉章丘事。其户口土田几若大郡,其民富而实,亡不吹竽鼓瑟者。"① 从他熟稔的语气中,亦可见其当时在章丘往来之频繁,职务之便也构成与李开先交往的有效条件。

嘉靖三十六年(1557)立春日,王世贞抵达青州任上,郑利华《王世贞年谱》称:"过访李开先,李氏开宴相款,因为李氏《咏雪诗》作跋。"② 其中提及的李开先《咏雪诗》,有前、后二序,均作于嘉靖三十六年(1557)正月,由此可以推断,王世贞乃于赴任途中顺道拜访李开先,并参与了李开先组织的文学集会。同时,王世贞有诗《春夜饮李伯华少卿》,首联言道:"今夕何夕春风前,银灯照醉炯不眠。"诗中叙述春夜宴饮之事,亦能佐证,王世贞初次拜访李开先应在嘉靖三十六年(1557)春天。

是年冬至,为行春事的王世贞途经章丘,再次拜访李开先,《游太常伯华诸园》《冬日同客游李太常伯华诸园》两诗,均作于此时,后更有《还过李伯华里不及访》一首,表明匆忙路过未能相见的遗憾;李开先亦有题为《冬夜王凤洲宪副见访近城园中,有诗相赠,依韵奉达》《用前韵

---

① 王世贞:《黄汝亨作茅章丘传小叙》,选自王世贞等:《四库明人文集丛刊弇州续稿(卷五三)》,上海古籍出版社1993年版,第702页。
② 郑利华:《王世贞年谱》,复旦大学出版社1993年版,第106页。

自述》《再叠前韵咏张良》的和诗相酬，通过"屡承台使情无已，为爱山人心不私"①一句，不难看出他们当时密切的往来。此外，《弇州山人四部稿》卷一百二十五收录《答李伯华少卿》一文，开篇言"令亲至承手教及示二志"②，以及康熙《章丘县志》卷十一所载王世贞《答李伯华文选》一首，诗中"王子昔把青州麾""仓皇年难挂冠曲"等句，亦可证离任后退居太仓的王世贞，仍与李开先有通诗书，并非泛泛之交。

综上所述，王世贞因调任山东按察司副使，得以与李开先结识，除了宴饮聚会、园林冶游、欣赏戏剧表演，王世贞还曾参与李开先组织的文学活动，他们的诗书往来也主要集中于此时；而从赴青州之任，一直到嘉靖三十八年（1559）自劾入都离任，在山东任官的这一时期，正是二人交往最为频繁的阶段，随着王世贞的离任，两人虽然仍有书信往来，但交往不比以前热络了。

二、王世贞对李开先的态度转变及缘由

正如前文所言，王世贞与李开先的家世背景天差地别，文学取向亦大相径庭，如若不是职务之便，两人恐怕无缘相会。通过二人的诗文交往来看，随着世情反复、人物迁转，王世贞对李开先的态度也有所差异。

首先，在青州任职时期，从诗词唱和来看，王世贞身为后辈一开始对李开先颇为敬重。王世贞的拜访与友善，也令李开先颇为欣喜，从其和诗来看："下榻相邀皆契执，上书报罢荷恩私。龙潜豹隐随吾分，何必深忧赋楚词。"③ 能结识这样一位青年才俊，似乎也使因罢官而郁结不平的他，重燃斗志、尽吐块垒。

王世贞曾为李开先《咏雪诗》作跋，在其所作跋语中，对李开先颇有

---

① 李开先：《冬夜王凤洲宪副见访近城园中，有诗相赠，依韵奉达》，选自李开先：《李开先全集》，上海古籍出版社2014年版，第404页。
② 王世贞：《弇州山人四部稿·书牍》（卷一百二十五），国家图书馆藏世经堂明万历五年刻本。
③ 李开先：《用前韵自述》，选自李开先：《李开先全集》，上海古籍出版社2014年版，第405页。

奉承之意，曰：

> 昨于道次仓卒修谒，便辱长者施忘年之雅，使佐杯酒，抗扬风骚。复得演金象之秘奇，耳雕龙之藻辩。至于雪中诸诗，恍若入宝城矣。且奇石秀木，无让平泉；古文秘籍，下啮邺架，乃知天下固自有人也。晨起就道，色骄驭夫，以为龙门之游。即省中二三君子，传颂佳集，靡不俯首。还为同事所牵，遂阻再叩，亦是鄙缘有障耳。①

王世贞的跋语写得格外巧妙，他并未对作品直陈褒贬，不过寥寥几句应酬性的称赞，反而大肆渲染李开先的热情好客，作诗唱和为宴会助兴，"长者"二字道出他主动拜访李开先的主要原因——李开先年长王世贞二十岁，既是政坛前辈，当时又是章丘乃至山东文坛德高望重的人物，初来乍到的王世贞自是有心结识；另外，又如郑利华先生所言："从京师迁转至青州，环境发生了变化，特别是昔日许多关系密切的朋友都不在身边，这难免让王世贞感到异常的孤寂。"② 能结识热情好客的李开先，参与其组织的各类宴饮活动，亦不失为排遣寂寞、广结善缘的方式。

其次，王世贞遭受家变重创，弃官退居太仓故里之时，与李开先之间又多了一分惺惺相惜之情。《答李伯华文选》《答李伯华少卿》两作，皆是对李开先的回信，李开先原文虽已不能得见，不过从王世贞的答复中可以推测，大抵是听闻变故的慰问之语。人生低谷时期能收到故人的遣信问候，王世贞自是心存感念，回信中诸如"世贞自奉讳来，饮血枕块，分填沟壑，四易寒暑矣。以老母在不即死，戴面皮见人，然亦何意尘世……"③ 种种语句，大有一吐衷肠之意。与此同时，正如王世贞诗中所云："世情反覆东流水，选部门前亦如此。"④ 同处于困厄之中的二人，相似的经历也容易产生情感上的共鸣，虽山水有隔，但凭借书信的传情达意，亦足以互

---

① 路工辑：《李开先集》（上），中华书局1959年版，第198页。
② 郑利华：《王世贞研究》，学林出版社2002年版，第61页。
③ 王世贞：《答李伯华少卿》，选自王世贞等：《弇州山人四部稿·书牍》（卷一百二十五），国家图书馆藏世经堂明万历五年刻本。
④ 王世贞：《答李伯华文选》，选自王世贞等：《弇州山人四部稿》，国家图书馆藏世经堂明万历五年刻本。

相宽慰。

最后，王世贞不少回忆与李开先交往的文字，显然作于其主盟文坛之后，身份、地位的转变，也使得他的态度悄然发生变化。最典型的是，王世贞后期所著《国朝诗评》评论明代诗人一百余人，又有《文评》论及当时文人六十多位，皆不见李开先之名，只在《艺苑卮言》中有些许记载，不过论及曲学作品时，也多为批评之语。又如何良俊《四友斋丛说》卷十八曾引述王世贞的回忆，涉及二人早年交往之事："王元美言：'余兵备青州时，曾一造李中麓。中麓开燕相款，其所出戏子，皆老苍头也，歌亦不甚叶。自言有善歌者数人，俱遣在各庄去未回。亦是此老欺人。'"① 筵席之上，有李开先自蓄的家乐表演戏剧助兴，王世贞直言不讳地表露不满，认为唱与演皆不尽如人意，质疑李开先的艺术品味。

同样在何良俊的记载中，李开先的家乐却又是另一番景象："有客从山东来者，云：'李中麓家戏子几二三十人，女妓二人，女僮歌者数人。继娶王夫人，方少艾，甚贤。中麓每日或按乐，或与童子蹴球，或斗棋。客至，则命酒。宦资虽厚，然不入府县，别无调度。'与东南士夫求田问舍，得陇望蜀者，未知孰贤？"②

一言"皆是老苍头""俱遣在庄未回"，另一言"女妓、女僮""几二三十人"，对艺人的年龄性别、戏班人数规模的描述大相径庭。可见，时人对李开先家乐的评价是存在矛盾的，何良俊将两条材料并列载录，或也是心存疑虑，因未有更多的材料佐证，孰是孰非已难评估，虽李开先自作对联称："书藏古刻三千卷，歌擅新声四十人"③，也难免自矜夸大之嫌。不过王世贞当初观看李开先的家乐表演后，曾题吟道："歌罢缠头珠错落，舞残垂手玉逶迤"④，句中描述的这般妆扮是否能为老苍头所饰，确实令人

---

① 何良俊撰，李剑雄校点：《历代笔记小说大观·四友斋丛说》，上海古籍出版社2012年版，第117页。
② 何良俊撰，李剑雄校点：《历代笔记小说大观·四友斋丛说》，上海古籍出版社2012年版，第117页。
③ 李开先：《〈宝剑记〉后序》，选自李开先：《李开先全集》，上海古籍出版社2014年版，第589页。
④ 王世贞：《冬日同客游李太常伯华诸园》，选自王世贞等：《弇州山人四部稿》（卷四十四），国家图书馆藏世经堂明万历五年刻本。

心生疑义。

　　就此，徐朔方先生指出："李开先的诗文在王世贞的评论中不屑一提，李开先以北人作南曲，王世贞对他貌似恭敬，因为他究竟是前辈，而不满之情见于言表。"① 可谓一语破的，从文学观念的差异切入，能比较确切地揭示出王世贞的真实态度：一则身份和地位转变，在文坛已然掌握话语权的王世贞，言语间的顾虑陡然消释；二则南北有别，两人对声腔、音韵的掌握各有不同，且李开先长于北曲，亦是以北人之规矩尝试南曲创作，王世贞以南人的目光审视，自是颇多龃龉；而李开先名作《宝剑记》传奇的写成，乃在昆腔流行之前，故并未采用时兴的昆腔进行创作，这对极力推崇南音的王世贞来说，自会引发不满。

　　此外，钱谦益等人有"世贞悔作《卮言》"之说，有学者评述这一公案道："年少气盛，与人论高下，难免会逞口舌之快，迨其晚年，心平气和，反思早年所为，懊悔之情就会油然而生，可是此时却已无力更改。"② 由此可知，王世贞虽然没有"自言悔作"，亦未全盘否定自己当年的言论观点，但他对于早年较为激烈的言辞，仍是有所反思的，并且承认自己某些表述过于偏激，对于李开先的评价或许就是一种充分的展现。

　　不过，王世贞在追怀李梦阳诗作时，也曾提及李开先："李开先少卿诵其逸诗凡十余首，极有雄浑流丽，胜其集中存者。尔时不见选，何也？余往被酒跌宕，不能请录之，深以为恨。"③ 从李开先诵诗、王世贞饮酒来看，皆为筵席中事，与上文何良俊所录或为同时，大抵发生在嘉靖三十六年（1557）左右，由此亦可见，对崆峒诗的欣赏之情，或许正是同归属于复古一脉的两人，在诗文创作观念上、文学交流中难能的契合点。

　　仍需注意的是，在李开先与王世贞的交往中，王世贞的主动拜访，并非只有单纯的文学交流，还在于园林、绘画之艺术喜好。王世贞本就好园殊甚，夏咸淳曾评价道："在时代风尚、文化心理和家庭环境的影响下，

---

① 徐朔方：《论汤显祖及其他》，上海古籍出版社1983年版，第145页。
② 参见魏宏远：《王世贞〈艺苑卮言〉的文本生成及文学观之演进》，载《陕西师范大学学报》，2016年第6期。
③ 王世贞：《艺苑卮言》（卷六），丁福保辑《历代诗话续编》，中华书局1983年版，第1049页。

王世贞好园之深，投入之大，园记创作之多，园林美学理论之丰富和精湛，实不逊于前辈名士，并给予明代万历以来园林创作和园林美学以有力推助。"① 而李开先的园林之好，通过《中麓山人拙对》自撰的数则关乎亭台楼阁的对联、《闲居集》多篇园记和题诗，皆能轻易窥见。王世贞《游太常伯华诸园》《冬日同客游李太常伯华诸园》，以及李开先《冬至夜王凤洲宪副见访近城园中，有诗相赠，依韵奉达》三首诗的标题，也印证出此番游园之趣。

三、王世贞对李开先的评价及其对后世曲论界的影响

王世贞《曲藻》对李开先作品的评价，尤其是针对《宝剑记》《中麓小令》的论述，在当时甚至后世的曲学批评史上影响力颇深，一些语句屡屡被后来的曲论家们直接征引。试看其《曲藻》中的具体记载：

> 北人自康、王后，推山东李伯华。伯华以百阕【傍妆台】为德涵所赏。今其辞尚存，不足道也。所为南剧宝剑、登坛记，亦是改其乡先辈之作。二记余见之，尚在拜月、荆钗之下耳，而自负不浅。一日问余："何如琵琶记乎？"余谓："公辞之美，不必言。第今吴中教师十人唱过，随字改妥，乃可传耳。"李怫然不乐罢。②

暂且不论中肯与否，王世贞的此番评价本就存在错误，其中称被康海（字德涵）所欣赏的【傍妆台】小令，创作于嘉靖二十三年（1544），然而康海在嘉靖十九年（1540）业已辞世，绝不可得见此作，反而其从弟康浩对【傍妆台】赞美尤甚，不仅撰写跋语表达激赏之情，更亲自援笔仿作，这里或为王世贞误记，对康氏兄弟二人有所混淆。

其后曲论又涉于此者，摘录如下：

---

① 夏咸淳：《王世贞与园林艺术》，选自姚大勇、张玉梅编：《王世贞与明清文化国际学术交流会论文集》，上海三联书店2016年版，第521页。
② 王世贞：《曲藻》，选自中国戏曲研究院编：《中国古典戏曲论著集成》（四），中国戏剧出版社1959年版，第36页。

1. 山东李伯华所作百阕【傍妆台】，为康德涵所赏。余购读之，尽伧夫语耳，一字不足采也。（王骥德《曲律·杂论》）①

2. 章邱李中麓太常亦以填词名，与康、王俱友，而不娴度曲，即如所作《宝剑记》，生硬不谐，且不知南曲之有入声，自以中原音韵叶之，以致吴侬见诮。（沈德符《顾曲杂言·南北散套》）②

3. 北人如王渼陂、康对山，翩翩佳致。其后推山东李伯华。伯华以【傍妆台】百阕为对山所赏，今其词尚在，不足道；所谓《宝剑》《登坛记》，亦是改其乡先辈之作，固自平平，而自负不浅，弇州尝讥其腔律未协，非苛求也。（张琦《衡曲麈谭》）③

4. 李自负在康对山、王渼陂之上，问王元美："此记何如琵琶？"王谓："公辞之美，不必言，第令吴中教师十人唱过，随腔字字改妥。"李怫然罢去。（祁彪佳《远山堂曲品·〈宝剑〉》）④

5. 熟腾北曲，悲传塞下之吹；间著南词，生扭吴中之拍。（吕天成《曲品·能品》）⑤

6. 此公熟于北剧，作此记，谓弇州曰："何似琵琶？"答曰："但令吴下老曲师讴之，乃可。"（吕天成《曲品·具品一》）⑥

7. 章丘李太常中麓，亦以填词名，与康、王交，而不娴度曲，如所作《宝剑记》，生硬不谐，且不知南曲之有入声，自以《中原音韵》叶之，以致见诮吴侬。（焦循《剧说》卷一）⑦

---

① 王骥德：《曲律》，选自中国戏曲研究院编：《中国古典戏曲论著集成》（四），中国戏剧出版社1959年版，第180页。

② 沈德符：《顾曲杂言》，选自中国戏曲研究院编：《中国古典戏曲论著集成》（四），中国戏剧出版社1959年版，第203页。

③ 张琦：《衡曲麈谭》，选自中国戏曲研究院编：《中国古典戏曲论著集成》（四），中国戏剧出版社1959年版，第269页。

④ 祁彪佳：《远山堂曲品》，选自中国戏曲研究院编：《中国古典戏曲论著集成》（六），中国戏剧出版社1959年版，第47页。

⑤ 吕天成：《曲品》，选自中国戏曲研究院编：《中国古典戏曲论著集成》（六），中国戏剧出版社1959年版，第211页。

⑥ 吕天成：《曲品》，选自中国戏曲研究院编：《中国古典戏曲论著集成》（六），中国戏剧出版社1959年版，第227页。

⑦ 焦循：《剧说》，选自中国戏曲研究院编《中国古典戏曲论著集成》（八），中国戏剧出版社1959年版，第89-90页。

综上可知，明清曲论中对李开先曲作的评价，主要针对《宝剑记》和《傍妆台》两部作品，且紧扣"不娴度曲""吴侬见诮"两个关键词。而从"令吴中教师随字改妥"，到"以中原音韵叶之，以致吴侬见诮"，语句中有涉音韵的相关细节，是随之不断补充、丰满的；从一部作品的"不足道"，到评价李开先个人的"不娴度曲"，对李开先的否定也是成蔓延趋势的。诸种描述俱从王世贞来，有时甚至连"康海"之误也陈陈相因，可见，后世曲评家对王世贞之言比较信赖和认可，但在层累式的"添油加醋"之下，对李开先曲学创作的评价，也逐渐走向极端。

不仅曲学领域如此，王世贞的影响还渗透到了对李开先艺术审美的评价上。据王士禛《香祖笔记》记载，王世贞曾在中麓草堂细看过李开先的藏画，称："王弇州与之善，尝言过中麓草堂，尽观所藏画，无一佳者。而中麓谓文进画高过元人，不及宋人，亦未足为定论也。"① 据此，王世贞对李开先收藏的画作不以为然，显然二人在绘画艺术的鉴赏上品味有别。

其后，《四库全书总目提要》子部艺术类存目，不仅全文引述王士禛之言，且最终予以《中麓画品》"持论偏僻"② 的评价；此外，陈田《明诗纪事》"列朝诗集"一则，同样引征《香祖笔记》的文字，并作按语称："渔洋与伯华为乡曲，且不能为之左袒矣。"③ 由此可见，《中麓画品》乃至李开先的艺术品味，一直饱受诟病，而王世贞在其中的影响，更是不能小觑，甚至可以视为此番论调形成的"始作俑者"。

总而言之，在李、王二人的交往之中，一方面，李开先的曲学观念在一定程度上为王世贞所借鉴，谢柏梁就曾直言李开先的曲学观点"直接开启了王世贞和徐渭的思路"，尤其王世贞"在与李开先的理论对话中所显示出的批判精神，也未尝不是一种大背景下的多向受益，至少他的一代艺术说和南北风格论是受到李开先影响的。"④ 另一方面，王世贞对李开先的

---

① 王士禛撰，湛之点校：《香祖笔记》，上海古籍出版社1982年版，第88页。
② 纪昀总纂：《四库全书总目提要》（三），河北人民出版社2000年版，第2935页。
③ 陈田辑：《明诗纪事》（戊籤卷九），选自周骏富等：《明代传记丛刊》第14册，台湾明文书局1991年版，第126页。
④ 谢柏梁：《李开先及其同仁的戏剧理论——嘉靖隆庆五十年的剧论走向》，载《齐鲁学刊》，1990年第2期。

态度，经历敬重抬爱到谑戏调笑的转变，对其作品的评论亦影响深远，甚至成为后人对李开先固有印象的主要源头，并极大影响了后世之于李开先戏曲成就的评估。虽然不能称李开先的散曲、传奇作品如何高妙绝伦，但也不能全盘否定，无论思想主题还是艺术技巧上，仍不乏可圈可点之处，他本人也并非资质平庸之辈，可以说此番评价也称不上客观，甚至不算公允。而在经年累月、人云亦云的层层叠加之下，基于不同立场而产生的不甚客观的评价，就从文人间的文学观念差异，变成评判作家文学成就的定式，进而导致刻板印象的产生，这一现象更值得我们反思。

第三节　王骥德《曲律》"李尚宝伯华"条与李开先关系辨析

明代中叶散曲复兴，南、北曲家各焕其彩，王骥德曾在《曲律·杂论》中，对这一时期的散曲创作情况加以论述：

> 近之为词者，北调则关中康状元对山、王太史渼陂，蜀则杨状元升庵，金陵则陈太史石亭、胡太史秋宇、徐山人髯仙，山东则李尚宝伯华、冯别驾海浮，山西则常延评楼居，维扬则王山人西楼，济南则王邑佐舜耕，吴中则杨仪部南峰……①

王骥德按南、北地域之别，分列此阶段的作家，并总结他们的主要创作风格和艺术成就。在提及人物时，一律先陈其籍贯，再附以官职作为敬称，最后列其字号。其中所称"李尚宝伯华"，现多认为乃《宝剑记》的作者山东章丘人李开先②，然而时人多以"李太常""李中麓"称之，如

---

① 王骥德：《曲律》，选自中国戏曲研究院编：《中国古典戏曲论著集成》（四），中国戏剧出版社1959年版，第162页。

② 按：今之学者多引此原文，作为讨论明中叶北曲作家群的材料，如羊春秋《散曲通论》在"山东则李尚宝伯华"后备注"李开先"（参见羊春秋：《散曲通论》，岳麓书社1992年版，第289页），赵义山在分析该段文字时，亦称"王氏所开列出的这18人：康海、王九思、杨慎、陈沂、胡汝嘉、徐霖、李开先……"（参见赵义山：《试论分南北曲进行曲学批评的得失》，载《戏曲艺术》，2004年第4期）

王世贞曾作《冬日同游李太常伯华诸园》、梁辰鱼《鹿城诗集》所录《留别章丘李太常开先》等,《曲律》前文中提及李开先,亦有"李中麓序刻元乔梦符、张小山二家小令"①的提法,以"李尚宝"称谓李开先独出于此,不见载于其他文献,难免令人心生疑义。

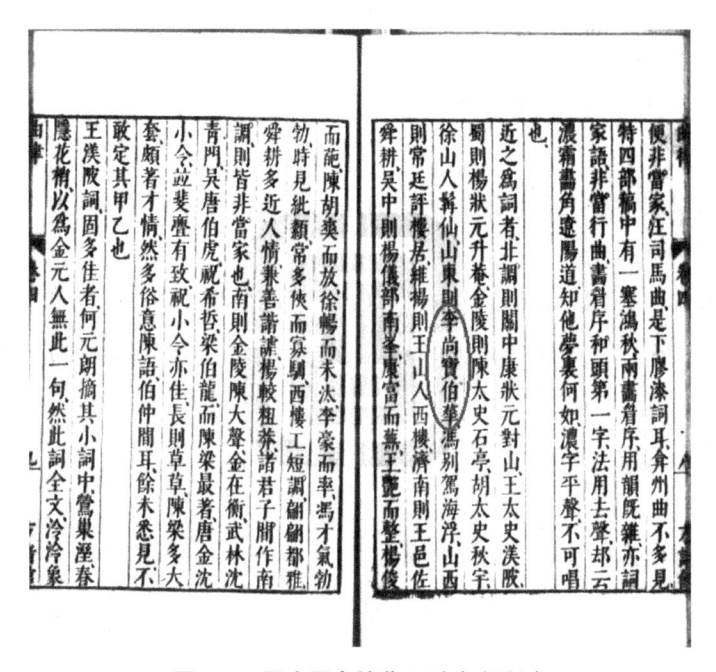

图 1-1　国家图书馆藏 天启年间刻本

检点《曲律》诸类版本②,皆作"李尚宝伯华",并不存在异文,故

---

① 按:今之学者多引此原文,作为讨论明中叶北曲作家群的材料,如羊春秋《散曲通论》在"山东则李尚宝伯华"后备注"李开先"(参见羊春秋:《散曲通论》,岳麓书社1992年版,第156页),赵义山在分析该段文字时,亦称"王氏所列列出的这18人:康海、王九思、杨慎、陈沂、胡汝嘉、徐霖、李开先……"(参见赵义山:《试论分南北曲进行曲学批评的得失》,载《戏曲艺术》,2004年第4期)

② 按:《曲律》现存最早的版本,乃明天启四年(1624)的原刻本。此外尚有清康熙二十八年(1689)苏州绿荫堂重印方诸馆刻本、《指海》本、《读曲丛刊》本(翻刻于清人钱熙祚辑印的《指海》本)、《增补曲苑》本等。目前通行的版本是收入《中国古典戏曲论著集成》的点校本,该本以《读曲丛刊》本为底本,据天启四年原刻本校补。现代比较重要的排印本,尚有陈多、叶长海注译《王骥德〈曲律〉》(湖南人民出版社1983年版),收录于俞为民、孙蓉蓉编《历代曲话汇编·明代编》中的整理本(黄山书社2009年版)。

大致可以排除版本流传过程中，因刊刻导致的错误情况。而《曲律》目前的通行本，基本按照原书著录，均未关注到此问题，前人研究也多将该条作为讨论明代散曲的文献材料，或作为分析作家作品的引证，并没有对文字内容提出质疑。因此，本文将通过相关文献，对"李伯华尚宝"之称加以辨析，指出其讹误之处，并对讹误产生的缘由进一步探析。

一、"山东李伯华"考

既有疑义存在，首先还需明确的是，王骥德文中所指"山东李伯华"，能否确认为李开先。

李开先（1502—1568），山东章丘人，明代戏曲家，官至太常寺少卿。现今可考关于李开先生平的记载，皆对其字、号和籍贯有明确的记录，如：

> 李开先，字伯华，号中麓。济南之章丘人。（《皇明词林人物考》）[1]
>
> 李开先，字伯华，章丘人。（《明史·文苑传》）[2]
>
> 李开先，字伯华，即嘉靖中海内所称中麓先生者也。（《(万历)章丘县志·文苑传》）[3]

又，据殷士儋所撰《李开先墓志铭》记述："按状，公名开先，字伯华，中麓其别号也。先本伯阳之裔，居陇西者最著。其后始自陇西徙长城岭，又自长城岭徙绿原村，于是遂为章丘人。"[4]对李开先家族的迁转进行了详细的说明，并解释了其籍为章丘的由来。由此，李开先山东之籍、伯华之字，确切无疑，并不存在争议。

---

[1] 王兆云：《皇明词林人物考》（卷八），选自周骏富等：《明代传记丛刊》（第17册），明文书局1991年版，第257页。
[2] 张廷玉等：《明史》（卷二百八十七），中华书局1974年版，第7371页。
[3] 《(万历)章丘县志》（卷二十八），选自卜键校笺：《李开先全集》（修订版），上海古籍出版社2014年版，第2217页。
[4] 殷士儋：《翰林院提督四夷馆太常寺少卿李开先墓志铭》，载焦竑：《国朝献征录》（卷七十），选自周骏富等：《明代传记丛刊》（第112册），明文书局1991年版，第520页。

其次，从与李开先同时期人对他的称呼来看，"山东李伯华"之称亦不在少数，且频见于他与友人的诗文往来中。如好友赵时春有诗《寄李伯华》："济上风光俊，耆颐人更嘉。"① 前辈康海寄与李开先的书信，同样题为《与李伯华》，并在文中称赞："方今之士，孰有可与伯华班者？"② 多次以"李伯华"称呼李开先。又，据钱谦益所述，王九思亦有诗云："进士山东李伯华，相逢亦笑李西涯。"③ 此外，陈与郊曾据李开先的《宝剑记》改编传奇《灵宝刀》，该作万历原刻本卷尾亦题明："山东李伯华先生旧稿，重加删润。"上述材料皆可以佐证，时人称李开先为"李伯华"是相当普遍的。

最后，统观《曲律》全书，其实王骥德本人也曾采用过"山东李伯华"的称呼。同样在"杂论"部分，《曲律》之后文中复有："山东李伯华所作百阕【傍妆台】，为康德涵所赏。余购读之，尽伧父语耳，一字不足采也。"④此外，在王世贞所撰《曲藻》中，亦载录对李开先相似的评价："北人自康、王后，推山东李伯华。伯华以百阕【傍妆台】为德涵所赏。今其辞尚存，不足道也。"⑤ 仍然采用"山东李伯华"的称谓，因文中所指百阕【傍妆台】，实即李开先的散曲名作《中麓小令》，故一般不存在争议。

对比前文所引王骥德与王世贞的评语，二者皆是臧否人物的文字，遣词用语又有极高的相似性和重合度，且都展现出对李开先【傍妆台】嗤之以鼻的态度。可见，较晚出的王骥德《曲律》，在该观点的表述上，对王

---

① 赵时春：《赵浚谷集》（卷之六），选自翟清福主编：《明代基本史料丛刊 文集卷》（第4辑），线装书局2015年版，第748页。
② 康海：《对山集》（卷二十二），贾三强、余春柯点校：《康对山先生集》，三秦出版社2015年版，第429页。
③ 钱谦益：《列朝诗集小传》（丙集"何侍郎孟春"），上海古籍出版社1959年版，第274页。
④ 王骥德：《曲律》，选自中国戏曲研究院编：《中国古典戏曲论著集成》（四），中国戏剧出版社1959年版，第180页。
⑤ 王世贞：《曲藻》，选自中国戏曲研究院编：《中国古典戏曲论著集成》（四），中国戏曲出版社1959年版，第36页。

世贞《曲藻》的原文应是有所借鉴和摘录的①。正如叶长海所言："《曲律》虽然自成一家之言，但却又有广泛的继承性，具有旁征博采、综合集成的特征。"②

由此可推知，一方面王世贞的评价从侧面印证，王骥德所指"李伯华"就是李开先；另一方面，王骥德已然使用过"山东李伯华"的称呼，恰与前文"山东则李尚宝伯华"的表述相互照应，进而可以肯定，王骥德所指非他，确为李开先无误。

二、"尚宝"与李开先历任职述略

既然王骥德所指确为李开先无虞，"尚宝"之称又涉及官衔职称，那还需回顾李开先的仕宦经历，考察其是否担任过尚宝一职。

首先，"尚宝"乃是明代官名，官位居于正五品，即唐制符宝郎，掌守宝玺、符牌、印章等事，宋沿置，至明才改称尚宝。而"尚宝"所隶属的尚宝司，命名于1367年，迁都北京后又曾名外尚宝司。通过史书中记录明代职官的材料，我们可以对"尚宝"这一官职有更为直观的了解：

> 国初设符玺郎，秩七品。后置尚宝司，升正三品衙门。设卿、少卿、丞。职专宝玺符牌等事。洪武元年，改正五品衙门。③（《明会典》卷二百二十二）

> 尚宝司，卿一人，正五品；少卿一人，从五品。……掌宝玺、符牌、印章，为辨其所用。④（《明史·职官志三》）

---

① 按：据叶长海考证，《曲律》开始写作于万历三十八年（1610）春，至当年冬已基本完成，并作了《自序》。此后若干年又不断增补，《杂论》部分多为后来增补而成。（参见叶长海：《王骥德〈曲律〉研究》，中国戏剧出版社1983年版，第27页。）王世贞《曲藻》则自《艺苑卮言》论词曲部分摘出，嘉靖四十四年（1565）至隆庆六年（1572），王世贞增补《艺苑卮言》正文两卷、附录四卷，《曲藻》就辑自附录卷一。（参见王世贞：《弇州山人四部稿》（卷一四四）《艺苑卮言·序》，上海古籍出版社1993年版。）据此，可以确认《曲藻》的成书是在《曲律》之前的，王骥德大有参阅的可能。
② 王骥德著，陈多、叶长海注译：《王骥德〈曲律〉》，湖南人民出版社1983年版，第10页。
③ 申时行等：《明会典》，中华书局1989年版，第1099页。
④ 张廷玉等：《明史》（卷七十四），中华书局1974年版，第1822页。

> 太祖初，设符玺郎，吴元年十二月，改尚宝司，卿正五品，少卿从五品。①（《明会要》卷三十九"尚宝司"条）

> 捧宝官开盝取玉宝，跪受丞相，丞相捧宝，上言：皇帝进登大位，臣等谨上御宝。尚宝卿受宝收入盝内。②（《明会典》卷四十五"登极仪"条）

> 鸿胪寺卿跪请升殿，驾兴，导驾官前导，尚宝司捧宝前行……礼毕，鸣鞭乐作，驾兴，尚宝观捧宝，导驾官前导，至华盖殿乐止，驾还宫。③（《春明梦余录》卷七"正殿"条）

通过这些史料可知，尚宝司的机构设置比较简单，与皇帝关系较为紧密，常伴驾参与登基、祭祀等重大礼仪活动。需要注意的是，虽代为掌管和使用象征国家与皇权的宝玺，实际上专为皇帝服务，相当于皇帝的近侍，权力的行使比较受牵制，严格意义来说并没有什么实权。

另外，王天友指出："尚宝卿在明代国家机构占有一定的地位，他与太常寺卿、光禄寺卿、翰林学士、国子监祭酒并列，属于'小九卿'之一。"④ 据此，"尚宝司"与"太常寺"两个官署，在地位上应是等同的，但太常寺少卿为正四品官员，尚宝卿则为正五品，品阶有所不同；而李开先在官时，最高到太常寺少卿的位置，其《太常南圃》题联自谓"一亩园过十亩田李太常甘心治圃"⑤，时人亦多以"李太常"称之，又古时称呼有官职之人，乃用其最高官衔的简称，这也从侧面印证了，称李开先为"李尚宝"存在不合理之处。

其次，关于李开先的仕宦经历，钱谦益《列朝诗集小传》有过简略的记叙："开先，字伯华，号中麓，章丘人。嘉靖己丑进士，授户部主事，

---

① 龙文彬撰：《明会要》，中华书局1956年版，第680页。
② 申时行等：《明会典》，中华书局1989年版，第320页。
③ 孙承泽：《春明梦余录》（上），北京古籍出版社1992年版，第104—105页
④ 王天有：《明代国家机构研究》，紫禁城出版社2014年版，第70页。
⑤ 李开先：《中麓山人拙对》，选自李开先：《李开先全集》，上海古籍出版社2014年版，第1716页。

调吏部，历文选郎中，擢太常寺少卿，提督四夷馆。"① 大致道出李开先较为重要的职称，而在雷礼《国朝列卿纪》"四夷馆少卿行实"一条中，载录得更为翔实：

> 李开先，字伯华，山东章丘县人。嘉靖己丑进士，任户部主事。十二年改吏部考功主事，十四年升考功员外，十五年升稽勋司郎中，十七年调验封，十八年调文选，十九年升提四夷馆太常寺少卿，二十二年闲住。②

具体说明了李开先的六任官职，及其升迁的具体时间。然而李开先在《中麓山人拙对》中，自称"历官九任心情才倦即还家"③，可知其所历职位还不止于此。据卜键考证，李开先的历官职次分别为：户部云南清吏司主事、吏部考功清吏司主事、吏部稽勋清吏司署员外郎事、吏部验封清吏司署员外郎事、吏部验封司员外郎、吏部稽勋司郎中、吏部验封司郎中、吏部文选司郎中、提督四夷馆太常寺少卿。④ 正合于"九任"之数，亦不见其司尚宝司之事。

最后，综上所述，李开先任官之时主要迁转于吏部，主管官吏的选拔与任用，既如其《中麓山人拙对》中所称"愧道李君曾吏部"⑤、"久据要津疏狂不免谗人忌"⑥，又印证吕天成"铨部贵人"⑦ 之说。并且，他从未有过供职于尚宝司的经历，更不存在某一任官职名称，与"尚宝"二字形

---

① 钱谦益：《列朝诗集小传·丁集上》（"李少卿开先条"），上海古籍出版社1983年版，第376—377页。
② 雷礼：《国朝列卿纪》（卷一百三十八），选自周骏富等：《明代传记丛刊》（第40册），明文书局1991年版，第188页。
③ 李开先：《中麓山人拙对》，选自李开先：《李开先全集》，上海古籍出版社2014年版，第1739页。
④ 参见卜键：《李开先疑事考（上）》，载《戏曲艺术》，1986年第4期。
⑤ 李开先：《中麓山人拙对》，选自李开先：《李开先全集》，上海古籍出版社2014年版，第1716页。
⑥ 李开先：《中麓山人拙对》，选自李开先：《李开先全集》，上海古籍出版社2014年版，第1743页。
⑦ 吕天成：《曲品》，选自中国戏曲研究院编：《中国古典戏曲论著集成》（第6集），中国戏剧出版社1959年版，第211页。

近的情况。由此，可以推断"李尚宝伯华"应为王骥德著录时之讹误。

三、"李伯承尚宝"说

就生平经历来看，王骥德作为后辈既与李开先并非熟识，更未有过直接交往。① 然而错录官职，已然不算小失误，故而这般讹误的出现，并非毫无根由，且大有可能是王骥德将李开先与同时期的人物混淆了。检阅相关史料，确有一位符合各种条件的人物——李先芳，二人不仅名、字相似，生年相近，还同为山东籍人氏，更重要的是李先芳曾供职于尚宝司。

李先芳，山东濮州（今山东菏泽）人，与王世贞、殷士儋同为嘉靖二十年（1541）的进士。《明史》不载其传，却在《王世贞传》中对他有所提及："世贞好为诗古文，官京师，入王宗沐、李先芳、吴维岳等诗社……'广五子'则昆山俞允文、濬卢柟、濮州李先芳、孝丰吴维岳、顺德欧大任也。"② 而钱谦益《列朝诗集小传》有"李同知先芳"条，大致记录下他的任职经历："……嘉靖丁未进士，除新喻知县，迁刑部郎中，改尚宝司丞，升少卿，降亳州同知，稍迁宁国府同知，复以台抨罢。"③ 又，《明文海》录有邢侗所撰《尚宝司少卿北山先生濮阳李公行状》，云："濮上名先芳，字伯承，初号东岱，后更北山，元美独用东岱命诗筒。"④ 皇甫汸则为其诗集作序，称："《李少卿集》者，濮阳李君诗也。君名先芳，字

---

① 按：李开先生于弘治十五年（1502），卒于隆庆二年（1568）；而王骥德的生年则各家说法不一，徐朔方推论为嘉靖二十一年（1542）（参见徐朔方：《晚明曲家年谱》（第2卷），浙江古籍出版社1993年版，第237页），叶长海则提出"约在1557年至1569年间"（参见叶长海：《〈四声猿〉〈歌代啸〉及其他》，载《戏剧艺术》，1992年第4期），张建新认为其生年上限应在嘉靖三十九年（1560）（参见张建新：《徐渭论稿》（第四章），北京艺术出版社1990年版，第174页），李惠绵：《王骥德年表初编》提出"约生于明嘉靖三十九年（1560）前后"（参见李惠绵：《王骥德〈曲论〉研究》（附录一），台大出版社1992年版，第259页），李洁通过新材料补证王骥德生年当不低于嘉靖三十九年（1560）（参见李洁：《王骥德生平资料新补》，载《戏曲与俗文学研究》，2020年第1期）。综上可见，王骥德出生时，李开先已届暮年。
② 《明史》（卷二八七），中华书局1974年版，第7379、7381页。
③ 钱谦益：《列朝诗集小传·丁集上》，上海古籍出版社1983年版，第426页。
④ 黄宗羲编：《明文海》（卷四百三十八），中华书局1987年版，第4634页。

伯承，岁中超拜尚宝阶，渐清华，业臻渊邃。"① 凡此种种，皆可佐证，李先芳最高曾官至尚宝司少卿。

因此，当时有不少以尚宝司少卿的官名称呼李先芳者，而据于慎行《李符卿墓志铭》载：

> 北山先生，姓李氏，讳先芳，字伯承。其先湖广监利人也。国初，以士伍北徙，因籍濮州……顷之，改尚宝司丞，一奉使册封德藩，再供殿试，两考升少卿。②

后有误以"符卿"为李先芳的别字者③，实际上"符卿"乃明代尚宝司卿的别称，据《新刊古今类书纂要》卷五《仕宦部·尚宝司》所载："尚宝司正卿，正五品。玺卿：尚宝卿也，又曰符卿。"④ 同时，同为"广五子"之一的欧大任有诗《李符卿伯承左迁亳州，夜同黎秘书惟敬、吴侍御约卿往饯，得长字》⑤，可知"李符卿"之谓，就是以官名作为李先芳的敬称，并非指其字。

除"李符卿"外，同时期人称"李尚宝"的情况也比较常见，如王世贞《弇州山人四部续稿》卷一百五十五收录《祭李伯承尚宝文》⑥，同郡人龚秉德有诗《元夕集李尚宝宅话旧》，明代"续五子"之一的黎民表亦有诗作《送李尚宝伯承弟仲连归濮阳》。此外，李先芳还有诗集《李尚宝集》一卷，现存明隆庆五年（1571）序刻《盛明百家诗》本⑦。

---

① 皇甫汸：《李少卿诗序》，选自叶桂桐、阎增山：《李先芳与〈金瓶梅〉》，宁夏人民出版社1988年版，第130-131页。
② 叶桂桐、阎增山：《李先芳与〈金瓶梅〉》，宁夏人民出版社1988年版，第88页。
③ 按：一些关于李先芳生平的论述中，有"李先芳，字伯承，又字符卿"的说法。参见程立中：《亳州旧志与地方文化研究》，安徽大学出版社2016年版，第24页；王绍曾、沙嘉孙：《山东藏书家史略（增订本）》，齐鲁书社2017年版，第86页；李山岭：《亳州先贤著述考录》，合肥工业大学出版社2017年版，第205页。
④ 璩昆玉撰：《新刊古今类书纂要》（卷五）《仕宦部·尚宝司》，日本宽文九年（1669）刻本。
⑤ 欧大任等著，郑力民点校：《南园前五先生诗》，中山大学出版社1990年版，第242页。
⑥ 《四库提要著录丛书》编纂委员会编：《四库提要著录丛书·集部》（122），北京出版社2010年版，第227-228页。
⑦ 参见上海图书馆编：《中国丛书综录》（第二册），上海古籍出版社1986年版，第1353页。

由此，在当时所处的社会环境、交际圈层中，"山东李尚宝"的称呼是存在且较为常见的，王骥德大有混淆李开先、李先芳二人，存在张冠李戴的可能。

其次，王世贞尝谈论嘉靖年间的散曲作者，道："北调如李空同、王浚川、何粹夫、韩苑洛、何太华、许少华，俱有乐府，而未之尽见。予所知者：李尚宝先芳，张职方重，刘侍御时达，皆可观。"① 可知，李先芳有过散曲创作，且为好友王世贞所见，或是碍于人情，王氏的评价也相对中庸。

不过严格来说，就李先芳的生平著述来看，有诗文集《东岱山房稿》三十卷、《江右诗稿》二卷、《清平阁集》，以及诗话《读诗私记》《诗隽》等，词曲之作只有《泰然亭乐府》一部。而作为"后七子"的羽翼人物，李先芳的名字也屡见于有关"后七子"一派的诗论、诗话中，《列朝诗集小传》称："始伯承未第时，诗名籍甚齐、鲁间，先于李于鳞。通籍后，结诗社于长安，元美隶事大理，招延入社，元美实扳附焉。"② 《四库全书总目提要》亦云："嘉靖诗社，先芳首倡，厥后李、王踵兴。"③ 故而不少人视李先芳为"后七子"的先驱者，认为他"对于第二次复古运动的形成和后七子在文坛的崛起，起到了一定的桥梁和铺垫作用。"④

由此，李先芳文学成就大体凸显于诗文领域，虽有染指散曲创作，却并不以此为长，当时也不曾有"曲家"的名号，俨然不符合王骥德所列举"北方曲家"的条件，因此可以排除《曲律》中所指为李先芳的可能。

此外尚有旁证，混淆李先芳与李开先，并非个别现象，此般情形也出现在梁辰鱼的《鹿城集》中。国家图书馆藏《鹿城集》清钞本二十八卷，卷二十六载有《章丘李伯承席上》一诗，笔者认为题目实际所指当为李伯华（开先），兹略加辨析：

一方面，李先芳隶籍山东濮州，而非章丘之人，根据前人的考察，梁

---

① 王世贞：《曲藻》，选自中国戏曲研究院编：《中国古典戏曲论著集成》（四），中国戏曲出版社1959年版，第36—37页。
② 钱谦益：《列朝诗集小传》（丁集上），上海古籍出版社1983年版，第427页。
③ 《四库全书总目提要》（卷一七七），中华书局1983年版，第1596页。
④ 周潇：《李先芳与"后七子"公案辨诬》，载《齐鲁学刊》，2006年第5期。

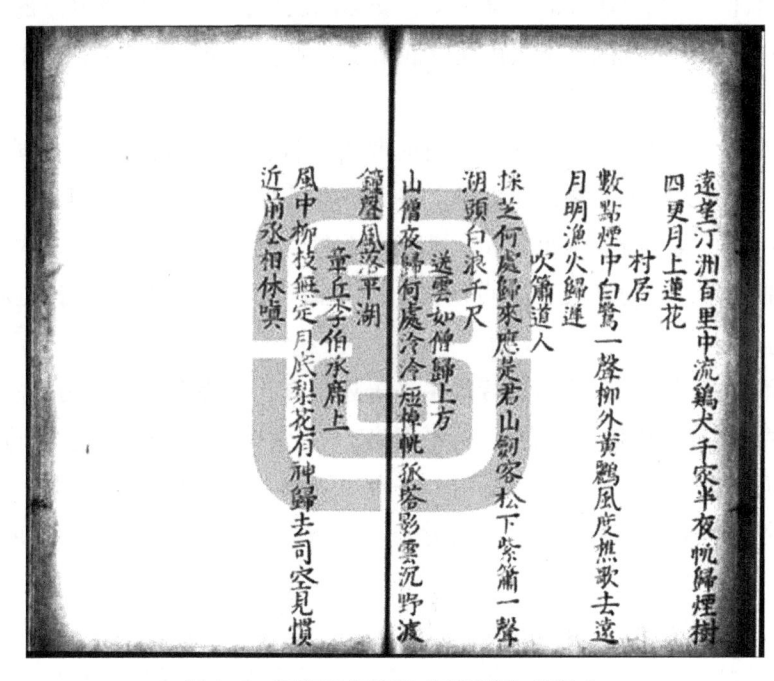

图 1-2　国家图书馆藏《鹿城集》清钞本

辰鱼与李先芳不曾有过往来①，且目前尚未有材料可以佐证二人存在交集，因而赠诗一事当不会发生；另一方面，嘉靖四十五年（1566），梁辰鱼二次北上游历，曾经山东而结识李开先②，《鹿城集》卷二十复有《留别章丘李太常开先》七言律诗一首，可见二人确有交往，且有过题诗相赠的情况；同时，梁辰鱼在《补陆天池无双传二十折后》小序中称："摘词哀怨，远可方瓯越之《琵琶》；吐论峥嵘，近不让章丘之《宝剑》。"③ 其中《宝剑》乃指李开先的传奇《宝剑记》，此处同样署了章丘这一地名，用以指称李开先的郡望，可证《章丘李伯承席上》中的"李伯承"是"李伯华"之误，而不可能是"濮州李伯承"，此处或是梁氏笔误，或是手民之误。

---

① 参见陈其湘：《梁辰鱼生平探索》，载《中国文学研究》，1987年第3期；黎国韬、周佩文编著：《梁辰鱼研究》（第三章）《梁辰鱼交往考略》，中山大学出版社2007年版；陈益：《梁辰鱼与他的几个同道》，载《苏州杂志》，2009年第3期。
② 参见黎国韬、周佩文编著：《梁辰鱼研究》，中山大学出版社2007年版，第44页。
③ 吴书荫编：《梁辰鱼集》，上海古籍出版社1998年版，第443页。

需要指出的是，与王骥德不同，梁辰鱼和李开先之间是有过切实交往，更曾到访过"章丘"拜会李开先，因而此处独出的"章丘李伯承"，更大有可能是刊刻过程中出现的讹误。

综上所述，王骥德《曲律·杂论》中所称"李尚宝伯华"，虽确指《宝剑记》作者李开先无误，但李开先从未担任尚宝一职，此般错署官职的情况，极可能是混淆了李开先（伯华）与李先芳（伯承）造成的。他们生年相近，名字相似，同为山东籍人事，文学活动亦主要在嘉靖年间；且二人一为太常寺少卿，一为尚宝司少卿，虽官署有别，但官名相同，也是容易造成混淆的因素。

小　结

综上所述，李开先的交际圈前后不一，以罢官为界可划分为两个截然不同的阶段：罢官之前，那些看似"外在"的因素，例如从政经历、同在朝中的作家群体、政治群体的品味偏好，都或多或少影响着李开先的审美思考、促进着他文学素养的提升，并对他日后创作风格的形成产生关键的作用；罢官之后，没有了官员身份的桎梏，李开先的交友选择也更为自由，正如李开先《归田后谢招隐数君子》中称："相知苦劝及时还，书奏明光愿乞闻。交友共超形迹外，罢官免在是非间。"[①] 他与朋友间的往来也更具生活情趣，除了基本的诗酒唱和外，他们还热衷于寻幽探胜、游园赏景，这也触发着他们的文学兴致，并为写作提供了不少素材，故而不难发现，李开先《闲居集》中充盈着大量纪游写景之作。而相较于带有政治目的的交际，他明显更倚重兴趣爱好的投契。

从李开先个人的立场出发，他曾在《存友录·后序》归纳一生结交为"四友"，其序云："诵诗读书，谓之尚友；走简驰情，谓之远友；把袂断金，谓之契友；述往传来，谓之存友。予与云峰偕生盛世，不须尚友；同

[①] 李开先：《归田后谢招隐数君子》，选自李开先：《李开先全集》，上海古籍出版社2014年版，第230页。

乡共井，又非远友执手同心，相交四十年，盖契友之最深者也。"该文虽为表述与王云峰的情谊深厚，但依据上述"四友"的分类，以及"诵读诗书""走简""述往"等语，不难窥见李开先于人际交往中，十分在意文学、艺术上的交流、往来，并最终践行在实际的生活之中。

总体而言，不同时期的交游活动，既壮大了李开先的文坛名声，又培养着李开先的文学素养，并对其最终的文学成就有一定的促进作用。如果说居官之时，京都朝堂乃是他主要的社交场所，那么居家之时，家宴、词会便成为其重要的交际途径，虽然地域、圈层狭窄了，但他的影响力实际是在扩大的，从其诗作所描绘的宴乐不辍、唱和不断的景象，不难领会他在山东当地的号召力。

而作为入仕文人，常年受精英文化熏染，李开先却能保持"民间立场"，这与他不分贵贱的择友观念、通达上下的朋友圈层或多或少有所关联。更何况罢官后的李开先，从"庙堂之上"转入"江湖之间"，因而，在正统文学之外，李开先有更多的机会接触到许多来自民间的文艺和传统观念，这些伴随着人际交往而来的特殊经验和切实感受，也成为李开先可以突破正统意识形态禁锢的有力条件，使他可以进一步认识到戏曲、民歌等俗文学的重要价值，而雅俗共赏也成为他之于文学重要的价值标准。

第二章 "罢官"事件：李开先文学思想及创作的前后分野

明世宗嘉靖二十年辛丑（1541）四月，皇家宗庙发生火灾，时称"九庙灾"。李开先作为太常寺少卿，按例上疏自陈乞休，不料却自此开启了长达二十余年的闲居生涯。李开先曾自言："昔余在太常，奉职无状，诏许归田"①、"余素嫉恶太严，守法不少假借人，其为文选也滋甚，以是得罪权贵。"② 又有诗云："火灾九庙吾官罢，今日朝堂又复灾。圣主恩深宽策免，隐忧明诏九天来。"③ 虽屡屡提及此事，却对罢官的真正原因始终讳莫如深，然从前人的考述来看④，政治集团内部不便言明的派系之争、人事纠葛，才是他抱憾终生，郁愤不平的根源。

钱谦益《列朝诗集小传》称："古来才士，不得乘时柄用，非以乐事系其心，往往发狂病死，今借此以坐消岁月，暗老豪杰耳。"⑤ 为其人其作，勾勒出一幅不平则鸣、豪放不羁的形象。然而回顾李开先的生平，从嘉靖七年（1528）中举，到次年中进士，正式迈入政坛，到嘉靖二十年辛丑（1541），因"九庙灾"被罢免，退居章丘原籍，宦海生涯不过短短十

---

① 李开先：《中宪大夫保定府知府右川康君墓志铭》，选自李开选：《李开先全集》，上海古籍出版社2014年版，第805页。
② 李开先：《诰封宜人亡妻张氏墓志铭》，选自李开选：《李开先全集》，上海古籍出版社2014年版，第763页。
③ 李开先：《惊闻朝廷火灾林下小臣恭为此诗》，选自李开先：《李开先全集》，上海古籍出版社2014年版，第443页。
④ 参见卜键：《关于李开先生平几个史实的考辨——兼与宁茂昌同志商榷》，载《山东师范大学学报》，1985年第2期；黄维若：《论李开先罢官》，载《戏曲研究》，1985年第14期；卜键：《李开先疑事考（下）》，载《戏曲艺术》，1987年第1期。
⑤ 钱谦益：《列朝诗集小传·丁集上》（"李少卿开先条"），上海古籍出版社1983年版，第378页。

几载。无论是在仕期间，与杨慎、康海、王九思等前辈，以及"八才子"等同谊的往来，还是归田之后主盟章丘文坛、广纳门客，不难发现，"罢官"事件不仅是他政治生涯的转折，更是其文学活动产生重大变化的关捩。从个体角度出发，经历如此人生动荡，对于退居故里的李开先而言，既意味着交游圈层、社会身份的改变，更牵动着他文学观念的反思与重塑。因此，仅用"豪放不羁"作为对李开先思想趋向的总体认知，就显得过于片面。

把"罢官"作为李开先政治、文学生活的分界，基本已为共识。[①] 周潇结合当时文坛思潮，讨论李开先复杂文学思想的成因："身历前后七子交替和唐宋派崛起的双重文学状态下，李开先无疑受到了两种影响，但李开先的文学思想，既不同于复古派，也不同于唐宋派，而更多地受到了明中叶新兴的民间通俗文学的影响。"[②] 上述各类研究，或是围绕着罢官对李开先的文学创作的影响展开，或是重点分析其罢官后期的思想观念与作品创作，虽有言及"转变"，或碍于原始材料的有限，多着重于讨论转变的原因和背景，与具体的作品结合度有限，李开先在罢官之前的文学创作情况亦常被忽略。并且李开先文学思想的"变化"与"延续"，他于雅俗文学创作间的承继、革新，仍有值得深入挖掘的空间。同时，时代背景和个人遭际的复杂性，导致了李开先文学观念的多元驳杂，在此冲突中，他如何进行心理的调适，及其个人思想要义的辨析也仍需深化。在此过程中，他所处的阶层属性，经历了从平民到士大夫再回归平民的流动，这对他思想变化的影响，尤其值得注意。

鉴于前辈成果珠玉在前，故本章重点不在于归纳、总结李开先的各类思想观点，而是立足于"转变"这一核心要义，以李开先的"罢官"事件为界限，在与嘉靖文坛的参照互证之中，探寻他复杂心态的呈现和演变的

[①] 按：相关的几篇文章，如郑凯歌《论免官对李开先诗歌的影响》，围绕罢官后的诗歌内容和观念展开讨论；而李献芳《简论李开先思想的变化与文艺观的创新》，主要关注通俗文学的层面，并结合时代思潮，分析李开先"儒道合一"的思想体系；卜键则总结到："李开先的思想体系是儒道合一的，且随着生活遭际的变化显示着不同的特征……就一生来说，积极入世还是其思想的主要特征。"（参见卜键：《李开先全集·前言》，选自李开先：《李开先全集》，上海古籍出版社2014年版，第5页。）

[②] 周潇：《明代山东文学史》，中国社会科学出版社2015年版，第126页。

过程。通过落实到具体的作品创作，观照其前、后期文学思想的转变，并依据文献的时序来推论思想发展动态，力求言之有据。

本章将从几个关键性的问题入手：李开先对早期的诗文创作的舍弃、文学观念的更新与延续，力求还原李开先在时代思潮和失意人生的裹挟下，思想意识的生成及衍变，以及由此导致的创作上的取舍与持变。同时，需要明确的是，作品和思想间是双向的，前人及周围人的约定俗成、既有观念，影响着他的文体选择；反之，他的作品，又构建起了他不同人生阶段不同的思想轨迹，此中蕴含他对前人观点、个人前期文学观念的省悟与反思，还有待展开讨论。

第一节　罢官前期的创作及思想考辨

对李开先文学思想的系统认知，仍要落实到具体的创作层面，就其生平创作，按殷士儋（1522—1581）撰《李开先墓志铭》载："所著有《闲居集》十二卷，杂集二十一种行于世。"① 虽然未录详细之名目，但殷士儋生年与李开先颇近，故所言"二十一种"，当是不妄。包括《闲居集》在内，相关的二十二种著作，卜键等人皆有过细致的勾稽整理②。为了深入把握"罢官"对李开先整体文学创作的影响、辨析其中的"转变"与"延续"，故本节首先梳理其罢官前的创作情况，并通过进一步考证，论述其前期的文学风貌和思想倾向。

一、罢官前期的作品述略

以嘉靖二十年（1541）的"罢官"事件为界，李开先前期的创作情

---

① 殷士儋：《翰林院提督四夷馆太常寺少卿李开先墓志铭》，选自李开先：《李开先全集》，上海古籍出版社2014年版，第2216页。
② 参见卜键：《所见明刻本李开先〈闲居集〉及其他》，载《文献》，1991年第4期；曾远闻：《李开先年谱》，齐鲁书社1991年版；刘建欣：《李开先传笺》，载《明清文学与文献》，2019年第1期。

况，如下表所示：

表 2-1

作品名称	创作时间	收录情况
《赠康对山》	嘉靖十年（1531）	万历刻本，载于陈所闻《北宫词纪·外集》卷一
《卧病江皋》	始作于嘉靖十年（1531）	旧钞本，存北图善本室
《双修揭要集》	嘉靖十六年（1537）	佚，有序存《闲居集》文之六
《南北插科词》	待考	佚，有序存《闲居集》文之六
《经义待质》	待考	佚
《山东盐法志》	待考	佚

注：上述诸作，除《经义待质》和《山东盐法志》外，余下均在《闲居集》所录文章中有所提及。

1.《赠康对山》

嘉靖十年（1531），任职户部的李开先奉命运饷宁夏，也正基于此段经历，他与前辈康海、王九思结下忘年之交。在为王九思所作传中，李开先忆及与康海的相识经过："予尝饷军西夏，路出乾州，偶遇康对山，坐谈即许以国士，当夜作一正宫长套词赠之。传播长安以及鄠县，而张太微、胡蒙溪又交口称誉，以为自来会晤过客，无如予者。"① 此中所言"正宫长套词"，即是现存的《赠康对山》套曲，该作虽在当时广为传颂，如今仅有万历年间陈所闻编《北宫词纪·外集》所收传本流世，题为《述隐·赠康对山》。

2.《卧病江皋》

同样是在嘉靖十年（1531），完成饷边公务的李开先，扶病归家，百无聊赖的他，将此次西夏之行的所闻所见、居家休养时的所触所感，皆寄寓于词曲之中，即成散曲【一江风】《卧病江皋》。从个人心境的抒发，到世间百态的书写，内容丰富，随心而咏，兴来而发，故成洋洋洒洒百余篇。

---

① 李开先：《渼陂王检讨传》，选自李开先：《李开先全集》，上海古籍出版社2014年版，第925页。

《〈市井艳词〉又序》中，李开先自道："予词散见者勿论，已行世者，辛卯春有《赠对山》，秋有《卧病江皋》，甲辰有《南吕小令》，《登坛》及《宝剑记》脱稿于丁未夏，皆俗以见加，而随文随俗远。"① 言中"辛卯"即嘉靖十年（1531），故上述两作，为其在官时的创作无疑。

需要注意的是，《卧病江皋》的创作并非一时所为，乃起意于嘉靖十年（1531），越十年始汇集整理，刻印于嘉靖二十三年（1544），李开先业已被罢归乡，整理旧稿之时，亦有可能重新修改、订正，惜今日仅有北图钞本传世，亦无从考证。

3.《双修揭要集》

虽然这本书已经亡佚，但李开先在《重订〈双修揭要集〉序》中，较为细致、全面地陈述了该作的编撰经过，为我们留下不少细节作为参考：

> 吏曹重门内，南为稽勋司。东邻文选，后俯通衢，既非文选之多政，日听通衢之歌声，都下谓之外翰，同官称为吏隐。有摘《陋室铭》为戏者："有笙簧之聒耳，无案牍之劳形。"不谷为郎于此，岁已周矣。事简既可藏拙，心闲又可修真，乃细阅《云笈七签》，并博采《道藏》中有关涉玄学者，终以传抄，传闻秘旨，苦究沉思，必与吾心契合，乃始放过。总所得而揭起要，共有七节，性命双修，因名其集曰《双修揭要》……复取旧著读之，多有支离龃龉者，春和秋肃，笔札可亲，督耕省敛之暇，从而改定之，仍是七节，节节凿凿可行，更名《重订双修揭要》云。②

据文中所言，该书草稿于李开先就任稽勋司郎中之时，据卜键所考③，约在嘉靖十六年（1537）。着重"重订"二字，为强调在刻印前另加改正，

---

① 李开先：《〈市井艳词〉又序》，选自李开先：《李开先全集》，上海古籍出版社2014年版，第568页。
② 李开先：《〈重订双修揭要集〉序》，选自李开先：《李开先全集》，上海古籍出版社2014年版，第597-598页。
③ 参见卜键：《李开先疑事考（上）》，载《戏曲艺术》，1986年第4期。

也说明李开先会有审订旧稿的习惯。序中提到的《云笈七签》乃道教类书，《道藏》则是道家经籍之总集，位居闲曹的李开先，不仅有精力读书写作，更借此性命之学寄寓情思、消遣暇余。由此亦可知，他在归田后的诗作中，对道家玄学屡屡表露的倾心之意，早在此时已初现端倪，并非罢官后的陡然转向。

4.《南北插科词》

《南北插科词》今亦不存，不过仍有序收于《闲居集》中，乃李开先归乡后不久所作，从创作到刊刻的各种情况、缘由，皆有言及：

> 予少时综理文翰之余，颇究心金元词曲……继叨窃科第，厕名郎曹，征逐流尘，兢兢于公务之不暇，于是弃置不为，今十年所矣。及归林下，渐山屠太史遥以素册索书歌词，岂过听曲采，妄谓瓦缶之间，或可寓钟律耶！披翻架阁，得旧作《南北插科》数阕，用以塞其请，且求教益。览者若严以曲部，目以大方，则非予之敢知也。

从中可知，《南北插科词》乃是李开先罢官之后，受友人之请托，得闲整理的早年旧作。虽今已不传，但从"歌词""曲部"等字句可以推断，当是兼用南、北宫调的散曲作品。同时，通过这段文字的描述，我们也能看出，基于现实因素，李开先居官之时，多劳于公务、尽于职守，所以其在任的十余年间，并没有留下太多的作品。

5.《经义待质》

共计四卷，失传已久，从名称来看，当是有关研析经学义理的著作。书名最早见载于《(乾隆)章丘县志》，后成瓘撰《(道光)济南府志》亦有载录，应出自对前者的承袭。该书既未载于目录书中，在李开先个人或友人的文字中也没有提及，因而详细的情形无从获知。不过，从前文同样失传的两作来看，李开先罢官后写成的新篇、刊刻的旧作，多附有其自撰的序言，故而此书极可能写于其在宦时期，或仅有稿本，常年束之高阁；或未经李开先本人付梓，以至流传不广。

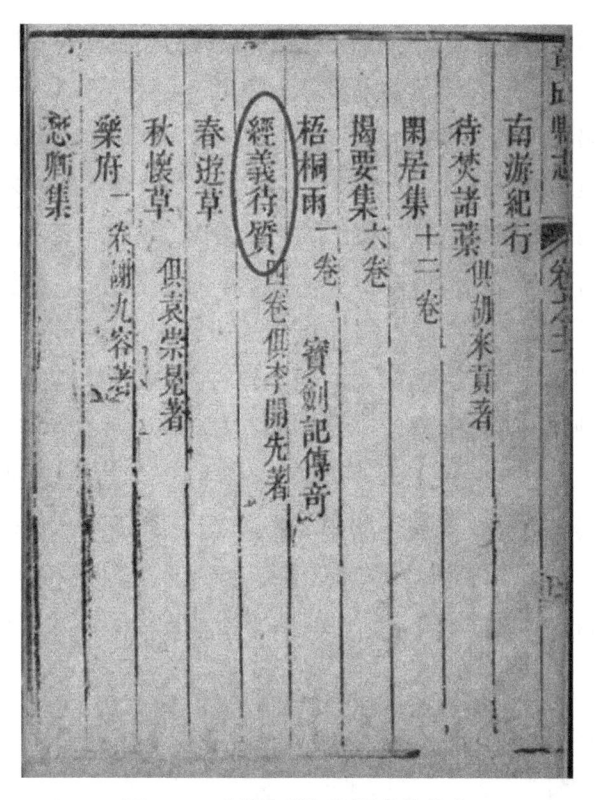

图 2-1　哈佛大学汉和图书馆藏本

6.《山东盐法志》

该书今不见流传，创作时间亦犹待考证。对于此书的著录，最早见清人黄虞稷撰《千顷堂书目》"食货类"，载："李开先《山东盐法志》六卷。"① 又，万斯同《明史稿·艺文志》载："李开先《山东盐法志》六卷。"② 而张廷玉等《明史·艺文志》"故事类"则载："李开先《山东盐法志》四卷。"③ 书名及撰者无异，但在卷数上，三者稍有出入。

据姚名达所述"《明史·艺文志》之撰集，凡经五变。焦竑创始于前，

---

① 黄虞稷撰：《千顷堂书目》（卷九），清抄本，选自中国国家图书馆编：《原国立北平图书馆甲库善本丛书》（第460册），国家图书馆出版社2013年版，第241页。
② 万斯同：《明史稿·艺文志》（卷一百三十四），选自《续修四库全书》（第326册），上海古籍出版社2013年版，第335页。
③ 张廷玉等撰：《明史》（卷九十七）（第7册），中华书局1974年版，第2392页。

不分存佚，通记古今。黄虞稷搜藏于后，兼补前朝，殆尽目睹……遂成张廷玉进呈之本。"① 后来学者多从此论，由此，《明史》之说俨然承袭自黄氏。黄虞稷出身于藏书世家，其父黄居中建"千顷堂"珍藏毕生所收典籍，殁后，黄虞稷承其遗志，整理遗藏的同时，继续广搜博采，且《山东盐法志》极可能为黄氏家族旧藏，故其称为李开先之作不假，"六卷"之说亦更为可信。而《明史稿》作为《明史》的稿本之一，编撰时间较后者更早，所著录之"六卷"也更靠近原本。

那么，《明史》的"四卷"之说，又从何而来？据现今可见的《千顷堂书目》诸种版本，除李开先《山东盐法志》外，后文还记录了"《谭耀山东盐法志》四卷"和"王贵《山东盐法志》"，《明史稿》亦有著"谭耀《山东盐法志》四卷"，然而《明史·艺文志》中所涉《山东盐法志》，只有李开先一人之作，再从承继关系来看，"四卷"之说极有可能出自摘抄时之讹误，编者错将谭耀之书，误归属于李开先名下，才有现今"四卷"的说法。

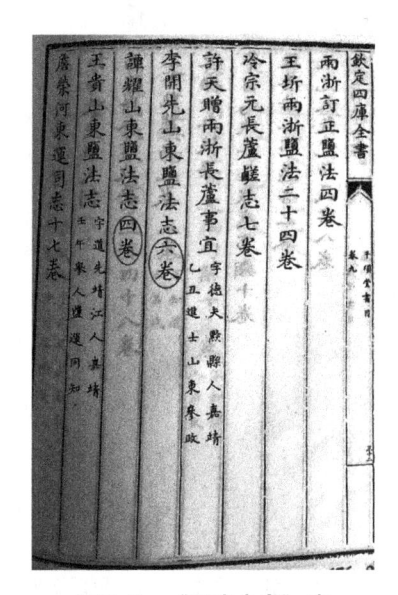

图 2-2　《四库全书》本　　　　图 2-3　国家图书馆藏清抄本

---

① 姚名达撰，严佐之导读：《中国目录学史》，上海古籍出版社 2002 年版，第 180 页。

另外值得注意的是，《闲居集》中收《〈山东盐运司志〉序》一文，提及李开先初出做官时，编修户部条例一事："先也筮仕，尝备员户曹。于时梁俭庵为尚书，精于吏事，不以先为新任，委修条例。自念岂但条例当修哉，而会计录尤其关要者，条例完日，更为此录。功未半而改官……予稿虽草创，而于盐法独加详焉。"① 后文又述："然诸君之意，不敢固违，又喜志与予所草创条例纲目大同小异。谨勉而为之。"②

从中可知，虽然因迁转无常，未能成书，但李开先仍有草稿留存，且格外注重盐法政策，而他本人也对相关事宜精研颇深。结合李开先的仕宦经历来看，此中言及"新任"，指嘉靖八年（1529），李开先以进士供职户部，而"改官"乃指嘉靖十三年（1534）他调任吏部，条例的编撰，当也在此五年之间。两作皆有关盐务，《山东盐法志》或即为此草稿之延续，且罢官之后再作"法志"，稍显逾矩，因此该书更可能为其居官时所作。兹待日后材料充分，进一步考证。

综上所述，李开先居官时既"兢兢了公务之不暇"，又不愿以文士自居，所以留下的笔墨不多，故是时其创作的高峰，一是宁夏饷边之时，既有与康、王的唱和，又有返程养病时的消遣；二则是任稽勋司郎中时，乐得清闲，始有余暇专注书本。同时，检阅《闲居集》所录文章，李开先罢官后所著、所刻之作，基本附有自撰的序言，由此，未在《闲居集》中提到的作品，或多为其在任时所作。

另外引人思考的是，李开先早年即醉心于词曲，虽不见其诗文之作，前期的散曲作品却大多保留了下来，且基本在罢官归家之后始付诸刊刻；而他自称"不事词曲，自在仕路已然矣"③，显然并不符合实情，毕竟词曲多为声色娱乐之用，如此闪烁其词，或许是拘于仕宦身份的情面所碍，再与前文所述，他有意区别的雅俗观念联系起来，各

---

① 李开先：《〈山东盐运司志〉序》，选自李开先：《李开先全集》，上海古籍出版社2014年版，第576页。
② 李开先：《〈山东盐运司志〉序》，选自李开先：《李开先全集》，上海古籍出版社2014年版，第578页。
③ 李开先：《〈中麓小令〉引》，选自李开先：《李开先全集》，上海古籍出版社2014年版，第1449页。

种缘由就不难理解。

二、前期创作思想管窥

正如前文所述，李开先早期的诗文作品已然难见，但恰恰是这些不曾示人的部分，反而给我们留下更大的想象空间，而相关的思想风貌及其创作取向，还能凭借他后期的回忆，找到一点零星的痕迹。

譬如《闲居集》序言中自称："中麓子虽资不敏而才最下，亦尝官京师，从数子刻苦为奇古诗，复欲建功立业，如四子（薛西原、李愚谷、唐荆川、王南江）所期待。"① 可以推论，纵然后来李开先的文学观念有所变化，但他早年的创作仍以诗文为主，且深受复古派影响，故风格大抵近似于七子派。回顾当时的文坛，长期浸润在浓郁的复古氛围中，年轻士子们难免受此思潮影响，冯小禄指出："在八才子的年轻时期，是有一段追随七子派文学思想的历程，对此他们供认不讳。"② 李开先纵然没有明确表示对前七子"文必秦汉，诗必盛唐"的认同，但从他对诸位前辈的追述中，依然可以感受到前七子在当时强大的感召力：

> 国初诗文，犹质直浑厚，至成化、弘治间，而衰靡极矣。自李西涯为相，诗文取絮烂者，人材亦随之矣。对山崛起而横制之，天下始知有秦、汉之古作，而不屑于后世之恒言。③《对山康修撰传》

> 及李崆峒、康对山相继上京，厌一时诗文之弊，相与讲订考正，文非秦、汉不以入目，诗非汉、魏不以出诸口，而唐诗间亦仿效之，唐文以下无取焉。④《渼陂王检讨传》

---

① 李开先：《〈闲居集序〉》，选自李开先：《李开先全集》，上海古籍出版社2014年版，第52页。
② 冯小禄：《明代诗文论争研究》，云南人民出版社2006年版，第257页。
③ 李开先：《对山康修撰传》，选自李开先：《李开先全集》，上海古籍出版社2014年版，第916页。
④ 李开先：《渼陂王检讨传》，选自李开先：《李开先全集》，上海古籍出版社2014年版，第922页。

大抵李、何振委靡之弊而尊杜甫，后冈则又矫李何之偏而尚初唐。①《后冈陈提学传》

可见，李开先虽然已经认识到"前七子"过分强调拟古的弊端，但对他们冲击文坛不良风气的功绩，仍是予以充分肯定的。又，其《高苏门叔嗣》诗中云："苏诗能入室，何李只升堂。"诗后有注："中麓子断之曰：'何、李虽成大家，去唐却远；苏门虽云小就，去唐却近'。"② 以"如唐"之远近，作为评骘诗歌水平的标准，认为高叔嗣的境界已可与何景明、李梦阳相比称。不过，高氏仍是沿着何、李二人的道路前进的，故总体成就有"大家""小就"之别，虽然对友人的称赞有过誉之嫌，却不难从中窥见李开先的师古之心，以及对何、李开创功绩的肯定。

而这一阶段的诗文创作，也主要是与友人们的酬答唱和，《江峰吕提学传》中就曾提及："余继亦有此委，与君同事，仓务甫毕，相与和诗论文，日有长益。"③ 表示在政务闲暇之时，常与友人诗文切磋，文学素养也随之精进。与此同时，李开先亦不吝惜表达对李梦阳的倾慕之意："予为诸生日慕其名，己丑第进士，即托举主王中川致书，时崆峒已病，枕上得书叹息，以为世亦有同心如此者，竢病愈复书。"④ 直到乡居时期，仍仿李崆峒之《九子诗》作同名诗九首，又有七律《赏菊》题下自注："用李崆峒《九日无菊》诗韵"⑤，可见其影响之深。同时，在康海、王九思的耳濡目染之下，李开先创作出《赠康对山》《卧病江皋》等佳作，也渐形成了直率豪放的散曲风格，而他能够与关中名士崔铣、吕柟、马理等人结交，也多亏康、王二人的举荐，于此他更是心怀感激："予初碌碌，赖

---

① 李开先：《后冈陈提学传》，选自李开先：《李开先全集》，上海古籍出版社2014年版，第938页。

② 李开先：《高苏门叔嗣》，选自李开先：《李开先全集》，上海古籍出版社2014年版，第422页。

③ 李开先：《江峰吕提学传》，选自李开先：《李开先全集》，上海古籍出版社2014年版，第940页。

④ 李开先：《李崆峒传》，选自李开先：《李开先全集》，上海古籍出版社2014年版，第931页。

⑤ 李开先：《闲居集》，选自李开先：《李开先全集》，上海古籍出版社2014年版，第343页。

二翁称扬有名，鄙作亦赖之得进。"①

因此，可以明确判断的是，李开先在为官时期的文学创作，与其人情往来密切相关，在与前辈或同侪的交往中，得到的不仅是事业上的提携关照，在文学领域亦多受熏陶，不少文艺观念和作品风格也延续终身。不过此时跻身仕路的李开先，虽然已形成了一定的思想观念和个人偏好文学创作倾向，但至少在主流的诗文创作领域，仍呈现一种"随波逐流"的状态，正如钱谦益评价的那样："嘉靖初，王道思、唐应德倡论，尽洗一时剽拟之习。伯华与罗达夫、赵景仁诸人，左担右挈，李、何文集，几于遏而不行。"② 是时的他，更类似前辈或同辈中佼佼者的附从，个人特质及文学上的独到品味，尚未完全展露。

第二节 "雅负经济，不屑称文士"考述

钱谦益曾称李开先"雅负经济，不屑称文士"③。后世多沿用此评价，成为对李开先的固有印象，如宋弼《山左明诗钞》卷十二"李开先"条载："伯华雅负经济，不屑称文士，在铨部谢绝请托，不善事贵人。"④ 就直接征引了钱氏原文。一直以来未有详述其因果者，到《四库全书总目提要》载《闲居集》十二卷始云："然开先雅以功名自负，既废以后，犹作《塞上曲》一百首，以寓其志。又末卷有《苏息民困或问》及《颜神事宜》《浚渠私议》《漯议》诸篇，亦尚汲汲于经世，不甚争文苑之名。"⑤ 列举相关作品加以佐证，才可视为对钱谦益之说的补充说明。

近年的研究也多承此观点，比较认可李开先忧国忧民、不贪文名的形

---

① 李开先：《渼陂王检讨传》，选自李开先：《李开先全集》，上海古籍出版社2014年版，第926页。
② 钱谦益：《列朝诗集小传》，上海古籍出版社1959年版，第3776页。
③ 钱谦益：《列朝诗集小传·丁集上》，上海古籍出版社1959年版，第376页。
④ 宋弼：《山左明诗钞》（卷十二），选自《四库全书存目丛书》编纂委员会编：《四库全书存目丛书》集部（第412册），齐鲁书社1995年版，第114页。
⑤ 纪昀总纂：《四库全书总目提要》（四），河北人民出版社2000年版，第4733页。

象，皆未提出质疑，或进行详细考述。如刘铭指出"正因为李开先终生抱有'经世'的思想，并没有在'立言'而不朽于后世上投入过多的精力。"① 又，卜键曾简要提到："李开先的思想体系是儒道合一的，且随着生活遭际的变化显示着不同的特征。十三年仕宦经历，他积极入世，'雅负经济，不屑称文士'。"② 认为对钱氏的评价，主要针对的是李开先早年任官时的表现。

可以见得，诸种评论无疑聚焦于两点：其一，李开先看重"经世致用"的观念，并以此为立身之准则。殷士儋撰写的墓志铭有述："顷之，以望调吏部，为太宰汪公鋐所器重。"③ 从升迁之路中，亦能感受到李开先之才干、见识是屡得时人嘉赏的。其二，虽有大量的文学创作，李开先却不以文士自居。

然而，为官之时李开先未能大展宏图，闲居之后，他不仅进行大量的文学创作，更是凭借其《宝剑记》《中麓小令》等作，享有声名，诸般表现又与钱谦益之说稍显龃龉。由此，钱谦益的评价因何而来，又有什么需要商榷之处，此番评价是否又因李开先的罢官而有所割裂，这皆是本文重点关注的地方。同时，"雅负经济""不屑称文士"实为一体之两面，各有内涵，共同构建着李开先的整体形象，故下文将对这两点分别展开讨论。

一、"雅负经济"与李开先的内心志向

不难理解，钱氏所言"经济"，指经世济民，即学问须有益于民生国计，此处意在表现李开先深受儒家积极入世的价值取向影响。参见前一章的论述，李开先身上所负"经济"意识，一方面来自其自身多年求学，受到传统儒学思想的耳濡目染；另一方面则源于"读书传世"的家族观念与父亲临终前"光耀门楣"的嘱托。

不过可以明确的是，评价李开先的"雅负经济"，固然着重强调的是

---

① 刘铭：《李开先文学研究》，复旦大学 2011 年博士论文。
② 卜键笺校：《李开先.李开先全集》（修订本），上海古籍出版社 2014 年版，第 5 页。
③ 殷士儋：《翰林院少卿提督四夷馆太常寺少卿李开先墓志铭》，选自焦竑：《国朝献征录》卷七十《明代传记丛刊》（第 112 册），台湾明文书局 1991 年版，第 520 页。

为官时期的"躬行实践",但在罢官之后,这种意识却并未减退,只是更多地表露于各类作品之中,除《四库提要》所载诸篇议论文章,还有诗作《闻北虏警报》"愿效终军兼定远,会须投笔请长缨"、《平阳哀》"久以嗣为虑,兼以老见催。一二有经济,不见起朋侪"等,在其《中麓山人拙对》中还保存"国虚黠虏来侵清宵传箭攘外少良谋梦中还说梦,路涩穷民作梗白昼操戈赈饥无奇策愁上更添愁"的表述,可见赋闲之后,他并非像康海那般,安以山人自居、不问世事,正相反,心怀家国、忧心生民的思想意识一直延绵终生。

由此,"经世致用、济世安民"的观念意识,如何渗透在李开先的行为举止,尤其是文学创作中,更是需要我们关注的。因为缺乏其在官时的作品作为材料,故《闲居集》中留存的作品,无疑是更好的考察对象。从中看来,李开先于文字中表露出的经济思想,并非主要集中于诗歌上,而多是假为他人所作序文等,大发议论。总结来看,大致有两个角度,一为政治,一为民生。他所论及的部分,再进一步细分,则可归纳为以下几个方面:科举取士、为政吏治、锡封之典、时事边务和地方政务。所涉材料不免繁多,因就简述科举取士、为政吏治两个较为重要的部分:

"经济之心"首先表现在对科举取仕的看重。李开先《送训导昝条冈应山东乡试序》一文,就回忆其居官之时,曾与礼部尚书探讨乡试制度之弊病:"但有一事未备,教官虽许应试,而取之者少……何以广贤路而励读书人耶?前此教官不得应试,予尝对礼卿言之:'官生、天文生、医士、医生,在册食粮者,下逮吏典、承差、各卫官舍、军余、阴阳人等俱许应试,举人作教者,亦且会试,而由贡生作教者,独不可乡试乎?'"[1]

除了对取仕之法多有见地,闲赋之后的李开先,依然积极教导学生应试法则,并鼓励他们考取功名,马氏兄弟就曾记述:

愚兄弟二人,久在中麓师讲下。一日看毕举业文,手出诗一编,

---

[1] 李开先:《送训导昝条冈应山东乡试序》,选自李开先:《李开先全集》,上海古籍出版社2014年版,第532页。

示之曰："诗为出门第一意，一登仕途，便不可少。尔兄弟精于举业，岁试轮次作首，发身后始究心于诗，恐一时或不得工。且趁业举余力，试略为之，亦不相妨。"……师云："就其所长取喻，言易入而悟易了，五七言律，即是四书及经义，必精细稳重，始称其体。……如《四书经义》既精，则后二场可无难事矣。主取士，亦多以初场为主。"愚兄弟退而读其诗，并记其言如此。①

兹上所述，在经历了仕路的多舛不顺之后，李开先虽于自身不复奢求，仍把入仕的希望寄托在了年轻的门生身上，在对学生讲述的作诗之法时，格外针对应试科举之策略，并指出其核心在于平日的积累。

其次，论及为政之道，李开先也颇有心得。他在《贺长山尹冯通山荣膺河道奖励序》一文中，曾批评到："世之猥狥其下者固不足道，而巧为奉承以要誉于上司，过为馆谷以取媚于士夫者，亦多有之。吏之无良，宜乎民之无告也。"② 又，《贺邑令渚滨张君抚台奖励序》中进一步讨论到："政必孚于下，而后闻于上；上必信其政，而后奖其下。孚与信，非积久不可得……又尝见郊园有楼桑焉，鸤鸠巢其上，生有九子，朝饲之自上而下，暮饲之自下而上，虽有争者，亦不踰其次，数月子成而各翔去，以其均也。惟缓与均正今日对病之药，而生育之仁也。然古之县令有名者，或以戴星勤治，或以弹琴卧治，或以垂帘静治，或以拔葵廉治，皆不外乎缓与均也。"③ 以鸟之饲子为例，通俗而生动，更提炼出"缓"与"均"二字，点出地方吏治之要则。

闲居后的表现既是如此，反之，我们还可尝试从这些材料中，进一步勾勒出李开先为官时的"经济"之心。

譬如李开先仿效李崆峒创作的《九子诗》，乃用以感念久未谋面的同僚及同乡中的好友。这些人基本与李开先相识、相交于初入仕之时，而在

---

① 马既闲、马既同：《〈田间四时行乐诗〉跋》，选自李开先：《李开先全集》，上海古籍出版社 2014 年版，第 1858 页。
② 李开先：《贺长山尹冯通山荣膺河道奖励序》，选自李开先：《李开先全集》，上海古籍出版社 2014 年版，第 553-554 页。
③ 李开先：《贺邑令渚滨张君抚台奖励序》，选自李开先：《李开先全集》，上海古籍出版社 2014 年版，第 541-542 页。

罢归之后，受山川之隔等种种现实因素的困囿，众人往来日益稀疏。试观组诗的前序："李崆峒有《九子诗》，率多诗文之友。予亦有友九人焉，诗文而兼经济者也。"说明身居宦位的李开先，在交友的选择上，不仅看重文学观念的相合，亦看重经世思想的相契，譬如《李愚谷舜臣》一首曾特别强调："济时富经略，可惜困蒿莱。"① 既是在为友人怀抱才干却委曲求全的下僚鸣发不平，也不免寄托着自我身世的慨叹。

另外，与李开先交善的前辈崔铣，文集中收有《答李太常伯华书》一篇，有云："读足下《革除遗事》，用意良苦，为发长叹……建文务灭诸亲，甚悖矣……仆尝曰：'诸臣死国之忠，不足赎其亡君之罪也。'仰惟足下资禀英敏，持执坚正，天与至颖，书不再读，网罗故闻，补缀久缺，幸早成书，使仆犹及见也。"② 按其所述，《革除遗事》似为有涉建文帝事的政论文章。而关于该文的写作时间，崔铣在开篇有言："仆顷在都下，匆匆四十日"③，说明他不久前曾到访京都，短暂停留数日。又，《洹词》一书按时序编次，同卷中有《患病乞休奏》一文提到："臣于嘉靖十九年七月二十五日，为庆贺事到京。九月初三日，辞朝回任。"④ 其中所言在京的时间，亦大抵四十日，据此可推，《答李太常伯华书》当作于嘉靖十九年，时李开先尚居官京城，文中提到的《革除遗事》也当是其在任时所写。既为本朝政事大发议论，又求教于理学名家崔铣，有志为政之心可谓昭然若揭。

最后，也是最为重要的一点，即李开先对于地方邦计的关注。他的不少文章有涉于此，且悉数收录于《闲居集》的"杂文"一类，俨然与其他应酬唱和之作有所区别。试就《苏息民困或问》《白云湖子粒考》《漯议》三篇来看，皆以所居之章丘县为例，主要就粮税、徭役、水利建设等民生问题展开议论，文中所述并非出于上位者视角的泛泛而谈，而立足于自身

---

① 李崆峒：《九子诗》，选自李开先：《李开先全集》，上海古籍出版社2014年版，第62页。
② 崔铣：《洹词》卷十二，选自纪昀总纂：《景印文渊阁四库全书》（第1267册），台湾商务印书馆1986年版，第665-66页。
③ 崔铣：《洹词》卷十二，选自纪昀总纂：《景印文渊阁四库全书》（第1267册），台湾商务印书馆1986年版，第665页。
④ 崔铣：《洹词》卷十二，选自纪昀总纂：《景印文渊阁四库全书》（第1267册），台湾商务印书馆1986年版，第670页。

的所见所闻所感,如其中多次谈及的白云湖,作为章丘县境内最大的湖泊,就是李开先常与友人涉足游玩之地,还有《白云湖夜泛》《游白云湖夜归》等诗写景纪胜,可为佐证。他关注现实民生,以事为论、针砭利弊,虽为不司其事的闲废之人,仍以谦卑的姿态建言献策:"除民害而后兴民利,有治人而后举治法"①;事遇不平亦有慨叹:"今眼底纷纷不可人意,予非业缘早断,禅心久寂,将不免怒发森耸,而继之以病体淹渐者矣。"② 此中所见,不只是一个心系乡土的中麓子,更是一个深谙下民之疾苦,对广罗大众富于同理心的士大夫李开先。

还值得关注的是,《四库提要》中特别提到了李开先的《塞上曲》,那么这套组诗又是如何寄寓其志的呢?统而观之,一百首诗基本继承前人边塞诗之风骨,以描述边塞战争、刻画塞外风光为题材,更从多个视角出发,借将士、征夫、思妇之口代言抒怀:既有"忽闻羽檄传来急,上马酕醄弄宝刀"③ 等句,抒发不少渴望建功立业,攘外安内、破虏封侯的雄心壮志;又有"战败空怜能死士,功成只是当权成"④ 的不平之叹;还有"女哭儿啼逢忌日,新坟只葬旧冠裳"⑤ "壮士已随秋草没,佳人空上望夫山"等句,表达对士兵们塞外苦旅、白骨异乡的怜悯;更有着"四夷守在称明主,黩武穷兵过必穷。公利散财方是富,兵惟不用乃为功"⑥ "日高始辨朱颜色,风起犹闻战血腥"⑦ 等句,在反思战争给人民带来的苦难。

然而,《塞上曲》并不能单纯看作李开先后期的作品,虽然写于罢官闲居之后,素材却实际来源于青年饷边时的切身经历,前序中言及:"予曾两使上谷、西夏,其军情苦乐,武备整废,颇尝触于目而计于心。"又格外强调到:"鞭挞四夷,扫除天下,安事一室之志"⑧,满怀豪情地书写下建功立

---

① 李开先:《漯议》,选自李开先:《李开先全集》,上海古籍出版社2014年版,第1076页。
② 李开先:《苏息民困或问》,选自李开先:《李开先全集》,上海古籍出版社2014年版,第1046页。
③ 李开先:《塞上曲》,选自李开先:《李开先全集》,上海古籍出版社2014年版,第464页。
④ 李开先:《塞上曲》,选自李开先:《李开先全集》,上海古籍出版社2014年版,第464页。
⑤ 李开先:《塞上曲》,选自李开先:《李开先全集》,上海古籍出版社2014年版,第466页。
⑥ 李开先:《塞上曲》,选自李开先:《李开先全集》,上海古籍出版社2014年版,第469页。
⑦ 李开先:《塞上曲》,选自李开先:《李开先全集》,上海古籍出版社2014年版,第470页。
⑧ 李开先:《〈塞上曲〉序》,选自李开先:《李开先全集》,上海古籍出版社2014年版,第539页。

业的渴求。或许正是因为亲历边关,脚曾踏黄沙长河,目见过萋草荒烟,他才看得到战争的多面性,不会一味追求军功,并非"穷兵黩武"之辈。所以他的"志",不是充满少年意气"独善其身"的建功立业,而是久经人事"兼济天下"的治国安民。

序言中,李开先主动坦诚了自我思想变动的过程:"当时壮年,便有鞭挞四夷,扫除天下,安事一室之志。罢归衰老,不胜慨叹。"① 后序结尾,又再次抒怀:"岁月顿增,精神递减,薄游犹懒,遇走马迟回,不敢即乘,况有四方之志耶?世之负宏才有雄略者,幸勿效鄙人之坐老自弃云。"② 时过境迁、青春已逝的感慨溢于言表,但经世报国之思想,却始终未有忘怀。当然,这一处也是由作者之口,亲自道出自身前、后思想转变最为直接的证据。

综上所述,从"雅负经济"之中,我们可以看到一个身负"家国情怀"的李开先。他有着与一般文士不同的文学取向,从不困囿于经书典籍之中,阅读甚至亲自撰写实用性的著述;他坦诚表露对科举功名的热心,渴望在仕途上有一番作为,这种"兼济天下"的情怀,也并非作为知识分子的自我标榜,农家出身及早年饷边的经历,都让他切身体悟到治国安邦的重要性,也塑造着他一生"忧国忧民"的价值观念。

二、"不屑称文士"与李开先的文学情怀

钱谦益在小传中引述李开先《闲居集》自序,曰:"年四十罢官归里,既无用世之心,又无名后之志。诗不必作,作不必工";进而又点评李开先的创作称:"所著,词多于文,文多于诗。改定元人乐府数百卷,搜集市井艳词、诗禅、对类之属,多流俗碎,士大夫所不道者。"③ 数语之间,基本道出以"不屑称文士"为称的理由:一方面李开先确有表现出对文学

---

① 李开先:《〈塞上曲〉序》,选自李开先:《李开先全集》,上海古籍出版社2014年版,第539页。
② 李开先:《〈塞上曲〉后序》,选自李开先:《李开先全集》,上海古籍出版社2014年版,第540页。
③ 钱谦益:《列朝诗集小传》,上海古籍出版社1983年版,第378页。

创作的倦怠之心；另一方面，他所醉心的戏曲、民歌等俗文学，皆是传统文士所不耻之领域。

可以看到，钱氏之称，隐约透露出李开先对于"传统文士"轻蔑的态度，然而在后世的认知中，李开先最广为人知的，反而是他的诸种文学创作，此番矛盾之下，钱氏这样的表述是否准确无虞，李开先的真实态度究竟如何，都需要进一步探究。

首先，通过对作品的考察，可以发现李开先确实发表过相关的言论，如《潘朴溪潢》诗称："著作十余种，独无诗与词"，后又自注："所著有《文宝》《文政》《乐成刀笔》《竹亭》《瘖言》及《户部奏议》《留曹敷奏》等十二种，有切实用，可久传世。"① 潘潢生平所著，悉收录于《朴溪潘文公集》中，内容多与"国典天常，纪纲风俗"有关，的确鲜见诗词一类的纯文学作品。而针对潘潢的诸多著作，李开先不仅格外强调它们的实用功能，还视之为书籍能久传于世的重要因素。

其次，李开先《董孟才诗集序》中曾直言："予亦喜谈好作，且有刻本，独恶其日趋于文，而无用于世。"② 明确反对诗歌写作日渐注重外在藻饰，而忽视内涵、于世无益的风气；在为崔铣《松窗瘖言》作序时亦提到："但以为有实用之文，不可不作，而作不可不传。"③ 一番话道出李开先在崔铣逝世十余年后，仍坚持为其刊刻此集的缘由，而这些被他认定为"实用之文"的作品，无外乎"阐学明经之旨，辟禅翼圣之谈"④。可见，李开先对于文章著述理当经世济民、堪以为用的价值取向，显然是持肯定态度的，虽然没有直接的表述，据此亦能推断，他对这类作品的青睐，明显是有胜于纯文学创作的，尤其是那些华而不实、过分雕琢藻饰之作。

最后，针对罢官后的人生取向，李开先还有过明确的表述："中麓子

---

① 李开先：《六十子诗》，选自李开先：《李开先全集》，上海古籍出版社 2014 年版，第 420 页。
② 李开先：《〈董孟才诗集〉序》，选自李开先：《李开先全集》，上海古籍出版社 2014 年版，第 632 页。
③ 李开先：《〈松窗瘖言〉序》，选自李开先：《李开先全集》，上海古籍出版社 2014 年版，第 515 页。
④ 李开先：《〈松窗瘖言〉序》，选自李开先：《李开先全集》，上海古籍出版社 2014 年版，第 515 页。

自罢官，以'焉文'字扁其堂，盖取'身既隐矣，焉用文之'之意，不欲以文名世久矣。"① 所引文句出自《左传·僖公二十四年》，介之推与其母的对话，原文为："言，身之文也。身将隐，焉用文之？是求显也。"② 远离庙堂，则将言语视作人的外在藻饰，此处之借用，正意在表明自己决非倚重文名之辈。在《中麓小令》引言中，他也自称："嗣后专志经术，诗文尚而不为，况词曲又诗文之余耶？"③ 大加渲染不愿作文之心。

除了当事人的亲身认证，近旁好友对李开先的"不慕文名"亦深有了解，弭子方论及编撰《闲居集》的缘起时称："身隐焉用文之，是虽其本意，然名作不可终藏，众相知遂合力刻之。"④ 据此，诗文集的出版，乃是出自友人们的惜才之意，而非李开先的个人意图，可以说至少在这一方面，他所展示的是一个言行一致的形象。

不过仍需注意的是，李开先以不贪虚名的介子推自喻，实则一为主动、一为被动，他不贪图的只是"文名"而已。且该文撰于嘉靖二十三年春，距李开先削职归乡不过两载，其复起之心仍旧炽热，另有《客有讹传起用予者中夜甚热不能安寝独步望月作为此诗》可为佐证，诗中所述："每逢贵客起谈锋，自是轻狂世不容。无复蒲轮征北上，惟工辞赋待东封。"⑤ 此时的李开先仍未丧失信心，字里行间尽显重回殿堂的渴望，文学创作不过是他暂以宽解的工具罢了，并非安然立身之本。何况，李开先初遭牵连，被无辜罢免，尚且心有余悸，这时的言论，或多含"自省"之意，或出于"避祸"之考虑，故其言不由衷，而后数年间心意流转，自当别论。

然而，李开先自称无心写作，无意于文名，但从嘉靖二十一年

---

① 李开先：《庠生李松石合葬墓志铭》，选自李开先：《李开先全集》，上海古籍出版社2014年版，第676页。
② 左丘明撰，杜预集解，李梦生整理：《春秋左传集解》（上），凤凰出版社2020年版，第180页。
③ 李开先：《李开先全集》，上海古籍出版社2014年版，第1481页。
④ 弭子方：《〈闲居集〉跋》，选自李开先：《李开先全集》，上海古籍出版社2014年版，第1120页。
⑤ 李开先：《客有讹传起用予者中夜甚热不能安寝独步望月作为此诗》，选自李开先：《李开先全集》，上海古籍出版社2014年版，第269页。

（1542）遭削职归乡，到李开先去世的隆庆二年（1568），二十余年间，不断有作品问世。除汇集数年的诗文作品，付梓刊刻为《闲居集》；更在嘉靖甲辰年（1544）创作《中麓小令》，并于嘉靖二十六年（1547）写就《宝剑记》，还整理编辑元人杂剧出版《改定元贤传奇》，一时名声大噪、颇具影响。可见，年少时即醉心词曲的李开先，在罢官后终有闲余投入自己的满腔热情。同时，他不断从民间文艺中汲取养分，针对文学创作提出颇有见地的观点。如《市井艳词序》中称"真诗只在民间"，表达学习民间诗歌，强调抒发真情实感的重要性；又如《西野春游词序》中提出："用本色为词人之词，否则为文人之词矣。"要求散曲创作语言的通俗自然，反对过分雕琢；等等。显然，较之于传统的诗文写作，李开先的文学情怀更多展现于俗文学领域。

不难发现，钱谦益"不屑称文士"的评价，多从李开先个人的言论中来，此中内涵既包括李开先为官之时，渴望在政治上建功立业，经世济民的态度；又兼及他闲居之后，将大量热情倾注于词曲、歌谣等小道，不希望做学者借经史志业立身的表现。但是，这不足以概括李开先遭遇罢官后复杂的思想变动，一则，声称自己"不屑为文士"和个人创作丰富之间并不对立。相反，言辞上不欲为文士和创作上硕果累累反而常常相伴而行。二则，钱氏从传统文学的视角审视李开先的创作，显然忽略了他在俗文学领域的成就与创获。

同时，令人玩味的是，李开先在仕之时，更多是凭借文才享有声誉，诰命中即标称："多闻强记，笃志力行。夙负通儒之才，允焉时望"，又有曰："尚有嘉猷，往究尔学，朕将览焉"。[①] 此外，随着赋闲时间的累积，李开先的心态持续波动着，尤其在认识到重返仕路的无望之后，"立言"成了他个人情怀的最佳寄托，何况实际上，从他作品的唱和及流传的情况来看，李开先还是乐于让作品见诸世人的，《闲居集》等大量作品的出版就是最好的佐证，而此中的反复与矛盾，也将在后文中继续讨论。

综上所述，在经世济民思想的贯彻之下，李开先并非看重文名之辈，亦不欲以文章著述自见，即使功名无望，也不甘堕于词章，将自身价值与

---

① 参见卜键：《新发现的李开先敕命三则考引》，载《徐州师范大学学报》，1985年第3期。

文学成就等价而观。不过，他虽然不想以此传世留芳，却从未持有一种排斥鄙薄的态度，何况文才能够得到皇帝的赏识，想来也是他所欣然接受的，他自己也曾表示："中麓以问学干局，有声乎寺曹之间。"① 可见，他了解自己的声名源起，除了办事的才干器局之外，还与自身的学养有关。由此，钱氏所谓的"不屑"二字，不免有些言之过重了，还得重新考量，称他"不欲称文士"或许更为妥帖。

后世皆以其文名为重的缘由，结合李开先的个人经历，也不难理解。一则李开先壮年辞阙，在官场上的作为、事迹并不显著，他早年关于政治民生的著述，也基本没有流传下来，如不深入考察，较难了解他"雅负经济"的一面；二则他流传下来的作品，基本是归乡后所作，字里行间多传达出无辜被罢的郁闷不平，文士"仕途蹭蹬、发愤著书"的故事，历来是大众心之所趋，也更容易在社会上引起共鸣，《宝剑记》等作品的成功，部分程度上也掩盖住了他的真实性情。

当然，经历了罢官风波的李开先，虽然被迫放弃自己治国安民的满心抱负，但是忧国忧民的情怀却依旧贯穿始终。诚然，必须承认李开先确有不以文士自居的地方，但还应看到他罢官之后思想的矛盾性与复杂性：既在大量诗作中抒发自己的不平之鸣，又对外一再坚持并无"立言"之心。不难理解，从庙堂之高到江湖之远，位置的转换令"跌落乡野"的李开先，势必要对自己的身份进行重新的审视及定位，尤其在经历宦海大起大落之后，他的思想情感也会随之波澜动荡，这些变化如何体现于他的创作当中，仍需继续发掘和考察。不过可以肯定的是，正是由于个人境遇的改变，李开先一生所负的"经济之心"，逐渐由个人之躬行，转而宣泄于笔墨之中。

第三节　闲居后的创作境况与思想转向

从年届四十罢官归家，到隆庆二年（1568）病逝，李开先闲居故里共二十七载。也是罢官之后，李开先始有闲暇，除寄情山水、修屋筑舍之

---

① 李开先：《孝廉堂序》，选自李开先：《李开先全集》，上海古籍出版社2014年版，第591页。

外，还积极地参与各种文学活动，在这期间的诗文创作，皆由他的弟子、友人为其收集、编纂，并于嘉靖三十五年（1556）付诸梓墨，最终据李开先本人之意定名为《闲居集》：

> 年四十，罢归田里，既无用世之心，又无名后之志。顿然觉悟，诗不必做，做不必工。或抚景触物，兴不能已；或有重大事，及亲友恳求，时出一篇，信口直写所见，如老者之诗、之棋、酒，又如四子之所云然。自称其集曰《闲居》，以别官居时苦心也。虽然居官之苦多矣，固不独作诗云耳。吾今闲居不虞得失，作诗，不较工拙，其乐有难以言传者。观吾诗者，幸求诸言外可也。①

该序写于嘉靖丙辰（1556 年）立冬日，李开先时已闲赋良久，单就这段文字来看，蕴含着李开先多年作诗为文的感悟，"信口直写""不较工拙"等见解，皆可联系到他文章中零散的诸种观点，由此，有学者将之进行归纳、辨析，如罗宗强指出李开先对民间歌谣的情真意切予以肯定，并将之反映到诗文的写作上，引申为求真尚俗的创作要旨；② 陈文新则认为，李开先对"真诗在民间"的赞同，更侧重于如何对待民歌时调的问题上，实际是借诗学的喻托传统为后者辩护；③ 李梅的《李开先诗文研究》和甄飒飒的《李开先诗歌研究》；两篇硕士论文试图结合文本，对李开先的诗文思想进行系统性的归纳，着重讨论其追求本色自然、师古而创新的基本观点。④

从中可见，李开先的诗学思想及诗文创作表征，已经被梳理得较为清晰。在此基础上，本文想要探讨的是李开先的"言之外者"，联系到他的人生境况，在这篇序言对诗文的褒贬之余，窥见其中所蕴含的他对自我人

---

① 李开先：《〈闲居集〉序》，选自李开先：《李开先全集》，上海古籍出版社 2014 年版，第 52 页。
② 参见罗宗强：《试析明代后期文学思想的世俗化倾向》，载《天津社会科学》，2012 年第 6 期。
③ 参见陈文新：《"真诗在民间"——明代诗学对同一命题的多重阐释》，载《杭州师范学院学报》，2001 年第 5 期。
④ 参见李梅：《李开先诗文研究》，山东师范大学 2011 年硕士论文；甄飒飒：《李开先诗歌研究》，山东大学 2011 年硕士论文。

生的感述,"信口直写"的袒露,相较他身处官场时的克己复礼、谨小慎微,大有想要解放天性的意味。检点集中现存的作品,确如李开先所言,篇名往往直陈其事、直发其意,大多为题赠、感兴之作。然仔细解读后,便能发觉他格外矛盾的心理:一方面宣称编刻此集的目的,不同于早年的励精图治,不屑立言不朽,而是随心所欲,只图自适;另一方面却又仍存传世之心,在最后甚至敬告读者,要明辨其"言外之意",正如此中"苦心",既是著书造言的惨淡经营,更是官场如履薄冰般的忧思。

由此,罢官事件导致的不仅是创作内容的改变,也导致了李开先文学观念的波澜动荡。总体而言,无论是立言著书,还是表露心况,至少通过这篇自序,他想展现的核心意图,就是要有别于罢官前的种种,宣告与过往的割裂。然而,《闲居集》所呈现出的真实面貌,是否诚如他在序言中诉说的那样"无用世之心,又无名后之志",仍是我们需要心存疑虑的;而该书的编刻,又是否能看作李开先从"不屑称文士"到"著书立言"的转变标志,都要在回归文本的基础上,进一步找寻答案。

一、"前作坚不肯出"心态辨析

《闲居集》的得名自称是"以别官居时苦心也",显然是有意与为官生涯割裂,而李开先的好友兼连襟殷子方,在回忆编刻《闲居集》的过程时又提到:

> 初欲并刻其全集,然前作坚不肯出,无奈何先以此肇其端云。[①]

此中所谓"前作",笼统而言,即是李开先罢官之前的文学类作品,除上文所考述的几种外,几乎没有留存下来,特别是早期的诗文作品,具体创作情况更是不得而知。从殷子方的这句话中不难看出,李开先不愿刊刻、出版自己闲居前的诗文,不仅有意回避而且态度坚决。但是,他也并未采取丢弃或焚毁之类较为极端的方式去处理这些作品,大抵是"束之高

---

① 殷子方:《〈李中麓闲居集〉跋》,选自李开先:《李开先全集》,上海古籍出版社2014年版,第1120页。

阁、藏于箱箧"，所以好友、弟子们并未放弃，仍有意等待时机成熟，刊刻其全部著作，故才有以《闲居集》"肇其端"的说法。

令人惋惜的是，这些"不愿示人"的作品在当时没有被刊刻，在今天更未流传下来。从李开先暧昧的态度和一向洒脱的个性来考量，作品不传的缘由，当然还要一分为二地看待：

一来是比较被动的原因，古时手稿的保存并非易事，纸张易污易损，在传阅过程中也极容易折损，尤其诗文这类作品，常以单篇草稿的形式，流转于作者及其周围亲友、弟子门人的手中，在此过程中"散佚"是不能完全避免的。因此，并不是所有的草稿都能够被完整地保存下来，得以形成定稿，最后编入文集。

从旁人的角度来看，如弭子方所言："多有未及登册而失之者，存者亦无诠次。"① 门生高应玘编刻《卧病江皋》时，于序中亦有言："其为人取去者，不可复追矣！惜其散逸，而幸其仅存，乃谋之梓人，刻而永其传焉。"② 被他人取阅的篇章，常常难以追回，且与弭子方编《闲居集》的理由相似，他从弟子的角度，为老师作品散失感到十分可惜，故而将幸存的部分刊刻，希望传于后世。通过他们的描述可以得知，李开先的不少作品在编刻前早已散失，归山后整理的作品尚且如此，更何论在朝时的旧作呢？这正是其旧作不传，不可避免的客观原因。

二来则是主动的淘汰，也就事关李开先"坚不肯出"的真正原因。就其自身而言，对早期作品的舍弃，还可以看作他在文学的"自省"过程中较为典型的标志。虽没有前作可查证，但这种内省俟善的自觉意识是始终贯穿的，观照罢官后期的作品，李开先常以"悔"来表明对过往创作的态度，如《悔作文事》写道："自愧原非作赋才，幸于词客得追陪。溷塗置笔将焉用，岂若捐文放酒杯？"③《四戒诗》之二《戒诗》又云："李杜诗

---

① 弭子方：《〈李中麓闲居集〉跋》，选自李开先：《李开先全集》，上海古籍出版社2014年版，第1120页。
② 高应玘：《〈卧病江皋〉序》，选自李开先：《李开先全集》，上海古籍出版社2014年版，第1425页。
③ 李开先：《闲居集》，选自李开先：《李开先全集》，上海古籍出版社2014年版，第448页。

名远，人云亦酒徒。眼前虽得句，删后总然无。"① 可见在创作之时，李开先多有意表露出一种洒脱的姿态，即使要将所得诗句一并删去，仍不会心有戚戚。

不仅诗作中多有反映，其他作品里亦有流露此意，譬如《中麓山人拙对》中存句："老年休唱当年曲，今日重删昨日诗。"② 揭露的就正是一种诗人自省的过程：一是随着阅历、眼界的丰富，文学观念有所更新和进益，故着意于删汰早年的作品；二是不同年龄阶段心境的迁移，在创作上亦有不同的反映，此处可借辛弃疾《丑奴儿·书博山道中壁》观之，该词乃作于辛弃疾被劾去职、闲居带湖之时，从"少年不识愁滋味"的"为赋新词强说愁"，到"而今识尽愁滋味"的"欲说还休"，少时的幼稚与涉世已深的故作洒脱，形成鲜明对比，尤其在饱经忧患之后，是自怨自艾，更是自我宽解。

正如前文中探讨的那样，纵然重视俗文学，李开先也没有丢掉对正统文学的敬畏之心，譬如前文讨论的《田间四时行乐诗》，从后续种种反应来看，他对这个作品可以说是相当不满意，但碍于众友的情面，才勉为其难刊刻流传。更何况传世之作必然不能呈此娱乐之态，只能借序言再三请陈，表露自己的悔意。而当时他企图焚稿的心思，反映出的不仅仅是个人审慎的态度、小心的性格，更是作为寓含传世之心的文士、当地文坛的领军者，一种在创作中的自省意识、表率行为，显然，"不屑称文士"的李开先也是有"文人包袱"的，这样的姿态，恰恰昭示着他于文字之上的得失之心。

回望明清之际，对自我作品的"焚与弃"并不是一种个别行为，实是当时流布于文士间的普遍现象，王慎中、徐中行等人的经历就更为典型。李开先在《遵岩王参政传》中，就曾讨论过王慎中的焚稿事件："曩惟好古，汉以下著作无取焉，至是始发宋儒之书读之，觉其味长，而曾、王、

---

① 李开先：《闲居集》，选自李开先：《李开先全集》，上海古籍出版社2014年版，第409页。按：总然，即纵然。
② 李开先：《中麓山人拙对》，选自李开先：《李开先全集》，上海古籍出版社2014年版，第1827页。

欧氏尤可喜，眉山兄弟犹以为过于豪而失之放。以此自信，乃取旧所为文如汉人者，悉焚之。但有应酬之作，悉出入曾、王之间。唐荆川见之，以为头巾气。仲子言：'此大难事也，君试举笔，自知之。'未久，唐亦变而随之矣。"① 可见，在当时的文人集团间，焚弃旧作并非异事，更影响着互相之间的创作风气。

当然，还要辨明的是，后期"焚稿"这种比较决绝的行径，俨然是与李开先"旧作不以示人"有本质区别的，某种程度上说，这并不意味着李开先对以往作品的全盘否定，如此般与过往的割裂，称之为"心态的转变"应该更为恰当。同时，相较于王慎中焚稿是文学品味的转变，李开先早年的"弃稿"或许更关乎政治上"避祸"的原因，毕竟对于"在官"和"在野"的身份差异，他本人是深有意识的，他曾以借雁在春秋时节不同的啼声为喻："夫在朝言朝，在野言野，同一雁也，嗈嗈而春，唉唉而秋。"② 其《寓言》一诗在末句自我感慨："予昔在官太拘泥，怕参宰辅与达官。"为官之时尚且如此，更何况受累遭贬之后，故在《京友怪予久无书问解以是诗》中有言："禁严潜住京，官吏曾遭黜。"其下自注云："罢闲官吏潜住京师有禁"③；作《田间四时行乐诗》时，还不忘表明"间有言及武事者，亦安不忘危之意云"④，解释自己不在其位必不谋其政，不过居安思危罢了。

可以明显地发现，李开先的种种谨小慎微，一方面是出于刚被罢免的心有余悸，力求自保；另一方面则是为未来的谋算，毕竟"文出恐遭讥"⑤，谨言慎行才能不留诟病于人。诗文作为一种言情书志的载体，承载着文人心声，"不以示人"乃是一种"心迹之隐"，毕竟作为罢官闲赋

---

① 李开先：《遵岩王参政传》，选自李开先：《李开先全集》，上海古籍出版社 2014 年版，第 945 页。
② 李开先：《〈中麓山人拙对〉后序》，选自李开先：《李开先全集》，上海古籍出版社 2014 年版，第 1848 页。
③ 李开先：《闲居集》，选自李开先：《李开先全集》，上海古籍出版社 2014 年版，第 59 页。
④ 李开先：《闲居集》，选自李开先：《李开先全集》，上海古籍出版社 2014 年版，第 292 页。
⑤ 李开先：《暑夜游忆旧》（其四），选自李开先：《李开先全集》，上海古籍出版社 2014 年版，第 135 页。

的士人，凡事皆要谨慎些，尤其是诗文这类传播广、流传久的东西，往往容易招惹祸端，如此也颇为符合李开先小心谨慎的性格，尤其在明中期复杂的政治生态之下，这里的自省也是一种自我警醒。

纵观李开先生平的文学活动，如果说对元杂剧的"改定"，是一种他者视角的文学批评，那么他对于自己诗作的悔恨、舍弃乃至意图焚毁的行为，则流露出文人自我批评的自觉意识。从文学创作的角度考究，这一行为富有的双重内涵，浅层上是创作者对旧作的统一回顾，在温习中以求技艺的不断精进；深层上则涉及作者思想理念的重新定位与审视，照应到李开先身上，即为"用世之心"到"名后之志"的转向，这一点如果在《闲居集序》中还略存谦虚、遮遮掩掩，他在对联之中的书写则毫不隐晦："仕宦亨屯百岁之间俱过客，文章显晦千秋而下必知吾。"①

尽管他一再宣称对于自己的文稿，未尝抱有强烈的得失之心，据其自述："借观者众，从而失之。失者无及，其存者恐久而亦如失者矣。遂刻之以木，印之以楮，装订数十本藏之巾笥。"② 流散之作姑且不顾，丝毫没有引起他的遗憾或萌生复写的念头，只尽量把手头仍有文字的保留下来，回乡后编刻文集，也是出于旁人的惜才之意，并非出于个人意志的行为。但过于"洒脱"的态度，又不免稍显刻意，这般行径虽与其自我标榜的"不以文士自居"相吻合，不过，从他默许自己作品的刊刻出版，以及积极编修前人文集的行为来看，年久日深随着复起的无望，缺失了施展抱负的政治平台，李开先只能委身于文字之中，寄托自己报国无门、立功无路的郁愤与怅然。正如刘铭所言："最终这位'不甚争文苑之名，故所作随笔挥洒，一篇或至数千言，其诗亦往往叠韵至百首'的李开先还是因文士之名而流芳后世。"③ 可见，他想要为世人塑造的形象，大抵是没有完全成功的。

---

① 李开先：《中麓山人拙对》，选自李开先：《李开先全集》，上海古籍出版社2014年版，第1777页。
② 李开先：《〈一笑散〉序》，选自李开先：《李开先全集》，上海古籍出版社2014年版，第515页。
③ 刘铭：《李开先文学研究》，复旦大学2011年博士论文。

二、闲居中思想的反复与矛盾：诗作中的"自述"论析

通过前文的考察可知，赋闲乡野的李开先，正经历着"文名无用碑休打"① 到"官罢得闲讴歌哑哑为词客"② 的思想动荡，而诞生于此间的《闲居集》，作为罢归后的私人著述，无疑凝聚着他后半人生的缩影，从作品中亦不难发现，他在序中"心声的袒露"与实际创作情况存在龃龉。

回顾《闲居集》所录诸作，时间跨度从李开先归家初年到病重身殁，作品类型广泛，包含不少交游、应酬之作，自身的抒情与感慨亦大有所在，一些题材还有涉时政，或许是出于避嫌的考虑，数量占比不多，却都表现出对国家、社会的独到看法，亦能从中看出他罢官早期对复职的期待，故论及其中的创作时，卜键曾指出："他崇尚法治，渴望吏治清明，爱国爱民，思想中有许多进步因素，而又处处充满着矛盾和反复。"③

如何理解此中的矛盾与反复，它是如何在李开先的作品中展现、又怎样与李开先的罢官事件联系起来，就是本节要重点讨论的地方。要解决各种问题，阐释这般复杂的思想观念，还必须以文本为谱系，才能厘清其脉络、发掘其意义，而《闲居集》中有不少以"书怀""自述"等拟题的作品，相比其他题材的诗作更加直抒胸臆，较为直白地暴露李开先退居林下后的自我感受，既有对当下思想状态的描写，又包含着对过往人生的回顾，叙事与抒情兼备，可以说是辨析李开先的思想矛盾的有利材料。

---

① 李开先：《中麓山人拙对》，选自李开先：《李开先全集》，上海古籍出版社2014年版，第1813页。
② 李开先：《中麓山人拙对》，选自李开先：《李开先全集》，上海古籍出版社2014年版，第1788页。
③ 卜键：《〈李开先全集〉前言》，选自卜键笺校：《李开先全集》，上海古籍出版社2014年版，第5页。

现就李开先有涉自我境况之作，梳理如下表①：

表 2-2

序号	题目	体裁	备注
1	《纪旧事》	五言古诗	
2	《京友怪予久无书问解以是诗》	五言古诗	
3	《林居追忆往事》	五言古诗	
4	《自叙》	五言古诗	作于嘉靖三十五年
5	《自赞》	杂体	
6	《罢官抵家简乔龙溪金宪》	五言律诗	作于嘉靖二十年初夏
7	《归休家居病起蒙诸友邀入词社》二首同韵	五言律诗	作于嘉靖二十年秋
8	《感兴》叠韵二十四首	五言律诗	
9	《闲居》	五言律诗	
10	《暑月夜游忆旧》一韵十四首	五言律诗	
11	《自壮》	五言律诗	
12	《夏日即事写怀》十四首	五言律诗	
13	《因客问述往事》有序	五言律诗	当作于嘉靖三十九年
14	《述我》	五言律诗	
15	《青门沈山人别来久矣忽承过访谈及在景旧事怆然动怀》和韵二首	五言律诗	
16	《解职后游禅院》	五言律诗	
17	《退居修养偶忆旧事》	五言律诗	
18	《自述》	五言律诗	
19	《直书所事》	七言律诗	
20	《客有讹传将起用予者中夜热甚不能安寝独步望月作为此诗》	七言律诗	

---

① 按：卜键的笺校本中，对部分诗作的创作时间予以标注，为本文的研究提供了参考。其中有述回忆之作，皆加标注，以示区别。

续表

序号	题目	体裁	备注
21	《闲述》	七言律诗	
22	《庄所书怀》	七言律诗	
23	《岁暮书怀》p231	七言律诗	
24	《自省》三首	七言律诗	
25	《闻道后追忆旧事》	七言律诗	
26	《偶述近况》二首	七言律诗	作于嘉靖三十八年
27	《残冬家居忆旧事》	七言律诗	作于嘉靖三十八年冬
28	《修省》	七言律诗	作于嘉靖三十八年
29	《闲中感旧》	七言律诗	作于嘉靖四十五年
30	《秋夜书怀》	五言排律	当作于嘉靖三十五年
31	《自叹》	五言排律	
32	《答客》	五言排律	作于嘉靖三十九年
33	《自嘲》	五言排律	作于嘉靖三十九年
34	《问予何所事》	五言排律	当作于嘉靖三十九年
35	《叹老》今年不与去年同	七言排律	当作于嘉靖三十三年
36	《用前韵自述》	七言排律	作于嘉靖三十六年
37	《因衰自警》	七言排律	
38	《放居》	五言绝句	
39	《叹老》雄心犹是少年心	七言绝句	

由上可知，李开先自述性质的诗作，各类诗体几乎均有涉及，题目命名上简单直接，写作意图明确，据此我们可以大致勾勒出李开先的情感动向。

首先，不少作品源自对往昔的追忆，题中"往事""旧事"等词屡屡得见。这些回忆既表达着对仕宦岁月的缅怀，如《残冬家居忆旧事》"在朝结交尽忘年，僚有韦贤与董贤。只慎廉平期子若，风流文物慕苏仙。"[1]

---

[1] 李开先:《闲居集》，选自李开先:《李开先全集》，上海古籍出版社2014年版，第327页。

不少内容又言及朝廷为官时的见闻，《纪旧事》云："吾罢渠方炽，钻刺惟孜孜。乞哀当昏夜，行贿恐后时。争走终南捷，不恤路人嗤。"① 李开先在官时就崇尚清正，虽然被无辜罢任，他依旧心系朝廷，讽刺官场贪污腐败、尔虞我诈、沉瀣一气的不正风气，当然，他也是通过揭露吏治的黑暗面，借以宣泄内心的愤懑不平。

不难发现，在对过去的凭吊之中，李开先常用"旧时之恶"与"当下之好"相互映衬，借此消解心中的郁结，既然已"事"过境迁，重返故乡也难免寄托着"新生"的渴望。《林居追忆往事》说："栖息性相安，不思再赐环。"② 在花间柳下伴月乘风，倒有"无官一身轻"的逍遥自在，然而安然终归是表象，官场的失意纵然再不堪，他却始终孜孜于过往的回忆中，鸡犬相闻、阡陌交通之间实乃诗人的顾影自怜，正如诗尾所述："同时八九子，相次失其官。"宦海风波，故友零落，字里行间仍缱绻着他的孤独失意。

其次，多数诗歌仍是记叙当下心境的产物。也许是饱受舟车劳顿之苦，又或许是心中郁结难抒，始归林下的李开先便缠绵于病榻，既而病愈，他才真正享受到与亲友久别重逢、高谈阔论的喜悦："义社欣连榻，词林共闭关。高标吾所慕，逸驾许谁攀？"③ 词社中的曲词相酬、轻歌曼舞也令他心旷神怡："口占南北曲，即席付歌儿。"④ 纵然是久在仕路驱驰，回乡以后周遭的一切，都表现出对他这个失意之人的宽容与接纳，总之是"家乡无限好，水绕共山围。"⑤ 然而年岁渐长，他内心却依旧未曾平静，然而从《叹老》《因衰自警》等篇名不难察觉，纵然"雄心犹是少年心"⑥，但"晚食一枚门齿落，晨梳半缕顶毫稀"⑦，发疏齿落的外貌变化，

---

① 李开先：《闲居集》，选自李开先：《李开先全集》，上海古籍出版社2014年版，第56页。
② 李开先：《闲居集》，选自李开先：《李开先全集》，上海古籍出版社2014年版，第59页。
③ 李开先：《闲居集》，选自李开先：《李开先全集》，上海古籍出版社2014年版，第111页。
④ 李开先：《闲居集》，选自李开先：《李开先全集》，上海古籍出版社2014年版，第112页。
⑤ 李开先：《感兴》（其八），选自李开先：《李开先全集》，上海古籍出版社2014年版，第123页。
⑥ 李开先：《叹老》，选自李开先：《李开先全集》，上海古籍出版社2014年版，第461页。
⑦ 李开先：《因衰自警》，选自李开先：《李开先全集》，上海古籍出版社2014年版，第366页。

也令他不得不直面老迈带来的身体预警，此中无不蕴含着诗人壮志未酬却已年老体衰的深深无奈："今年不与去年同，齿豁头童一老翁。"①

最后，在这些诗作中，两个关键词被反复使用——"张翰"和"弃置"，而有趣的是，它们也呈现着相反的情感走向，前者是有意借用"莼鲈之思"表示返乡的激动心情，后者却隐隐显露着被迫辞官的怨愤，俨然是一对矛盾体。

"张翰"②在自述诗中共出现三次，《感兴》其一中的"归兴同张翰，诗才愧陆机"、《夏日即事写怀》组诗第十二首中的"张翰兴思归，阮生少宦情"，以及《用前韵自述》的首句"仕路机关百不宜，思莼张翰是吾师"。游子思乡固然是人之常情，但对张翰而言，因思念故乡风物辞官，乃是避祸全身之策，而联系李开先作诗时的政治处境和暧昧的朝廷局势，他又何尝不能对此感同身受呢？虽然张翰是主动辞官，李开先是被动罢官，因此并不存在所谓的厌倦官场之意，他自己也表示"恳切辞官秋风不是思鲈脍"③，只是"近乡情更怯"，何况罢官一事本就不算光彩，借前贤之名也是有意粉饰太平，但更重要的是，于李开先而言，久别故土、思乡情浓是真，激流勇退、"独善其身"的自我劝诫也是真，倒不是说李开先期望同张翰那般，认清形势、放弃仕途而意图淡泊隐居，自此在田园山水间安身立命，后事姑且不论，就始终胸怀入世理想的李开先而言，能"暂时"远离朝廷祸端，也不失为明哲保身的有利手段。

李开先自述诗中可见的"弃置"，共计四处，分别为：《暑夜游忆旧》其一中的"弃置甘吾分，疏狂任世讥"、《庄所书怀》中的"薄劣自甘终弃置，病衰不复梦朝参"、《叹老》中的"弃置谁怜岁月深"以及《自嘲》中的"弃置沟中断，飘飘风外蓬"。"弃置"本意为抛弃、丢在一旁，而在古典诗词中，该词常出现于女子控诉男子薄幸的情境之下，最广为人知

---

① 李开先：《叹老》，选自李开先：《李开先全集》，上海古籍出版社2014年版，第398页。
② 按：张翰典故，见《世说新语》识鉴第七："张季鹰辟齐王东曹掾，在洛，见秋风起，因思吴中菰菜羹、鲈鱼脍，曰：'人生贵得适志尔，何能羁宦数千里以要名爵！'遂命驾便归。"（参见刘义庆著，刘孝标校注，徐传武校点：《世说新语》，上海古籍出版社2013年版，第160页。）
③ 李开先：《中麓山人绫对》（卷之下），选自李开先：《李开先全集》，上海古籍出版社2014年版，第1955页。

的，即是崔莺莺《告绝诗》："弃置今何道，当时且自亲。"① 又不脱诗歌"香草美人"之传统，"弃妇之怨"往往也是"逐臣之怨"，"弃置"更多被引申为不被任用之意，如王维的《老将行》："自从弃置便衰朽，世事蹉跎成白首。"于李开先而言，频用"弃置"来形容自身的遭遇，恰恰是情深而怨，两次饷边、司职铨曹，虽不是功勋赫赫，也堪称尽忠职守，最终仍落得无辜被弃的下场，此中的忧悲牢骚，发为诗什，酸楚尤甚。

因此，李开先惯用的"张翰"与"弃置"两词之间，表面看似矛盾，在情感指向上互相抵牾，实则内在相通，呈现出个人在情理之间的徘徊：作为突遭横祸的普通人，自然想把心中块垒一吐为净；作为久谙官场之道、饱读圣贤书的士人，又要时刻提醒自己基本保持体面和克制。

而无论是意义相反的两个词，还是上文中这些自述式的作品，凡此种种，不过是诗人复杂情愫的宣泄口，一旦和他罢官后的思想变化联系起来，便能品味出前文所言之"矛盾与反复"：

一方面，他不断倾诉着自己沉迷于山水之乐，早就牵挂故土，对宦游生涯已然厌倦："一心恋故山，双手谢朝班。不愿攀鳞上，惟随倦翼还。"② 这般情绪倒算不上"虚伪"，这首诗应作于罢官（1541年）后不久，诚然，庙堂宫阙令李开先一直心怀眷恋，但无辜遭受罢免无疑给予"汲汲经世"的他沉重一击，亦使得他对官场情感复杂。既是初逢贬谪，又或许是受奸人所害，重重黑幕令皆他仍心有余悸，所以他在嘉靖三十五年（1556）所作《自叙》的末尾，就直白地表示："壮志已焉矣，耕钓藏其身。"③ 另有《审处》一诗，堪称此般心意的注脚，在该诗的小序中，他自问自答，袒露出久患于官场，不如规避田园的心思："农与渔皆隐者事，农居田里，渔则犹在风波。吾将为农乎？为渔乎？二者必居一于此，吾将为农矣。"随后又在诗句回应了不为渔者的缘由："渔舟犹畏风波险，仕路风波险更多。"④ 无论何种风波，总归是有性命隐忧，更何况在后者上已然

---

① 元稹：《会真记》，选自王季思校注：《西厢记》，上海古籍出版社1996年版，第200页。
② 李开先：《闲居集》，选自李开先：《李开先全集》，上海古籍出版社2014年版，第219页。
③ 李开先：《闲居集》，选自李开先：《李开先全集》，上海古籍出版社2014年版，第71页。
④ 李开先：《闲居集》，选自李开先：《李开先全集》，上海古籍出版社2014年版，第472页。

受挫呢？

然而，即使"伤痕累累"，他又始终期望有朝一日重返朝堂。作于嘉靖三十九年（1560）的《自嘲》一诗中，自谓"人衰志却难"，毕竟肩负着父亲振兴门楣的嘱托，又从小浸润在传统儒学"家国天下"的教育之下，积极入世的思想早已在他心中根深蒂固，更何况罢免之事本就无辜，满腹才学尚未施展，周遭友人的频频复起和屡次传来的召唤之声，皆令他仍心怀希冀，故而他还曾自我调侃："矜持太作意，仍望出山林。"① 在《感兴》组诗中，他仍不忘歌颂贤主圣明，百姓安居乐业："国运当熙洽，君王总万机。求贤常旰食，勤政每宵衣。"② "曾餐官鹿美，今喜鲈鱼肥。岂但吾蒙惠，皇恩布九围。"③ 圣上的赏誉之恩，李开先始终不曾忘怀，这样的称赞大抵也是出于真心，从另一个角度来看，他又何尝不是在渴求贤主的再次垂青呢？

另一方面，他悲观认命，"往岁游华省，侥幸窃冰衔"④、"窃禄曾多日，乞休不待年"⑤，否定自己的一身才学和满腔抱负，频频出现的"窃"字，表露出他将曾经攀登的高位视作侥幸，企图通过自我否定的方式消解郁闷、逃避痛苦。与此同时，相比年轻时的疏狂落拓，"壮年辞阙"的李开先怨忿与悔恨交织，他开始反思为官之时过于刚直，不谙世故，并认为这给后来的祸端埋下隐患："久矣负豪气，几乎作祸胎。"⑥ 如此，正可对应上钱谦益对他的评价："在铨部，谢绝请托，不善事新贵人。"⑦ 尽管如此，少了仕途牵绊，也无需为钱财忧虑，更无人情世故、勾心斗角之累，

---

① 李开先：《放居》，选自李开先：《李开先全集》，上海古籍出版社2014年版，第411页。
② 李开先：《感兴》（其四），选自李开先：《李开先全集》，上海古籍出版社2014年版，第123页。
③ 李开先：《感兴》（十一），选自李开先：《李开先全集》，上海古籍出版社2014年版，第124页。
④ 李开先：《李开先全集》，上海古籍出版社2014年版，第59页。
⑤ 李开先：《退居修养偶忆旧事》，选自李开先：《李开先全集》，上海古籍出版社2014年版，第226页。
⑥ 李开先：《青门沈山人别来久矣忽承过访谈及在京旧事怆然动怀》（其二），选自李开先：《李开先全集》，上海古籍出版社2014年版，第174页。
⑦ 钱谦益：《列朝诗集小传·丁集上》"李少卿开先条"，上海古籍出版社1983年版，第377页。

藏书、下棋、游山玩水，各种爱好都因此闲暇得到施展，这使得他又乐天知命："进退皆前定，谁能出范围？"①劝慰自己放下心中的执念，顺应天意的安排，积极地找寻人生更多的乐趣："奚必泥功名，养生亦多术。"②

从这些作品中，我们不仅能体会到，李开先于渴求赐环与优游林下之间的纠结，还可以勾勒出他"其身在野，心系朝堂"的形象，拳拳之心证明着他始终心怀天下，不灭经世济民之志。归结此中的"矛盾与反复"，罢官之初的忧思悔恨与胸怀壮志、建功立业的诉求是一重，田园安乐的恬淡与与终身仕路不顺的郁结又是一重。而无论是回首仕路的艰难摧折，还是感慨当下的畅快轻松，他在诗歌中反复渲染家居归田，安闲自适的生活态度，不仅是创伤后自我抚慰的一种手段，更有利于彰显他的艺文风雅，并借此远离流俗，树立良好的社会清誉，标榜文士身份，毕竟一个乐于山水林间的闲人，总归好过满腹牢骚的怨才。

总而言之，如前文所揭示的那样，罢官事件割裂出李开先不同的人生境遇，他的思想意识除了徘徊在"不贪文名"和"立言"左右，还经受着"进退之间"的纠葛缠斗。人非圣贤，要接受厄运，坦然面对现实，始终需要一个过程，他漫长的闲居时期，各般心绪波动不平，思想状态也明显前后有别，从满怀希冀到彻底失望，姑且可划分为两个阶段，一为罢官初期的"寸心仍恋阙"，二为沉沦久矣的不甘认命。年老之时的心境与壮年时期自然不可同日而语，但除了诗歌之外，李开先还通过其他作品，反复地倾吐罢官给他造成的影响，而在不同的文体选择中，他的个性表露和情感宣泄程度也因之改变，多方比较才能还原出更为立体的李开先，这也是下文中要继续考察的地方。

三、"恋阙"与"乐闲"：杂著创作中的情感纠缠

对比诗作，李开先还有一些杂著如对联、画论等，它们显然并非正式

---

① 李开先：《感兴》（其九），选自李开先：《李开先全集》，上海古籍出版社2014年版，第123页。
② 李开先：《京友怪予久无书问解以是诗》，选自李开先：《李开先全集》，上海古籍出版社2014年版，第59页。

性的文学体式，因此，前人鲜少从思想动向去考察，故而李开先的《中麓山人拙对》和《画品》两部杂著仍是值得关注的。

相较诗作不甚清晰的时间脉络，撰于嘉靖二十年（1541）的《中麓画品》①，则有具体可征的创作时间以兹参考，尤其作为李开先返乡后的第一部作品，这本书的创作更能直观地反映其刚刚退居林下的心境：一来选择绘画艺术作为品题对象，无非为修身养性，更有助于排遣罢官祸事带来的郁闷，达到移情遣兴的目的；二来保持了一贯的谨慎风格，以"盖棺乃定论"为理由，只品题已故的画家，无非为减少不必要的争端。

毕竟是艺术论著，该书的内容基本是点评人物、阐释品画之法，并不能与李开先的情感动态联系起来，然而在他自撰的《后序》中，却暗藏玄机。在陈述著书心得以外，他特意花了近半篇幅，记叙戴进画艺高超，却因性情孤傲，遭同僚排挤，最终丢失官职、落魄度日一事。考究其目的，或是以前人自况暗诉不平，或是作为前车之鉴自我反思，总之在戴进身上，我们能窥见一点李开先的影子。姑且搁置派系之争、审美偏好等问题，他在书中对戴进的种种溢美，赏识之余也不失是"同为天涯沦落人"的惺惺相惜。序中有引："进尝自叹曰：'吾胸中颇有许多事业，争奈世无识者，不能发扬。'"② 此处，正是中麓借前人口的自我慨叹，不难看出，罢官未久，他仍渴望着贤主的赏识，再返仕途报效朝廷。再放眼全书，从其绘画理论多表露对浙派画风的欣赏，究其缘由，审美观念中的"尚奇"因素是一重，个人遭际带来的共情因素又是一重。恰如李盟盟在讨论李开先写《中麓画品》更深层次的原因时所总结："李开先喜爱戴进、吴伟之画，有其人生遭遇之因。李开先与他所关注的浙派画家有着相似的生活经历。浙派画家大部分人生活不安定，颠簸流离，画中便抒有不平之气。"③

与此同时，始编于嘉靖三十一年（1552）的《中麓山人拙对》④，则

---

① 按：《画品》序言后署"嘉靖辛丑年十一月中麓山人李开先撰"，参见卜键校笺：《李开先全集》，上海古籍出版社2014年版，第1656页。
② 李开先：《〈中麓画品〉后序》，选自李开先：《李开先全集》，上海古籍出版社2014年版，第1670页。
③ 李盟盟：《李开先〈中麓画品〉研究》，天津社会科学院出版社2016年版，第19页。
④ 按：《中麓山人拙对》序文后署"嘉靖壬子十二月念日中麓李开先序"。

基本与《闲居集》的刊刻时间同步。书中所收对联的创作时间跨度较长，据李开先自序所称："余自罢太常，归故里，稍稍广田园葺庐舍，傍水依山，足以乐而亡老；遍设对扁，以见志。"① 从其经历来看，归乡的第三年（1543 年）起，李开先便热衷于购置田舍、广修亭台楼阁，对联的撰写也就肇始于此，故而该集中不乏罢官初期的创作。

此外，李开先眼中的对联有如下特征："虽若出自信口，字句浑然天成，无雕琢之迹，有金石之声。"点明对联语出自然、掷地有声的风貌特性。再观其具体的创作，卜键就曾反复强调过他的自我书写："他的对联常是他真实心情的写照，也常是他人生经历的记录。"② 又称："《拙对》和《续对》是李开先对一种为士大夫多不屑涉笔的文体的倾注心血的创作，又是他生活历程和思想的笔录。"③ 由是观之，对联这种信笔直写的文体性质，写作时的情感动向很容易甄别，因此也可作为参考，用以探究李开先罢官初期的心境表达。

李开先所作对联语义通俗、叙事浅显，从内容来看，书中留存不少回顾过往的作品，且带有一定的传记性质，彰显其独特创见的同时，还可作为补证其生平研究的一手材料："十年登仕路，两次沐恩波"④、"家鉴随时损益本太常之礼，国恩最大褒封得吏部之衔"⑤、"村落去城三里许，寺曹窃禄十年余"、"雨露霑濡数月三迁居画省，风尘奔走十年八次泛黄河"等，作者意在展示从仕经历的同时，亦不忘歌颂皇帝的圣明，表达感恩之意；此外，他亦不忘感念椿萱："训戒心声不远，诗书手泽犹存"⑥，其中训诫应指父亲亡故前的嘱托。

---

① 李开先：《〈中麓山人拙对〉序》，选自李开先：《李开先全集》，上海古籍出版社 2014 年版，第 1683 页。
② 卜键：《中麓山人拙对·提要》，选自李开先：《李开先全集》，上海古籍出版社 2014 年版，第 1681 页。
③ 卜键：《李开先传略》，中国戏剧出版社 1989 年版，第 104 页。
④ 李开先：《中麓山人拙对》（卷之上），选自李开先：《李开先全集》，上海古籍出版社 2014 年版，第 1685 页。
⑤ 李开先：《中麓山人拙对》（卷之上），选自李开先：《李开先全集》，上海古籍出版社 2014 年版，第 1685 页。
⑥ 李开先：《中麓山人拙对》（卷之上），选自李开先：《李开先全集》，上海古籍出版社 2014 年版，第 1685 页。

值得注意的是，其中一些对联也委婉提及罢官隐情，如"追随道友长为客，触忤权臣早罢官"、"左使弹奸太岁岁头曾动土，中伤罢职相公有腹不撑船"等，通通都在暗示自己的一罢不起，实为奸臣所构害。同时，《拙对》中有"天道好还夏相遭诛兼乏嗣，人心不昧曹雄无罪却从军"一联，可与诗作《闻夏桂洲凶报》对比来看：

> 驱犊躬耕今几秋？久忘帝里旧豪游。少年知己如星散，往事伤心付水流。袖内不藏新谏草，灯前时补敝貂裘。上方有剑何须请，相国惊闻沥血头！①

据史书所载，嘉靖二十七年（1548）夏言因支持收复河套，为严嵩所诬，是年十月在西市被斩首，故对联及诗的创作时间不会早于此，时距李开先罢官已七年有余。诗的题目虽然表意直接，内容却是以诗人自己为着眼点，专注抒情少发议论，间接写自己退居后的所闻所感，通篇沉沦于"今"与"昔"交错的感伤之中。另一处在诗中提及夏言，即《国朝辅弼歌》："纳贿招权夏公谨，贪婪何止万文康。"② 该诗则以议论为主，对已逝的本朝人物加以褒贬，写作技法各有千秋。另在《〈游海甸诗〉序》一文中，李开先则以旁见之法，叙夏言弹劾张元孝、李遂事，既而暗讽道："大臣嫉才，往往济其不党己者，岂惟古有之，今殆有甚焉者矣。"③ 这何尝不是借他人事以喻己，不过总体而言，比起对联鲜明的"大快人心"之感，诗和文显然要含蓄内敛许多，至少情感上有所克制。

对联则以"夏言"和"曹雄"互应，正面直陈夏言"亡命绝后"的下场，喜悦之情毫不遮掩，可见李开先对他的痛恨之极。对于后者却持有同情之意，曹雄乃武宗朝的军事将领，曾参与讨伐安化王叛乱，因同乡之谊依附刘瑾遭到弹劾，虽得诏宥免死，仍永戍海南，遇赦不原。李开先与其并无交集，然而从他的经历，令人不免联想到与李开先交好的康海，由此，该联在为仇人伏诛拍手称快之余，或许还寄托着对亡友的惋惜和追

---

① 李开先：《闲居集》，选自李开先：《李开先全集》，上海古籍出版社2014年版，第254页。
② 李开先：《闲居集》，选自李开先：《李开先全集》，上海古籍出版社2014年版，第84页。
③ 李开先：《〈游海甸诗〉序》，选自李开先：《李开先全集》，上海古籍出版社2014年版，第624页。

念，故人仇家皆已零落，李开先自己也退处田间，"无罪"二字，大抵也承载着他的不甘与无奈。

不过，作品中出现最多的，还是罢官之后的人生感叹。譬如"龙山老农家"一联："夹山为水夹水为龙龙山古来惟水，弃农作儒弃儒作吏吏儒今又归农"①，此联上联写景进而由景生情，再到下联中道出家世前业、诉说个人遭遇，在技法上回环往复，所寄寓的人生状态也是跌宕起伏，十分精妙。又，"焉文草阁"联："躬耕畎亩名动京师若是者则吾岂敢，身在江湖心悬魏阙微斯人其谁与归"。"魏阙"出自《庄子·让王》："身在江海之上，心居乎魏阙之下。"指宫门上巍然高出的观楼，后多用作朝廷的代称。整个下联明显化用自范仲淹《岳阳楼记》，原句为"居庙堂之高则忧其民，处江湖之远则忧其君。是进亦忧，退亦忧。然则何时而乐耶？其必曰'先天下之忧而忧，后天下之乐而乐'乎！噫！微斯人，吾谁与归？"据此所用之典，李开先的复起之心显而易见。联名"焉文"二字，也如前文中所讨论那般，意在表明自己不求文名传世之意，立功之心仍在立言之上，不仅是忧国忧民之心，这其实也侧面展露出，李开先对回归仕途仍抱有强烈期盼。

又，"奉常退居"联："归田无复凌云志，报国常存捧日心"。该联化用于宋人贾昌朝《咏凌霄花》："披云似有凌霄志，向日宁无捧日心"，前两句的表意还比较委婉，只是在向朝廷表忠心；而该诗后两句"珍重青松好依托，直从平地起千寻"，贾昌朝赞扬凌霄花不骄傲自大、夸耀功劳的谦虚品质，同时借花喻人，表示有时应懂得"依托"，才能攀向更高之处。正基于此，李开先也是在期望伯乐的出现，渴求慧眼之人，尤其能再得帝王的赏识任用。这一点，在"临滓居"一联中，体现得更加直白："临渊自羡垂纶手，恋阙谁知补衮心"②，下联"补衮"语出《诗·大雅·烝民》："衮职有阙，维仲山甫补之"，指补救、规谏帝王的过失，李开先重回朝廷的热切之心不言而喻。而上联的"垂纶"，则出自吕尚（姜太公）

---

① 李开先：《中麓山人拙对》（卷之上），选自李开先：《李开先全集》，上海古籍出版社2014年版，第1700页。
② 李开先：《中麓山人拙对》（卷之上），选自李开先：《李开先全集》，上海古籍出版社2014年版，第1705页。

未出仕时曾隐居渭滨垂钓的传说,后常借指隐居或退隐,然结合全联文意,这里李开先所羡的,还是姜太公终能得遇于姬昌,才华施展、功成名就的幸运。

然而,同样是"垂纶"之典,却被李开先用以表达截然相反的情绪。"有时卖卦长安市,到老垂纶渭水滨"①,这里同时化用陈抟和姜太公的典故,一正一反,联言隐逸之心,下联却道出无人赏识、抱憾终老的无奈。这一阶段,又难免有过自我规劝和反省的时刻:"久据要津疏狂不免诼人忌,自投散地游衍无愁俟吏催"②、"过后寻思始知乌帽为愁帽,从前莽憨幸免华阶作祸阶"③、"唾手只知登第易,回头始觉做官难""归隐才高身外功名终是假,褒弹莫信眼前闻见始为真""宦海有风波纸船莫渡,仕途所坎坷草履难行"④ 等。时过境迁,对李开先而言,经历蹉跎始能追悔年少狂放之过,而再三强调做官不易,也是对宦海浮沉是否出自真心的追问。十载功名利禄的驱驰,终归不过梦幻泡影,种种思考,与其说是李开先的幡然醒悟,不如说是他认清现实的无奈妥协。

这种妥协,既像上文所表现的那般,处处透露着对官场的失望,还作为日常生活的记录,表现出优游林下的闲适:他寄情诗酒,与文社诸友尽享笔墨雅事,也重拾起钟爱的藏书之好:"歌咏归诗社,沉酣卧醉乡"⑤、"书积已过三十乘,诗成约有百千篇"⑥;他自蓄乐班,宴饮不辍,纵意歌舞之间:"舞女紧旋回素雪,歌童揭调遏行云"、"座上名姬舞腰风柳交相

---

① 李开先:《中麓山人拙对》(卷之上),选自李开先:《李开先全集》,上海古籍出版社2014年版,第1719页。
② 李开先:《中麓山人拙对》(卷之上),选自李开先:《李开先全集》,上海古籍出版社2014年版,第1743页。
③ 李开先:《中麓山人拙对》(卷之中),选自李开先:《李开先全集》,上海古籍出版社2014年版,第1795页。
④ 李开先:《中麓山人拙对》(卷之上),选自李开先:《李开先全集》,上海古籍出版社2014年版,第1715页。
⑤ 李开先:《中麓山人拙对》(卷之中),选自李开先:《李开先全集》,上海古籍出版社2014年版,第1829页。
⑥ 李开先:《中麓山人拙对》(卷之中),选自李开先:《李开先全集》,上海古籍出版社2014年版,第1786页。

款,堂中饮客醉面霜花两斗红"①;吟咏恬静的田园风光:"邻鸡喔喔啼残晓,杜燕飞飞饶暮春"②、"鹭影惊飞照水蓼花红历乱,蝉声乍断参天枫叶绿参差"③;他也曾放下身段,关注乡间的农事劳作:"曩时曾长选,晚岁只明农"④、"一亩园过十亩田李太常甘心治圃,百年人做千年调呆老汉白首营家"⑤。值得玩味的是,他这里仍以官职自称,而非以罢官后常用的"中麓子"自号,但他在诗作《秋夜书怀》中却称:"只可称居士,莫云李太常"⑥,看似矛盾的背后,实则需要联系李开先的辨体观念,诗体隐晦,联体任诞,由此产生情感内涵的虚实真假,自不难解。

其实不难看出,以上所述都是李开先调节心情、纾解郁闷的方式,他本人也确实是乐在其中。当然,他也时常会有隐晦的抱怨:"乌帽不遮阳何如顶笠,绿袍难冒雪所以披蓑"⑦、"仕路不如归路好,将台争似钓台高。"⑧ 这里显然可与前文提及的《审处》一诗联系起来,诗用对比衬托的手法稍显内敛,前面还有引文作为注解,对联却明白如话、通俗易懂,从中可窥见李开先使用不同文体表达同一情感时,所持的标准和尺度是不同的。而细数此中各条,无外乎咏物抒情,尽管闲情雅趣充盈其间,可安于现状的意味并未透露一丝,反倒是处处低吟着"身居江湖,心怀庙堂"的声音,总之,李开先绝对称不上是个纯粹的隐士。

---

① 李开先:《中麓山人拙对》(卷之中),选自李开先:《李开先全集》,上海古籍出版社2014年版,第1786-1787页。

② 按:卜键笺本作"杜燕"有误,据国家图书馆《中麓山人拙对》嘉靖刻本,"杜燕"应为"社燕"。

③ 李开先:《中麓山人拙对》(卷之上),选自李开先:《李开先全集》,上海古籍出版社2014年版,第1707页。

④ 李开先:《中麓山人拙对》(卷之上),选自李开先:《李开先全集》,上海古籍出版社2014年版,第1715页。

⑤ 李开先:《中麓山人拙对》(卷之上),选自李开先:《李开先全集》,上海古籍出版社2014年版,第1716页。

⑥ 李开先:《秋夜书怀》,选自李开先:《李开先全集》,上海古籍出版社2014年版,第377页。

⑦ 李开先:《中麓山人拙对》(卷之上),选自李开先:《李开先全集》,上海古籍出版社2014年版,第1752页。

⑧ 李开先:《中麓山人拙对》(卷之上),选自李开先:《李开先全集》,上海古籍出版社2014年版,第1691页。

就整体而言，从李开先的态度来看，他显然没有把对联当作单纯的文字游戏，或者是纯粹的应用文体。他不仅套用诗文写作之法式进行创作，更在其中倾注着满腔情感，所以他的对联兼具实用性（亭台楼阁等联的撰写）和艺术性（怀母忧子及个人的身世之伤），恰如弟子张自慎对其整体创作情况的评价："大约严整而不牵强，简切而多意味，尤其长也。"[1] 对联虽然并非"登大雅之堂"的作品，但这样的信口直书，更无所拘束和畏惧，是本人潜意识的真实映射。

正是通过这些写作实践，我们不难察觉，一方面李开先始终难脱文人气，频繁的使事用典，大量对联在创作时忽略了基本的应用功能，尤其是归属于"散对"名下的部分，俨然实用性不足，不过在审美品味和文学意趣上却大有提升；另一方面，也是他复杂心迹的彰显，屡屡袒露出的伏枥之志，只换得半生岁月虚度的痛心，他在"恋阙"和"乐闲"之中纠缠，又在失意和豁达之间徘徊不定。"罢官十载违朝谒，结客终朝恣宴游"，可谓是李开先半生的总结，其中倾注的种种情感，都与诗歌产生共鸣，而他在诗作中吐露的反复和矛盾，在《画品》和《拙对》中得以延续。

小　结

罢官事件带来李开先整体境遇的改变，由此牵动出人生阶段前、后有别的"间隔"感。社会阶层关系、人际交往圈层的变化，无一不冲击着他原有的人生观，迫使他不得不重新厘清自我群体的归属问题，作为官场斗争中的弃子，他作为政客的优越感逐渐土崩瓦解，诗中屡屡出现农夫、渔父的"职业"抉择，正彰显着李开先在身份定位上的焦虑；

宏观上，李开先的文学活动，主要集中于嘉靖年间。而嘉靖时期，堪称明代文学思想承前启后的阶段，复古思潮消歇云涌，既有对以往文学观念的回顾与反思，也有对现实问题的省察和叩问。在此背景之下，李开先

---

[1] 张自慎：《〈中麓山人拙对〉跋》，选自李开先：《李开先全集》，上海古籍出版社2014年版，第1971页。

作为其中的一员,难免亦步亦趋,为时代思潮困囿。微观上,于文士而言,仕途的挫折,某种程度上也带来文学领域的有利契机,突遭变故,势必引发思想上的动荡;而抛开冗杂的政务,也真正有时间潜心创作与交流。与此同时,李开先从在任的政要官僚,到下野的失意文人,身份的不同,必然导致"自我表达"时立场的差异。

与此同时,在仕路堰塞之后,李开先不得不将满腔热情转移到文学领域,此中最显著的标志即是"不贪文名"到"立言为文"的转变。当然,这或许还与其老而无后的际遇有关,《存友续录》的后序中写道:"《存友续录》,他无可言,怜其无后,恐遂没其人,有此录则存此人矣。吾今六十有五,尚未举子,自此以文为戒,以后为重。存吾神所以存吾后,亦因以存吾人也。"① 这段文字颇有自警之意,生子早夭,深愧不能传宗接代的李开先,只能借文字以存其精神,在另一种层面上达成"香火的延续"。据此猜测,这也是李开先后期大量刊刻出版个人作品集的动因之一。

清人赵翼有言:"国家不幸诗家幸,赋到沧桑句便工。"② 这句话多少也折射出李开先的状态,于他而言,文学命运与政治命运并不交汇并行,官场失意反而促成了文学道路的迈进,颇有失之东隅收之桑榆的意味。当然,在李开先身上政治对文学的影响一直存续。人事的变迁,思想的波荡,于潜移默化中沉浸入他的文学创作,也为我们研究李开先的创作动态勾勒出清晰的脉络,正如卜键所言:"历史上几乎没有一个作家不在其作品中阐述自己的思想和经历,却又很少有人像李开先这样,在他几乎所有的作品中,都孜孜于追忆过去或表述衷肠。"③ 因此,虽然李开先的诗文创作经典化程度较低,更难与他的曲学作品相企及,但其整体意义在于文艺的自觉性和观念的确指性,为我们判断他文学观的宗尚情况,及其在不同时期的宗法变化、学习偏向性提供了参考素材。

反之,这些内含着李开先对自我人生审问的作品,亦是考察其文学乃

---

① 李开先:《〈存友续录〉后序》,选自李开先:《李开先全集》,上海古籍出版社 2014 年版,第 547 页。
② 赵翼:《瓯北集》(下),上海古籍出版社 1997 年版,第 772 页。
③ 卜键:《关于李开先生平几个史实的考辨——兼与宁茂昌同志商榷》,载《山东师范大学学报》,1985 年第 2 期。

至人生状态的重要符号标志。最典型的即是那隐约存在于文字中，反复而又矛盾的气息，一方面显露着趋俗尚俗的倾向，另一方面又透露出他不能、也不愿完全脱离"庙堂"的讯息。李开先早年的创作有功利性、应酬性，退居山林后看尽宦途险恶，反其道而行之，转而关注各类通俗文艺，以求化解身份的焦虑。当然，最终的效果如何，只有他自己能够体味。

第三章 《改定元贤传奇》：李开先对戏曲选本的改订与批评

明人编纂的元杂剧选集，作为探析早期戏剧表演的重要文献材料，一直是学界研究关注的重点。而李开先有感于"元词鲜有见之者"而编订的《改定元贤传奇》，乃是明代最早刊行的元杂剧选集，近人傅惜华曾有言："此书实为《元刻古今杂剧三十种》后，时代最早之元人杂剧选集，重要异常"①，就充分肯定了《改定元贤传奇》的文献价值。

《改定元贤传奇》的编选，对于后来的选本，有着参考借鉴的意义，考察各版本间的源流关系，更是前人研究的重点所在。不少学者从文献校勘、选本比较等方式切入，针对版本源流、曲辞用韵、体例样式等问题进行了专门的考论，并屡屡提及后出选本在版式体制、改动内容上对其的继承性，如张倩倩曾评价此书"开启了文人选编元杂剧的先河，对万历时期的元杂剧选本影响很大"②；孙书磊亦认为："《改定元贤传奇》在元明时期的元杂剧传播中发挥着轴心与中介作用，它促进了元杂剧体制的演进。"③可以看到，《改定元贤传奇》作为早出的元杂剧选本，在当时有着比较广泛的影响。

相关研究虽已有不少成果，然少有人注意编选思路与实际操作之间的内在关系，李开先于曲词上的平衡、取舍之道亦尚待考究。笔者通过更为细致的文献比勘，发现了一些前人研究不曾关注到的改笔，以及留存的特殊舞台体制，既彰显着李开先的选本批评意识，更是《改定元贤

---

① 傅惜华：《元代杂剧全目》（附录"引用书籍解题"），作家出版社1957年版，第370页。
② 张倩倩：《元杂剧版本研究》，中国戏剧出版社2018年版，第172页。
③ 孙书磊：《元杂剧体制在元明的传播与演进——以〈改定元贤传奇〉为研究中心》，载《戏曲艺术》，2011年第3期。

传奇》作为元杂剧过渡阶段的重要标志所在，皆是本章中要讨论的重点问题。

故本章从文献研究的角度出发，与现存的元、明杂剧选集：《元刊杂剧三十种》《脉望馆钞校本古今杂剧》、王骥德《古杂剧》、陈与郊《古名家杂剧》、息机子《杂剧选》、黄正位《阳春奏》、《元明杂剧》及孟称舜《古今名剧合选》，进行版本间的比较梳理，进而对《改定元贤传奇》的剧本形态做较为全面的考察。首先厘清《改定元贤传奇》的创作意图及实际编撰情况，通过具体的文本分析，阐释编选者在"观念"与"实践"之中的平衡与选择；再重点关注该选本"改"与"留"之辩证关系，以期考究李开先对待元杂剧的真实态度，进而深入探讨《改定元贤传奇》所承载的文本体制之典范性、编选思路之示范性，以及随之衍生出的文化意义。最后，考察《改定元贤传奇》的增删留存、比较对照它与其他版本的异文，并非企图判别优劣，而是旨在审视《改定元贤传奇》作为较古早的元杂剧版本，其价值、影响所在。所以，本章立足戏剧文体的特殊性，对《改定元贤传奇》的"文本性质"重新审视和定位，总结李开先作为主导者之创作心态及其元杂剧观念，进而发掘《改定元贤传奇》在元杂剧经典化进程中的意义。

在进行系统的梳理之前，就《改定元贤传奇》所涉争议，笔者亦略有薄见，期望能提供一点视角裨益补正：

其一，《改定元贤传奇》的刊刻时间，也是它颇受关注的话题。日本学者岩城秀夫首先在《元刊古今杂剧三十种的流传》一文中，指出序言提及的《十段锦》，即是收有朱有燉作品的《杂剧十段锦》，该书最早的绍陶室刻本刊行于嘉靖三十七年（1558），据此《改定元贤传奇》的刊刻时间不会早于此书。之后佐藤晴彦又从汉字字形演变的角度，对此观点表示了支持。不过笔者认为，序中所言《十段锦》是否就是经绍陶室原刻的《杂剧十段锦》，仍有商榷的余地。明人所辑《杂剧十段锦》十种，所收八种皆为周宪王朱有燉的作品，余下两剧作者归属虽尚有争议，但基本可确定皆为明人所作。而李开先在序中所病"美恶兼蓄，杂乱无章"，乃是针对前人之于元词的选录整理，因此他批评的对象为元杂剧本，与《杂剧十段锦》所收稍有龃龉，且"段锦"本就为明清曲艺人谓称数目之用语，类如"一江风""五供养""十段锦"。因此，《十段锦》可能只是同《二段锦》《四段锦》一般，是采用时兴命名方式的选本，并非专指某书。

其二，《改定元贤传奇》的编者问题。首先需要明确的是，编选剧本如此复杂耗时的工作，并非李开先独立完成，而是召集了不少人一同参与、各司其职，用他自己的话说是"总裁与考试官"。《后序》中就详细交待，实际参与者还有李开先的门生张自慎、高应玘，连襟珲子方及友人张畏独，尤其是贯彻始终、亲力亲为的张自慎，可以说是编撰工作的首要执行者。因此也曾有学者产生质疑，Tian Yuan Tan 所撰《对李开先〈改定元贤传奇〉的再思考：与〈词谑〉比较为例》一文认为，李开先几乎没有实际参与《改定元贤传奇》的编订工作，因此把《词谑》视作李开先的杂剧改编成果，比多人合作的《改定元贤传奇》更为可靠。①

关于李开先并不是实际操作者，《改定元贤传奇》能否代表他的思想的问题，笔者认为，作为"总裁"，他在工作之先已经制定了既有的标准，而张自慎等人，作为执行者，一定是在他所规定的范围内进行改订工作，且最后的成果，必然是要经过李开先审查和考核的。也就是说，虽然没有实际操作，但其中的改动与保留，必然是经过他默许和认可的，是在他的意志下领导和执行的，必然也渗透着他的戏剧观念和思想，所以将《改定元贤传奇》视为李开先编选元杂剧的实践，并不矛盾。

至于《词谑》和《改定元贤传奇》出现差异的原因，关键的不是实际操作者是谁，而是两部作品的编选观念本就不一致，《词谑》是侧重于曲本位的，只摘录重要的曲文，本就旨在探讨曲律声韵上的种种问题；而《改定元贤传奇》是强调剧本完整性的，企图存"杂剧之旧貌"，揭示元杂剧的本来面目，尤其是较宾白更被看重的曲文，就更不可随意更改了。

---

① 参见：RETHINKING LI KAIXIAN'S EDITORSHIP OF REVISED PLAYS BY YUAN MASTERS: A COMPARISON WITH HIS BANTER ABOUT LYRICS. Edited by Maghiel van Crevel, Tian Yuan Tan, Michel Hockx. *Text, performance, and gender in Chinese literature and music: essays in honor of Wilt Idema*. Brill. 2009, p140–152.

第一节 《改定元贤传奇》文本形态

所谓"形态",就是形式、状态的意思,戏曲艺术的形态,笼统来看包含着剧本和表演两个方面。而《改定元贤传奇》作为戏剧选本的意义,不仅是对早期戏曲文献的保存,更在于其中遗留不少可考察的戏剧表演痕迹。故对《改定元贤传奇》的研究,必须立足文献,对其整个编撰工作进行系统性地考察,即先关注编选前作者所制定的相关标准和原则,再从切入最终的成书,考察所存剧本的基本形态。一则由理念到实践,将先行的编选标准和最后的实践成果,两相对照,发掘此中契合与抵牾之处及其产生的缘由何在;二则由整体到细节,关注点从版本、体制逐步落实到字句,为之后全面审视《改定元贤传奇》之价值、李开先等人编选此书之成就,奠定基础。

一、编选标准及收录情况

关于编选该书的工作和意图,李开先在前、后两序中都进行了细致的说明:

> 予尝病焉,欲世之人得见元词,并知元词之所以得名也,乃尽发所藏千余本,付之门人诚庵张自慎选取,止得五十种,力又不能全刻,就中又精选十六种,删繁归约,改韵正音,调有不协,句有不稳,白有不切及太泛者,悉订正之,且有代作者,因名其刻,为"改定元贤传奇"。(《改定元贤传奇·序》)[1]

> 传奇凡十二科,以神仙道化居首,而隐居乐道次之,忠臣烈士、逐臣孤子又次之,终之以神佛、烟花粉黛。要之激劝人心,感移风

---

[1] 李开先:《改定元贤传奇序》,选自俞为民、孙蓉蓉编:《历代曲话汇编·明代编》(第一集),黄山书社2009年版,第406页。

化，非徒作，非苟作，非无益而作之者。今所选传奇，取其辞意高古，音调协和，与人心风教俱有激劝感移之功。尤以天分高而学力到、悟入深而体裁正者，为之本也。（《改定元贤传奇·后序》）①

据此，因有感于当时选集良莠不齐、杂乱参差，李开先自选藏本中的五十种准备予以刊行，又困于现实因素，精而又减，最后出品只有十六种。且从剧作题材类型、思想内容到改动的方式、规范，俱给出了详细的要求准则。也由之可见，该书的编选原因和意图，一言以蔽之，即"欲世人之得见元词"；所据宗旨，乃不求其"全"而求其"善"，重在发掘元杂剧的文学价值，而"改定"之谓，亦不乏希冀后人效法准则之意。然而，仔细审查其中文字，再与成书相对照，此先行的编选标准和最后的实践成果，二者之间的关系，仍有值得玩味之处。

其一，书名即以"元贤"为题，但从收录的剧作家来看，王子一的身份归属，似有些不符合收录标准。从时人的文献记载来看，朱权《太和正音谱》载："国朝一十六人：王子一之词，如长鲸饮海。风神苍古，才思奇瑰，如汉庭老吏判辞，不容一字增减，老作，老作！其高处如披琅玕而叫阊阖者也。"② 又王世贞《艺苑卮言》录："国初十有六人：王子一如长鲸饮海，又，如汉庭老吏……可入首等。"③ 显然朱权是将王子一纳入明代作家范畴的，王世贞不仅基本照搬朱权之言，并且对其评价甚高。由此看来，在李开先所处之时代，士人是基本认可王子一明人身份的。

而李开先显然也是把王子一视为明初作家的，在其《西野春游词序》中有述："国初如刘东生、王子一、李直夫诸名家，尚有金、元风格，乃后分而两之，用本色者为词人之词，否则为文人之词矣。"④ 据此，王子一

---

① 李开先：《改定元贤传奇后序》，选自俞为民、孙蓉蓉编：《历代曲话汇编·明代编》（第一集），黄山书社2009年版，第407页。
② 朱权：《太和正音谱》，选自俞为民、孙蓉蓉编：《历代曲话汇编·明代编》（第一集），黄山书社2009年版，第38页。
③ 王世贞：《艺苑卮言》，选自俞为民、孙蓉蓉编：《历代曲话汇编·明代编》（第一集），黄山书社2009年版，第517页。
④ 李开先：《西游春游词序》，选自俞为民、孙蓉蓉编：《历代曲话汇编·明代编》（第一集），黄山书社2009年版，第412页。

自然不该称作"元贤",但并不能说选定的标准执行得不严格。孙书磊认为:"《太和正音谱》将之列在'国朝一十六人'之首,但没有证据证明其《刘阮天台》创作于明初。李开先将该剧收入《改定》本内,乃认定该剧为元时所作。"① 笔者则认为,创作时间并非此中关键,一则,李开先本就从剧作的文本形态出发,从体制风格上去界定"元杂剧",而非以时间为桎梏;二则,由上述言论不难看出,李开先等人对王子一赞誉有加,以"名家"称之就是一种认可,尤其李开先还用"有金元风格"作为标榜,将国初"名家"与"元贤"并列,实在有意强调杂剧创作尊元的重要性,与其原则并不违背。

其二,宁献王朱权曾对元杂剧的分类,总结为"杂剧十二科":

> 一曰"神仙道化";二曰"隐居乐道"(又曰"林泉丘壑");三曰"披袍秉笏"(即君臣杂剧);四曰"忠臣烈士";五曰"孝义廉节";六曰"叱奸骂谗";七曰"逐臣孤子";八曰"铍刀赶棒"(即脱膊杂剧);九曰"风花雪月";十曰"悲欢离合";十一曰"烟花粉黛"(即花旦杂剧);十二曰"神头鬼面"(即神佛杂剧)。②

很显然,李开先对杂剧的分类本自朱权《太和正音谱》。他没有完全照录,只重点提到了其中的六种,余下的披袍秉笏、孝义廉节、叱奸骂谗、铍刀赶棒、风花雪月、悲欢离合皆未提及。有学者曾指出"对'十二科'的合并改造,以及'逐臣孤子'类别的前移,就现实因素而言,是李氏身处时代矛盾斗争日益激化所致",故而略去前四种颇有政治上避嫌的意味,特别是前置"逐臣孤子"的行为,又可投射到他真实的情感经历中,乃现实心况之反映;至于不述"风花雪月""烟花粉黛",大抵也是为突出教化观念的考虑。

既有选录标准在先,考察实际操作中的情况就颇有意义。可惜当时所言十六种,已然不见,而今《改定元贤传奇》孤本藏于南京市图书馆,笔

---

① 孙书磊:《南京图书馆藏孤本戏曲丛考》,中华书局2011年版,第10页。
② 朱权:《太和正音谱》,选自中国戏曲研究院编:《中国古典戏曲论著集成》(第3集),中国戏剧出版社1959年版,第23页。

者于南图亲自查阅《改定元贤传奇》的缩微胶卷,扉页标注"明嘉靖刻本,二册,存六种,六卷",实则一剧即为一卷。其中所言六种存剧分别为:《西华山陈抟高卧》、马致远《江州司马青衫泪》、乔梦符《杜牧之诗酒扬州梦》《玉箫女两世姻缘》、白仁甫《唐明皇秋夜梧桐雨》以及王子一《刘晨阮肇误入天台》。卜键在《改定元贤传奇》的提要中回溯到,1984年去南图访书时曾被告知,卷首散佚部分在北图善本部①,然后来者皆无从查证,姑且存疑。

然而从残存的六个剧本来看,《青衫泪》《梧桐雨》《扬州梦》《两世姻缘》四剧,主要剧情还是男女婚恋,不免与序中标准稍显龃龉。不过,回归元杂剧本身,婚恋题材本就居多,是历来观众最为喜闻乐见的题材,相关剧作的产出数量自就庞大;再者,从这四出杂剧的故事叙述来看,既有描绘女子之忠贞,又有道出男子的信义,倒也为他们披上了"教化"的外壳,总的思想倾向上还是裨益于礼教,收录在《改定元贤传奇》当然就不足为奇了。

又,一般选本在著录剧作时,都会按一定的次序排列,作为残本的《改定元贤传奇》剧作收录顺序则稍显混沌。原本所有十六卷残缺不全,未知其排列之顺序,在续修四库本和卜键笺校本这两部书中,其排序皆为《青衫泪》《陈抟高卧》《扬州梦》《梧桐雨》《两世姻缘》和《误入天台》,稍有一些按同作者排列的意识,而《青衫泪》排在首位,极有可能是因缺失两页的缘故;南图藏胶卷的排序则大有不同,是为《梧桐雨》《两世姻缘》《误入天台》《青衫泪》(缺前两页)、《陈抟高卧》及《扬州梦》,可以说基本没有规律可循,剧本排列既未按同作家分别,也没有以同类型相从,且每个剧本都是独立的页面,又无明确页码,在不排除胶卷缩印过程失误的情况下,作为残存的部分,其中顺序很可能本就是错乱的。②

与此同时,作为重要的元杂剧文献,《改定元贤传奇》绝不会为孤立

---

① 卜键:《〈改定元贤传奇〉提要》,选自李开先:《李开先全集》,上海古籍出版社2014年版,第1702页。

② 孙书磊提出:"这主要是由于南京图书馆所藏二册之间并无前后次序所致。"参见孙书磊:《南京图书馆藏孤本戏曲丛考》,中华书局2011年版,第11页。

的存在，在考察这一作品的同时，还需要延伸到其编撰前后的各类选本作品。除了上文所述，这六个剧本在元明杂剧选集中的留存状态，亦需关注。详情如下表所示：

表 3-1

剧名	版本
《青衫泪》	脉望馆藏《古名家杂剧》本、《古杂剧》本、《古今名剧合选·柳枝集》本、《元曲选》本
《陈抟高卧》	《元刊杂剧三十种》①本、息机子《杂剧选》本、脉望馆藏《古名家杂剧》本、《阳春奏》本、《元曲选》本
《梧桐雨》	脉望馆藏《古名家杂剧》本、《古杂剧》本、《元明杂剧》本、《古今名剧合选·酹江集》本、《元曲选》本
《两世姻缘》	息机子《杂剧选》本、《古名家杂剧》本、《古杂剧》本、《古今名剧合选·柳枝集》本、《元曲选》本
《扬州梦》	《古名家杂剧》本、《元明杂剧》本、《古今名剧合选·柳枝集》本、《元曲选》本
《误入天台》②	《古名家杂剧》本、脉望馆藏息机子《杂剧选》本、《古今名剧合选·柳枝集》本、《元曲选》本

由上表可知，每个剧本都被大致四到五种选本收录，分布得比较均衡。被认为最原始的《元刊杂剧三十种》，仅有《陈抟高卧》一剧与《改定元贤传奇》重合，其中最晚出的《古今名剧合选》恰好相反，除《陈抟高卧》一剧，其余全有收录；而同样作为明代后期的杂剧选本《元曲选》，收录则更为全面，《改定元贤传奇》六剧全被囊括其中。这六个剧中，尤以被王国维称作"元剧冠冕"的《梧桐雨》，影响和流传最为深远，也是后来学者研究涉足最多之处。至于收纳乔吉作品，因其本就得李开先推誉"元以词名代，而乔梦符其翘楚也"③，赞赏之意自不必说；其余几作，又

---

① 按：《元刊杂剧三十种》中，此剧全名为《泰华山陈抟高卧》，其余版本皆作《西华山陈抟高卧》。
② 按：该剧简称各有不同，《改定元贤传奇》及《古名家杂剧》作《误入天台》，《元曲选》及《古今名剧合选》为《误入桃源》，脉望馆本则是《刘阮天台》。
③ 李开先：《乔梦符小令序》，选自俞为民、孙蓉蓉编著：《历代曲话汇编·明代编》（第一集），黄山书社 2009 年版，第 404 页。

皆出自白朴、马致远、王子一这些名家手笔，凡此种种，与李开先选录经典的标准，确是吻合。

综上所述，在有既定的标准之下，李开先对作品的选录，基本上做到了对应、遵从，少数看似龃龉之处，实在表达作者"尊元"之心态，有学者指出"李开先在《〈改定元贤传奇〉序》中两次提到'汉文、唐诗、宋理学、元词曲'"，说明"他视元曲为元代文学的代表"①。无论是书的原因和意图，还是选剧标准宣称"取其辞意高古"，乃至选本中收入明初作家王子一《误入天台》剧，究其原因，实为标榜其"尚有金、元风格"，借以强调杂剧创作尊元之重要性，其用意可见一斑。而此种"尊元"的心态，也是在《改定元贤传奇》的编订实践中一以贯之的，不仅表露于序言中，在其剧作的体制形态上，亦可窥见。

二、剧本体制

现存《改定元贤传奇》刻本保存状态较为完好，半页九行，每行十八字，双边黑口，版心中间皆刻有杂剧的简称和页码，双黑鱼尾，下方鱼尾处保留有刻工姓名，总体呈现出明显嘉靖年间刻本的特征。除少数漫漶的地方外，整体面貌清晰整洁，确如解玉峰所称"行格疏朗，刻工精良"②。

首先，在曲词部分，不同于脉望馆本、《元曲选》本之类都将宫调、曲牌顶格，且有括号之类的符号作为醒目的标示，与宾白部分有着明显的界限。在《改定元贤传奇》中，曲牌的变更并未另起一行，就是随文而行，并通过大小字来区别曲中衬字以及剧本的宾白部分，且每句都有标明句读，整个剧本的呈现还是较为直观和清晰的，阅读也比较便利。在指示词的部分，曲文前的"唱"字，《改定元贤传奇》全部加以标注，不像《元刊杂剧三十种》《阳春奏》那般，一概省略不存。而人物动作指示词"云"和"下"，《阳春奏》中也基本不存，《改定元贤传奇》则

---

① 任广世：《改定元贤传奇》编纂流传考［J］．载《戏曲研究》，2008年第1期。
② 解玉峰：《读南图馆藏李开先〈改定元贤传奇〉》，载《文献》，2001年第2期。

全部保留，如"问净科"之于"问净科云"。由此可以看到，相较于其他版本，《改定元贤传奇》在收录的过程中，开始有意识保持这类舞台提示词的整饬规范，也反映出编者注重剧本阅读功用的观念，正如伊维德所言："李开先和他的合作者以李开先所拥有的元刊本为基础，通过提供更详细的舞台指示和简单的对话，将这个舞台表演本转化为可读性更强的戏剧文本。在这样做的过程中，他们试图尽可能地坚持最初的舞台指示，并通过仔细审查现有曲文中的隐含动作，编写了额外的舞台指示。"①

其次，在分折、楔子的问题上，六剧中只有《江州司马青衫泪》全剧没有分折；《西华山陈抟高卧》《杜牧之诗酒扬州梦》《唐明皇秋夜梧桐雨》《刘晨阮肇误入天台》都只标注了后三折，且省略了"第一折"的指示；《玉箫女两世姻缘》不仅省略"第一折"，还省略了余下三折中的"第"字，作"二折"。选本中"楔子"全用小字标注，随文而行，没有采用另起一行之类的明显提示，如《刘晨阮肇误入天台》第三折【赏花时】下直接标明"楔子"二字、《江州司马青衫泪》第二折【端正好】曲后亦同。此外，每剧开头，皆有大字标题和作者姓名（注：《青衫泪》阙第一页，其形式姑且存疑）。又，除《陈抟高卧》一剧没有题目正名外，余下五剧皆在文末相应标明。从上述情况中可以得见，各个剧本的体制间，存在着许多不统一的因素。然在这一问题上，我们不能指责编撰者的自相矛盾，或是批判成书的体制粗糙，笔者认为，仍然可以用编选者"存元剧旧貌"的意图加以解释。六个剧本的创作时间不一、版本来源不同，版式体制上自然各有定式，李开先等人作为编选者，没有用统一的标准去束缚每个剧本，这也使得剧本间各有其特色，尽可能地保留了当时体制的同时，也在一定程度上还原了早期杂剧剧本的

---

① Wilt L. Idema（2005）Li Kaixian's Revised Plays by Yuan Masters（Gaiding Yuanxian Chuanqi）and the Textual Transmission of Yuan Zaju as Seen in Two Plays by Ma Zhiyuan, CHINOPERL, 26: 1, 47-65, DOI: 10.1179/chi. 2005. 26. 1. 47 原文：Li Kaixian and his collaborators based their work on the Yuan printing in Li's possession, and turned this role text into a readable play text by providing more detailed stage directions and simple dialogues. In doing so, they tried to stick as closely as possible to the original stage directions and through careful scrutiny of implied actions in the extant arias wrote additional stage directions.

原貌。

最后，则是学界最常关注的"上下场诗"的问题。孙书磊曾选《陈抟高卧》一剧为例，通过比较各版本中的上下场诗，指出《改定元贤传奇》作为分水岭，其后的明选本在上下场诗方面既有所继承，又通过增补、修订和删除三种方式进行改动①。以此为参照，笔者将考察的范围扩展到《改定元贤传奇》中的六个剧本，将其中出现的上下场诗，逐一统计和梳理，情况如下：

表 3-2

剧名	上场诗	下场诗
《青衫泪》	1.（扮宪宗引驾一行上云）励精图治在勤民，祖舜宗尧德政新。格致功多求实效，最嫌浮躁事虚文。（第二折）	无
《陈抟高卧》	1.（冲末扮赵大舍引郑恩上开）志量恢弘纳百川，遨游四海结英贤。夜来剑气冲斗牛，犹是男儿未遇年。（第一折） 2.（正末道扮上开）术有神功道已仙，闲来卖卦竹桥边。吾徒不是贪财客，欲与人间结善缘。（第一折） 3.（扮驾引侍臣上开）两手揩摩新日月，一番整理旧乾坤。殿廷聚会风云气，华夏沾濡雨露恩。（第三折） 4.（正末上云）家舍久从方外地，布袍重惹陌头尘。道人原不求名利，名利何曾系道人。（第三折） 5.（净扮郑恩衣冠引色旦上开）平生泼赖曾为盗，一运峥嵘却做官。法酒羊汤常是饱，锦衣纨绔不知寒。（第四折） 6.（正末上云）上林无兴看花开，春色何人送的来。处士不生巫峡梦，空烦云雨下阳台。（第四折）	1.（净作关门科云）我把这门来带上者。（下云）随时且作窗前月，付与梅花自主张。（第四折）

---

① 参见孙书磊：《元杂剧体制在元明的传播与演进——以〈改定元贤传奇〉为研究中心》，载《戏曲艺术》，2011年第3期。

续表

剧名	上场诗	下场诗
《扬州梦》	1.（冲末扮张太守，同张好好，引张千上云）昔年白屋一寒儒，今日黄堂驷马车。治国于民施善政，讼清事简乐琴书。（第一折） 2.（外扮牛僧孺，引左右亲随上云）闲中清雅理丝桐，乐在琴书可用工。无事休衙消永昼，交情诗酒正儒风。（第一折） 3.（外扮白文礼，引杂当上云）一溪流水泛轻舟，柳岸游人饮巨瓯。自在扬州花锦地，风光满眼度春秋。（第三折） 4.（牛太守上云）圣朝信任在文儒，治国安民读圣书。昔守维扬无善政。又当考绩上皇都。①（第四折） 5.（外上云）自古婚姻非等闲，冰人月老意相干。红鸾天喜星辰顺，今日相逢事不难。（第四折）	1.（外云）……俊雅长安美少年，风流一对好姻缘。还须月老牵红线，便得鸾胶续断弦。（下）（第三折）
《梧桐雨》	1.（冲末扮张守珪引卒子上云）坐拥貔貅镇朔方，每临塞下受降王。太平时世辕门静，自把雕弓数雁行。（第一折） 2.（净扮安禄山上云）躯干魁梧胆力雄，六蕃文字颇皆通。男儿若遂平生志，柱地撑天建大功。（第一折） 3.（正末扮唐玄宗驾，旦扮杨贵妃，引高力士、杨国忠、宫娥上）（正云）高祖乘时起晋阳，太宗神武定封疆。守成继统当就业，万里河山拱大唐。（第一折） 4.（外扮丞相张九龄押安禄山上）（外云）调和鼎鼐理阴阳，位列鹓班坐省堂。四海承平无个事，朝朝曳履侍君王。（第一折） 5.（外扮使臣上云）长安回望绣成堆，山顶千门次第开。一骑红尘妃子笑，无人知是荔枝来。（第二折） 6.（外扮陈玄礼上云）世受天恩统禁军，天颜喜怒得先闻。太平武备皆无用，谁料狂胡期塞尘。（第三折）	无

---

① 按：此处在《元曲选》中被改为："为政维扬不足称，刚余操守若永清。一生不得逢迎力，却被心知也见憎。"

续表

剧名	上场诗	下场诗
《两世姻缘》	1.（冲末扮梓潼帝君上开）阆苑仙家白锦袍，海山银阙宴蟠桃。三更月下鸾声远，万里风头鹤背高。（第一折） 2.（鸨儿上开）少年歌舞老年身，喜笑常生满面春。脂粉岂为无价宝，郎君自是有情人。（第一折） 3.（末扮细酸引旦梅香同上科）学成折桂手，闲作惜花人。云雨阳台梦，襄王病里身。（第一折） 4.（扮王小二上云）自我便是王小二，生来无活计，奔走觅衣食。（第二折） 5.（酸戎装上开）万里功名衣锦归，当年心事苦相违。月明独忆吹箫侣，声断秦楼凤已飞。（第三折） 6.（孤扮张延赏上开）披文握武镇荆襄，立地擎天作栋梁。宝剑磨来江水练，锦袍分出汉宫香。（第三折）	无
《误入天台》	无	无

从表格中可以看到，上下场诗的使用，与剧本写作的时间先后没有过多关联，不少还有被后人改动、增补的嫌疑。在格式上，有上下场诗的部分，都是前后各空出一格，独立于宾白之外，显然是有意识的使用，与较为独树一帜的《元曲选》本相对比，后者都特别增加了"诗云"的标识，且没有额外与正文空隔开，《改定元贤传奇》借格式的不同，来区分上下场诗和正文的意图，就显得更为明白。与此同时，上下场诗的使用没有拘于特定的位置，也没有拘于特定的人物；从内容上看，上述的上场诗一般就是出现在人物初登场时，用以自述身世，下场诗则用来收束场面，引出下文。并且在六个剧本中，上下场诗的存在与否，也是不统一的，譬如《误入天台》一剧中，就并未使用，而下场诗除少数两剧外，则几乎没有出现。

回溯较早刊刻的《元刊杂剧三十种》，所存的三十个剧作中，仅有少量上场诗出现，情况如下：

1.(正末上开)欢来不似今朝,喜后那如今日。(《老生儿》第一折)①

2.(旦上,诗曰)待当家时不当家,及至当家乱如麻。早晨起来七件事,柴米油盐酱醋茶。(《铁拐李》第二折)②

3.(正末扮渔夫披着蓑衣撑船上,开)月下撑开一叶舟,风前收起钓鱼钩。箬笠遮头揠日月,蓑衣披休度春秋。(《竹叶舟》第三折)③

4.(正末打愚鼓上)昨日东周今日秦,咸阳灯火洛阳尘。百年一枕沧浪梦,笑杀昆仑顶上人。(《竹叶舟》第四折)④

5.(外扮包待制上,引问,拟狱不明)(末云)人间私语,天闻若雷。(《替杀妻》第三折)⑤

同样,它们的位置、体式都无规律可循,可见,在元刊本中,上场诗还未作为固定的模式存在,到了明代的选本里,才被逐渐补充完善。刘建欣曾指出:"到了《元曲选》产生的明代中叶,这些方面都有了明显的改善,杂剧逐渐开始脱离演出进入文本化阶段,它的文本体制也不断成熟……上下场诗也成为一种固定的体制被延续下来。"⑥故而上下场诗的不固定,是元杂剧剧本体制还未成熟的表征之一,由此,我们大致可以推断,《改定元贤传奇》中上下场诗的不确定性,既在一定程度上反映了早期剧本的形态,也可视为编者于体制上有意识保留剧本独立特色的佐证。

---

① 宁希元校点:《元刊杂剧三十种新校》,兰州大学出版社1988年版,第146页。
② 宁希元校点:《元刊杂剧三十种新校》,兰州大学出版社1988年版,第49页。
③ 宁希元校点:《元刊杂剧三十种新校》,兰州大学出版社1988年版,第190页。
④ 宁希元校点:《元刊杂剧三十种新校》,兰州大学出版社1988年版,第192页。
⑤ 宁希元校点:《元刊杂剧三十种新校》,兰州大学出版社1988年版,第218页。按:此处元刊本缺少"上"的标识,但从前后文可知,这里为末在此折中初次登场,故判断该句为上场诗无疑。
⑥ 刘建欣:《论〈元曲选〉与元杂剧体制的定型》,选自杜桂萍主编:《明清文学与文献》(第一辑),黑龙江大学出版社2012年版,第32页。

三、刊刻疏漏

正如李开先在序中表示的，刊刻此书不仅为保留元杂剧，更要改变其杂芜的状态。然而在实际的操作过程中，虽然经过了审慎的选编和整理，却也难免出现错字、脱衍等情况，作为较早出的版本，《改定元贤传奇》中亦有不少疏漏之处。它们导致了不同版本间异文的出现，在某些地方，甚至含混了剧本原始状态和编者改动的界限。书中一些明显的错字问题，暂不展开讨论，此处列举部分可能牵涉"改动"的异文，试用更为辨证的眼光进一步考察，辨别其是为编者有意之举还是无心之失。

（一）脱文

《改定元贤传奇》中，宾白部分明显多于曲辞，出现脱字的概率也更大。当用于交待人物、叙述剧情的宾白，一旦出现脱字，往往会造成句意表达不明、逻辑不通，譬如《杜牧之扬州梦》第一折，张太守唤张好好上场为杜牧之劝酒饯行：

> （见末云）相公唤我有何使用。今日与牧之饯行，你就家庭间歌舞一回，与他劝酒。（旦云）谨领尊命。①

单从《改定元贤传奇》的表述来看，该句全为旦脚的念白，逻辑上却明显不通。根据上下文，此处应是旦脚张好好与末脚张太守两人间的对话，因为标示只有张好好一人，使得文意表达不清。参考其他的选本，"今日"前当脱漏张太守的科介提示"（张）"，乃是张太守回复张好好的话，并交待唤她上场的目的要求，由此剧情才更为连贯，这里可以说是《改定元贤传奇》中比较明显的刊刻失误，而非刻意的删减。

另一处值得关注的脱字，则无关句意的通顺，而是可借以考察李开先的改动问题。在《唐明皇秋夜梧桐雨》第一折，杨贵妃回忆往事道："开

---

① 李开先辑：《改定元贤传奇》（明嘉靖刻本），选自顾廷龙主编，《续修四库全书》编纂委员会编：《续修四库全书》（第1760册），上海古籍出版社2002年版，第135页。

元二十八年八月十日,乃主上圣节。"惟《改定元贤传奇》独出,其余版本皆作"开元二十八年八月十五日"。

首先,从剧本创作的角度来看,这一段描述的各个时间节点,当是有史料为依据的。联系前后文,剧中称"开元二十二年"选为寿王妃、"开元二十八年"杨玉环被"度为女道士"、"天宝四载"被册立贵妃。考察相关史书,《新唐书·本纪第五》载:"二十八年正月癸巳……十月甲子,幸温泉宫。以寿王妃杨氏为道士,号太真。"① 又,《资治通鉴》卷第二百一十五载:"秋,七月,壬午,册韦昭训女为寿王妃。八月,壬寅,册杨太真为贵妃。"② 可见,剧中所述时间节点,基本与史料记载相合,据此,"主上圣节"的时间理应也是遵循史料记载的。唐玄宗李隆基的生日,即为"千秋节",唐代自玄宗而始,都要举国庆祝圣上的诞辰,相关细节在《旧唐书·明皇本纪》里就有记载:"开元十七年八月癸亥,上以降诞日宴百寮于花萼楼下,百寮表请以每年八月五日为'千秋节'。"③ 从中可知,唐玄宗的生辰当为农历八月初五,与两个版本中的"八月十日"和"八月十五日"皆不同。

不过,《元明杂剧》等选本所称"八月十五"却还有缘由可循。有学者称玄宗退位后朝廷有意改革,为共同庆贺玄宗、肃宗生辰,折中选取"八月十五日"为庆贺日期,此后便沿用开来。④ 惜未有更多的材料佐证,暂备一说。另,中唐诗人戎昱曾写《八月十五日》一首,其中有言:"忆昔千秋节,欢娱万国同。今来六亲远,此日一悲风。"⑤可见这个日子确跟圣上的"千秋节"有关,同时也可窥见,该日期在民间的庆贺活动已经相当普及了,被剧作家引入剧中,更是不足为奇。而"八月十五"本是中秋佳节,玄宗生日八月初五,不仅与中秋节日期相近,"千秋节"之名称也与"中秋节"之名类似,两个日期随着时间推移不断混淆,以讹传讹,也

---

① 欧阳修、宋祁:《新唐书》,中华书局2000年版,第89页。
② 司马光:《资治通鉴》,中华书局2007年版,第2648页。
③ 刘昫等:《旧唐书》,中华书局2000年版,第129页。
④ 参见马雷、何小祥主编:《皖江文化与创新发展》,合肥工业大学出版社2015年版,第202页。
⑤ 戎昱著,臧维熙注:《戎昱诗注》,上海古籍出版社1982年版,第52页。

大有可能。因此《改定元贤传奇》中的"八月十日"并无特定所指，显然是刊刻之失，而不是编者的有意为之。

不仅宾白如此，曲词中亦出现了脱字的情况，所涉异文的考究也要复杂许多。如《江州司马青衫泪》第二折，【滚绣球】曲末三句：

> 我怕两担脱了孤馆思乡客，三不归了风帆下水船，枉受了熬煎。①

【滚绣球】全曲十一句，句式为三、三、七、七、三、三、七、七、七、七、四，其中第九、十两个七字句须对仗。参考该曲前的另一支【滚绣球】，末三句为："偏教他江州迭配三千里，可不道吏部文章二百年，唐天子甚纳士招贤。"② 就完全遵守了此曲的基本格式，显然剧作者是对这支曲子十分熟悉的。其中"两担脱"为俗语"尖担两头脱"的缩略，比喻两头落空；"三不归"也乃元代俗语，是为"富不得归，贫不得归，死不得归"的统称③，表达没有办法、毫无着落之意，因此上文所引，摒去"我怕"二衬字，两句句式明显是符合对仗要求的，句意也基本通顺可解。

但在《元曲选》和《古今名剧合选·柳枝集》中，"三不归"后还有一动词"翻"字，又似为满足对仗需要，更在第九句再添一"你"字，作"我怕你两担脱了孤馆思乡客，三不归翻了风帆下水船，枉受了熬煎"④。字数上看似契合了，结构上却仍有疏漏，将"我怕你"三字皆视为衬字更合适，因此《元曲选》和《柳枝集》中的这句话，是不符合对仗规则的，在语义上也显得累赘。又，脉望馆藏《古名家杂剧》和《古杂剧》所载文字，皆与《改定元贤传奇》同，因而此处是脱字的概率也降低了，原始文本即如此，异文或源于臧懋循的改动添字，恰也侧面反映出了《元曲选》和《古今名剧合选》在版本上的密切联系。

---

① 李开先辑：《改定元贤传奇》（明嘉靖刻本），顾廷龙主编，《续修四库全书》编纂委员会编：《续修四库全书》（第1760册），上海古籍出版社2002年版，第113页。
② 李开先辑：《改定元贤传奇》（明嘉靖刻本），顾廷龙主编，《续修四库全书》编纂委员会编：《续修四库全书》（第1760册），上海古籍出版社2002年版，第113页。
③ 参见岳国钧主编：《元明清文学方言俗语辞典》，贵州人民出版社1998年版，第130页。
④ 臧懋循编：《元曲选》（明万历刻本），顾廷龙主编，《续修四库全书》编纂委员会编：《续修四库全书》（第1761册），上海古籍出版社2002年版，第474页。

（二）讹误

在刊刻的疏漏当中，讹字一般是比较容易辨识的，往往通过上下文就可以做出基本的判断。讹字的出现并非毫无意义，由之导致的异文，有时恰可作为我们判断版本间关系的依据，尤其对于《改定元贤传奇》来说，就是判断它与其余元杂剧选本渊源关系的有力参证。

试看《西华山陈抟高卧》第一折中，第一支【金盏儿】曲前两句："到这戌字二呵水成形，火长生，避乖龙大小运今年并。"① 正曲前的衬字明显语义不通，早出的《元刊杂剧三十种》版则作"到这戌字上"。虽然"二"也可作为"上"字的异体字出现，但统观全剧，无论是该曲末两句"你是南方赤帝子，上应北极紫微星"，还是后文宾白中的"看上一看""算上一算"，皆采用"上"的写法，故可以排除异体字的可能，此处就是《改定元贤传奇》在刊刻上的讹误，"二"应当作"上"。

然而值得注意的是，这个错误却同样出现在息机子辑《杂剧选》里，而脉望馆藏《古名家杂剧》本、《阳春奏》本及《元曲选》本三个版本中，则悉以更正。此外，通过细致比较上述四个版本与《改定元贤传奇》的异文可知，《阳春奏》和《古名家杂剧》在不甚固定、随意性大的宾白上，许多细节的文字重合度高，二者同出一源的可能性甚大；而息机子辑《杂剧选》却与《改定元贤传奇》体现高度的一致性，尤其是此处对讹误的保留，更使得后出的《杂剧选》参照过《改定元贤传奇》可能性增大了，恰可佐证《改定元贤传奇》是为息机子本的底本来源之一。

同样在该剧的第一折，第二支【金盏儿】曲中有一句：

太行天险壮神京。江山埋旺气。草木动威灵。②

在《改定元贤传奇》和《元刊杂剧三十种》中皆为"壮神京"，"壮"作为动词使用，语义清晰，句子通顺，但《阳春奏》和息机子《杂剧选》

---

① 李开先辑：《改定元贤传奇》（明嘉靖刻本），顾廷龙主编，《续修四库全书》编纂委员会编：《续修四库全书》（第1760册），上海古籍出版社2002年版，第126页。

② 李开先辑：《改定元贤传奇》（明嘉靖刻本），顾廷龙主编，《续修四库全书》编纂委员会编：《续修四库全书》（第1760册），上海古籍出版社2002年版，第127页。

中却作"北神京",表意就显得晦涩难懂。细究其失误原因,可以追溯到《改定元贤传奇》中所刻"壮"字,其形极似"北"字,可能就被后来的版本误用,详情参见图3-1。此处"壮"与"北"讹误的出现,也正说明《改定元贤传奇》曾被后来者借鉴、参阅过,且极有可能是他们编选元杂剧的底本来源之一。

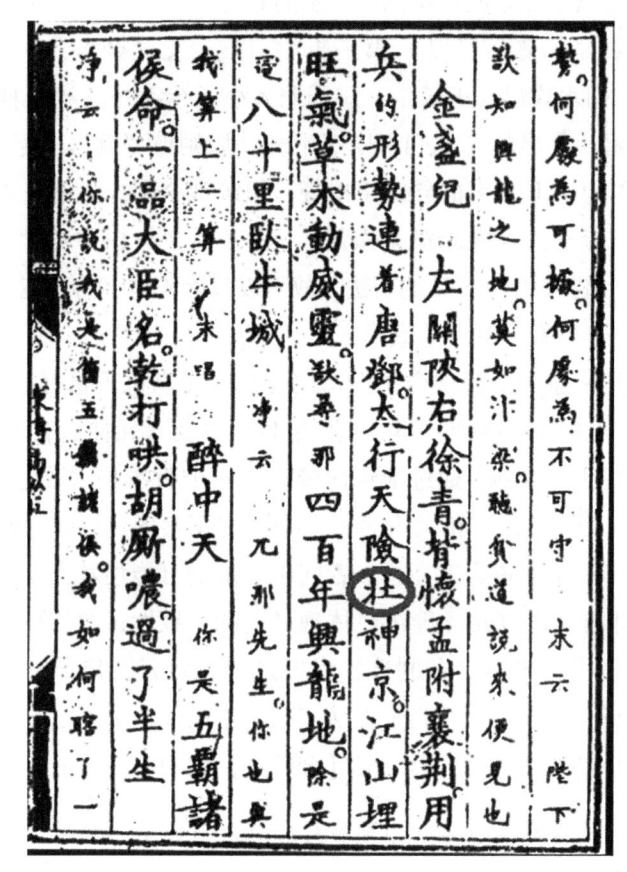

图3-1 南图藏《改定元贤传奇》明刻本

（三）误倒

《玉箫女两世姻缘》第三折中,出现了曲牌位置颠倒的情况。《改定元贤传奇》版中的越调【圣药王】（此版本中误刻为"圣乐王",或是由于繁体"藥""樂"字形相近造成，或因"药"和"乐"，在北方方言是同音所致。笔者检阅文献发现，不少戏曲钞本中，也常在传抄过程中出现此误，刻本中反而少见）。【秃厮儿】在其他版本的顺序则为【秃厮儿】、【圣药王】，文字内容上则没有区别：

  【圣药王】我劝谏他似水里纳瓜，他看觑咱如镜里观花。书生自来情性耍，怎生调戏他，好人家的娇娃。

  【秃厮儿】怎救答，怎按纳。公孙弘东阁闹喧哗，散了玳瑁筵，漾了鹦鹉斝。踢翻银烛绛纱笼，翻扯三尺剑离匣。①

查看曲谱可知，【圣药王】全曲七句，基本句式为"三、三、七、三、三、七、五"；【秃厮儿】全曲六句，基本句式为"六、六、七、三、三、二"，但末三句多有变化，有减第四、五、六句合为五字等情况。依循曲谱之惯例，【圣药王】一般置于【秃厮儿】之后，按此规则，上述两支曲子的基本句式才是对应吻合的，且第二支曲子"翻扯三尺剑离开匣"前，有插入科介指示"孤拔剑科"，符合剧情逻辑，故而可以推断，此处并非是整支曲子的颠倒，仅是曲牌的顺序错乱。所以这里明显是《改定元贤传奇》的失误，在后出的版本中皆被纠正了，且李开先《词谑》中所收该曲，也是正确的顺序。上述的种种现象，无论是曲牌名之错讹、顺序之颠倒，还是曲牌的脱落，并非《改定元贤传奇》一人之失，反而在元杂剧套曲中时常可见，书籍刊刻本就是再加工的过程，对工匠之文化程度要求不甚高，疏漏难免。

（四）其他

另有一处比较有意思的错误，出现于《梧桐雨》第二折，【中吕·粉蝶儿】一曲后，《改定元贤传奇》在旦脚的自白后，直接跟上曲文：

  （正唱）叫声共妃子喜开颜。等闲，等闲，后园中列肴馔。酒注

---

① 李开先辑：《改定元贤传奇》（明嘉靖刻本），顾廷龙主编，《续修四库全书》编纂委员会编：《续修四库全书》（第1760册），上海古籍出版社2002年版，第171页。

嫩鹅黄，茶点鹧鸪斑。①

《古杂剧》本、《元明杂剧》本同。句子似乎也通顺，但未标注曲牌，又以这样的形式出现，难免不让人把该段归入【粉蝶儿】曲中；然脉望馆藏《古名家杂剧》《元曲选》和《古今名剧合选》中的"叫声"则并非曲中文字，而是单独作为该段的曲牌，没有并入【粉蝶儿】中。不仅语义上更为通顺，且从曲牌的定式来看，【粉蝶儿】全曲八句，基本句式为四、七、七、三、三、四、四、七，到"喷清香玉簪花绽"一句已经结束，"共妃子喜开颜"即是【叫声】的首句，如此明显更符合规则。《改定元贤传奇》没有用特别的符号标示曲牌，只是以前后的空格区分，刻工操笔时很容易就顺势而为，遗漏了与正文间的间隙。又【叫声】还出现于同书中《青衫泪》的第四折，【鲍老儿】曲后接【叫声】：

这里都是金马客玉堂臣，眼花，眼花，我与你偷睛抹。我向这文武班中试寻咱。②

这里的【叫声】作为曲牌出现，但句式用韵与《梧桐雨》中基本一致，不过多用了些衬字，而不是另出的曲式。此处亦可视为内证，进一步证实《改定元贤传奇》中有刊刻失误，并非底本原貌如此。将《改定元贤传奇》中出现的刊刻问题，逐一梳理、比较之后可知，错误的地方基本都在后出的版本中得到了纠正。

然而，某些疏漏却也被继承沿用下去，何良俊在《曲论》就曾讨论过这一问题：

乐府辞，伎人传习，皆不晓文义。中间固有刻本原差，因而承谬者，亦有刻本原不差，而文义稍深，伎人不解，擅自改易者。如《两世姻缘》【金菊香】云："'眼波眉黛不分明'，今人都作'眼皮'，一日小鬟唱此巧，金在衡闻唱'波'字，抚掌乐甚，云：'吾每对伎人

---

① 李开先辑：《改定元贤传奇》（明嘉靖刻本），顾廷龙主编，《续修四库全书》编纂委员会编：《续修四库全书》（第1760册），上海古籍出版社2002年版，第152页。

② 李开先辑：《改定元贤传奇》（明嘉靖刻本），顾廷龙主编，《续修四库全书》编纂委员会编：《续修四库全书》（第1760册），上海古籍出版社2002年版，第123页。

说此字，俱不肯听，功能正之，殊快人意。'"①

"眼皮"与"眼波"，一具体，一抽象，语义上似也难分对错。然元杂剧的唱词中，"眼皮"多与动词连用，时以"眼皮儿"三字的形式出现，如《李太白贬夜郎》第一折【混江龙】"忽地眼皮开放，似一竿风外酒旗忙"、《汉钟离度脱蓝采和》第三折【朝天子】"把我这眼皮儿合"等等。另从前人作品来看，南宋辛弃疾《鹧鸪天·和人韵有所赠》有"眉黛敛，眼波流"句，而后明末诗人王彦泓《买妾词》中亦有"眼波眉黛与端详"句，可见"眼波"乃词曲中惯用之语，常作为意象与"眉黛"搭配，相较"眼皮"二字，运用起来也更生动雅致些。

又文中所称小鬟，即是何良俊的家籍伎人顿仁，《曲论》中提及他于正德年间自教坊中学曲，所见应是内府之藏本，当早出于《改定元贤传奇》，乃是更为原始的版本；而《曲论》所本《四友斋丛说》初刻于隆庆三年（1569），《改定元贤传奇》已然见世，且极可能为当时流行之版本，故引文中所言"眼皮"并非原本如此，而是后来版本之谬，且此谬或源自《改定元贤传奇》。

再者，此处所举《两世姻缘》之例，现今可查《改定元贤传奇》本、息机子《杂剧选》本、《古杂剧》本与《古名家杂剧》本俱作"眼皮眉黛不分明"，《古今名剧合选·柳枝集》本则为"眼波眉黛不分明"，而《元曲选》本独作"眼皮眉黛欠分明"。由是可见，当时版本多承此谬，亦正如上文所言，作为其中最早刊行的《改定元贤传奇》，乃是此谬误的源头所在，而其影响不仅限于选本间，更渗透到了伶人演艺的层面。

据此，辨析文献中的各种脱、讹、衍、倒现象，随后考察《改定元贤传奇》对剧本的改动、留存问题时，使我们更好地理解编者的改动标准和实施情况。而对于《改定元贤传奇》中刊刻失误的梳理，涉及的不仅是一个版本中的文献校勘问题，更展现出元杂剧在明代不断被整理、细化的过程，对我们进一步理解元杂剧在明代的版本流变有着参考价值。

---

① 何良俊：《曲论》，选自中国戏曲研究院编：《中国古典戏曲论著集成》（四），中国戏剧出版社1959年版，第10页。

第二节 《改定元贤传奇》的改订问题

《改定元贤传奇》既以"改"为名,其中含有"改动"与"订正"之意。改动是手段,订正才是目的,二者皆不可忽视。相关的标准要则,序言中就已明确点出:"删繁归约,改韵正音,调有不协,句有不稳,白有不切及太泛者,悉订正之。"[1] 精简过于繁杂的文字,修正声调音律失误之处,对宾白不切合及过于杂芜的地方,通通加以订正,此番标准对宾白、曲词各有针对。虽然缺乏更古早的剧本,不能更完整地对照出《改定元贤传奇》修改剧本的实际情况,但经过比勘现存的元、明杂剧选集:《元刊杂剧三十种》《脉望馆钞校本古今杂剧》、王骥德《古杂剧》、陈与郊《古名家杂剧》、息机子《杂剧选》、黄正位《阳春奏》、《元明杂剧》及孟称舜《古今名剧合选》,仍能发现不少改动的痕迹。

因此,本文详细地将《改定元贤传奇》与其他元明时期的杂剧选本进行比较,并将其中的异文一一列举(参见附录)[2]。不同于先前学者们按选本逐一专章讨论,本文立足整体,从差异入手,围绕三个方面展开讨论:首先,尽力发掘《改定元贤传奇》在文本上所作的具体改动,同时区分曲辞、科白两个不同部分,关注两者间所运用的规律及手段是否统一;其次,将最终的改定成果,与先行的标准两相对照,考察编选者在"观念"与"实践"中的平衡与取舍,探析差异出现的缘由;最后,经过统一的比勘、整理,总结选本间存在之差异,据此分析《改定元贤传奇》改定工作之得失,考察其作为中间者,是如何反映出元杂剧版本的过渡变化,进行较为客观的评价。

---

[1] 李开先:《改定元贤传奇序》,选自李开先著,卜键校笺:《李开先全集》(修订本)(下),上海古籍出版社2014年版,第461页

[2] 孙书磊:《〈改定元贤传奇〉考论》和台湾学者高久雅的硕士论文中,也有进行相关工作,于此基础上,本文所选明刊元杂剧版本更全面,梳理亦更为深入,补充其所疏漏省略的部分。参见孙书磊:《南京图书馆藏孤本戏曲丛考》,中华书局2011年版,第9-100页;高久雅:《李开先戏曲理论及其剧作之研究》,台湾大学2015年硕士论文。

一、曲辞

要总结剧本的改动，有早出的版本作为参考更佳，故本节首先选择与《改定元贤传奇》面貌差异比较显著，且能代表早期元杂剧形态的《元刊杂剧三十种》进行详细比勘分析。《改定元贤传奇》和《元刊杂剧三十种》都保存的剧目仅有《西华山陈抟高卧》一部，比较之后可以发现，除曲辞出现不少异文外，因元刊本对宾白、科介的保留比较简略，常以"……了"的形式概括，而《改定元贤传奇》随着大量宾白的增添，剧本要显得充盈很多，故事演绎也相对完整。

为更直观地展现比较结果，本文列举出元刊本和《改定元贤传奇》差异较大的唱词部分，如下表所示：

表 3-3

曲牌	位置	《改定元贤传奇》	《元刊杂剧三十种》
【天下乐】	第一折	凭着八字从头断一生，丁宁不教差半星。论旺气，相死囚，凭五行。似这般暗夺神鬼机，豫知天地情，堪教高士听。	凭着八字从头断您一生，丁宁不教差半星。论旺气，相死囚，凭五行。虽然是子丑寅卯，甲乙丙丁，也堪交高士听。
【一枝花】	第二折	文能匡社稷，武可定乾坤。豪气凌云，心志如伊尹，六合人并吞。伐天下不义诸侯，救海内无辜万民。	读书匡社稷，学剑定乾坤。豪气凌云，心志如伊尹，本待交六合人并吞。伐天下不义诸侯，救数百载生灵万民。
【梁州】	第二折	进时节道行天下，退时节独善其身。修炼成内丹龙虎，降服尽姹女婴儿，思飘飘出世离群，乐陶陶礼圣参真。想他那闹攘攘黄阁上为官的贵人，争如这闲摇摇华山中得道的仙人。	进时节道行天下，退时节独善其身。修炼成内丹龙虎，消磨尽降服姹女婴儿，出世离群，乐陶陶的顺化存神。想那乱扰扰红尘中争利的俗人，闹攘攘黄阁上为官的贵人，怎强如那华山中得道仙人。

续表

曲牌	位置	《改定元贤传奇》	《元刊杂剧三十种》
【牧羊关】	第二折	则当学一身拜将悬金印，万里封侯守玉门。你如今际明良千载风云，怎学的河上仙翁、关门令尹。可不道朝中随圣主，却甚的林下问闲人。既受了雨露九天恩，怎道的云霞三市隐。	也不是九转火里烧丹药，三足鼎里炼水银。若会的参同契便是真人，教虽没千言，道不离一身，你存心休劳苦，四体省殷勤，散旦是长生法，清闲真道本。
【倘秀才】	第三折	道有个治国治家，索分个为人为己。不患人之不己知，石床绵被暖，瓦钵菜羹肥，是山人乐矣。	道有个治国治家，俺索学分个为人为己。不患人之不己知，土坑上淡白粥，瓦钵内醋黄韲，采那首阳山蕨薇。
【水仙子】	第四折	我恰纔神游八表放金光，礼拜三清朝玉皇。不争你拽双环呀的门关上，莽撞也瞒大王。惊的那下三山鹤梦翱翔，俺只待丹鼎内降龙虎。谁教咱锦巢边宿凤凰，枉羞杀金殿鸳鸯。	一灵暂到华山庄，袖拂百韵出卞梁。不争你拽金环呀地把门关上，闷煞人也瞒大王。扭得身化一道金光，索甚你回来回去，迷差摩婆慌，分付取臭肉皮囊。

正如表格中所展现的那样，不少唱词的出入，明显牵涉文意的改变，我们选取其中区别最明显的【牧羊关】和【水仙子】为例，考察两个版本在文辞、格律上之得失。

【牧羊关】所在一折，叙述使臣奉命请陈抟入朝一事，该曲乃陈抟用以讽刺使臣身居官位，仍询问神仙之事。在文辞上，《改定元贤传奇》版多用比喻，表意较为委婉，用"雨露""云霞"等词，显得"文绉绉"的，更类文人手笔；而元刊本版则通俗易懂许多，表意更直白，没有使用大量的修辞，比较偏口语化。从曲律上看，【牧羊关】属南吕宫，全曲共九句，常规句式为五、五、七、四、四、五、五、五、五，前两句可减为三字或增成七字。两个版本都将首两句增为七字，《改定元贤传奇》版基本符合规范，而元刊本的第五、六句，衬字难辨，句意表现更像五言而非四字，显得并不太严谨。

【水仙子】所在一折，讲述陈抟被郑恩设下美人计，仍不为所动，一

· 136 ·

心回归山林，该曲乃陈抟梦中惊醒后，表达对郑恩不齿行为的不满、失望。与【牧羊关】曲的情况类似，《改定元贤传奇》版同样显得有文采些，"鹤梦""锦巢"等字词的使用，令传情达意更加优美；反观元刊本，末句直接将美人比作"臭肉皮囊"，则泼辣粗俗不少。再从曲律上分析，【水仙子】属双调，全曲共八字，正体基本句式为七、七、七、五、六、三、三、四，第五句又多作上三下四式七字句。又有变体句式为七、七、七、五、六、四、四、四，而无论正变体，《改定元贤传奇》版的第六、七句皆为六字，显然没有符合规范。

通过文本的比较可知，导致这些差异出现的原因，也是有规律可循的。其一，是衬字之使用，曲中衬字并不入律，故在使用的位置、格律上没有具体的限制，随意性较大，致使不同版本中曲词的字数常有变化。其二，则源于不同时期用字习惯，如"教"和"交"、"那"和"恁"、"没"和"无"、"原"和"元"等等，字音相近，字义相同，只是用字的不同，并不影响曲文的表意。以上这些细微的特征，虽然都不会改变曲文的意义和内涵，但除了有反映版本过渡流变的文献意义，还能借以考察汉语语言从元到明语言发展变化的趋势①，仍是十分值得关注的。其三，伊维德曾从时代背景考虑，认为该剧曲文的改动，源于当时统治者对思想文化领域的辖制②。实际上，更重要的原因还在于版本来源的不同，虽不能将所有差异皆视为李开先的改动，却至少可以折射出他在版本选择上的审美取向。同样在《陈抟高卧》第四折，有一支曲牌出现了异名，元刊本、《改定元贤传奇》本、息机子本及《元曲选》本同作【双调·新水令】，《阳春奏》本和脉望馆藏《古名家杂剧》本则作【双朵·花辰令】，虽然曲调、曲牌各异，但唱词基本相同，这处差异也是不少学者用以判断版本源

---

① 此处涉及语言学领域，可参见张家合、林丽：《元明本〈陈抟高卧〉的语言差异考察》，载《怀化学院学报》，2020年第1期。
② 参见 Wilt L. Idema（2005）Li Kaixian's Revised Plays by Yuan Masters（Gaiding Yuanxian Chuanqi）and the Textual Transmission of Yuan Zaju as Seen in Two Plays by Ma Zhiyuan, CHINOPERL, 26：1, 47-65, DOI：10. 1179/chi. 2005. 26. 1. 47

流关系的依据之一。①单就《陈抟高卧》一剧来看，除《元曲选》有些许改动外，其余选本与《改定元贤传奇》所载基本相近，恰也反映了该版本在当时的影响力更大、普及程度更高。

与此同时，还要注意到，李开先对于曲词部分的改动，虽在理念表述上以"改韵正音"为准要，讲究北曲声韵的格律轨范，实际操作却不尽然，故不少学者认为他对曲词的改订实不算多。反而是其中独具个性的改笔，更值得我们关注，足以昭显他对元杂剧的态度和个人观念。选本所收《杜牧之诗酒扬州梦》杂剧，第一折中的【混江龙】就是极具代表性的例子，此曲对扬州之美景极尽描摹②：

a 江山如旧，忆昔歌舞古扬州。二分明月，十里红楼。绿水朱阑品玉箫，珠帘绣幕上金钩。淮南无比景，天下最高楼。(《改定元贤传奇》《词谑》《古名家杂剧》)③

b 江山如旧，竹西歌吹古扬州。三分明月，十里红楼。人倚雕阑品玉箫，手卷珠帘上玉钩。维扬风月景，天下最为头。(《元明杂剧》)④

c 江山如旧，竹西歌吹古扬州。三分明月，十里红楼。绿水芳塘浮玉榜，珠帘绣幕上金钩。维扬风月景，天下最为头。(《元曲选》《古今名剧合选》)⑤

这支曲在李开先《词谑》中亦有收录，与《改定元贤传奇》除个别字

---

① 张倩倩曾对此总结道："如《陈抟高卧》一剧，现存六个版本，分别为《元刊杂剧三十种》本、《改定元贤传奇》本、《古名家杂剧》本、《元人杂剧选》本、《阳春奏》本和《元曲选》本。仅有《古名家杂剧》本和《阳春奏》本第四折首曲为【双朵·花辰令】，其他四个本子均为【双调·新水令】，由此看来《阳春奏》与《古名家杂剧》同出一源的可能性极大。《阳春奏》序中所提到的不屑收录的《菩萨蛮》《鸳鸯被》两剧也见于《古名家杂剧》，因此可认为甚至《阳春奏》就是直接选取《古名家杂剧》的部分剧本为底本而进行重新刊刻的。"（参见张倩倩：《元杂剧版本研究》，中国戏剧出版社 2018 年版，第 204 页。）

② 按：因全曲较长，故只截取前一部分作为参考。

③ 李开先辑：《改定元贤传奇》（明嘉靖刻本），顾廷龙主编，《续修四库全书》编纂委员会编：《续修四库全书》（第 1760 册），上海古籍出版社 2002 年版，第 136 页。

④ 《元明杂剧》（万历继志斋刊本），郑振铎：《古本戏曲丛刊四集》（第 34 册），商务印书馆 1958 版，第 276 页。

⑤ 臧懋循编：《元曲选》（明万历刻本），顾廷龙主编，《续修四库全书》编纂委员会编：《续修四库全书》（第 1761 册），上海古籍出版社 2002 年版，第 384 页。

有出入外，基本无二。通过比较后可知，其他版本似在《改定元贤传奇》的基础上，进一步润色而成，且继志斋刊《元明杂剧》本中，该曲上方有批注："此一折杨升庵重订"①；同时孟称舜《古今名剧合选》崇祯刊本中，亦有注文："此折系杨升庵重订，故后人混收入升庵《黄夫人集》内。其中间有异同，则出吴兴臧晋叔本也。"② 两条批语证实，曲中的异文部分确系再经后人改动所致。

在《改定元贤传奇》编撰前即已刊行的《雍熙乐府》，恰也有收录此折，可作为更早出的版本以兹参证：

　　江山如旧，竹西歌吹古扬州。三分明月，十里红楼。人倚雕阑品玉箫，手卷珠帘上金钩。淮南风月景，天下最为头。③

后出于《改定元贤传奇》的《元明杂剧》本，反而与《雍熙乐府》本所录最为相近，整体比较之下，"忆昔歌舞""二分明月""绿水朱阑""无比景"及"最高楼"五处，当为《改定元贤传奇》本所独出的改笔。值得思考的是，这段曲文用韵上并无差谬，却被编选者们反复修订，既没有非改不可的缘由，也没有统一固定的标准，选取一段溢美景色之词操笔，反是展露文采的空间大了许多，由此见得，几版的改动，乃是文人出于自我理解、表达自我感受的改笔。特别是李开先的版本，不顾唐人徐凝《忆扬州》名句"天下三分明月夜，二分无奈是扬州"珠玉在前，独出一格，个性使然，编者私心昭然可见。

总之，从《元刊杂剧三十种》来看，衬字中无实际意义的虚词比较多，使得表达更趋口语化，语言具有浓重的蛤蜊蒜酪味，正是元刊本版本上更为古早的表征之一。相比较之下，《改定元贤传奇》措辞用句优美，征事用典，着意抒情，不免带着文人操笔的意味，可以窥见他们作为文人

---

① 《元明杂剧》（万历继志斋刊本），郑振铎：《古本戏曲丛刊四集》（第34册），商务印书馆1958版，第276页。
② 孟称舜辑：《古今名剧合选》（崇祯六年（1633）序刊本），郑振铎：《古本戏曲丛刊四集》（第35册），商务印书馆1958版，第233—234页。
③ 郭勋辑：《雍熙乐府》（嘉靖十年（1531）王言序刻本），选自《原国立北平图书馆甲库善本丛书》（第九九七册），国家图书馆出版社2013年版，第561页。

阶层，无论是文本选择还是改动上，仍代表了士大夫们的审美趣味。这一因素，往往也是造成改动实际和原有标准间出现抵牾的原因。

二、科白

相较于元刊本，《改定元贤传奇》提供了更为详细的舞台提示，这一表现尤其凸显于科白层面。然不少版本或是省略宾白，或是删节科介，又缺乏更早的版本作为参考，诸般不定因素，都为判断科白部分的改笔增加了难度。类似"不知这运几时到来"（《改定元贤传奇》）、"不知这运几时来到"（《阳春奏》《杂剧选》、脉望馆本、《元曲选》）这般语序的颠倒，是比较常见的差异，因其分布较为琐碎，且基本语义没有发生改变，所以很可能是语言习惯造成的，故这类异文并不能作为改动依据，将不纳入本节的讨论范围。由是，要审查李开先《改定元贤传奇》中的改动之笔，一则要选取各版本间差异更为明显、分布比较集中之处；二则，异文是为李本所独有，不见于其他版本中。

（一）科介

虽然曲家们历来热衷于讨论戏剧的演唱艺术，但动作身段更是戏剧舞台不可或缺的部分。元杂剧的舞台动作，往往用"科"来代称，元刊本中就还能看见"做……科"的表述。选本的改定工作，有删减亦有增补，从元刊本到明刊本，科介提示的不断丰富化，在各版本间也表露得十分明显，如《陈抟高卧》第一折中，陈抟算出了赵大舍的天子之命，邀二人到僻静酒肆中以陈实情：

> a 做迎驾科。(《元刊杂剧三十种》)①
> b 入肆做迎驾科。(《改定元贤传奇》)②

---

① 《元刊杂剧三十种》（元刻本），选自郑振铎：《古本戏曲丛刊四集》（第1册），商务印书馆1958版，第100页。

② 李开先辑：《改定元贤传奇》（明嘉靖刻本），顾廷龙主编，《续修四库全书》编纂委员会编：《续修四库全书》（第1760册），上海古籍出版社2002年版，第126页。

该句中，元刊本在唱词之外的科介提示，仅此四字，其余对话均省略了。而《改定元贤传奇》还多出"入肆"的动作，与陈抟前文中的念白应和，由是表演也连贯起来，较之元刊本，确更细致不少。再关注到《改定元贤传奇》之后的版本，便能发现这种增加细节动作的处理，是逐渐普遍且不断具体化的。同样在《陈抟高卧》第二折，有使臣奉命拜请陈抟的情节：

  a 迎接使科。(《元刊杂剧三十种》)①
  b 末醒接使臣科。(《改定元贤传奇》)②
  c 撞钟，末醒接使臣科。(《元曲选》)③

可以发现，上述版本间的文字是逐渐递加的。前文【隔尾】一曲，已唱陈抟准备闭门盹睡，后两版中还增加"末盹睡科"来展现陈抟此刻的状态，故增加"末醒"的动作是有所根据且顺应剧情的。尤其《元曲选》中还涉及两个人的表演，前有使臣之自述："我不免将金钟撞动，使那先生知道"④，后接陈抟之惊醒迎接，臧懋循为使臣增加了撞钟的动作，文本上的逻辑通顺，舞台演绎也得到了丰富，如此添笔还是比较合理的。

（二）宾白

《改定元贤传奇》序中所谓"白有不切或太泛"，是专门针对宾白而言的标准，编者意图修正宾白中不切当的语言表述，以及太过重复赘余的言辞，历来有"重曲不重白"的戏剧观念，此番对剧中宾白的重视，恰反映出李氏戏曲观的进步之处。

从元刊本到明刊本，最直观、显著的差异，即是宾白的大量增加。而

---

 ① 《元刊杂剧三十种》（元刻本），郑振铎：《古本戏曲丛刊四集》（第1册），商务印书馆1958版，第102页。
 ② 李开先辑：《改定元贤传奇》（明嘉靖刻本），顾廷龙主编，《续修四库全书》编纂委员会编：《续修四库全书》（第1760册），上海古籍出版社2002年版，第128页。
 ③ 臧懋循编：《元曲选》（明万历刻本），顾廷龙主编，《续修四库全书》编纂委员会编：《续修四库全书》（第1761册），上海古籍出版社2002年版，第313页。
 ④ 臧懋循编：《元曲选》（明万历刻本），顾廷龙主编，《续修四库全书》编纂委员会编：《续修四库全书》（第1761册），上海古籍出版社2002年版，第313页。

《元刊杂剧三十种》作为最早的版本，虽然体制较为简陋，但仍有少量宾白被保留，与《改定元贤传奇》两相比较后，也可以发现不少异文，其中亦不乏值得品味之处，如陈抟下山算命、卖卦的地方，作为一个切实可查的现实名称，在文中被多次提及：

  a 贫道因下山。到这汴梁竹桥边。开个卦肆指迷。看有甚人到来也。(《改定元贤传奇》)①
  贫道下山去那长安市上。开个卦肆指迷咱。(《元刊杂剧三十种》)②
  b (末上云) 贫道自从汴梁竹桥边。算了那两个君臣之命。归到山中。醒时炼药。醉时高眠。倒大清闲快活也呵。(《改定元贤传奇》)③
  (末上云) 贫道自从长安市上算了那两人君臣之命。回归山中。醒时炼药。醉后高眠。倒大清闲快活呵。(《元刊杂剧三十种》)④

两处文字差别不大，只是一个写作"长安市上"，另一个则为"汴梁竹桥边"(其余版本皆从《改定元贤传奇》本，不再赘述)。除此两处可对应的地方之外，《改定元贤传奇》中还有额外两处提及，一是第一折【金盏儿】曲前，陈抟与赵大舍的对话：

  (末云) 陛下欲知兴龙之地，莫如汴梁，贫道说来便见也。⑤

二是第三折陈抟的上场词中，说到"东京汴国"：

  贫道陈抟。下的西岳华山。来到东京汴国。见了尘世纷纷。浮生

---

① 臧懋循：《元曲选》(明万历刻本)，顾廷龙主编，《续修四库全书》编纂委员会编：《续修四库全书》(第1761册)，上海古籍出版社2002年版，第125页。
② 《元刊杂剧三十种》(元刻本)，郑振铎：《古本戏曲丛刊四集》(第1册)，商务印书馆1958版，第99页。
③ 李开先辑：《改定元贤传奇》(明嘉靖刻本)，顾廷龙主编，《续修四库全书》编纂委员会编：《续修四库全书》(第1760册)，上海古籍出版社2002年版，第127页。
④ 李开先辑：《改定元贤传奇》(明嘉靖刻本)，顾廷龙主编，《续修四库全书》编纂委员会编：《续修四库全书》(第1760册)，上海古籍出版社2002年版，第101页。
⑤ 李开先辑：《改定元贤传奇》(明嘉靖刻本)，顾廷龙主编，《续修四库全书》编纂委员会编：《续修四库全书》(第1760册)，上海古籍出版社2002年版，第127页。

攘攘。想我此行。非为趋赴功名之会也呵。①

上述人物宾白在元刊本中皆不得见，但元刊本第四折【水仙子】曲中，别有"袖拂百韵出卞梁"一句，则为《改定元贤传奇》所无。

此类地名异文的出现，折射出了比较有趣的现象，据《宋史·隐逸传》的记载，陈抟出生于唐懿宗咸通十二年（871），所以杂剧中他提及唐代的都城"长安"，也并非毫无逻辑。而他与宋朝皇帝的交往，则是分别于太平兴国二年（977）和雍熙元年（984），受到宋太宗赵光义的两次召见，并于后一次被赐"希夷先生"的称号，杂剧应是据此敷衍而成。《改定元贤传奇》中提及的"汴梁"，则是元朝至明朝初期对于开封的称呼，据清人顾祖禹撰《读史方舆纪要》卷四十七中开封府一条："宋太祖复定都焉，亦曰东京开封府。金曰汴京，废主亮改曰南京，宣宗□迁都焉。元曰南京路，至元二十五年，改汴梁路。前朝洪武初，建北京于汴梁，复曰开封府北京寻罢，领州四、县三十。今因之。"② 这个时间虽有悖于故事发生的年代，但与杂剧创作的年代及该版本刊刻的时代联系起来了，且俗文学之创作，历来不强求事实真相，从创作背景来看，显然后者更为重要，这样看来，"汴梁"较之于"长安"的确要更切合一些③。同时《改定元贤传奇》第四折收煞后，下文缺失题目正名，但据其他版本所补，题目是为"识真主买卦汴梁，醉故知征贤勒佐"，可以说是做到了前后呼应。总之，这般改动的意义，不仅是为了更适应当时的语言习惯，同时也为前后文之照应，符合剧情之逻辑。

由此，两个版本间出现异文的原因，无非有二，一是两者本就来自不同的版本系统，所用底本的原文即各有差异；二是虽版本系统不同，但原文相同，而此处是经由后人改动的，即李开先所谓改定"白有不切"之

---

① 李开先辑：《改定元贤传奇》（明嘉靖刻本），顾廷龙主编，《续修四库全书》编纂委员会编：《续修四库全书》（第1760册），上海古籍出版社2002年版，第130页。
② 顾祖禹：《读史方舆纪要》（四），中华书局1955年版，第2026页。
③ 按：台湾学者高久雅的硕士论文《李开先戏曲理论及其剧作之研究》中指出："前者为唐代都城，后者则是北宋首都，赵玄朗称帝之后才定都汴梁，此时应该仍以长安为天下荟萃所在，《于按刊杂剧》所言较为适切"，且备一说。（参见高久雅：《李开先戏曲理论及其剧作之研究》，台湾大学2015年硕士论文，第98页。）

处。又，其余的明代选本皆作"汴梁"，《改定元贤传奇》作为其中比较早出者，后出者受其影响也大有可能。

与此同时，通过比勘不同的版本可以看出，在宾白的改动层面，李开先也投入了不少个人意志，如《青衫泪》第三折，借裴兴奴之口念出白居易的《琵琶行》：

  a 门前冷落鞍马稀，慈亲逼作商人妇。去来江口守空船，绕船明月江水寒……同是天涯沦落人，相逢况是曾相识……满坐闻人皆掩泣。就中泣下谁最多，江州司马青衫泪。①（《改定元贤传奇》）

  b 门前冷落鞍马稀，老大嫁作商人妇。我闻琵琶已叹息，又闻此语重唧唧。同是天涯沦落人，相逢何必曾相识……满坐闻之皆掩泣。就中泣下谁最多。江州司马青衫湿。②（《元曲选》）

《古杂剧》本、脉望馆本及《柳枝集》本，基本是遵照《琵琶行》原诗搬用，不过逐一梳理下来，则能发现李开先的改动更合情理。该剧本就敷衍自白居易的长篇歌行《琵琶行》，要厘清其中关系，必先回顾之前的剧情，再两相照应，如此，试将《改定元贤传奇》中异文逐一分析：首先，将"老大改嫁"改为"慈亲逼嫁"，对应的是前文老虔婆贪图重金，逼迫裴兴奴嫁人的相关情节；其次，据前文所述，裴兴奴所嫁的茶商刘一郎，当晚是为外出吃酒离船，而非为做生意出走，删去"浮梁买茶"一句，有效避免了剧情上的自相矛盾，相较于《元曲选》大段的删节，李氏选择性的减句，更贴近原作者的情感意图；再者，下文中"相逢况是曾相识"一句，这处的改动亦是为了照应前文，剧中二人不仅并非初见，反而情意甚笃，"不相识"显然不合逻辑，更与该剧"悲欢离合"之主题相悖；最后，将"江州司马青衫湿"改为"青衫泪"，正与题目相切合，有画龙点睛之作用，改动甚妙，足以称道。

通过上述两个例子不难看出，李开先对剧本的改动，尽管附着了浓厚

---

① 李开先辑：《改定元贤传奇》（明嘉靖刻本），顾廷龙主编，《续修四库全书》编纂委员会编：《续修四库全书》（第1760册），上海古籍出版社2002年版，第136页。
② 臧懋循：《元曲选》（明万历刻本），顾廷龙主编，《续修四库全书》编纂委员会编：《续修四库全书》（第1761册），上海古籍出版社2002年版，第384、480、566页。

的文人意志，对剧本原有形态却影响不大，与其提倡的"存金元之旧"实不相悖。同时，他所判定的可改之处，多出于语言曲辞层面，关注辞藻修饰，虽难免有卖弄成分，倒也开启了从文本角度整理元杂剧的先河。

三、评价

李开先对元杂剧的"改定"问题，一直是存在争议的，如任广世在《〈改定元贤传奇〉编纂流传考》一文中就曾指出，经由李开先改动的《词谑》中所收曲词，不仅与《改定元贤传奇》差距甚大，更与其他明刊杂剧差距明显，以此推断："《改定元贤传奇》并没有像李开先《序》中所说的那样进行过仔细的改订"①；他同时还评价到："从版本情况来看，周越然称《改定元贤传奇》'辞句与盍山影本完全相同'大体无误。所谓盍山影本，是指柳诒徵1929年所跋之《元明杂剧》。前文的比勘也充分说明《改定元贤传奇》与明代的其他元剧刻本相去不远。那么，《改定元贤传奇》的版本价值决不是如傅惜华先生认为的那么高，孙楷第先生也大可不必为没有看到《改定元贤传奇》而遗憾了。"②对其价值的认定上，不免有些偏颇，且不论曲辞与《元明杂剧》是否完全相同，更何况两个版本间相同的剧目只有《梧桐雨》《扬州梦》两出，并不能完全对照。而与之相反，卜键先生就认为，李开先对曲词有过加工处理，且是优于《元曲选》的③。此外，陈富容认为李开先所言改定，是相较于元刊本之间的差异而言的④；张倩倩则通过比较《太和正音谱》中相同的曲子，指出李开先对曲辞的改动只是很小一部分，其主要精力或还是置于宾白部分⑤。

伊维德对李开先的改定工作曾肯定道："And while the changes of Li Kaixian and his editors to the arias may be minor, they are certainly not meaning-

---

① 任广世：《〈改定元贤传奇〉编纂流传考》，载《戏曲研究》，2008年第1期。
② 任广世：《〈改定元贤传奇〉编纂流传考》，载《戏曲研究》，2008年第1期。
③ 《〈改定元贤传奇〉提要》，选自李开先著，卜键笺校：《李开先全集》（修订本）（下），上海古籍出版社2014年版，第2049页。
④ 陈富容：《明代流传之元杂剧版本及其曲文改编研究》，花木兰文化出版社2014版。
⑤ 张倩倩：《元杂剧版本研究》，山东大学2016年博士论文。

less. Li Kaixian's Revised Plays are indeed, as their title proclaims, fundamentally hybrid texts, joining the creativity of a number of individual Yuan playwrights to the collective and meticulous research of a team of editors."①

从各个版本与《改定元贤传奇》的比较中，可以发现李开先确有对剧本改动过的痕迹，亦不难看出，不管是韵格的校正，还是辞句的衡量，所有改笔基本是能符合其总领标准的。而无论是《扬州梦》中的"二分明月"，还是《青衫泪》里的"青衫泪"，都带有编者浓重的个人意识，这般具有文人气息的改笔，正是该改本编者私心和审美取向的体现。不过相较而言，他针对科白的改笔，是比曲文的改动更为出色的，尽管都不是非改不可之处，总体上还是做到了"合情合理"四字，在尽可能保留剧作家初心的前提下，对原作亦增色不少。同时，《改定元贤传奇》对科白的充实，也表现出编者对剧本"可读性"的意识，但这并不意味着他忽视了戏剧的舞台特性，对于对表演形态的关注，若改动部分的体现还不甚明显，下节将讨论到其中元剧旧貌之"留存"，无疑是更贴切的凭证。

第三节 《改定元贤传奇》对文本"旧貌"的保留

戏曲剧本不仅具有文学性，其特有的舞台性更不可能忽视，改动之外，李开先对于元杂剧剧本旧貌的留存，正体现出他对戏剧文体特殊性的深刻认识。赤松纪彦曾视《改定元贤传奇》在折、楔子、题目正名等体制上的不甚规范，为"元杂剧的古老特征"②，与此同时，他还提到："而如'～上开''～住'之类，与舞台表演有着密不可分的关系，在其中产生的特殊用语，多见于元刊本，而在明刊本开始逐渐被淘汰，到《元曲选》完

---

① Wilt L. Idema (2005) Li Kaixian's Revised Plays by Yuan Masters (Gaiding Yuanxian Chuanqi) and the Textual Transmission of Yuan Zaju as Seen in Two Plays by Ma Zhiyuan, CHINOPERL, 26: 1, 47-65, DOI: 10. 1179/chi. 2005. 26. 1. 47 笔者译：李开先对曲词的改动虽然微小，但并非毫无意义。事实上正如其名所言，李开先的《改定元贤传奇》，是一个复合型文本，经过了多位元剧作家的创作，和编辑团队的精心改编。

② 参见（日）赤松纪彦：《〈改定元贤传奇〉小考——〈陈抟高卧〉与〈青衫泪〉》，载《中华戏曲》，2005年第2期。

全消失。"① 此番所列，于《改定元贤传奇》中仍有迹可循，因作者点到为止，未举例论证，我们可据此展开讨论：

一、开场形式："……开"

元杂剧里"开"的问题，在刘晓明《杂剧形成史》中有论及：

"开呵"一语在元剧中的使用目前可考者仅见于《元刊杂剧三十种》和明息机子辑《杂剧选》，其他元杂剧选本皆未见。②

事实上，除了上述的两个版本中，"……开"的句式在《改定元贤传奇》中也有悉数应用，并且《阳春奏》《脉望馆钞校本古今杂剧》中所收古名家本《西华山陈抟高卧》也部分使用。陈容富《明代流传之元杂剧版本及其曲文改编研究》中虽未详细论述，亦指出从"开"字的保留约略可以窥见《改定元贤传奇》相较于其他版本的古老性③。

除上文提及的《元刊杂剧三十种》和息机子《杂剧选》两个版本，整理相关剧作，"……开"在明代杂剧选本中出现的情况如下所示：

1.《西华山陈抟高卧》第一折开场处

（冲末扮赵大舍引郑恩上开）……某生来颇有奇志。奈无贵骨仙胎。幼年间略读诗书。……不知这运几时到来。④

脉望馆本、《阳春奏》本都保留了"开"，《元曲选》则改为"诗云"。又，正末陈抟在全剧中首次登场处：

（虚下）（正末道扮上开）⑤

---

① （日）赤松纪彦：《〈改定元贤传奇〉小考——〈陈抟高卧〉与〈青衫泪〉》，载《中华戏曲》，2005 年第 2 期。
② 刘晓明：《杂剧形成史》，中华书局 2007 年版，第 460 页。
③ 陈富容：《明代流传之元杂剧版本及其曲文改编研究》，花木兰文化出版社 2014 年版，第 72 页。
④ 李开先：《改定元贤传奇》，上海古籍出版社 2002 年版，第 125 页。
⑤ 李开先：《改定元贤传奇》，上海古籍出版社 2002 年版，第 125 页。

· 147 ·

《阳春奏》本、脉望馆本删去"开"字,直接为"正末扮道上",《元曲选》改为"诗云"。

第三折开场处:

(扮驾引侍臣上开)……寡人宋官家是也。①

《阳春奏》本、脉望馆本删去"开"字,《元曲选》改为"诗云"。

第四折开场处:

(净扮郑恩衣冠引色旦上开)平生泼赖曾为盗。一运峥嵘却做官。法酒羊汤常是饱。锦衣纨绔不知寒。……官封汝南王的便是。……不免先教美人进去。安排供具。②

《阳春奏》本、脉望馆本删去"开"字,《元曲选》改为"诗云"。

2.《玉箫女两世姻缘》第一折开场处

(冲末扮梓潼帝君上开)阆苑仙家白锦袍。……③

《古名家杂剧》《古今名剧合选》《古杂剧》皆删去"开"字,直接为"冲末扮梓潼帝君上",《元曲选》则整段删去。

又,鹉儿剧中初登场处,剧情开展也从天界转向人间:

(并下)(鹉儿上开)少年歌舞老年身。喜笑常生满面春。……止有一个亲生女儿。小字唤作玉箫。为个上厅行首。……是西川成都人。好不缠的有些火热。……也当告个半日假。……④

《古名家杂剧》《古今名剧合选》《古杂剧》皆删去"开"字,《元曲选》中"开"改为"诗云"。

第三折开场处:

---

① 李开先:《改定元贤传奇》,上海古籍出版社2002年版,第129页。
② 李开先:《改定元贤传奇》,上海古籍出版社2002年版,第132页。
③ 李开先:《改定元贤传奇》,上海古籍出版社2002年版,第161页。
④ 李开先:《改定元贤传奇》,上海古籍出版社2002年版,第162页。

> （酸戎装上开）……蒙圣恩除为翰林院编修。……想我当年与玉箫大姐临别之言。期在三年以里相见。……及至坐镇。我即差人取他母子去。①

《古名家杂剧》《古今名剧合选》《古杂剧》删去"开"字，《元曲选》改为"诗云"。

张延赏在剧中首次登场处，剧情从韦皋、韩妈妈相见，转为荆州拜望故人：

> （并下）（孤扮张延赏上开）……宝剑磨来江水练。锦袍分出汉宫香。……左右待你韦老爹来时。报我者。②

《古名家杂剧》《古今名剧合选》《古杂剧》删去"开"字，《元曲选》改为"诗云"。

总体上看，前文所述"……开"出现的位置，一是在全剧或每折开始之处，有引戏开场的功用；二是在主要人物在全剧中初次登场，或每折中首次上场之处，即"人物上场时自我表白的按语"③，用以自我介绍和叙述剧情，不仅如此，在这时"开"出现的地方，前文中往往还包含其他人物下场的舞台提示，表明前面的故事已交待完毕，自此人物交替、虚拟的故事空间有所变动，故而"开"或许还兼具"转场"的作用，表示场面的转换并暗示剧情的推进。

还值得注意的是，虽然没有明显标志，但《改定元贤传奇》中还存在类似于"开"，起到情节叙述功能的文字，借此交待出舞台上不便表演的情节，例如《唐明皇秋夜梧桐雨》第四折开场：

> （小驾一行上云）寡人唐肃宗是也。自安禄山构乱。父皇幸蜀。驾至灵武。因父老之请。传位于朕。征天下兵马。东还破贼。安禄山被李猪儿赐死。郭子仪李光弼等。擒灭安庆绪史思明等。余党尽除。

---

① 李开先：《改定元贤传奇》，上海古籍出版社2002年版，第168页。
② 李开先：《改定元贤传奇》，上海古籍出版社2002年版，第169页。
③ 黄天骥、康保成主编：《中国古代戏剧形态研究》，河南人民出版社2009年版，第143页。

廓清海宇。重立唐朝天下。百官大臣立朕为肃宗皇帝。迎父皇还宫。居于西内。今早问安回来无甚事。还后宫去来。(下)①

这段描述明显与《玉箫女两世姻缘》第三折相似，皆是借角色之口讲述剧中人物的过去经历，而这一段在后出的《元曲选》和《古今名剧合选》版本中被删去，《元明杂剧》和《古杂剧》则与《改定元贤传奇》保持一致。由此可见，元杂剧版本的流变过程中，尤其是明代的刊选本，"开"的提示是在逐渐减少的，《改定元贤传奇》的保留还相对完整，其后的不少版本没有悉数保存，都做了一定的删减，而到了较晚出的《元曲选》，已经完全忽视了"开"的表演意义，"诗云"的表达俨然已是剧本向案头化趋近的表征。

相同的情况还表现在《两世姻缘》和《陈抟高卧》中，两剧里出现的"冲末"这一角色，置于全剧之始起到开场、引戏的作用，却又与有着同样功能的"开"并驾而行，不免有些重复冲突。但该版本中还存在"冲末"单独使用的时候，《梧桐雨》的开场为"冲末扮张守珪引卒子上云"；又《扬州梦》一剧中，开场亦出现了"冲末扮张太守，同张好好，引张千上云"②，此时"开"就没有同时出现，由此，从《改定元贤传奇》中"开"和"冲末"使用情况来看，相关的规范还没有固定下来，而这样不甚严谨的混用情况，同样反映着明代前期剧本体制尚未完全定型，仍处于过渡阶段的状态。

二、动作提示："做……住"

关于"做……住"的句式，黄天骥曾关注到元杂剧中特有的"开住"一词，指出："初时不知所谓，及见杨梓《霍光鬼谏》始知'开住'即开呵之后继续呆在场上，与'开了'对言。'开了'往往含有开呵之后下场之义。"③ 由此类推，"做……住"应也暗含着要求人物停留在舞台上的指

---

① 李开先：《改定元贤传奇》，上海古籍出版社2002年版，第157-158页。
② 李开先：《改定元贤传奇》，上海古籍出版社2002年版，第135页。
③ 黄天骥、康保成主编：《中国古代戏剧形态研究》，河南人民出版社2009年版，第148页。

示意义。相较而言，"……住"的句式出现得比较零散，不像"……开"有相对固定的位置：

1.《西华山陈抟高卧》第三折，陈抟被宣见驾后，驾登场处

（驾上科，做住）（末作入内科）①

《元刊杂剧三十种》无此科白，息机子《杂剧选》《阳春奏》及脉望馆本同，《元曲选》作"驾上立住科"，且删去了"末作入内科"，虽同样有住字，但似乎在语义上稍有差别，"做住"应是程式性的动作表现，"立住"则就指站立着不动，而非专用于在舞台上的表演名词。

此折由驾引侍臣开场，后有"虚下"提示，等候陈抟领旨入朝，又复登舞台，故而此处的"住"当是包含停留之意；且驾在后文中频繁与末对话，有比较吃重的戏份，由此并非只是单纯的亮相、走过场。然而《改定》该折结束时缺少下场指示②，《元刊杂剧三十种》《元曲选》中则皆标注为"下"，即表示了多个人物退场的"同下"之意，由此，驾同末理应是一起退场的，只不过提示语简化了。

2.《玉箫女两世姻缘》第四折，张玉箫被宣见驾

（驾云）宣来。（作唤旦上科）（云）妾身张玉箫……（入见驾跪住科）③

息机子《杂剧选》《古名家杂剧》及《古杂剧》同，《古今名剧合选》作"入见驾跪住介"，《元曲选》作"（驾云）宣来。（内侍唤旦科）（正旦上云）妾身张玉箫……（入见驾科）"④，直接删去了"跪住"的指示。仔细审视这段文字，即能发现臧懋循的改法实为不妥，因后文中驾令玉箫指认韦皋，还有"旦起认酸科"，表明此前旦的表演，都是跪着进行的，此处才会有起身的指示。另，后文中复有"旦跪云""旦扶酸背，做谢驾科"等一系列动作提示，因此，旦在场上的跪立与否，于剧本中都有清晰

---

① 李开先：《改定元贤传奇》，上海古籍出版社2002年版，第130页。
② 按：《阳春奏》、息机子《杂剧选》及脉望馆本，结尾都没有下场指示。
③ 李开先：《改定元贤传奇》，上海古籍出版社2002年版，第173页。
④ 李开先：《元曲选》，上海古籍出版社2002年版，第566页。

明了的呈现。

还需要注意的是，该折中其他人物登场，都为"作见驾科"而没有"入"，且脚的"入见驾跪住科"，可能有一些与众不同的动作程式，将入朝见驾的特殊样子表现出来，这里仍有进一步探讨的空间。

又，全剧结尾处，帝君再次登场：

（帝君上队子簇住）（云）（指旦末科）①

息机子《杂剧选》同，《古名家杂剧》和《古杂剧》作"（帝君引队子簇住）（指旦末科）"，《元曲选》和《古今名剧合选》则删去这一整段。此处，"簇住"的内涵仍是值得思考的地方，或许传达的是某种特殊的舞台动作，尤其紧随"队子"之后，应是涉及多人的动作或舞蹈表演，而"住"则表示在表演结束之后，相关角色仍停留在舞台上，等待全剧终了，一同收场。

3.《唐明皇秋夜梧桐雨》第一折，卒子报告安禄山求见

（卒报住）（冲云）着他进来。②

脉望馆本、《古杂剧》及《元曲选》作"（卒报科）"，《元明杂剧》和《古今名剧合选》作"（卒报介）"，此处只有《改定元贤传奇》中保留了"住"。然而，后文又有"押净下"的指示，仍是需要卒子参与的表演，表明虽然没有台词，但在安禄山与张守珪对话时，卒子一直在场上，因此"住"仍是表达了停留之意，相较而言，《改定元贤传奇》的版本则更显合理。

又，第二折使臣进贡荔枝：

（做报主）（正云）引他进来。③

脉望馆本和《古杂剧》同，《元明杂剧》《古今名剧合选》作"（报

---

① 李开先：《改定元贤传奇》，上海古籍出版社2002年版，第176页。
② 李开先：《改定元贤传奇》，上海古籍出版社2002年版，第147页。
③ 李开先：《改定元贤传奇》，上海古籍出版社2002年版，第152页。按：应为"住"，此处或为刊刻讹误。

介）（正）引他进来"，《元曲选》作"（做报科）（正末云）引他进来"。

从《梧桐雨》中这两处"住"的使用来看，都是卒子拜见通报的场面，卒子作为小人物没有什么台词戏份，更多地是使用程式化的动作语言来展现自己的身份，"住"反映的正是在"报"这一程式之后，角色仍停留在舞台上，等对手人物进一步交待、吩咐，进而牵动剧情发展，因此对它的保留，并非毫无意义可言。

值得关注的是，王九思所撰《中山狼》崇祯十三年张宗孟刊本，也出现两处"……住"的句式：一为"外扮老牛立住科"，另一为"外扮老杏树立住科"，结合上下文来看，皆用来表示人物停留场上之意。一方面说明，与李开先同时的王九思，在创作中仍有保留舞台旧制的意识；另一方面，崇祯刊本已然晚出于上述脉望馆本、《古杂剧》及《元曲选》几个版本，它对"……住"的保留，或从侧面证明，臧氏等人更可能是出于个人所需，对剧本进行了改动，而非在当时已经不知此种剧本体式存在的情况。

统观下来还可以发现，早出的版本一定程度上仍保留着原始舞台本的痕迹，尤其《改定元贤传奇》，更为贴近剧本原始的形态，而比较晚出的版本，却几乎看不到该句式的存在，这其实反映出，文人参与改动、修订元杂剧的过程中，剧本体制在逐步规范的同时，案头化的倾向也是日渐明显的。

三、特殊形式：打散、下断

除上述两种舞台指示词，《改定元贤传奇》在剧本结尾处也呈现出不同的面貌。不同于其他四剧，以主脚唱罢下场、紧随题目正名而宣告剧终，《江州司马青衫泪》和《玉箫女两世姻缘》两剧在收场时，还保留有一段韵文念白。顾学颉先生对元杂剧的收场情况曾做过讨论："元杂剧在全剧将结束的时候，照例由一个地位较高的人出场作断，对剧情作最后处理；然后念一首诗，或七字句的顺口溜，也偶有念词的。诗的内容是概括剧中重要情节，并含有褒贬判断的意义，很像判词，元刊本中叫做'断

'出'或'断了'。"① 正如顾学颉先生所言,"下断"这一形式早在《元刊杂剧三十种》中就可窥见,《遇上皇》《东窗事犯》《博望烧屯》三个剧的结尾处,即出现了"驾断出"②"断出了"③ 和"驾断出（散场）"④ 的提示语,可惜该版本中宾白大量省略,所以具体的文辞样式难以考证,不过在内府本杂剧中,同样大量保留了这一形式⑤,恰可借以参考比较。

着眼《改定元贤传奇》中,两剧"断"的呈现也并不统一,总结起来有两类：一是没有明显标示的,即《江州司马青衫泪》结尾,众人拜谢完皇恩,正旦唱罢,题目和正名前有一段总结性的念白：

> 迁客那堪送客行。梧桐霜老楚江清。串头兰棹翻云影。帆尾秋风剪月明。邻画艇。近沙汀。琵琶谁拨断肠声。声声偏入愁人耳。道是无情却有情。⑥

该段在其他几个版本中,皆被保留下来,却不得见于《元曲选》中,唱词之后直接就是题目正名,显然是编者的有意为之。从内容上看,此部分除"邻画艇,近沙汀"一句,余皆为七言韵文,且内容基本涵盖了该剧的中心剧情,又全剧中皆未出现人物下场诗这一形式（参见表3-2）,因此诗"下断"的概率更大。相似的情况,可参照脉望馆钞本《司马相如题桥记》中【尾声】之后出现的"下断词"：

> 杂剧卷终也（外云）道甚。（众答云）瀛洲开宴列嘉宾,祝赞吾

---

① 顾学颉：《元明杂剧》,上海古籍出版社2011年版,第48页。
② 《元刊杂剧三十种》（元刻本）,选自郑振铎：《古本戏曲丛刊四集》（第1册）,商务印书馆1958版,第74页。
③ 《元刊杂剧三十种》（元刻本）,选自郑振铎：《古本戏曲丛刊四集》（第2册）,商务印书馆1958版,第132页。
④ 《元刊杂剧三十种》（元刻本）,选自郑振铎：《古本戏曲丛刊四集》（第3册）,商务印书馆1958版,第104页。
⑤ 参见张倩倩《元杂剧版本研究》（中国戏剧出版社2018年版,第124页）："……内务府杂剧剧末总会出现一位身份地位比较高的官员'下断',意为这些故事都是在皇帝允可的范围内进行的。"
⑥ 李开先：《改定元贤传奇》,上海古籍出版社2002年版,第124页。

皇万万春。武将提刀扶社稷，文官把笔佐丝纶。①

《题桥记》在结尾表达了对圣上的赞颂，或许是因为前文中已有"一起齐的拜谢君王"的部分，所以《改定元贤传奇》并未在收场处继续"颂圣"。剧本中并未给出明确的指示，故而不能断定这是由哪一个角色来完成，不过根据上文的内容，当有两种可能，其一是"驾"，既是内府本杂剧中比较常用来"下断"的角色，又是前文"驾"念白结束后没有下场的标识，或许还留在场上进行这最后的表演；其二是"正旦"，在唱完【随煞】之后，脱离出剧情，作为局外人完成这段表演。仍需注意的是，么书仪称《题桥记》结尾部分作"打散词"，而参考孙楷第先生的观点，"打散词"可简略地解释为表演结束后的总结散场之语②，且上述两剧缺乏"断"这一明显标志，相较于"下断词"，不知称为打散词是否更为准确，且待商榷。

二是借剧中开场担当"冲末"的人物之口，总结陈词，前后呼应，有始有终，如《刘晨阮肇误入天台》的全剧收场：

（太白云）众仙近前。听我明断。紫霄仙谪来尘世。修真在桃源洞内。有刘阮心慕清虚。厌尘劳踪迹韬晦。当暮春采药入山。与二女夙有仙契。化白云迷其归途。指引他二人相会。成就了两姓姻缘。……再来时路径全无。何处认旧游之地。吾指引复入洞中。使仙眷依然匹配。三年后行满功成。忽一朝同还仙位。③

这段话明显的特征，即是借剧中地位较高、身份尊贵的非主角人物之口，总结陈词，臧否人物，且言语中有提及"断"字。《元曲选》中则将"明断"改为"嘱咐"，并增加提示语"词云"，明显是忽视了"断"所暗

---

① 赵琦美辑：《脉望馆钞校本古今杂剧》，选自郑振铎主编：《古本戏曲丛刊四集》（第四十五册），商务印书馆1958年版。
② 关于杂剧收场时"断送""打散"等概念的讨论，前贤已有诸多研究成果，比较有代表性的有，孙楷第《也是园古今杂剧考》（上杂出版社1953年版，第226—228页）、么书仪等主编《中国文学通典：戏剧通典》（解放军文艺出版社1999年版，第102页）、陈寿楠、朱树人、董苗编：《董每戡集》（岳麓书社2011年版，第592—600页）等，此处不再赘述。
③ 李开先：《改定元贤传奇》，上海古籍出版社2002年版，第188页。

含的特殊意义。参照脉望馆钞校本杂剧，也常有与《改定元贤传奇》相似的情况，例如《吕洞宾三醉岳阳楼》结尾也用到了非主角的重要人物汉钟离，同时文中有"断"字出现：

> （钟离云）梅柳你二人今日成仙得道也，听吾下断。你本是人间土木之物，差洞宾将你引度，今日个行满功成，跨苍鸾同朝玉帝。①

同样与《元曲选》进行比较，臧懋循不仅将"听吾下断"改为"听吾指示"，更将这一段文字放到了【收尾】之前，"下断"所具有的表演意义荡然无存。对比上述例证，两处"下断"的言辞形式和表现内容高度相似，参考日本学者小松谦的观点："内府本中，全剧的最后，剧中身份最高的人物要念七言韵文（多为三四节奏）以终场，此称'断'或'断出'，为演剧的定型。"② 由此可证，《改定元贤传奇》中保留的，正是"下断"这一程式。虽为旧制，但基于"下断"的特殊性，似乎也从侧面印证了，《改定元贤传奇》所用底本与内府藏本的渊源颇深。③

可以见得，保留杂剧结尾之打散词或下断词，用以梗概全剧，总结全文，当是《改定元贤传奇》复古体现的表征之一，一则留存"古意"，延续了元杂剧的原始形态④，二又可看作该版本源出于内府的佐证之一。

四、舞台术语：吊场

与此同时，除了常见的"……科"的表述外，一些特殊表演形式的提

---

① 赵琦美辑：《脉望馆钞校本古今杂剧》，选自郑振铎：《古本戏曲丛刊四集》（第四十六册），商务印书馆1958年版，第106页。

② （日）小松谦：《〈脉望馆钞校本古今杂剧〉考》，选自康保成主编：《海内外中国戏剧史家自选集：竹村则行井上泰山 小松谦卷》，大象出版社2018年版，第261页。

③ 此问题已有不少学者做过讨论，研究成果众多，不再赘述，参见陈富荣：《明代流传之元杂剧版本及其曲文改编研究》，花木兰文化出版社2014年版，第70-74页；（日）赤松纪彦：《〈改定元贤传奇〉小考一〈陈抟高卧〉与〈青衫泪〉》，载《中华戏曲》，2005年第22期，第138-149页。

④ 孙楷第：《也是园古今杂剧考》（上杂出版社1953年版，第226页）中有言："打散者乃正剧之后散段，其事实为送正剧而作者。昔唐之吕才，谓古今乐府奏正曲之后，皆别有送声。此古意也。"

示词，也在不同版本间出现变化。最典型的即是《两世姻缘》，剧中第一折出现了"吊场"的表演指示：

> （旦云）解元既去。……更到十里亭前。饯一杯咱。（吊下）（上作送行科）（旦打悲科）天那。都只为爱钱的娘阻隔了人也。①

引文中"吊下"的科介指示，应是提示此处穿插了"吊场"的表演，清代戏剧家李渔曾对此做过解释："两人、三人在场，二人先下，一人说话未了，必宜稍停以尽其说，此为吊场，原系古格。"② 后钱南扬先生对其功能进一步阐发："意谓吊住场子，不使唱演中断。当戏情告一段落，部分脚色下场，尚留少数脚色（通常只有一人）在场另起一事，有承上启下的作用。"③ 而此处设置的"吊场"，显然是由旦脚完成，女主在场上稍事停顿，穿插某种表演用以表示时间的推移和地点的变换，等场景从闺中转到了十里亭前，再徐徐下场与酸脚复登舞台，使得表演更加自然流畅，场面过渡不显突兀。

值得注意的是，"吊场"主要出现于南戏或南戏系统中，杂剧因同一折中表演者皆不下场的缘故，极少会出现"吊场"的指示，个别出现其实也是受了南戏的影响。而"吊场"作为意义较为明确，且当时仍被演出使用的戏剧术语，在后来的息机子《杂剧选》本、《古名家杂剧》本、《古杂剧》本及《古今名剧合选》本中基本得到保留，唯《元曲选》自成一格：

> （正旦云）解元既去。……更到十里长亭。饯一杯咱。（旦打悲科云）天那。都只为爱钱的娘阻隔了人也。（做送行科）④

臧氏显然是出于阅读层面考虑，不仅删去了"吊下"，还将"做送行科"的顺序调换至末尾，并省略了人物上下场的调度。文本条理虽清晰

---

① 李开先：《改定元贤传奇》，上海古籍出版社2002年版，第165页。
② 李渔著，陈多校注：《李笠翁曲话》，湖南人民出版社1981年版，第161-162页。
③ 高明著，钱南扬编：《元本琵琶记校注》，上海古籍出版社1980年版，第172页。
④ 臧懋循编：《元曲选》（明万历刻本），顾廷龙主编，《续修四库全书》编纂委员会编：《续修四库全书》（第1761册），上海古籍出版社2002年版，第557页。

了，流程也更简单化，却使得剧本原有的表演形态难以得见，元杂剧的"古格"风貌亦不存，反而衬托出《改定元贤传奇》等早期版本对舞台演绎的重视。而李开先的存旧之举，是否表明这些旧制仍在当时的舞台上演，尚待考证。

总体而言，从元刊本到明人编选本，文人的参与感增强了，"科介"作为舞台动作提示，亦受编选者戏剧观念之影响，呈现出更加细致具体化的过程，使得元杂剧曲外的部分渐趋丰富起来。而这一过程，也伴随着从"舞台"到"文本"的观念变化，尤其是"……科"这类直接的动作指示词，所反映出的变化过程也更加直观、明显。

无论是"分折"的不统一，还是题目正名的不固定，抑或是上下场诗的参差不齐，皆反映出《改定元贤传奇》结构体制的不甚规范，但就是这种"不严谨""不整饬"，更还原出不同剧作的本貌特征，也侧面体现出编者们的"复古"意识，尤其《改定元贤传奇》中多处保留"……开""……住"及打散词等"古老"特性，实则意图保留剧本更为原始的形态，它们既反映于剧本体制上，又可视作舞台表演的遗存，这是李开先"尊元"态度的表露，更是他元剧观念中最受重视的部分，是不可随意更改的"金元之旧"。

余 论

李开先曾于《题高秋怅离卷》前作小序言："诗须唐调，词必元声，然后为至。如水之源，射之的，修养家之玄关妙窍也。"又于《乔龙溪词序》中提到："吴歈、楚些，及套、散、戏文等，皆南也。康衢、击壤、卿云、南风、三百篇，下逮金元套、散、杂剧等，皆北也。北，其本质也，故今朝廷郊庙乐章，用北而不南，是其验也。"[1] 多次阐述元曲作为正统的重要地位，在此意义上看，《改定元贤传奇》的诸般实践，也是其

---

[1] 李开先:《乔龙溪词序》，选自李开先著，卜键校笺:《李开先全集》（修订本）（上），上海古籍出版社2014年版，第527页

"复古尊元"思想在一定程度上的反映。因此，我们不能否认，在戏曲史的大维度之下，《改定元贤传奇》标举元杂剧为典型，于思想观念层面，就含有一定的范式意义。

《改定元贤传奇》对后来的编选者的范式意义，尤其凸显于编选思路和对尊元观念的认知上。纵观后来的元杂剧选本，在选剧上多关乎教化，凡有序者，常以列举历代文体起笔，至元则尊倡词曲，此式正肇始于《改定元贤传奇》；在编选的目的上，息机子称："词曲不有独收其功者乎，焉得小之，刻之以传可也。"① 王骥德则感慨："而独元之曲，类多散逸，而世不尽见。"② 同样在突出元杂剧之重要性，又皆对李开先"欲世人之得见元词"有所映射；而黄正位《凡例》中所述"是编也，俱选金元名家，镌之梨枣"③、"曲中折白等语是皆金元习音，不必求其洞烛。若以己意强解，至或妄易佳句，反失其真矣。今尽依旧本改定"④，如是对"金元之旧"的重视，亦是承继于李开先的"尊元"观念；而后的选本，则在李开先的基础上深入阐发，臧懋循《元曲选序》中的"名家""行家"之辩，孟称舜提出的"学戏者，不置身于场上，则不能为戏；而撰曲者，不化其身为曲中之人，则不能为曲，此曲之所以难于诗与辞也。"⑤ 这些切乎舞台的表述，于观念层面，反映了一种从"曲本位"到"剧本位"的演进趋势，凡此种种，也正不断推动着元杂剧的经典化。

再具体来看，其中的"改"与"留"，作为实践施行的方式和手段，共同服务于《改定元贤传奇》的"定型"，并最终成为一种剧作范式，为其后杂剧选本的编选，提供了参考和借鉴。二者的相辅相成，正反映着李开先作为编选者，在"观念"与"实践"上有着平衡与选择的综合考虑，

---

① 息机子：《杂剧选·序》，选自蔡毅编：《中国古典戏曲序跋汇编》（卷四），齐鲁书社1989年版，第425页。
② 王骥德：《古杂剧·序》，选自蔡毅编：《中国古典戏曲序跋汇编》（卷四），齐鲁书社1989年版，第423页。
③ 黄正位：《新刻阳春奏凡例》，选自蔡毅编：《中国古典戏曲序跋汇编》（卷四），齐鲁书社1989年版，第425页
④ 黄正位：《新刻阳春奏凡例》，选自蔡毅编：《中国古典戏曲序跋汇编》（卷四），齐鲁书社1989年版，第426页。
⑤ 孟称舜：《古今名剧合选·自序》，选自蔡毅编：《中国古典戏曲序跋汇编》（卷四），齐鲁书社1989年版，第423页。

更体现出他对待元杂剧的真实态度：语言文辞的层面，不合乎剧情、不利于排场的部分，是可以执笔添改，倾注个性情感的。编选工作本就是对剧本的"二度创作"，文人参与元杂剧的整理，也是他们个人意志介入的过程，尤其作为私人刊刻的戏曲选本，或多或少带着编撰者的"自我输出"，既是个性的体现，又不失为"立言"的一种方式。

至于体制形态的层面，尤其是有涉舞台表演的部分，则是需要保留和遵循的，这不仅是李开先一直强调的"金元之旧"，更是其"尊元"观念里的核心层面。元杂剧实乃"舞台艺术积淀"的文本，这些被留存的"古老特征"，突出了戏曲兼具案头场上的文体特性，也是它与散曲分界最著之处，由此，亦凸显了李开先的"辨体"意识，说明他在一定程度上还是把握到了"剧"的本质。

这整个改定的过程，虽然附着浓厚的文人参与感，却不失为一种推进，更是元杂剧文本在传播过程中，从"曲无定本"到"曲有定本"的必然趋势。从散乱、不规范的状态，过渡到整饬、规范的状态，是一个较长的演化过程。就元杂剧文本形态而言，粗略划分有三大类型：一、以《元刊杂剧三十种》为代表的类型，处于早期比较粗糙、原始的阶段；二、以《改定元贤传奇》为代表的类型，处于不断修缮、进行中的阶段；三、以《元曲选》为代表的类型，基本完备、定型的阶段。三者之中，《改定元贤传奇》仍属于过渡形态，而《元曲选》则可视作最终完成"经典化"进程的标志。反观，如果没有了《改定元贤传奇》等过渡阶段的版本，今人或只能从《元曲选》来认识元杂剧的文本形态，而不知道《元曲选》本身"牺牲"了某些"金元之旧"。由此，对元杂剧旧制的重视，也正是《改定元贤传奇》这一版本的价值所在，可以说，它就是继《元刊杂剧三十种》之后，比较能反映出元杂剧旧有形态面貌的选本。

总而言之，《改定元贤传奇》的编选，无疑体现出李开先对元杂剧的认识，是比较有前瞻性的，能在思潮并起、各家争鸣的环境中先声夺人提出"词必元声"、重乎"本色"的见解；又率先认识到"元杂剧"重要的文献及艺术价值，编选《改定元贤传奇》一书作为轨范，且选本之"选"，本就附着了文人的趣味与审美倾向，此般精心的编辑工作堪称开风气之行为。在具体的实践操作中，既将"尊元复古"为前提、以"本色当行"为标尺，维护元杂剧文本形态之旧制；又通过种种选定、删改，渗透出文人"个性"。虽难免掺杂上个人的情感偏好和思想观念，于体制仍然疏漏多出、不甚完善，但它并非元杂剧在不断改造后的"完成形态"，而是此过渡进程中的一环，有助于我们考察戏曲版本流变的各种变化，凡此种种，皆说明《改定元贤传奇》在元杂剧经典化进程中的意义是不容忽视的。

第四章 《中麓小令》的文体特征与"以俗入雅"问题

李开先的散曲创作在嘉靖曲坛不乏赞美之声,但与同时期的康海、王九思、冯惟敏等散曲大家相较,他的散曲成就一直没有得到足够的重视,鲜见深入而全面的文章,可以说是李开先文学研究中比较薄弱的一环;即便前辈学者偶有提及,也多倾向于结合戏曲批评,连带论及李开先的散曲观念,对其散曲作品的关注,也多从整体创作风格来看,鲜少以专题的形式细致讨论[①]。

纵观李开先的散曲创作,初刻于嘉靖二十三年(1544)的散曲集《中麓小令》,无疑是他流传最广、影响最大的散曲作品,不仅有多达百篇的名流题跋,甚至有王九思这样的大家相与酬和,一时名声大噪,甚至"稿尚未脱,歌喉已溢里巷中矣。索借者众,应酬为难"[②],以当今的眼光来

[①] 按:文学史类的专著中,多着眼于全局,将李开先置于明代散曲创作的大背景之下,以概述的形式进行介绍和评价,如梁乙真《元明散曲小史》、罗锦堂《中国散曲史》、羊春秋《散曲通论》、李昌集《中国古代散曲史》等,针对其整体情况进行介绍,具体的论证仍有欠缺;而作为专题研究,比较典型的是刘铭《李开先文学研究》中散曲一节,将四部散曲集所涉内容逐一归纳、总结,细致分析其散曲多样的风格与丰富的情感,并进一步指出李开先有意尝试着南北曲的互通、融合。现有的单篇文章大多从鉴赏的角度出发,多局限于思想内容的考察和艺术风格的归类,或与其戏剧创作混杂而谈,如朱红昭《李开先词曲生涯与士人心态》简略地指出李开先经历罢官后,散曲创作从豪情四溢到无奈心凉的情感变化,而林静和孙道东的《文采风流 照耀北方——李开先散曲的地位与特征简论》,也从内容和风格上对李开先的散曲进行了点评。此外,刘恒《词曲交游与李开先的曲学成就》一文,以李开先与当时曲家的彼此往来、互相切磋为着眼点,指出他们的交游活动促进了嘉靖曲坛的活跃与振兴;同类文章中,杨慧玲《对明清曲籍编刊活动的考察之一——以李开先〈中麓小令〉为个案》一篇比较亮眼,关注到《中麓小令》背后,群体性编刊活动牵涉的人情交际、文学传播问题,同时讨论了该曲集产生强烈号召力的原因。

[②] 谢东村:《〈中麓小令〉跋》,选自卜键笺校:《李开先全集》(修订本),上海古籍出版社2014年版,第1466页。

看，可称得上是"现象级"的曲坛事件。

《中麓小令》今仅存国家图书馆藏清钞本，后《全明散曲》、路工辑校本及卜键笺校本皆据此点校。另，王九思词曲集《碧山乐府》收与李开先唱和的《南曲次韵》一卷，各曲前均附有《中麓小令》原文。《南曲次韵》现存明嘉靖三十年（1551）宋廷琦刊本，又崇祯年间王毖汇刻王九思《碧山乐府》八卷，卷六即为《南曲次韵》，均附录于《渼陂全集》之后；后卢前《饮虹簃所刻曲》中亦有收录，据郑骞《跋〈碧山乐府〉》称，卢前所据为东海张吉士所刻《康王乐府》①。此外，《东夷肆虐中奢摩他室藏曲被毁记目》一文载："暴敌肆虐，涵芬楼竟作绛云之一炬……事后检校，尚少……散曲三种：曰《常楼居乐府》，曰《弘治本碧山乐府》，曰《李开先原著王碧山傍妆台百首之南曲次韵》。"② 可知《南曲次韵》曾为吴梅所藏，惜今已散佚。

《中麓小令》洋洋洒洒长达百篇，该作无论在结构方法，还是语言风格上，都带有李开先浓烈的个人气息，更因其独特之风范，自成一体，这也使得这部作品问世后，褒扬与争议不断，既被追捧者冠以"中麓体"之谓，又被批评者指摘"一字不足取"。故本章立足《中麓小令》的各种赞扬与贬斥之声，围绕体制形式、语言风格、后世评价三个角度，来探讨《中麓小令》的特点，并借此重新审视李开先在明中叶曲坛上的地位与贡献。

第一节 "中麓体"的特征及确立

李开先号"中麓山人""中麓子"，"中麓体"即从其号命名，此中之"体"乃是对文学作品表现形式的总结，更意味着一种典型、规范。纵观明代曲坛，散曲作品采用作家的字号，被冠以"某某体"的情形并不少

---

① 郑骞：《从诗到曲》，商务印书馆 2017 年版，第 171 页。
② 王佩诤著，王学雷辑校：《瓠庐笔记》，山东画报出版社 2017 年版，第 127 页。

见，如朱权《太和正音谱》"新定乐府体一十五家"有"丹丘体，豪放不羁"①，朱权号为"丹丘先生"，"豪放不羁"则涵盖了作品内容意趣和审美风格。此外，比较著名的还有沈仕的"青门体"。沈仕自号"青门山人"，他的散曲作品，多以男女艳情为描摹对象，故其"青门体"最典型的特征，即以艳丽浓密的笔触刻画男女欢爱之情。

不过，他们所谓之"体"，皆是因其独特的创作风格而得名，相较来看，"中麓体"就显得比较特殊：一则，它并非就李开先整体的散曲创作情况而言，而仅仅是指称《中麓小令》一部作品；二则，从《中麓小令》的后续跋语中可窥见，大家多表现出对其体制形式的认同，如李东冈曰："佳制盛传，足为法式"②，可见，《中麓小令》多达百篇，所描写的内容驳杂，感情丰富，显然以"体"称之，并不是专就其内容、风格而论的，更多指向其体制形式上的特殊意义。

诚然，当时有不少人以《中麓小令》为模仿标准、写作范式，今亦有学者称："开先此曲，体式颇精妙，时人多效之，至号为'中麓体'。"③又称："《中麓小令》在晚明时传遍大江南北，引发数百人与之唱和，当时甚至有'中麓体'之称。"④但实际上，在李开先之时，有明确提及"中麓体"之称的记载，仅见于冯惟敏的酬和之曲《傍妆台》六首，该作收录于《海浮山堂词稿》中，其题名曰"效中麓体"⑤。

此外，钱谦益《病榻消寒杂咏》四十六首的小引中亦提到"中麓体"：

> 长安冬至后，内家戚里，竞传《九九消寒图》，取以铭诗，志梦华之感焉。亦名三体诗者，一为中麓体，章丘李伯华少卿罢官后，好为俚诗，嘲谑杂出，今所传《闲居集》是也……余诗上不能寄托如中麓，下亦不能绝倒如刘老，揆诸季孟之间，庶几似少微体，惜无本宁

---

① 朱权：《太和正音谱》，选自中国戏曲研究院编：《中国古典戏曲论著集成》（三），中国戏剧出版社1959年版，第13页。
② 李东冈：《〈中麓小令〉跋》，选自卜键笺校：《李开先全集》（修订本），上海古籍出版社2014年版，第1471页。
③ 李永祥：《李开先年谱》，黄河出版社2002年版，第130页。
④ 王安莉：《1537—1610，南北宗论的形成》，中国美术学院出版社2016年，第64页。
⑤ 参见冯惟敏：《海浮山堂词稿》，上海古籍出版社1981年版，第115-116页。

描画耳。①

随后,清人阮葵生《茶余客话》中"准敕恶诗"条,亦有承袭钱氏之说:

> 蒙叟所谓三体诗,一为中麓体,章邱李伯华少卿罢官后,好为俚诗,嘲谑杂出,所刻《闲居集》是也。②

由此可知,"中麓体"之称,实有二说,一为诗体,一为曲体。钱谦益所谓"中麓体"隶属于"三体诗",另外两种分别为"少微体"和"怡荆体",皆是随口吟哦、具有谐谑调笑意味的俗体诗歌,与冯惟敏仿效【傍妆台】之作俨然有别。杨慧玲认为钱谦益所指乃俚诗,冯惟敏则是专就《中麓小令》而说,二者虽然不能完全等同,但散曲作为诗体文学的一种,也应包含在钱氏所指的范围中。③

不过笔者认为,虽然命名相同,实际文体有别,二者还是应当按诗、散曲独立甄别开来。一方面,钱谦益已然明确将诗歌划定为《闲居集》所出,该集收录尽为李开先的诗文作品,并不涵盖散曲在内;另一方面,钱谦益提及"中麓体"的起因,是要为《九九消寒图》题诗,"消寒诗"源自民间岁时习俗,实为一种供娱乐消遣的游戏形式,故多用口语、俗语写作④,而李开先的《中麓小令》也多被人指摘有"伧夫气",由此可见,两种"中麓体"内涵有别,但它们的外在表征也确有相通之处,即总体风格皆可归结为"俚俗"。还需要辨明的是,钱谦益并没有贬斥李开先诗作的意思,反而欣赏有余,认为其"别有寄托",通俗却不鄙陋。

其实,曲体之"中麓体"在文本形式上表露的特性,当时已有过不少

---

① 钱谦益著,钱曾笺注,钱仲联标校:《牧斋有学集》(中),上海古籍出版社1996年版,第636页。
② 阮葵生:《茶余客话》(上),选自刘祁、姚桐寿:《历代笔记小说大观》,上海古籍出版社2012年版,第259页。
③ 参见杨惠玲:《对明清曲籍编刊活动的考察之一——以李开先〈中麓小令〉为个案》,载《南大戏剧论丛》,2017年第2期。
④ 参见高金燕:《民间记日习俗"九九消寒图"的价值和意义》,载《通化师范学院学报》,2017年第9期。

讨论。如袁西野在跋语中，就曾简要论到《中麓小令》的章法技巧："句雄健而意连属，既不失之俗，又不失之文，以为一词已尽，已足名世矣，乃愈出而愈无穷，起用叠字，结用'得''且'字，无不当人意者。"[①] 王小川亦提到："其尤难者，每一词首用重叠字，中二联及末句多用常言，最见人情世态。"[②] 其中"常言"指民间所流传的口头语，即格言、谚语等。

通过他们的论述，我们可以总结出"中麓体"的大致特征——即使用【仙吕·傍妆台】曲调，通篇以叠字起句，总领全曲中心内容，句中则喜用俗语常言、讲究对仗，最后以"得××处且××"的句式作结，且每支小令尾句"××"处所用之词相同，乃是对该曲主旨思想的概括，如"得偷闲处且偷闲""得投簪处且投簪"。而"得""且"二字，本身就带有随遇而安的意思，纵使前文何般恣意洒脱，这样的固定搭配，使得结尾情绪有所收敛，并为全文定下了自我宽慰、劝诫的基调。

与此同时，除了受到广泛的欣赏和好评，《中麓小令》还得到不少散曲作家的酬和加持，这些唱和之作也为考察"中麓体"的具体形态提供了参考。检点现有跋语可知，当时参与填写小令的人及其作品如下表所示：

表 4-1 [③]

序号	作者	籍贯	作品名	出处
1	王九思	陕西鄠县	《南曲次韵》	"兴之所至，不能已已，盖亦各言其志云尔。汇次成帙，题曰《南曲次韵》，而述其所由如此。"
2	冯惟敏	山东临朐县	《效中麓体》	《海浮山堂词稿》卷二"小令"

[①] 袁西野：《〈中麓小令〉跋》，选自李开先：《李开先全集》，上海古籍出版社 2014 年版，第 1466 页。

[②] 王小川：《〈中麓小令〉跋》，选自李开先：《李开先全集》，上海古籍出版社 2014 年版，第 1486 页。

[③] 按：出处中所引例句，皆出自《〈中麓小令〉跋》，选自卜键笺校：《李开先全集》（修订本），上海古籍出版社 2014 年版。

续表

序号	作者	籍贯	作品名	出处
3	康浩	陕西武功县	《诗镕百韵》《词赓百韵》	"予久栖林下，死灰绝焰，难于赓和，只拟《诗镕百韵》，不过述旧作、达己意而已。寻睹渼陂翁次韵，狂奴故态勃然复兴，三日之内，始次百首，题曰《词赓百韵》。"
4	韩儒	山东章丘县	《傍妆台》	"乃援笔亦效余音，首尾押吟，作《傍妆台》百二十曲。"
5	孙述	山东新泰县	《小令续貂》	"予心事如割，几至搆疾，不得已而假鸣自遣，乃窃《中麓小令》之糟粕，作【傍妆台】五十首，僭称《小令续貂》。"
6	宋相	山西潞安府	《调笑余音》	"心虽技痒，徒为阁笔，预愿学之心，终莫能止。谨用续貂，强步来韵，名曰《调笑余音》。"
7	邹伦	南直隶苏州府	不详	"小子感发乎中，不揣芜陋，辄步严押，如数倚玉，续貂之诮诚所不免，敢望并传于世耶？"
8	张治道	陕西长安县	不详	"欲尽和答，执笔构思，茫无所有。但和十首，刻入《代啸录》中。"

可惜上表中的多数作品未能流传下来。另需注意的是，张南溟在跋语中称："山中无事，拟和百首，首尾忌犯元倡，救以古今韵会，亦各言其志耶已矣！"既称"拟和"，又无具体篇目、篇名，之后是否确有实作，姑且存疑，故不纳入上表。

又，按李开先《〈诗外微撒〉序》记载：

> 《傍妆台》百曲，中麓子归田后出于一时口占……和之者奚啻数百人……敦朴如马溪田，亦有和章；简僻如舞阳县，亦有镂版……新乐贤王，尚文善乐，宗藩中之出色者也。雅爱予词，从而和且刻之，名为《诗外微撒》。

据此，《傍妆台》已知作者名姓的和作，尚有马理之作和朱载堉的《诗外微撒》，今皆不传。又，据陈胤《康海南曲四考：试述明代中期南北曲风文体渐变问题》考证："两位和足百首【傍妆台】的作者分别是：王九思、康浩（康浩，字德充，号南川，康海叔父康銮第二子）。"可惜今日康浩之作未能流传，不过他作为康海的堂弟，罢官后既为其兄刻印《沜东乐府》，又刻印过王九思的《碧山乐府》，可谓当时各类文化活动的重要参与者。

正如前文所言，"丹丘体""青门体"皆以其浓烈的个人风格为名，"中麓体"虽然在思想意趣上也有其独特性，但它体制上的规范、套式，严格的用韵规则，才是其模仿之作不断的原因。那么，这些酬和之作是怎样吸收和模仿"中麓体"的，在文本体制上，又呈现了怎样的特点呢？姑且以现今尚存的作品作为参照，简要述之。

例如冯惟敏的《效中麓体》六首，没有使用原作韵字，然而每首起句分别作"醉醺醺""乐陶陶""锦重重""月溶溶""杳茫茫""闹吵吵"，可知前三首用字均能与李开先原作一一对应，而后三首也与"月娟娟""眼茫茫""闹垓垓"相互照应，结尾也完全沿用"得××处且××"的句式，可以说冯氏之作在体式和内容上，对原作尽可能地进行了模仿。而王九思的《南曲次韵》重在"依声填词"，开头三字完全承袭自《中麓小令》，不过与小令内容关联不大，结尾处也是自凭心意，没有再套用原作的形式。想来其他未能见到的和作，大体也不脱上述两种套路，要么重体制的模仿，要么重次韵，如韩儒所言"亦效余音，首尾押吟"。①

当然，除了具象的文本体制之外，同样不能忽视的是"中麓体"所承载的音乐性。不仅引言中李开先自述有歌童拜谒，乃作该曲"付之歌焉"，明确其可唱性；在传播的过程中，如谢东村所言："稿尚未脱，歌喉已溢

---

① 韩儒：《〈中麓小令〉跋》，选自李开先：《李开先全集》，上海古籍出版社2014年版，第1482页。

里巷中矣。"① 又，纪后墅称"每闻巷间中争歌夫子小令，窥之人口"②，皆证明《中麓小令》的流传途径，不仅是通过梓刻出版等有形的媒介，还有"传唱"这种非物质性的艺术形式。

而"音协管弦"也是其重要的体制形式之一，如谷少岱所云："十九韵佳词，不惟句在眼前，亦且音叶弦索，真可为作者之法。"③ 又，胡蒙溪感慨到："恨不解丝竹，不能协之管弦耳!"④ 虽是在为自己不善器乐惋惜，反之亦说明《中麓小令》是可以和乐而唱的。此外，罗念庵曾言："何不寄之，以为山中舞蹈之助？"⑤ 又有郝鹤亭云："家置青衣数辈，演戏以为拨闷娱乐之具"⑥ 等，皆说明中麓之小令，声辞兼备，可入管弦。从中也不难看出，在文学欣赏之余，《中麓小令》还兼具声歌、娱乐的功能，并由此衍生出一系列宴饮、集会活动：

邹太湖曰："奉常中麓李公，投簪林下，以其余兴漫成《傍妆台百阙》，寄两江子。两江子召予饮鸣玉亭，出词命歌，四座停杯，侧耳倾听。"

顾紫霞曰："太湖和之，不爽一焉，不为尤难矣乎？顷尝从宴于玉如馆，见其掀髯一歌，四座竦听，名利之念为之顿释。"⑦

言中"两江子"是山东知名书法家方元焕，号两江，山东临清州人，冯惟敏有诗《再过临清与方两江》，李开先《〈市井艳词〉又序》亦

---

① 谢东村：《〈中麓小令〉跋》，选自李开先：《李开先全集》，上海古籍出版社2014年版，第1466页。
② 纪后墅：《〈中麓小令〉跋》，选自李开先：《李开先全集》，上海古籍出版社2014年版，第1487页。
③ 谷少岱：《〈中麓小令〉跋》，选自李开先：《李开先全集》，上海古籍出版社2014年版，第1467页。
④ 胡蒙溪：《〈中麓小令〉跋》，选自李开先：《李开先全集》，上海古籍出版社2014年版，第1475页。
⑤ 罗念庵：《〈中麓小令〉跋》，选自李开先：《李开先全集》，上海古籍出版社2014年版，第1474页。
⑥ 郝鹤亭：《〈中麓小令〉跋》，选自李开先：《李开先全集》，上海古籍出版社2014年版，第1491页。
⑦ 李开先：《〈中麓小令〉跋》，选自李开先：《李开先全集》，上海古籍出版社2014年版，第1490页。

曾提及此人。① 这里,《中麓小令》在方两江举办的宴会中,体现出"群"的功能——即是为诱发人们聚集宴会的契机,他们一边伴着歌舞欣赏原作,一边随感而发,承而续之。由此,在这些聚会中产生的"效中麓体"之作,不仅仅单纯作为应酬之用,还有着更加明显的娱乐性质。同时,某种程度上,他们也为《中麓小令》的广泛传播,起着推波助澜的作用。

最后,仍然值得关注的是,李开先《中麓小令》的模范意义,或许还体现在其"北人作南曲"的意识中,正如李昌集所评价的那样:"从曲史的角度讲,李开先大量作南调,则标示着明代南曲兴起后'北人亦遂耽之'的趋向。"② 从现今流传的李开先散曲中可以看到,《中麓小令》之外,无论初仕时卧病修养所作的《一江风·卧病江皋》,还是之后悼念亡妻而作的《四时悼内》,皆染指南曲,显然不是王骥德所称"间作南调"。然而,身为北方人却热衷于南曲创作,这也是李开先作曲常被讥讽"吴侬见诮"的重要原因。南、北方方言不一,语言文字的读音有异同,四声调值也存在较大差异,反映在与音韵关系紧密的曲学创作中就格外需要注意,如洛地先生之言:"曲唱,是'以文化乐''依字声行腔'的唱,对语音声韵是第一要求。"③

李开先在《〈西野春游词〉序》《〈乔龙溪词〉序》中围绕南北曲展开讨论,皆表露出对南北曲较为清晰、客观的认识,因此,与其诟病李开先自负才气,有意与南人一争长短,不如说他一直在进行着"融合南北曲"创作的有益努力,这般大胆的尝试,在当时已然是一种突破,也使得他的作品更具有表率性。只是从客观而言,身为北人的李开先在南音的处理上难免疏漏,尤其是《中麓小令》,并非纯粹阅读欣赏的案头文本,本就用作吟唱赏玩,更通过里巷歌谣传唱流布,事涉歌喉音声,南、北音的问题逐渐扩大化,问题自然也就复杂得多,此中问题还有待进一步发掘、考证。

---

① 参见李开先《〈市井艳词〉又序》:"唐荆川之于诗,王南江之于文,方两江之于书,予之于词,其事异而理同,致百而虑一者乎?"
② 李昌集:《中国古代散曲史》,华东师范大学出版社2007年版,第629页。
③ 洛地:《词乐曲唱》,人民音乐出版社1995年版,第38页。

第二节 从《中麓小令》诸跋语看李开先的散曲创作观

在写就《中麓小令》之后,数年间李开先与友人们的唱和、题赠等互动不断,反响热烈。一直以来,对散曲序跋的关注度较小,故前人研究多将之作为考察李开先散曲创作的补充材料,仅有杨慧玲对文后跋语专章讨论,其《对明清曲籍编刊活动的考察之一——以李开先〈中麓小令〉为个案》一文,主要就该曲集的刊刻、流传情况予以阐释。本节则由这些《中麓小令》背后的文化传播活动切入,考察各方人士品评内容的侧重点,及其中所反映的思想倾向、理论标准等,进而关注跋语所承载的文献价值、文学批评意义,并由此观照以李开先为中心的散曲创作者、批评者的散曲创作观念。

一、题跋者情况概要

今存清钞本卷末后尚载有跋文共计94篇,其中张舜臣、王九思、康浩等人复有两至三则,而跋语到"郝鹤亭曰"尾处即已残缺,据跋文后附有的题跋者姓名仕籍名单,尚有芮文采、邵淮及张舜元三人的跋语散失,故当时录有作跋语者应为88位。据上节中所述,围绕《中麓小令》为中心的各类文化活动之参与者,人数或远不止于此,惜在材料缺乏,难以尽考。

以文末所附名单为据,整理后可以发现,从身份来看,题跋者既有像户部尚书李廷相、驸马崔元、状元罗洪先这样的达官贵人,也有像谢东村、袁西野、苏雪蓑一般的普通文士,而后者中谢东村等人,同时也是当时章丘词会的成员,故何宗美认为:"散曲新作《中麓小令》的创作和刻行,则是章丘词社以此更大规模的文学行为,影响更为广泛。"[①] 再就地域

---

① 何宗美:《北曲南歌 优游词会——李开先与章丘词社考论》,载《文艺研究》,2008年第12期。

来看，这之中泰半为山东籍，共计37人，其中同县者有14人，而当时在山东任上的外地籍官员尚有10人①。由此可见，该曲的传播与互动仍是以山东章丘为中心的北方地区，地域性特征还是比较明显，毕竟李开先作为当地词社的领袖，具有较高的话语权，其号召力自然是不言而喻的。

不过，按杨慎所称："得佳词，喜慰无极！去天万里，坐蛮烟瘴雨中，空谷足音不可得，况大君子之好音下堕也。"② 当时远在四川的他，也得览此篇什；而杨东江所述"余南使，得佳制一册"③，乃是在出使南方之时，得见该作；又，商少峰有言："更望多惠数册，寄之相厚，则公之珠玉布满湖湘。"④ 种种迹象表明，《中麓小令》流传地域并不限于北方，且它的传播已然拓展到四川、湖湘等南方地区，只是不及北方地区反响热烈。

就传播的方式来看，有李开先主动寄赠的，多为与其交好的文坛前辈、友人，如王九思、杨慎等人，亦不乏一些在仕、退居的官员，如原任山西布政张鲲、时任山东博兴县县丞的盛楷；也有听闻风评，主动索取者，如原湖广提学副使江以达，其在书信中直言："偶为波石一处，问知《中麓词》刻行于世，而不以见寄，岂兄已忘我耶？"⑤ 当然，还有不少人是通过他人之手间接获取的，多于言中自述其所见由来，如伦以训称："新词得之梁生，读竟不胜仰慰。"⑥ 王小川云："近在故官保浚川门人戴子俊卿书舍，得佳令凡百其首。"⑦ 又如姜大成所言："云坡李子，以名进士

---

① 按：据钞本名单所载，分别为：白世卿，见任山东佥事；吕淮健，见任山东佥事；莫贲，见任山东宁阳县知县；傅汝舟，见任山东高苑县知县；盛楷，见任山东博兴县县丞；李绅，见任登州府知府；胡宗明，见任山东左布政使；张九叙，见任山东兵备副使；陈甘雨，见任莱芜县知县；彭璨，见任山东青州府同知。
② 杨慎：《〈中麓小令〉跋》，选自李开先：《李开先全集》，上海古籍出版社2014年版，第1475页。
③ 杨东江：《〈中麓小令〉跋》，选自李开先：《李开先全集》，上海古籍出版社2014年版，第1479页。
④ 商少峰：《〈中麓小令〉跋》，选自李开先：《李开先全集》，上海古籍出版社2014年版，第1469页。
⑤ 江以达：《〈中麓小令〉跋》，选自李开先：《李开先全集》，上海古籍出版社2014年版，第1482页。
⑥ 伦以训：《〈中麓小令〉跋》，选自李开先：《李开先全集》，上海古籍出版社2014年版，第1482页。
⑦ 王小川：《〈中麓小令〉跋》，选自李开先：《李开先全集》，上海古籍出版社2014年版，第1486页。

出知壶关，有事边方，取道屯留。见其携书一册，云将备途次阅览。"① 乃是因为他人出行所携，进而得见，充满偶然性质。

综上可见，该作的有效传播，并非商业性质的刊刻出版，而是通过人情往来，互相见赠的方式居多。还值得注意的是，这些跋语作者所见，应多为当时的手抄本。因其中有伦白山跋语一则，据后附名单可知即为广东南海人伦以训，伦以训在嘉靖十九年（1540）已然亡故，决不可见到嘉靖二十三年（1544）的初刻本②。同时，据谢东村言："因取副墨，寿之木工，歌而和之者将遍东国，独里巷也而已哉？"③ 亦可推知在他睹文之时，该作尚未刊刻，且存在口头传播的方式。

二、《中麓小令》跋语的批评内容及倾向

正如杨栋所言："明代散曲学有一个明显特点，就是与戏曲学并行……纯粹讨论散曲文字的只有一些散曲序跋，专著是不多的。"④ 由此，李开先在重新刊刻《中麓小令》之时，以收信时间之先后，将相关点评作为跋语，悉数载于文后，并附上题跋者的人物简介，就是很难得的纯粹讨论散曲的文字。李开先热衷此道固然出于自我标榜的意图，但这番有意的整理、收集，也反映出他对待"序跋"这一文学体式的足够重视。虽然《中麓小令》的跋语，作为原始文献资料的搜集整理工作，已经比较完备，但在其关乎散曲理论和文学批评层面的研究，尚需深入描述和阐释。由此，本节中将依据内容对《中麓小令》跋语进行分类归纳，总结它们呈现的主要特点，并对照作跋者的身份、文学流派与李开先的亲疏关系等因素，结合当时社会文化背景，以其探讨《中麓小令》跋语承载的文学批评意义，

---

① 姜大成：《〈中麓小令〉跋》，选自李开先：《李开先全集》，上海古籍出版社2014年版，第1480页。
② 按：李开先《中麓小令·引》为其刊行而作，后题"嘉靖甲辰中麓山人书于彦嵒文堂"。
③ 谢东村：《〈中麓小令〉跋》，选自李开先：《李开先全集》，上海古籍出版社2014年版，第1466页。
④ 杨栋：《中国散曲学史研究》，高等教育出版社1998年版，第23页。

及时人对散曲创作的观念态度。

通过梳理《中麓小令》的跋语可以发现，虽近百篇，大多仅是只言片语，与其说是"跋语"，不如说更类似评点性质的文字。因为事涉人情交际，故需要摒弃一些应酬性的答复，如黄祯所云："别来君黑发，读小令，知亦二毛。光阴独速，我辈奈之何？"① 或是比较空泛的吹捧，如"高词古雅丰郁，当取为式，如或夜光照路也"②，暂不作讨论。当然，余下不少评语仍不乏精彩笔墨，寥寥术语中涵盖着对散曲作品的理性思考，从其表露出的思想内容来看，大致可归纳出以下几点：

首先，主要是对其整体创作风格的概论点评；其中，以王九思的评价最具代表性："感慨激愤之气，推山倒海，傲睨一世，凌驾千古。"③ 不难看出，这般称赞大有兼及李开先本人之意，作品之激豪到作者之豪迈，揭示出曲品与人品的一致性。又如崔岱屏称："风韵如辛稼轩，慷慨如苏东坡，超出金、元及时作之右。"④ 该句比之为豪放词派的苏辛，亦是从其风格而论，再到傅梧庵的评价："见其豪健逸俊，兴格超玄。"⑤ 进而复有"雄浑飘逸""意气轩举""神妙天然"等等之谓，更是不绝如缕，总体而言，都把《中麓小令》的风格归结为豪放一脉，且认为其文辞与声韵俱佳。这些点评基本"坐实"了《中麓小令》的豪放风格，也在某种程度上，影响着对李开先整体散曲创作风格的认知。

其次，表达同为宦海沉浮者、仕途失意人的共鸣之感；如夏箦山有云："召速数语，深感知己之怀。见示新词，困诎归来，忽尔睹之，奚啻游昭旷而聆钧天耶！"大抵言称时遭不遇，因得见该作，顿有消释心中阻塞之感，而其中以欧阳石江之语最为典型："李君以火灾免，予亦同罢

---

① 黄祯：《〈中麓小令〉跋》，选自李开先：《李开先全集》，上海古籍出版社2014年版，第1480页。
② 陈秋湖：《〈中麓小令〉跋》，选自李开先：《李开先全集》，上海古籍出版社2014年版，第1486页。
③ 王九思：《〈中麓小令〉跋》，选自李开先：《李开先全集》，上海古籍出版社2014年版，第1476页。
④ 崔岱屏：《〈中麓小令〉跋》，选自李开先：《李开先全集》，上海古籍出版社2014年版，第1474页。
⑤ 傅梧庵：《〈中麓小令〉跋》，选自李开先：《李开先全集》，上海古籍出版社2014年版，第1474页。

……中间多是心事，各有所指，非徒作也！……王稚钦有诗云：'君子犹不用，如我复何悲？'其李君及予之谓欤？"已经不是纯粹的文学品评，透过文字回顾过往人生，更多寄寓着故人间的惺惺相惜，而李开先文字之外的人生态度，或许也为困厄中的他们带来新的启示。

再次，关注《中麓小令》所呈现的艺术特色，并试图揭示李开先的创作动因及主旨；作跋者往往在论述艺术特征之前，先通过比较前人之作，传达赞美之意，一如标榜"金、元之作"，认为《中麓小令》前追马致远、又堪比肩张可久，比较典型的有：

张龙冈："求之古人，直与东篱、小山并驱争先，今世作者不足为俦伍也！"①

梁玉菴："佳什诚得真诠妙悟者，东篱、小山辈恐不得专美于前矣！"②

张石林曰："直与马东篱、张小山、王南畹凌驾寰区，时流未足以拟之也。"③

坦诚来说，这些论述稍显吹捧过剩，但是夸饰之下实则反映出当时的散曲审美观念，既然能认为李开先对前人有所超越，反之也就说明在他们的观念中，仍是以东篱、小山作为创作模范和榜样的，并视两人之作为衡量散曲作品优劣的标尺，而他们所达成的艺术成就，更是后人的应当努力追赶却不易企及的。

最后，将《中麓小令》比之《国风》，大肆称其雅俗兼备，既体现出作跋者的审美倾向和品评标准，也揭露了他们作为文士阶层，可以接受该作的主要原因。相关论调如下：

---

① 张龙冈：《〈中麓小令〉跋》，选自李开先：《李开先全集》，上海古籍出版社2014年版，第1466页。
② 梁玉菴：《〈中麓小令〉跋》，选自李开先：《李开先全集》，上海古籍出版社2014年版，第1467页。
③ 张石林：《〈中麓小令〉跋》，选自李开先：《李开先全集》，上海古籍出版社2014年版，第1483页。

冯少洲："词隐义贞，有风人之旨焉。"①

刘范东："风能动人，岂虚言哉。"②

张甫川曰："言似涉于讥刺，意固未尝不和平。《诗》云：'知我者谓我心忧，不知我者谓我何求。'听其词者，原其心可也。"③

叶洞庵："古称《小雅》怨诽不怒，此庶几有之，甫川公云云真知兄者。"④

袁乐盘曰："先王以闾里之歌谣为风焉。近读《中麓百韵》，高不绝物，和不流俗，怒不至詈，刺不至订，约而博，简而文，近而远，俚而理，观风者有得焉。"⑤

凡此种种，其实涉及散曲的功用之论，一方面，作跋者大多是饱受儒家思想熏濡的文人，无形之中已构建起文学关乎世事的批评模式，故而他们在意的是曲非徒作，更应有感化人心之用；另一方面，《诗经》虽出正统，实则发自底层民声，语言朴素自然，具有现实主义精神，而作为文学史中推尊某一文体惯用的手段，这里借《诗经》之特点和风旨，既肯定了《中麓小令》近乎"里巷歌谣"，通俗直白的语言特点，又起到了抬升曲体地位的作用，一举而两得。就李开先本人而言，既曾提出"风出谣口，真诗只在民间"的口号，又在整理前人戏曲时，标举"激劝人心，感移风化"，因此摒弃文体的界限，单从文学观念看，这些跋语的入选，正是合其心意的。

不过，意含怨刺，别有寄托，乃是《中麓小令》俗而不陋之处，而这正与一些为李开先辩驳的观点不谋而合。毕竟《中麓小令》并非十全十

---

① 冯少洲：《〈中麓小令〉跋》，选自李开先：《李开先全集》，上海古籍出版社2014年版，第1470页。

② 刘范东：《〈中麓小令〉跋》，选自李开先：《李开先全集》，上海古籍出版社2014年版，第1473页。

③ 张甫川：《〈中麓小令〉跋》，选自李开先：《李开先全集》，上海古籍出版社2014年版，第1471页。

④ 叶洞庵：《〈中麓小令〉跋》，选自李开先：《李开先全集》，上海古籍出版社2014年版，第1471页。

⑤ 袁乐盘：《〈中麓小令〉跋》，选自李开先：《李开先全集》，上海古籍出版社2014年版，第1470页。

美，在当时也存在着质疑和批评，故也有不少人在跋语中为李开先发声：

张三山曰："乡人不知，疑其为放达；仕人不知，疑其为讥讪：皆非也。予与中麓交游日深，盖见之真而知之切，不过写其胸中怫郁之气、林下快乐之法耳。"①

陈泰峰曰："但其间雅俗并奏，讥诮杂陈，而或者疑焉，谓其近乎自誉自嘲、愤世嫉俗者之为，则非也！盖中麓，贤者也，虽不待扣而问之，知其无此，况其自序已云然哉。"②

茅鹿门曰："仆时问士大夫从门下游者，或多云注疏古六经，或传闻之讹者云近多通宾客，歌舞酒弈，以自颓放，而所著者，间或杂引谑譃之词，客或以此病之，然仆独窃笑客之陋者，又非所揣摩贤者之深微也。"③

从中可知，这些跋语主要针对《中麓小令》的创作主旨进行辩论。其实，不仅是该作初出之时，其实李开先的词曲创作，一直存在不少质疑的声音，时人不解其意，多认为他放诞不经、俗不可耐。而上述的驳斥，一是以张三山为代表，认为李开先只是在借此表达内心的真实感受，大吐苦水而已，无须过分指摘，现今也有不少学者的观点与之相合，如段景礼指出："这百首小令全是表达作者立身处世的态度，从字面上看似乎胸襟豁达，气度宽宏，感情恬淡，其实骨子里隐匿着抱负难展、壮志未酬的郁结与愤懑。"④

二是茅坤、陈泰峰等人，与斥责之声持近乎相反的论调，且他们持论的主要落点，仍是认为《中麓小令》并非徒作，实则辞浅义深，别有寄托。此二人既与李开先交好，称其为"贤者"，是为通达、有才德之人；进而知人论世，凛然驳斥当时批评者不谙中麓之心声，指明他嬉笑怒骂背

---

① 张三山：《〈中麓小令〉跋》，选自李开先：《李开先全集》，上海古籍出版社 2014 年版，第 1476 页。
② 陈泰峰：《〈中麓小令〉跋》，选自李开先：《李开先全集》，上海古籍出版社 2014 年版，第 1469 页。
③ 茅坤：《〈中麓小令〉跋》，选自李开先：《李开先全集》，上海古籍出版社 2014 年版，第 1487 页。
④ 段景礼：《明代前七子诗曲大家 王九思研究》，三秦出版社 2014 年版，第 272 页。

后的满纸辛酸，绝非官场失意人的满腹牢骚。

正如陈泰峰所说，李开先自己也对各种指摘有所回应："予此曲虽若酒后耳热，实则瓜窍而心凉也。寓言寄意，听者幸求诸言意之表，奚必俱实事哉！"① 枉遭罢官始终令李开先心结难解，固然郁闷不平不易消解，然而宣泄在文字之中，悲忿、激愤之外，更多是一种痛定思痛的反思，既牵涉自身经历，又带有浓厚的叹世色彩，鞭答着种种社会黑暗之面。通读该作，即可知个人的怨气少而对世事的感慨多，显然张三山并没有领会《中麓小令》创作的真正意图。

与此同时，常常被忽略的是，李开先在《〈宝剑记〉序》中，几乎全文引述茅坤之语，并回应道："仆之踪迹，有时注书，在时摘文，有时对客调笑，聚童放歌；而编捏南北词曲，则时时有之。士大夫独闻其放，仆之得意处正在乎是！所谓人不知之味更长也。"② 卜键认为："开先把这段话引为知音，录入自己的《宝剑记序》中，正在其言出了李氏佯为狂放的底衷。"③ 李开先表面故作洒脱，实则很在意世人对自己的看法，不然也不会屡屡回应，友人们更深谙于此，纷纷作跋响应。

作曲者客套地自称娱乐游戏，显然是难脱文人固有的文体心态，词曲非为儒家正统，只为展一时之畅快，不堪托以立言纪事的重任；但是，李开先并没有抱以鄙薄词曲的态度，更将之视为一生钟爱之事业，另辟蹊径，就文学创作的层面来看，如此观念在当时颇有与正统对抗的革新精神。这番说辞也使得他能少有顾忌，得以自由地驱遣难言的情志，故而赏曲者总能品咂出寓志述怀的意味来，尤其与李开先亲近之人，自是更能体会其不甘沉郁下僚，就此诗酒放纵、荒唐度日的真实内心感受。所谓狂放，是他无法肃清的政治弊病，是他再难施展的满腔热血，放诞的行径既为自我疗愈，也是使其文学创作焕发蓬勃生机的重要方式。

---

① 李开先：《〈中麓小令〉引》，选自李开先：《李开先全集》，上海古籍出版社2014年版，第1449页。
② 李开先：《〈宝剑记〉序》，选自李开先：《李开先全集》，上海古籍出版社2014年版，第5页。
③ 卜键：《李开先传略》，中国戏剧出版社1989年版，第60页。

第三节 从《中麓小令》艺术特征看"伧夫气"评价的成因

回溯当时，在种种溢美之辞外，也夹杂着反对的声音，王骥德就鄙薄道："山东李伯华所作百阕【傍妆台】，为康德涵所赏。余购读之，尽伧夫语耳，一字不足采也。"① 虽是王骥德的个人见解，但在内容陈述上对王世贞的看法有所借鉴，《曲藻》中载："伯华以百阕【傍妆台】为德涵所赏。今其辞尚存，不足道也。"② 二者的评价与之前的赞美声可谓是天壤之别，相较之下，王骥德的评价更为犀利，也点出该作"伧夫语"这一特点。

不过，跋语之评难免过誉，且多有捧场、恭维的意思。而据叶长海先生考证，王骥德《曲律》的写作起始于1610年春，到他去世前的若干年间，不断有增补③。由此，《曲律》的成书已在李开先（1502—1568）去世之后，考察王骥德的生平④，作为晚辈的他更从未与李开先之间有过直接的交往，因此，他的评价自然少了些人情世故的粉饰。既不是有心诽谤，作为在当时有影响力的曲学家，王骥德的论述更非无稽之言，纵然苛责太甚，亦不乏其合理之处。

前人研究多分析王骥德作此评价的原因，认为他主要站在音韵协腔的角度下结论，并不算公允，却没有结合李开先的作品进行深入分析，也未

---

① 王骥德：《曲律》，选自中国戏曲研究院编：《中国古典戏曲论著集成》（四），中国戏剧出版社1959年版，第180页。
② 王世贞：《曲藻》，选自中国戏曲研究院编：《中国古典戏曲论著集成》（四），中国戏剧出版社1959年版，第36页。
③ 参见叶长海：《王骥德〈曲律〉研究》，中国戏剧出版社1983年版，第27页。
④ 按：据毛以燧《曲律跋》记载，王骥德卒于天启三年（1623）秋冬或天启四年（1624）春，当无异议；通过第一章的考察，综合各家观点可知，王骥德生年当不低于嘉靖三十九年（1560），其出生之时，李开先已届暮年。

指出王骥德评价中相对合理的地方。① 王星琦在《元明散曲史论》中虽点出:"(【傍妆台】)朴素过之,意趣则不多。王骥德之评,非无根据。"② 只是一言概括,欠缺例证也没有延伸讨论。其实这看似"文人相轻"的背后,更有着更多错综复杂的关系、缘由,由此,当我们透过作品本身去看待此中"偏颇"与"合理",不仅有助于深入解读作品内涵,更关键的是,可以进一步挖掘创作背后的时代、文化意义,凡此种种,仍要基于此评价逐层进行讨论。

一、"伧夫气"释义

王骥德犀利的评价中,特别使用了"伧夫气"一词,可视为李开先《中麓小令》最受诟病的地方。因此,要考察《中麓小令》的艺术特征、窥探王骥德作出批评的缘由,首先需要理解"伧夫"一词。

"伧夫"本义指贫贱的粗汉,是带有鄙视、轻蔑意味的称谓,王云路认为这种贬义色彩的由来,是因为"仓"有仓促、慌乱等义,故加上单人旁作"伧"仍有忙乱之义,在使用中逐渐引申出粗俗、鄙陋的语义,在之后运用也更加广泛,进而产生出"伧夫""伧奴""伧鄙"等词。③

与此同时,追溯其源流不难发现,这种称呼的产生承载着鲜明的地域因素,晋元帝司马睿南迁到建邺时,就备受当地人轻视"吴人不附,居月余,士庶莫有至者"④,甚至被这些南方世家豪族讥讽为"伧夫";文人圈层亦是如此,当生于东吴世家的陆机,听闻寒门出身的齐国临淄(今山东

---

① 李昌集指出:"开先所作南曲,颇受嗤点……王世贞所评,乃从南曲声腔韵律的角度论其曲,王骥德云北方诸曲家所作南曲'皆非当家',亦是从声韵协腔的角度言之。"(参见李昌集:《中国散曲史》,华东师范大学出版社2007年版,第629页);刘铭表示:"这些评论,固然有其道理。但他们仅仅站在音韵的视角上,一叶障目不见森林,发现一些不足,便全盘否定的偏激做法,是不客观,也是不公正的。"(参见刘铭:《李开先文学研究》,复旦大学2011年博士论文,第204页);汪超称:"其批评标准集于声腔之正宗、格律之规范,从而纷纷斗言纠错李开先的曲作。"(参见汪超:《地域格局视野下明代曲坛的互动与争鸣》,载《安庆师范大学学报》,2017年第2期。)
② 王星琦:《元明散曲史论》,南京师范大学出版社2016年版,第315页
③ 参见王云路:《中古汉语词汇史》,商务印书馆2010年版,第867-868页。
④ 房玄龄:《晋书·王导传》,中华书局1974年版,第1745页。

淄博）人左思，拟欲撰写《三都赋》时，也在给其弟陆云的书札中写道："此间有伧夫，欲作《三都赋》，须其成，将以覆酒瓮耳。"① 轻蔑之心溢于言表。

如此情形一直在后世也多有讨论，唐刘知几《史通·杂说》载："古往今来，名目各异。区分壤隔，称谓不同。……南呼北人曰伧，西谓东胡曰虏。"② 已然从地域因素去划分用语的差异；到南宋陆游之时，通过例证将该问题阐述得更为具体，其《老学庵笔记》卷九载："南朝谓北人曰'伧父'，或谓之'虏父'。南齐王洪轨，上谷人，事齐高帝，为青、冀二州刺史，励清节，州人呼为'虏父使君'。今蜀人谓中原人为'虏子'，东坡诗'久客厌虏馔'是也，因目北人仕蜀者为'虏官'。"③ 近人张煦侯深入性格、体格的层面，来看待这种语言上的冲突，比较具有归纳性："自古南北不相兼……南士文秀而弱不胜衣，北人壮硕而粗豪不免，故北谓南为吴鬼，南谓北为伧夫，过犹不及，异同偏弊。"④

可见，魏晋南北朝时，南方人士常讥讽北人为"伧"或"伧夫"，而北人亦以"貉子"⑤之谓回击，这之中不仅存在南北文化间的分歧对立，还潜藏着身份、阶层的矛盾冲突，若是简单理解为"俗气"，便丧失了背后藏匿的文化特征。综合上述观点，就地理因素分析，王骥德为会稽（今浙江绍兴）人，李开先则出身山东章丘，一南一北，地域的殊异确实横亘于二人之间，比之"伧夫"还是颇为合乎情理的。当然，这般用词似乎也透露出，王骥德难脱地域偏见之余，天然的语言优势，还使他在论曲中带有身为吴语区人士的优越感。

还值得注意的是，到了明清时期，"伧夫"的意义逐渐泛化，并成为一种品评性用语。这一用法在画论中最为典型，清人王原祁在《雨窗漫笔》中称："古来作家相见，彼此合法，稍无言外意，便云有伧夫气。"⑥

---

① 房玄龄：《晋书·左思传》，中华书局1974年版，第2377页。
② 刘知几：《史通》，上海古籍出版社2008年版，第364页。
③ 陆游：《老学庵笔记》，中华书局1979年版，第119–120页。
④ 张煦侯著，方宏伟、王信波整理：《淮阴风土记》，方志出版社2008年版，第646页。
⑤ 据《魏书·僭晋司马睿传》载："中原冠江东之人，皆为貉子，若狐貉类云。"（参见魏收：《魏书》卷九十六，中华书局2000年版，第1416页。）
⑥ 王原祁：《雨窗漫笔》，西泠印社出版社2008年版，第26页。

中国绘画史上，常把画家分为"行家"与"戾家"（也称立家、作家），前者俗，后者雅。这里的"作家"指业余的绘画爱好者，常为隐士或有闲的士大夫，他们不以作画为谋生手段，追求绘画的自由逸趣，讲究意在笔先、别有寄托。有学者指出"虽'合法'而'稍无言外意'，就被讥为有'伧夫气'，这固然是'理'、'气'未到，而更是缺乏'趣'之所致。这'趣'，应出于性情，关乎书卷。"① 如此，"伧夫气"的评语，既有嫌恶作画落了俗套的意义，也隐喻着心性、气韵不高的鄙薄。

此时画论中的"伧夫"一词，俨然脱离了"方言"的属性，成为区分高下、鉴别雅俗，进而标榜个人审美的符号。基于文学、艺术的相通之处，我们自然可以参之互见。由此，"伧夫气"在王骥德的评价中，表露出他对作品的高下之判，显然他对这种俚俗的趣味不以为然。同时，此中还体现着他个人的审美的取向，这在之后的分析里，还要结合王骥德的曲学观点进一步分析。

二、《中麓小令》的曲辞特征

《曲律》中"伧夫气"之谓，落点显然在于"俚俗"，既然王骥德的评价并非无稽之谈，且有理可循，那么回归到曲作本身，李开先的作品呈现怎样的特征，其中"伧夫气"又是如何体现的呢？在整理《中麓小令》全文后，可总结出以下两点：

其一，在创作这套散曲时，李开先有意向民间小曲的形式靠拢。

曲调音乐上，他所选用的【傍妆台】曲牌，本就源于民间流行的俗曲小调，沈德符《万历野获编》卷二十五"时尚小令"条有载："自宣正至成弘后，中原又行《琐南枝》《傍妆台》《山坡羊》之属。"② 又据吴钊先生考证，【傍妆台】的宫调隶属于明代俗乐的尺字调："其旋律进行、音乐风格与唐宋燕乐迥然有异，而与近代我国民间音乐的风格特征大体

---

① 邓乔彬：《中国绘画思想史》，贵州人民出版社2002年版，第924页。
② 沈德符撰，杨万里校点：《万历野获编》，上海古籍出版社2012年版，第545页。

相同。"①

而遣词造句中，不仅口语化特征明显，更有"常言道要饱家常饭，要暖脚头妻"②，大胆采用了民间文学中习见的"常言道……"的句式；再像文中"傻哥哥，识人多处是非多"③ 这样的表述，与李开先《词谑》所录【锁南枝】"傻酸角，我的哥"④ 何尝没有异曲同工之妙呢？由此，一定程度而言，《中麓小令》可视为李开先推举民歌时曲的躬身实践。

同时，就写作的目的来看，李开先自述："偶有西郡歌童投谒，戏擅南北，科范指点色色过人，因作【傍妆台】小令一百，付之歌焉。"⑤ 强调供以演唱的音乐性，显然这并非一个纯文学的创作，而是带有表演赏玩色彩的。还值得注意的是，俗曲中往往充斥着大量爱情婚姻、游子思妇的内容，《中麓小令》百首中却不见相关题材，更多着意于抒发己怀、畅谈人生感悟。可见，有别于俗曲染指情欲的低俗趣味，李开先的作品摆脱了庸俗低级的取向，是有所节制的。

其二，则是散曲中方言、俗语⑥的应用，也是"伧夫气"体现得最为集中、突出的地方。

譬如全本开篇的"闹垓垓"，就是很典型的方言词汇，"垓垓"意为多而杂乱貌，据董遵章《元明清白话著作中山东方言释例》考述，"闹垓垓"在山东方言中较常用来表现十分热闹的样子，如《聊斋俚曲集·富贵神仙》第十三回："人山人海闹垓垓，挤不开。"⑦ 这还是比较容易辨识的，另有像"得磨滑处且磨滑"一句，"磨滑"就不能以常规情况下，诸如

---

① 吴钊：《古乐寻幽》，文化艺术出版社 2019 年版，第 111 页。
② 李开先：《中麓小令》，选自卜键笺校：《李开先全集》（修订本），上海古籍出版社 2014 年版，第 1452 页。
③ 李开先：《中麓小令》，选自卜键笺校：《李开先全集》（修订本），上海古籍出版社 2014 年版，第 1452 页。
④ 李开先著，周明鹃疏证：《〈词谑〉疏证》，江西教育出版社 2015 年版，第 55 页。
⑤ 李开先：《中麓小令·引》，选自卜键笺校：《李开先全集》（修订本），上海古籍出版社 2014 年版，第 1449 页。
⑥ 按：这里的俗语采用广义的概念，包括了民间口头流传的谚语、歇后语、惯用语、俗成语等。
⑦ 参见董遵章编：《元明清白话著作中山东方言例释》，山东教育出版社 1985 年版，第 333 页。

"摩擦""打磨"之类的意义解释，因为在山东方言中它并非动词，而是用作表达偷懒、逃避劳动、消极怠工的贬义词①。李开先作为山东人，用本地方言入曲无可厚非，但从旁人的角度如果不能理解词意，也很难去领悟他想要在该曲中表达的讽刺意味。

与此同时，不少俗语民谚也被李开先灵活地驱遣于散曲之中。从采用的形式来看，有直接引用原词、原句的，比如"须知酒乃天之禄，口是祸之门"②，下句为旧时俗语，表示嘴巴是招祸惹灾的途径，此处与饮酒昏醉之事搭配，有劝人酒后慎言之意；再如"田父欣逢羊马年"③ 中的"羊马年"，出自预测收成的农谚"养马年好种田，防备鸡猴那两年"，古人传统观念中以为羊年和马年，往往风调雨顺，是利于丰收的好年成。李开先祖辈务农，退居田园后也不时操持农事，对各种农谚俗语自是了然于胸。

同时，也有巧妙化用，重新裁剪、缝合的句子，譬如"不须去削针头铁，何必偷剜佛面金"④ 一句；或对前人曲作有所借鉴，李开先《词谑》收录无名氏《醉太平·燕口夺泥》，其中有"夺泥燕口，削铁针头，刮金佛面细搜求"⑤，而"针头铁、佛面金"本为旧时俗语，乃用夸张的笔法讥讽了那些贪得无厌、极力搜刮之人，然而结合李开先曲末"得投簪处且投簪"句，可知他并非讥讽他人而是在自我劝慰，从了断世俗欲望到摒弃名利之心，都是一种在寻求心灵解脱的方式。

比较经典的还有："过后思君子，日久见人心。十分机巧十分拙，一寸光阴一寸金。"⑥ 此中包含了三句我们熟悉的俗语，分别为具有指导为人处世意义的"过后思君子""日久见人心"，以及用来比喻时间宝贵的"一寸光阴一寸金"。这几句话它们通过重组搭配，脱离了原有的语境，构

---

① 参见林绍志著，政协山东省临朐县委员会编：《临朐方言》，齐鲁书社2013年版，第69页。
② 李开先：《中麓小令》，选自李开先：《李开先全集》，上海古籍出版社2014年版，第1452页。
③ 李开先：《中麓小令》，选自李开先：《李开先全集》，上海古籍出版社2014年版，第1464页。
④ 李开先：《中麓小令》，选自李开先：《李开先全集》，上海古籍出版社2014年版，第1457页。
⑤ 周明鹃疏证：《〈词谑〉疏证》，上海古籍出版社2014年版，第55页。
⑥ 李开先：《中麓小令》，选自李开先：《李开先全集》，上海古籍出版社2014年版，第1455页。

建起了新的含义——即珍惜与友人们山林之乐，并随之营造出一种恬然自适的氛围。而仔细审视"十分拙"亦不是平白而来，反而在戏剧作品中十分常见，可用以形容人粗笨或事情不顺利，如《董西厢》卷七"是他命里十分拙，休教觅生觅死"①、《复落娼》第三折"十分拙，只是有一张好嘴"②。可以说，李开先在该曲中，基本做到了句句有出处。

另外，除了俗语之间的搭配重组，李开先还尝试将前人诗作融入其中，却依旧不减俚俗的趣味，对比王九思酬和之作，这般感受就格外明显：

气吁吁，众皆骑马我骑驴。方知久住今人贱，多病故交疏。仲宣楼上悲王粲，张禄门前拜范雎。琴三弄，酒一壶，得归欤处且归欤！③（李开先）

气吁吁，灞桥风雪浩然驴。诗翁偏爱梅花好，人却道景萧疏。一代名家齐杜甫，几人超世继《关雎》。横金带，饮玉壶，甘心都把让人欤。④（王九思）

试看"气吁吁，众皆骑马我骑驴。方知久住今人贱，多病故交疏"一句，"众皆骑马我骑驴"亦源于俗语，《增广贤文》录其原文为"别人骑马我骑驴，仔细思量我不如。待我回头看，还有挑脚汉"⑤，意在规劝他人知足常乐，李开先沿用其意，不过改"别人"为"众皆"，前可指个体，后则表示群体，而在群体的衬托之下，更突出了"我"与周遭人的区别不同，或意图体现出一种不盲目从众的个人选择。而"久住今人贱"同样引征自谚语，全句为"久住令人贱，频来亲也疏"⑥，指长期寄居在别人家里，容易惹人生厌，此处为求与下句的"故交"对仗，李开先特意用"今人"而非"令人"，也说明他并非盲目引征，反而很有意识地执行着曲体

---

① 董解元著，朱平楚注：《西厢记诸宫调注译》，甘肃人民出版社1982年版，第303页。
② 朱有燉：《新编宣平巷刘金儿复落娼》，选自廖可斌主编：《稀见明代戏曲丛刊·杂剧卷》，东方出版社2018年版，第67页。
③ 李开先：《中麓小令》，选自李开先：《李开先全集》，上海古籍出版社2014年版，第1454页。
④ 卢前辑：《饮虹簃所刻曲》（第1册），广陵书社2018年版，第527页。
⑤ 李毓秀编，湘子译注：《增广贤文》，岳麓书社2005年版，第43页。
⑥ 李毓秀编，湘子译注：《增广贤文》，岳麓书社2005年版，第10页。

的格式要求。"多病故交疏"则出自唐代孟浩然《岁暮归南山》中的名句："不才明主弃，多病故人疏。"①原篇自嘲的背后，满是怀才不遇的郁闷与牢骚，如此表述也颇为符合李开先归田后的心境。这些句子无一不渲染着与人群之间的疏离感，映射着作者罢官之后脱离原有社交圈层，只能顾影自怜的无奈，结尾"得归欤处且归欤"看似洒脱，实则满纸愁绪不减。

相应地，正因充斥着大量方言、俗语，李开先的散曲也是研究当时、当地语言词汇的有益材料，如"惺惺惺，众人皆醉我独醒。从来哈账难盘算，哑谜欠分明。"②一曲中的"哈账"一词，王利器主编的《〈金瓶梅〉词典》中释为"慌里慌张"，白维国所著《〈金瓶梅〉词典》则释为"糊涂，马大哈"，徐时仪考察二位前辈的说法，通过例句"刚才若不是我在旁边说着，李大姐恁哈账行货，就要把银子交姑子拿了印经去"（《金瓶梅词话》第五十八回）分析，认为解释为"糊涂"比较恰当③。而结合李开先散曲的上下文，我们也可推断，"哈账"一词表示糊涂之意更为准确。

综上所述，所谓"伧夫气"，既展示着语言的认同与冲突，也是一种文化心理的反映，且二者往往呈现相随相加的正向关系。就此回归到王骥德、李开先身上，语言的偏差是一部分，随之而来的文化差异、观念矛盾实则更为关键，从中也不难看出，王骥德对李开先散曲嗤之以鼻，最重要的原因还是曲学观念的差异。

三、《中麓小令》的用韵情况

先就前人讨论最多的音韵问题来看，李、王二人之间就有着截然不同的选择。王骥德《曲律·论韵》中称："且周之韵，故为北词设也；今为南曲，则益有不可从者。盖南曲自有南方之音，从其地也。……余之反周，盖为南词设也，而中多取声《洪武正韵》，遂尽更其旧，命曰《南词正韵》。"④很

---

① 孟浩然著，佟基笺注：《孟浩然诗集笺注》，上海古籍出版社2013年版，428页。
② 李开先：《中麓小令》，选自李开先：《李开先全集》，上海古籍出版社2014年版，第1455页。
③ 参见徐时仪：《古白话词汇研究论稿》，上海教育出版社2000年版，第394页。
④ 王骥德：《曲律》，中国戏剧出版社1959年版，第112-113页。

显然他是主张南北曲用韵分开的，并自编《南词正韵》作为专供南曲创作的声韵规范；同时，他极力反对用《中原音韵》来规矩南曲，《曲律》中对该书亦是多有批评之声，甚至指责"今之歌者，为德清所误，抑复不浅"①。

恰恰相反的是，李开先的【傍妆台】百首虽为南曲，却是用北韵的。《中麓小令》引言中称："援笔即成，七法不差，十九韵皆尽。"② 并随后附上"十九韵"的使用情况，如"东钟六曲""江阳八曲"等，与周德清《中原音韵》尽数相合；此外，友人孙夹谷在《中麓小令》的跋言中写道："示来南曲，各诣神解妙悟，脱去艺文蹊径，讥恚悲感，虚闪顿歇，不抗不拗，悉用中声，读之令人洒然开颜！"③ 从这里的"悉用中声"，也可以佐证，李开先的用韵基本是遵照《中原音韵》的。

现对照《中原音韵》，将《中麓小令》各曲的用韵情况整理如下：

表 4-2

韵部	曲名④及韵字	合计
东钟	《恨匆匆》：匆、风、鸿、同、龙、容； 《鬓蓬蓬》：蓬、同、东、洪、中、农； 《眼矇矇》：矇、工、容、铜、风、聋； 《绿茸茸》：茸、踪、封、通、同、容； 《怒冲冲》：冲、钟、翁、功、空、雄； 《锦重重》：重、红、空、风、中、踪。	6
江阳	《气昂昂》：昂、缰、狼、霜、堂、徉； 《眼茫茫》：茫、乡、霜、香、忙、藏； 《鬓苍苍》：苍、霜、乡、央、场、狂； 《志扬扬》：扬、冈、坊、羊、乡、翔； 《露瀼瀼》：瀼、当、凉、霜、汤、康； 《雁双双》：双、翔、窗、霜、方、详； 《儿桩桩》：桩、伤、羊、方、长、乡； 《阵堂堂》：堂、汤、幢、霜、常、防。	8

---

① 王骥德：《曲律》，中国戏剧出版社 1959 年版，第 112 页。
② 李开先：《中麓小令·引》，选自卜键笺校：《李开先全集》（修订本），上海古籍出版社 2014 年版，第 1449 页。
③ 孙夹谷：《中麓小令·跋》，选自李开先：《李开先全集》，上海古籍出版社 2014 年版，第 1468 页。
④ 按：为便于展示，故取每支曲前三字作为曲名代称。

续表

韵部	曲名及韵字	合计
支思	《喜孜孜》：孜、时、差、枝、厄、辞； 《雨丝丝》：丝、之、诗、芝、缁（未收）、时； 《莫咨咨》：咨、髭、诗、斯、词、思。	3
齐微	《泪凄凄》：凄、饥、妻、欺、知、宜； 《笑嬉嬉》嬉（未收）、提、非、十（入声作阳平）、稀、迟； 《景萋萋》：萋、稀、西、非、池、归 《日迁迁》①：迁（先天韵）、迷、低（未收）、鸡、迟、随； 《意迟迟》：迟、归、堤（未收）、稀、疑、机； 《颤巍巍》：巍、吹、迷、谁、机、回； 《眼离离》：离、痴、为、非、眉、提； 《哭啼啼》：啼、违、敌（入声作阳平）、齐、狄（入声作阳平）、持； 《景辉辉》：辉、稀、基、微、薇、饥； 《绿依依》：依、堤（未收）、矶、归、醅、杯； 《日熙熙》：熙、矶、稀、移、衣、拾（入声作阳平声）； 《燕飞飞》：飞、齐、雷、灰、碑、移； 《马骓骓》：骓、衣、驰、迷、奇、题。	13
鱼模	《气吁吁》：吁、驴、疏、雎、壶、欤； 《步徐徐》：徐、车、呼、扶、鱼、湖； 《不拘拘》：拘、夫、庐、壶、躯、吾； 《念区区》：区、湖、书、躯、驹、居。	4
皆来	《闹垓垓》：垓、阶、开、台、才、来； 《骨厓厓》：厓、柴、白（入声作阳平）、才、牌、开； 《苦哀哀》：哀、材、来、猜、乖、埋。	3
真文	《醉昏昏》：昏、真、门、人、滨、身； 《醉醺醺》：醺、春、身、痕、村、人； 《乱纷纷》：纷、云、秦、身、樽、文； 《语谆谆》：谆、论、军、伸、人、沦； 《叶蓁蓁》：蓁（未收）、仁、轮、春、村、贫； 《碧粼粼》：粼、纹、文、人、身、存； 《唾津津》：津、秦、鳞、人、存、云。	7

---

① 按：国家图书馆藏清钞本作"日挦挦"，"挦"古同"迁"。卜键笺校本改为"日凄凄"，并未出注说明。（参见李开先：《李开先全集》，上海古籍出版社 2014 年版，第 1455 页。）

续表

韵部	曲名及韵字	合计
寒山	《鬓班班》：班、难、关、闲、残、餐； 《曲弯弯》：弯、关、山、寒、还、闲； 《响珊珊》：珊、寒、难、关、丹、山； 《水潺潺》：潺、寒、笺（先天韵）、难、阑、颜； 《泪潸潸》：潸、鞍、看、寒、番、还。	5
桓欢	《影团团》：团、盘、欢、观、鸾、桓； 《雪漫漫》：漫、端、銮、宽、盘、欢。	2
先天	《恨绵绵》：绵、缘、前、千、边、禅； 《急煎煎》：煎、眠、泉、钱、园、连； 《月娟娟》：娟、天、毡、仙、边、眠； 《影翩翩》：翩、旋、年、园、怜、田； 《色鲜鲜》：鲜、前、眠、钱、田、玄； 《泪涟涟》：涟（未收）、年、篇、钱、传、言； 《腹便便》：便、眠、年、田、园、缘； 《水源源》：源、川、田、铅、玄、仙； 《鼓阗阗》：阗、弦、椽、言、篇、传； 《草芊芊》：芊、前、天、年、圆、全。	10
萧豪	《絮叨叨》：叨、曹、刀、桃、腰、遥； 《乐陶陶》：陶、高、涛、遥、杓、逃； 《乱交交》：交、朝、涛、鳌、豪、招； 《雨萧萧》：萧、郊、聊、毛、娇、谣； 《且饶饶》：饶、劳、霄、巢、貂、交。	5
歌戈	《笑呵呵》：呵、罗、陀、多、何、跎； 《傻哥哥》：哥、多、戈、波、佛（入声作阳平）、歌； 《跳踆踆》：踆（未收，真文韵）、歌、波、么、珂、挪（未收）； 《打驮驮》：驮、科、夺（入声作阳平）、蓑、皤、和； 《兴勃勃》：勃（入声作阳平）、蓑、酡、鹅、歌、哦； 《老婆婆》：婆、坡、多、何、窝、过； 《自度度》：度、多、蛾、歌、科、魔； 《竹猗猗》：猗（齐微韵）、磨、河、多、何、他； 《翠峨峨》：峨、河、啰、歌、何、着（入声作阳平）。	9
家麻	《叫查查》：查、萨（入声作上声）、鸦、拿、瓜、滑（入声作阳平）； 《乌呀呀》：呀、家、纱、花、麻、洽（入声作阳平）； 《路滑滑》：滑（入声作阳平）、家、瓜、茶、蛙、夸。	3

续表

韵部	曲名及韵字	合计
车遮	《要些些》：些、杰（入声作阳平）、蛇、蝶（入声作阳平）、别（入声作阳平）、斜； 《话喋喋》：喋（入声作阳平）、舌（入声作阳平）、菝、穴（入声作阳平）、竭（入声作阳平）、呆（皆来韵）。	2
庚青	《战兢兢》：兢、声、生、明、名、形； 《惺惺惺》：惺、醒、明、平、程、行； 《瘦亭亭》：亭、轻、经、平、行、听； 《碧荧荧》：荧、灯、冰、星、清、凭； 《眼睁睁》：睁（未收）、伶、兄、迎、营、生； 《热蒸蒸》：蒸、瓶、轻、经、亭、营； 《碧澄澄》：澄、明、声、行、情、京。	7
尤侯	《恨悠悠》：悠、流、休、秋、游、留； 《冷飕飕》：飕、秋、愁、牛、游、头； 《暂休休》：休、侯、仇、楼、洲、游； 《叫啾啾》：啾、秋、愁、周、楼、游； 《睡齁齁》：齁、愁、忧、侯、楼、休； 《鹿呦呦》：呦（未收）、游、舟、秋、楼、眸。	6
侵寻	《笑吟吟》：吟、林、心、金、深、临； 《柏森森》：森、阴、心、金、琴、簪； 《思沉沉》：沉、琴、音、吟、侵、心。	3
监咸	《后三三》：三、三、庵、谈、聃、贪； 《静巉巉》：巉、潭、兰（寒山韵）、甘、谈、憨。	2
廉纤	《闷恹恹》：恹、嫌、尖、廉、帘、潜； 《自谦谦》：谦、兼、淹、占、帘、髯。	2

通过上表所示，可以归纳出以下几点发现：

首先，《中麓小令》所收曲子全首通押平声韵；又在引言之后，按照《中原音韵》十九韵的排序，逐一标注了各韵部下的曲子数目，其中有"齐微十四曲""鱼模三曲"[①]，然而实际情况为"齐微十三曲""鱼模四曲"，数目上稍有出入。

其次，虽然《中麓小令》体量较大，但押韵仍比较严格，鲜少有出韵

[①] 李开先：《中麓小令》，选自李开先：《李开先全集》，上海古籍出版社2014年版，第1450页。

的情况，一百首曲中只有七处没有严格押韵，分别为：《水潺潺》曲押寒山韵，但其中"笺"应为先天韵；《竹猗猗》曲押歌戈韵，但其中"猗"属齐微韵；《话喋喋》曲押车遮韵，但其中"呆"为皆来韵；《静巉巉》曲押监咸韵，但其中"兰"为寒山韵；《跳踆踆》中"踆"虽未收入《中原音韵》，但按音当属真文韵，并非该曲所押歌戈韵；而《叫查查》一曲中"萨"，则为韵部中的仄声韵。

需要注意的是，《日迁迁》曲押齐微韵，但其中"迁"应归入先天韵。然而不同于上述的出韵情况，该曲涉及的问题比较复杂，主要表现在不同版本间入韵字存在异文，即路工辑校本作"日悽悽"①，卜键笺校本中作"凄"，乃是路工本所载之异体字，或对前者有所参照，且"凄"确实符合押韵原则，但钞本原作"扻"，本为"迁"的古字，何况另有《泪凄凄》一曲，已然使用过"凄"字作为起始句，而通读全篇可知，李开先有意在首句避免重复用字的情况，故使用"凄"字并不算妥帖。

国家图书馆藏王九思《碧山乐府》嘉靖刊本所收《南曲次韵》，亦作"日扻扻"，而在卢前辑《饮虹簃所刻曲》中所收《南曲次韵》则作"日悽悽"②，或有所讹误。还值得关注的是，在《集韵·支部》中载："迻，《说文》：'迁徙也。'古作扻……通作移。"③ 由此可知，"扻"也曾存在音义与"移"相同的情况，"移"在《中原音韵》中恰归属于齐微韵，但此中涉及复杂的音韵流变情况，仍有待进一步考证。

最后，有十一处使用了《中原音韵》中未收之字，分别为"缁、嬉、低、堤、蓁、涟、踆、挪、睁、呦"，其中"堤"作为押韵字使用了两次。同时，虽然散曲不像诗、词那般用韵严格，但从用字来看，李开先俨然有注意避免重韵的出现，仅有《后三三》一曲，重复使用了"三"这一韵字，不过就内容来看，该句化用自禅语"前三三后三三"，典出自《碧岩录》第三十五则的禅宗公案，乃是文殊菩萨与无著和尚的一段问答。李开先在该曲中也透露着渴望修养心性之意，可见，此中重复俨然是刻意

---

① 路工辑：《李开先集》，中华书局1959年版，第874页。
② 卢前辑：《饮虹簃所刻曲》（第1册），广陵书社2018年版，第528页。
③ 丁度等编：《集韵》（第1册），上海古籍出版社1983年版，第17页。

为之。

总而言之，从《中麓小令》显露的特征来看，一方面，这些方言俗语虽然用语浅白，却朗朗上口、便于记忆，确实有为散曲的迅速传播提供助益。而通过俗语和文人诗句的重新组合，既保持了民歌小调淳朴自然的基调，又实现了与文人细腻的笔触相协成趣，兼济雅俗的同时，融入个人情感、见解，传达着自己的处世哲学，这不仅是散曲创作技艺上的创新，也塑造着极具感染力的个人风格；但另一方面，作为百首长篇，大量的征引也显得过于累赘，尤其是为人熟知的语句，一旦以惯性思维去理解，便容易掩盖作者赋予语句另有寄托的本来意义，流于俚俗浅陋，也就加剧了所谓的"伧夫气"。

前文就《中麓小令》的曲辞和用韵情况，讨论了王骥德不喜该作的原因，将之细致勾连起来便能发现，各种线索最终都指向王骥德与李开先在曲学观念上的差异。对此，陈胤《康海南曲四考：试述明代中期南北曲风文体渐变问题》指出："至于'伧夫语'的评价，则是王骥德以成熟南曲的标准去评价早期流行的南曲，不很恰当。"[①] 如其所言，李、王二人的生活年代相距不远，曲学观念却已发生变化，尤其在文人的积极参与之后，南曲从音乐到文辞逐渐雅化，原初的"俚俗"气味已然顿减。

从审美取向的角度考虑，王骥德的批评正是在表达对李开先"尚俗"的不满。从上述所举诸例来看，李开先不少用语地域特征较强，非本地方言使用者是较难理解的，然而王骥德《曲律》"论曲禁"中赫然有"俚俗（不文雅）""方言（他方人不晓）"[②] 两条在列，当然他并非一味禁用方言，而是为求读者通晓，讲究适当的原则，即"北曲方言时用，而南曲不得用者，以北语所被者广，大略相通，而南则土音各省、郡不同，入曲则不能通晓故也。"[③] 何况某些方言的用字，很难以韵书协之，容易造成失律的情况。

同时，散曲创作中李开先追求的是黜饰崇真、文随俗远，王骥德却秉

---

① 陈胤：《康海南曲四考：试述明代中期南北曲风文体渐变问题》，载《文艺评论》，2013年第10期。
② 王骥德：《曲律》，中国戏剧出版社1959年版，第130页。
③ 王骥德：《曲律》，中国戏剧出版社1959年版，第184页。

持着"曲以婉丽俏俊为上"的观念,正如叶长海先生所言:"王氏这种认识贯穿于《曲律》始终。这在一定程度上说出了部分南曲的特点,而且对于提高曲词创作的文学性也是有意义的。"① 具体而言,李开先曾在《〈西野春游词〉序》中提及"本色"的概念,而他用"金元风格"来阐释本色之义。简而言之,就是要求语言的通俗易懂,才可使曲反映出金元时期的原貌与韵味,一定程度而言,这与他最终的散曲创作是相合的;王骥德时已不再以"金元之曲"为参照系,追求的是一种雅俗共赏、情辞兼备的"本色"。② 两人的创作观念既已有别,落实到具体的作品中,亦很难不产生龃龉。

而李开先好为俗语、力作长篇,以及作曲中流露出的"尚俗"观念,除自身取向的原因之外,还来自前辈的影响。李开先对前辈康海颇为敬重,文学创作亦多有学习借鉴,其《亡妻张宜人散传》自云:"吾自退归林下,不蓄声伎,有劝以可寄情取乐者,时亦效仿康对山之为。"③ 又,任中敏《散曲概论·派别》中论及康海散曲,称其:"惟贪多务博,殊欠剪裁,是其一失;用俗之处,往往为俗所累,元人衣钵未尽真传,是其二失;其中极热极怨,而表面以解脱之语盖之,时觉捉襟露肘,展其全集以观,无非愤世乐闲两类之作,而志趣并非真正恬淡,根本有异于元贤,是其三失。此三失虽不必独集康氏一身,而康氏实启此派之咎。王九思、李开先辈,应分任其咎者也。"④ 任中敏先生之论深中肯綮,其所谓康海之失,在李开先的散曲创作中亦能得见,可知康海的影响不仅体现在思想观念上,更渗透到了具体的写作实践中。

最后,需要说明的是,不避俚俗既是早期散曲既有的特征,也是明代

---

① 王骥德著,陈多、叶长海注译:《王骥德〈曲律〉》,湖南人民出版社1983年版,第212-213页。
② 按:有关王骥德"本色"概念的研究,前辈学者着墨已多,非本文重点所在,故不赘述,可参见黄仕忠:《明清戏曲之发展与本色论》,载《艺术百家》,1990年第4期;曾永义:《从明人"当行本色"论说"评骘戏曲"应有之态度与方法》,选自康保成主编:《海内外中国戏剧史家自选集 曾永义卷》,大象出版社2017年版,第207-210页。
③ 任中敏:《散曲丛刊》,选自王小盾、陈文和主编:《任中敏文集·散曲丛刊》,凤凰出版社2013年版,第1095页。
④ 李开先:《闲居集》,选自李开先:《李开先全集》,上海古籍出版社2014年版,第866页。

散曲创作的普遍现象，并非李开先的个人行为，但是这里存在着量的定性，不避口语俗字是"可与否"的问题，李开先大量运用则是"多与少"的问题，换句话说，"大量运用"表达的数量概念是远超于"不避"的。因此，各种俗语和口语在王骥德的观念中是可以使用，不过要求适量的，像李开先这般通篇使用就超过了他的接受范围。王骥德针对李开先展开批评，无非是因为《中麓小令》在当时掀起的仿效热潮，使其更具有典型性和代表性，这或许也从侧面揭示了李开先在明散曲创作中不可忽视的影响及地位。尤其是在吸收、借鉴俗曲的过程中，他通过语言修辞上的锤炼、情感内容上钩织的逐渐塑造出其个人风格，只不过李开先在《中麓小令》中渴望达成的艺术成就，并不是王骥德所欣赏的。

余 论

　　虽然《中麓小令》的写作是以俚俗浅白为主导，但李开先毕竟是文士出身，即使刻意追求、模仿所谓的市井气息，多年培养出来的正统文学底蕴，仍会在潜移默化中透露出来。固然多具"伧夫气"，但就客观来看，《中麓小令》仍有不少体现文人才气的地方。

　　一方面，颇值得注意的是，李开先在写作中多有对前人散曲词句的学习、借鉴，其中以乔吉之作尤甚，这恰反映出他于散曲创作上的审美偏好——他不仅把乔吉作曲坛之"李白"，更曾亲自整理、刊刻其曲作，名曰《乔梦符小令》[①]，其喜爱程度可见一斑。而到了自我的创作中，要做到对前辈作品的有效模仿、化用，实则考验着作家的文学素养与写作功底，这对推崇乔吉散曲，并为其编撰过曲集的李开先来说，自可谓是信手拈来。

　　朱有燉在《太和正音谱》中点评乔吉，称："乔梦符之词，如神鳌鼓

---

① 按：《乔梦符小令》与《张小山小令》均有刻本流传，今皆藏于国家图书馆善本室。

浪，若天吴跨神鳌，噀沫于大洋，波涛汹涌，截断众流之势。"① 总结出其雄健豪放的风格；李开先则认为此评价"要之未尽"，并补充到："以予论之，蕴藉包含，风流调笑，种种出奇，而不失之怪。多多益善，而不失之烦，句句用俗，而不失其为文。"② 李开先不仅进一步指出了乔吉散曲的多样与驳杂，更有意表达出他在风格、意境之外，更青睐乔吉通过写作达成的浅近不失蕴藉，凡俗兼富奇崛的艺术感受，这也正是李开先所追求的散曲创作的至高标准。

结合具体例证观之，如乔吉《玉交枝·闲适》有句："山间林下……自种瓜。自采茶。炉内炼丹砂。"③ 在李开先《鬖蓬蓬》一曲则有："鬖蓬蓬……学炼丹砂类葛洪。山林下，村落中，得为农处且为农。"④ 乔吉之曲通过具体的事物，描摹出一幅抛却尘世、隐居乐道的理想图景，李开先则意在抒情，经由语句的重组再造，渲染归农隐居之趣，二者整体表现的意境是相通的，传达的心境与感受也是一致的。

再如李开先《叫查查》曲中"曲律木车儿随性打，阿搦纸鹞子怎生拏"⑤，初看不解其意，实则化用自乔吉散套《一枝花·杂情》："本待做曲吕木头车儿随性打，原来是滑出律水晶球子怎生拿？"⑥ 该句形象而生动地刻画了世故圆滑、左右逢源之人，李开先亦在曲中通过意象的叠加，极尽戏谑之态；再从修辞技巧来看，二人皆通过民间常见的事物作比，纯熟地驱遣着市井俗语，俏皮之中寓寄讽刺，正所谓"句句用俗，而不失为文"，这正是李开先散曲创作中渴望达成的境界，同时不难看出，在他自己的作品中，也力求向此标准靠近。

---

① 朱权：《太和正音谱》，选自中国戏曲研究院编：《中国古典戏曲论著集成》（三），中国戏剧出版社1959年版，第17页。
② 李开先：《乔梦符小令》，选自李开先：《李开先全集》，上海古籍出版社2014年版，第530页。
③ 隋树森编：《全元散曲》，中华书局1964年版，第575-576页。
④ 李开先：《中麓小令》，选自李开先：《李开先全集》，上海古籍出版社2014年版，第1457页。
⑤ 李开先：《中麓小令》，选自李开先：《李开先全集》，上海古籍出版社2014年版，第1453页。
⑥ 隋树森编：《全元散曲》，中华书局1964年版，第639页。

除了字词用句上的模仿，乔吉之于李开先，或许更多是在思想情感上的共鸣，《中麓小令》写尽世间百态，蕴含着李开先经历变故后对人生的种种思考，而乔吉的散曲中亦有不少叹世之作，门岿先生曾论及："这些叹世曲一方面表现了乔吉对社会黑暗的认识、揭露、讽刺……另一方面表现了乔吉对世外桃源、美好生活的向往、憧憬，以及他在现实生活中找不到出路的倍受凄凉、冷遇的处境。"相似的境遇，在《中麓小令》亦可窥见，某种程度而言，李开先对乔吉的喜爱，不仅是文学审美上的趋同，还源于个人性格、气质上的相近，更饱含着"同是天涯沦落人"的惺惺相惜。凡此种种，还有待更充盈的资料进行深入分析。

此外，王骥德在《曲律》中也提到了李开先对乔、张二人的标榜，不过他认为："乔、张盖长吉、义山之流。然乔多凡语，似又不如小山更胜也。"① 既不赞同二者可跻身曲界一流行列，又将乔吉置于张可久之下，再结合前文所述，这或许也是王骥德不喜《中麓小令》，不认同李开先散曲创作的原因之一。

另一方面，此般"文人化"的艺术特征，还主要表现在经典诗文的征引和典故的使用上，例如《竹猗猗》曲首句"竹猗猗，学须如琢复如磨"② 一句，就巧妙地化用自《诗经·淇奥》："瞻彼淇奥，绿竹猗猗。有匪君子，如切如磋，如琢如磨。"③ 本是用来形容君子品德高尚、修养良好，后引申为学问要经过切磋方能更精湛之意。而仔细品读全曲，后文尚有"要除党恶知心少，不听人情惹怨多"④，显然李开先将此概念延展到社会生活层面，说明通达人情世故的必要性，有劝诫人明哲保身的意味，俨然寄寓着个人的官场感悟、人生反思。

再如，《雨丝丝》一曲中"休图云里栽红杏，好向山中觅紫芝。磨而

---

① 王骥德：《曲律》，第 156 页。
② 李开先：《中麓小令》，选自李开先：《李开先全集》，上海古籍出版社 2014 年版，第 1461 页。
③ 程俊英译注：《〈诗经〉译注》，上海古籍出版社 2016 年版，第 95 页。
④ 李开先：《中麓小令》，选自李开先：《李开先全集》，上海古籍出版社 2014 年版，第 1461 页。

不磷，涅而不缁，得随时处且随时。"①"云里栽红杏"出自唐人高蟾《下第后上永崇高侍郎》诗句："天上碧桃和露种，日边红杏倚云栽。"原作以有所依傍的碧桃、红杏为喻，讽刺当时在科举中倚仗人事关系而平步青云之人，而这满腹牢骚和怨怼，或许令独自在官场沉浮的李开先感同身受，便借此吐露出对官场的厌倦；紫芝，在道教中被认为服食后可延年益寿，也是诗词中频见的意象，譬如唐人姚合《送别友人诗》"独向山中觅紫芝，山人勾引住多时"，李东阳《商山图》亦有句："行尽深山觅紫芝，不应名姓有人知。"觅紫芝的行为，实在表达一种归隐的意志，也是该曲试图渲染的氛围；"磨而不磷，涅而不缁"语出自《论语·阳货》："不曰坚乎？磨而不磷；不曰白乎？涅而不缁。"用以比喻意志坚定的人不会受环境影响，此番李开先在曲终点睛处直接引用原句，不难看出他寄寓其中的自我规劝意味，正像结尾"得随时处且随时"表达的那样，能屈能伸且随遇而安，理应才是最通达的选择。

当然，一些少有"引经据典"，着重抒发个人情怀的曲子，亦可圈可点，如：

曲弯弯，一轮残月照边关。恨来口吸尽黄河水，拳打碎贺兰山。铁衣披雪浑身湿，宝剑飞霜扑面寒。驱兵去，破虏还，得偷闲处且偷闲。②

通篇摹景传情，在浑厚而苍凉的意境中，道尽边关将士慷慨激昂的雄心壮志，也寄托着自己渴望建功立业的满腔热血，更生动展示出李开先散曲豪放雄壮的一面，因此这也是《中麓小令》中，历来最为人称道的一首，任中敏先生由曲及人，曾评价道："颇慷慨奋发，不经因归田感愤，遂一味颓唐也。"③正所谓"论兵气自雄"，不仅限于《曲弯弯》一首，复

---

① 李开先：《中麓小令》，选自李开先：《李开先全集》，上海古籍出版社2014年版，第1458页。
② 李开先：《中麓小令》，选自李开先：《李开先全集》，上海古籍出版社2014年版，第1455页。
③ 任中敏：《曲谐》，王小盾、陈文和主编：《任中敏文集》，凤凰出版社2013年版，第1253页。

有《阵堂堂》"盘龙路上烟如雨，射虎林梢月似霜"①、《怒冲冲》"有时得应非熊梦，今代谁当汗马功？"②、《念区区》"未酬烈烈十年志，空负堂堂七尺躯"③ 等，这类忧心边事、表达岁月蹉跎而壮心不已的曲作，都格外言辞铿锵，气势豪迈，意境阔大。而这般对边防不靖的关注与感慨，也令人想起李开先的《塞上曲》百首，运用不同的文体书写相同的题材，他所采用的表达方式、倾注的情感如何，也是颇值得考察的。

与此同时，李开先在创作中也是寓以巧思、有意创新的，有学者评价道："李氏散曲颇为率直，令人联想到俗曲。但是，其遣词造语却非常独特，呈现出多数俗曲所缺乏的感兴的雅致。"④ 好比前文所述"中麓体"的特征——通篇以叠字起句，用"得××处且××"的句式作结，全文一贯而下不加重复，就是最典型的表现；又如好友袁西野评价那般："往时作者，第三第四句多不对仗，尽两句一七字一五字难下手耳。每句末用三字，定要平平侧，侧平平，承上启下，最为关要，稍有不同，则落第二义矣！至于大对小对，浑然天成，无一毫渗漏，有万钧力气。初若不经思致，久则知其非构思、非积学、非老笔，岂可窥其藩篱，造其界域哉？"⑤ 从中可知，李开先虽是宣称援笔立就、率性而为，但创作仍不失规矩，且保持了比较高的艺术水准。

对于《中麓小令》，李永祥曾有过比较中肯的评价："西野谓开先'止一事而敷衍千言''寸铁能幻化千丈金身'。此固可见开先之才，然亦是开先之误也。敷衍千言，词异意同，连篇累牍，重沓复赘，难免粗率之讥。"⑥ 总体来看，李开先的《中麓小令》虽不应过誉为艺术造诣何等高

---

① 李开先：《中麓小令》，选自李开先：《李开先全集》，上海古籍出版社2014年版，第1465页。
② 李开先：《中麓小令》，选自李开先：《李开先全集》，上海古籍出版社2014年版，第1459页。
③ 李开先：《中麓小令》，选自李开先：《李开先全集》，上海古籍出版社2014年版，第1464页。
④ （美）孙康宜、宇文所安主编：《剑桥中国文学史（下）1375—1949》，生活·读书·新知三联书店2013年版，第78页。
⑤ 袁西野：《中麓小令·跋》，选自李开先：《李开先全集》，上海古籍出版社2014年版，第1468页。
⑥ 李永祥：《李开先年谱》，黄河出版社2002年版，第130页。

妙，但至少在当时来看，尤其是文学传播的层面上，它仍是颇具影响力的；而王骥德等人批评声音的出现，也从反面印证该作流传广、影响大的特征。与此同时，相较于传统的诗文写作，李开先的散曲显然更具有浓厚的个人风格，或许正是使他在当时名声显赫的重要原因之一。

还值得注意的是，李开先的散曲创作观念常被与其戏曲批评联合讨论。实际上，不仅是观念上的相通，在题材选择和情感表现等方面，他的戏剧作品与散曲作品同样存在近似之处。简而言之，《中麓小令》不少内容汲汲于表现遭遇困厄、怀抱不能施展的失意之感，《宝剑记》所写亦是"形势所迫，英雄失路"的故事，不过戏曲尚能构建一个苦尽甘来的圆满结局，散曲中寄寓的人生境况只能自我化解。又，王九思认为《中麓小令》"感情激烈，有正有谑"，每曲结尾处虽故作散漫佻达之语，却对世间丑恶之态极尽褒贬；而试观李开先自谓的院本《园林午梦》《打哑禅》二作，皆秉持着"务在滑稽"的特性，亦处处透露出强烈的救世心态[①]，并非单纯的游戏之作。凡此种种，皆可窥见李开先的散曲与戏剧作品紧密的关联性。

事实上，李开先在创作中对"雅"与"俗"的交汇、调和是能够动态把控的，这在其所著传奇《宝剑记》中亦有体现。明中叶后大量水浒戏涌现，虽然脱胎于元代的水浒故事剧，但不同作者融汇入新的元素，也为林冲故事赋予不同的寓意。《宝剑记》就取材自小说《水浒传》中的林冲故事，核心内容又明显受到元代流行的"衙内戏"的影响，可以说在题材和叙事模式上烙印着鲜明的俗文学特质。

不过，该作的"草野"气质却并不浓烈，通过剧情的改编和人物形象的再塑造，使之更充斥着馥郁的文人色彩。譬如《宝剑记》中的林冲，不再是粗鲁的军中莽汉，李开先不仅特别为林冲"攀附"上文士血脉——"林和靖的后代"，又多处描绘林冲能文能武，"幼读经史，长学兵书，止知忠君爱国，不解趋炎附势"，是一位儒家传统思想浸染下的理想人物；在剧情的展开上，乃是林冲视"惩恶锄奸"为己任，因而参了高俅一本，导致两人矛盾激化进而引发后序一系列冲突事件，很显然曾在宦海风波中

---

① 参见孙晓东：《李开先的救世心态与〈一笑散〉院本创作》，载《渤海大学学报》，2014年版第3期。

浮沉的李开先，哪怕在罢官闲居之后，依旧难掩文士的政治情怀，这般家国情怀及对朝政的殷切关注，就明显笼罩着李开先的个人情志。

在语言艺术的表现上，《宝剑记》宾白中特意标明词牌的上、下场词，也十分值得关注。这些词句不仅关联剧情、贴合人物，语言亦生动优美，如第四出生出场时的【武陵春】："弓挂扶桑无用处，英雄人已白头。虎斗龙争个个休，不如一笑得封侯！堪恨当年奸佞者，接踵乱神州。胡尘风起暗龙楼，长叹为君忧。"① 既表现了林冲的英雄豪气，又借人物之口道出自己的许多愤懑与委屈；又如第二十六出旦上场所念【阮郎归】："小院清幽春昼长，莺声隔绿杨。东风满地落红香，双双蝴蝶忙。春已暮，自思量，燕雏出画梁。远书不至独堪伤，残梦破池塘。"② 没有借用一贯的登场套语，表明人物身份的同时，又将女子思夫的怨怼哀愁，寓于满目幽景之中，显得别有情致，更满足了文人创作时渴望展露才情的心理需要。

可以说，世俗的题材和人物形象，经过李开先的艺术处理，成为借古讽今、富含时代特色和政治色彩的文人雅作，是《宝剑记》能在明代戏曲史占据一席之地的重要原因。而《宝剑记》作为一部符合"文人风致"之作，却也时时透露出李开先尚质崇俗、强调文学复古的观念，这不仅体现在语言和声律的方俗色彩上，更表露于伎艺插演的旁衍融合之中③，这些看似机械陈旧、松散跳脱的伎艺表演，恰恰是民间审美趣味的展现，而李开先也通过巧妙的笔法和大胆的尝试，一定程度上实现了剧情和插演的有机融合，体现出博采兼容的文人才情，更凸显着李开先交织雅俗的创作观念和雅俗共赏的思想情趣。置身"雅俗交融"的时代语境之中，李开先不避"俗"，更用心于"雅"，这对提升文艺作品的品味与质量是有着积极意义的。④

---

① 《新编林冲宝剑》，选自李开先：《李开先全集》，上海古籍出版社2014年版，第1138-1139页。

② 《新编林冲宝剑》，选自李开先：《李开先全集》，上海古籍出版社2014年版，第1191页。

③ 按：郑振铎在评价《宝剑记》时有言："剧中更插入'花和尚做新娘'，'黑旋风乔坐衙'二段，也与本传毫无关系。"（参见郑振铎：《中国文学简史》，台海出版社2018年版，第586页。）欧阳江琳以《宝剑记》和《灵宝刀》为例，从剧本改编中对杂戏的删减情况，探讨明代传奇伎艺插演的演变，明确提到《宝剑记》"51出，就有16处插科类的杂戏。"（参见欧阳江琳：《南戏演剧形态研究》，广东高等教育出版社2019年版，第478页。）

④ 按：本书第五章第三节将对这一问题深入地探析，兹不赘述。

第五章　李开先的雅俗观念与文学创作成就

雅与俗的互动，一直是文学史研究的重要课题。在明代文坛之中，李开先也是最早顺随俗文学潮流的士大夫之一，就他个人而言，作为受传统儒学教育成长的士大夫阶层，不仅没有搁置常规的诗文写作，对于民歌时调等不登大雅之堂的文学形式，更是一直喜爱有加，同时期的创作亦不乏可圈可点之处。而通过检点现存的作品集，还能发现他的创作遍及雅、俗领域的各类文体，可以说是有意识地通过不同文体来满足不同的创作需求，因此，无论写作实践还是理论阐释，他在雅俗问题的认知上都具有典型性。

探析文学思想历来是考察作家、作品的关键，就李开先而言，大多学者着眼于他对通俗文学的青睐，探讨他论曲时的真知灼见；诗文领域则针对"本色""真诗只在民间"等核心要点，进行较为翔实、全面的论述。同时，由于李开先缺乏系统性的理论著作，前人研究多从碎片化的材料中，勾稽其相关的理论表述，总结、提炼出李开先的各种主张，并结合当时的复古思潮及其个人的交游情况等，编织出大体的思想框架，确认了李开先在明中叶文学演变进程中的过渡意义，更为其整体文学思想的研究，奠定下较为可靠的基础。①

聚焦"雅俗"这一基点，关注李开先对待雅俗文学的不同态度，还要看到二者在文学创作中对立又统一的复杂关系。一方面，需注意不同文体的体性有别，即使是有求变的观念，但是在技法上仍会有所遵循。故而李开先有选择性地，通过不同的文体来满足不同的创作需求，并由此体现出鲜明的辨体意识。他对待诗文、戏曲等不同文体的处理方式，又表现出怎样的创作理念，皆是值得关注的地方；另一方面，无论雅俗，实乃其文学观念的一体两面，经历长时间的割裂讨论，还需"缝合"而观。就李开先而言，他的文学创作绝不是单线条的，诗文复古观念渗透入曲体的认知之中；而他对俗文学的喜爱更是贯穿始终，这种偏好也影响着他在诗文领域的创作，因此，复古观念的介入方式，及他采用何种手段将俗文学的元素嫁接、各种尺度又如何把握，也是要继续辨析的话题。

第一节　李开先的雅俗观念与实践

在古典文学批评的范畴中，"雅"与"俗"是一对常见的品鉴概念。一般而言，文学批评中的"雅"，通常代表高雅、雅正，进而可引申到以士大夫阶层为代表的精英艺术；与之相对，"俗"即意味着通俗、世俗，象征以大众阶层为代表的通俗文化。实际上，二者并非限于二元对立的关

---

① 按：比如黄洽《李开先文学思想嬗变管窥》，着眼于时代思潮的递变，细致勾勒李开先从追随前七子到倾向唐宋派，再到受通俗文学的深刻影响，较为清晰地展现了他文学思想发展演变的轨迹（参见黄洽：《李开先文学思想嬗变管窥》，载《烟台师范学院学报》，1996年第4期）；李献芳：《简论李开先思想的变化与文艺观的创新》则以"儒道合一"为落脚点，通论李开先仕途受挫后，在诗文词曲上的创作倾向（参见李献芳：《简论李开先思想的变化与文艺观的创新》，载《齐鲁学刊》，1997年第5期）。又，王卓的硕士论文《文体选择与李开先的文学思想》把视野置于李开先的不同文体创作情况，以及观念的前后变化及成因，结合明代心学发展的背景，阐述了李开先思想的复杂性和典型性（参见王卓：《文体选择与李开先的文学思想》，首都师范大学2005年硕士论文）；而叶晔《"今文苑"与"小说言"：论李开先的群像叙事》，凭借对文本的互勘细读，打通文体之边界，探讨李开先如何将俗文学元素植入到传记写作中，不仅重新认识了李开先在创作及观念上的前瞻与创见，更跳脱出专注作家作品艺术审美的传统研究模式，对后来者启发良多。（叶晔：《"今文苑"与"小说言"：论李开先的群像叙事》，载《华东师范大学学报》，2021年第4期）。

系，反而常以交织互融，更替代续的状态呈现于古典文学的批评领域中。而根植于传统士人阶层精神世界中的雅俗观念，影响着他们文艺批评的审美标准和价值尺度。

厘清"雅""俗"各自本身的内涵定义，并非本文研究的企图所在，重要的是置之于李开先个人，他的价值判断和区分准则是什么。故本节中围绕俗文学和雅文学，这对具有价值判断意义的范畴，首先，辨明李开先所秉持的雅俗观念、辨体意识，进而结合其文学创作，重点关注在诗文和戏曲两大基本领域中，雅俗的分界是怎样渗透和交融，相关的文体选择标准如何体现；其次，考察李开先遵循不同文体的体性有别的同时，如何通过写作技法的运用，实现创新与变革。

一、"雅俗共赏"的批评观念

雅与俗的概念，随着时代不断更替换新，更寄寓着不同人的审美旨趣和道德理想。学界普遍认为，明中叶以来文学、艺术领域涌现出一股人文主义思潮，随之而来的是传统文学中"以雅为正"的审美追求被打破，俗与雅之间也不再是双峰并峙的状态——"俗"的意义被接纳和认可，而"雅"的内涵也在不断扩充。

活跃于嘉靖文坛的李开先，正处于这种审美转向之中，时代风气之下，他个人的价值判断几何，则是我们要重点关注的。由此，要厘清李开先的雅俗观，还要先从现存的文字材料中，勾勒出他最基本的雅俗概念。在大致梳理李开先文章中提及的雅、俗观点后，则可以归纳出以下最能展现其个人风格的几点：

其一，"俗"与"雅"作为一组相对概念时，有时暗含阶层之分。

李开先在探讨前人咏雪诗作时，曾感言："诗有难题，有俗题，雪题甚雅而亦甚难。"[①] 言语中之雅、俗相对而现，仍表示艺术风格上的不同归类，作为最基本的概念出现，表现出李开先不喜平庸，追求诗歌创作推陈

---

① 李开先：《〈咏雪诗〉序》，选自李开先：《李开先全集》，上海古籍出版社2014年版，第579页。

出新的一面，他大量的咏雪之作，或许也有自证雅士名号兼以炫才之意。而到了《诗禅》前序中，他则更进一步称：

> 诗禅何所于始乎？其当中古之时乎？人心稍变，直道难行，有托兴，有佹诗，有讽谏，有寓言，有隐语，有廋词，俗谓之谜。而士大夫谓之诗禅，如禅教深远，必由猜悟，不可直指径陈，径直则非禅矣。①

这里李开先对"诗禅"之名作了解释，其中之"俗"指世俗大众，它作为"士大夫"的对立面出现，两者已然代表了李开先观念中的阶层区别。从兴趣取向的角度出发，前者用以表示市民阶层更为浅露的审美倾向，后者在单纯的娱乐之外，更追求积极的社会意义。而他借此强调的是，谜语虽底层群众中广为流行，不是单纯的游戏之作，实际源流深远、出于正统，有其严肃、积极的一面，因此，自己的创作并非离经叛道，更不是刻意"媚俗"之举，阶层之间的界限更不会被打破。由此，细审他有意甄别的行径，字里行间无不透露出一种"曾居上位者"的身份焦虑，这也是他在"雅俗"命题上，屡屡出现的问题。

其二，"雅"多表示"雅正"之意，是典型的儒教思想影响下的传统文学观。

李开先《中麓山人拙对》"词林雅会"一则的下联写道："治世之音安以乐"②，一方面有颂赞政和民安之意，另一方面引证《礼记》原句，宣称他们的文学集会活动有合礼教之法，这也是可以标榜"雅会"的原因所在；又如《吕江峰集序》中，两次以"雅致"来褒扬友人的诗文创作："吕江峰独以雅致擅名""诗则沉着痛快，文则平正详明，而雅致不足以尽之，方板不足以病之。"③ 结合上下文不难理解，"雅致"既透露出语言风

---

① 李开先:《〈诗禅〉前序》，选自李开先:《李开先全集》，上海古籍出版社2014年版，第563页。

② 李开先:《中麓山人拙对》，选自李开先:《李开先全集》，上海古籍出版社2014年版，第1697页。

③ 李开先:《〈吕江峰集〉序》，选自李开先:《李开先全集》，上海古籍出版社2014年版，第537、538页。

格中的典丽倾向，亦表示内容的意趣高雅，不落俗套。又，《思贤集序》一文称："辽国主于李才人之亡也，为之诗词诸制，积成数卷。句工辞丽，调雅思深，自是王言，有非文士墨客所可及者。"① 特意从王室的身份论述其风格，而这里提到的"调雅"，可追溯至殷璠《诗论》中评价王维之语："维诗词秀调雅，意新理惬。"② 词秀，应指文采之美，显然可与李开先所谓"句工辞丽"对应起来。综合来看，华丽的辞藻必须与雅正的体调相结合，方能不陷落轻浮浅薄，这也是他们强调诗歌藻饰的底线，因此，李开先赞赏的"调雅"，不仅事关文意构造上的精心打磨，根本还在于诗歌内涵的"雅正"，实际上还是有儒家教化观念渗透其中。

关于这一点，在李开先点评何景明的辞赋写作时，表露得更为明显："思致冲玄，体裁闲雅，有汉、魏作者风。"③ 用闲雅一词臧否文字，源起陆机《文赋》："奏平彻以闲雅，说炜晔而谲诳。" 奏议文作为向君主陈述政事的文章，要求平正透彻、雍容典雅，李开先则将此标准引申到辞赋的批评中，意为文辞或言辞的优雅；同时，论中又以"汉魏之风"作为辞赋写作的理想目标，亦正面反映当时崇儒尚雅的复古情调。

不过需要辨明的是，明人多把"汉魏之风"用在诗歌领域的批评，最经典的即杨慎评陈子昂《登幽州台歌》"其辞简直，有汉魏之风"。④ 而李开先打通诗、文界限的出发点，或许与所评的何景明自身观点有关，作为复古派领袖，何氏一直以来对唐诗的标榜、宋诗的批评，都是将汉魏的诗学作为标尺："唐诗工词，宋诗谈理，虽代有作者，而汉魏之风蔑如也。"⑤ 于辞赋领域又称："经亡而骚作，骚亡而赋作，赋亡而诗作"⑥，视辞、赋、文为《六经》之传承代继，诸如此类的观点，皆为矫正明代前期贫弱的文

---

① 李开先：《〈思贤集〉序》，选自李开先：《李开先全集》，上海古籍出版社2014年版，第552页。
② 殷璠编：《河岳英灵集》，选自张元济：《四部丛刊初编》（第1928册），景秀水沈氏藏明翻宋刊本。
③ 李开先：《〈何氏辞赋集〉序》，选自李开行：《李开先全集》，上海古籍出版社2014年版，第622页。
④ 杨慎著，王仲镛笺证：《升庵诗话笺证》，上海古籍出版社1987年版，第188页。
⑤ 何景明：《〈汉魏诗集〉序》，选自何景明：《大复集》（卷三十四），明嘉靖刻本。
⑥ 何景明：《杂言十首》，选自何景明：《大复集》（卷三十八），明嘉靖刻本。

风,实现古典审美理想的复归。由此,不细化文体,把诗文作为整体的对象,李开先如此评价更贴合本人诉求,亦展现出对前辈文艺思想的尊重,更从侧面揭示出,李开先所誉之"闲雅",其实也是"正统"的潜在表述。

其三,"俗"作为市民审美趣味的代表,应当是有尺度和界限的。

李开先评乔梦符的散曲:"以予论之,蕴藉包含,风流调笑,种种出奇,而不失之怪,多多益善,而不失之繁;句句用俗,而不失其为文。"① 俗,即俗语,此处指大量引用民间口语入曲。这一层面上,他大改"雅正一统"的观念,指出俗文学写作的内涵丰富、包罗万象,特别是能从俗中体现出雅,正是其审美特质的独到之处。另一层面,就像他认可好友袁西野的词作"语俊意长,俗雅俱备"②,此中的溢美之声,兼具文辞和风格之美的双重意蕴。而这里的"俗",当然是大众化的通俗,而不是令人厌弃的鄙俗,不仅是摒弃了平庸粗陋的低级趣味,更要能达成雅俗共赏的和谐意境。

关于这一点,他在《词谑》中"张打油语"一条有过明确表示:"诗词但涉鄙俗者,谓之'张打油语',用以垂戒。"③ 可见,他希冀俚语俗句入诗词,实现的是诙谐幽默、大智若愚的效果,并非露骨苍白的恶趣味;其后"时调"一则,为文人非议李梦阳、何景明酷好【锁南枝】俗曲发声时,又云:"若以李、何所取时词为鄙俚淫亵,不知作词之法、诗文之妙者也。"④ 诚然,他赞同效法市井艳词的情真质实,更将之视作各类文学样式都应达成的妙境,但他对"俗"的概念还是有意区分,简而言之就是要求取其通俗,弃其鄙俗,而此中反映出他尊情尚质的欣赏旨趣,也将在后文中继续讨论。

有了一定的尺度和界限,实施到具体的创作中,也自有一套评骘的标准,这也是他欣赏之"俗"的更深层内涵。李开先作于嘉靖二十九年(1550)左右的《市井艳词序》,集中讨论了民歌谣曲的内涵特征、外在价

---

① 李开先:《〈乔梦符小令〉序》,选自李开先:《李开先全集》,上海古籍出版社2014年版,第530页。
② 李开先:《〈西野春游词〉序》,选自李开先:《李开先全集》,上海古籍出版社2014年版,第597页。
③ 李开先著,周明鹃疏证:《〈词谑〉疏证》,江西教育出版社2015年版,第6页。
④ 李开先著,周明鹃疏证:《〈词谑〉疏证》,江西教育出版社2015年版,第55页。

值，在文学批评史上有重要理论意义。当论及编纂缘起时，他回顾道：

> 尝有一狂客浼予仿其体，以极一时谑笑。随命笔并改窜传歌未当者，积成一百以三。不应弦，令小仆合唱，市井闻之响应，真一未断俗缘也。①

这本歌集的命名，某种程度上，也代表着他的雅俗观念。"市井"一词虽可引申为粗俗鄙陋的贬语，在文中却清楚指向与民众为伍、社会层面接纳度高的含义，更表达出他钟情于民间歌谣这种贴近市民生活的艺术形式。或许正如冯惟敏赞许的那般"里人闻之，亦足以发流通之妙"②，文中称"未断俗缘"也不免蕴含沾沾自喜的意味——欣慰于自己的仿作在民间流传甚广、影响不小。据此可见，他把作品在大众阶层的传播程度作为考量标准，这不仅是其文艺观念的重要组成，也是领悟李开先"俗"之界限与尺度的关键所在。

李开先俗文学创作的考量标准，还见于他对自己曲类作品的一个整体评价："予词散见者勿论，已行世者，辛卯春有《赠对山》，秋有《卧病江皋》，甲辰有《南吕小令》《登坛》及《宝剑记》，脱稿于丁未夏，皆俗以渐加，而文随俗远。"③ 从字面上简单理解，就是越通俗的流传越远，读者面也越广。而就更深层的意蕴，前人也是屡加解读：卜键分析说"'文随俗远'，是李开先在文艺时间中的一种了不起的发现，提出了文学艺术在传播中的对象问题，认为只有通俗化的、民众所喜闻乐见的文学样式和表现内容，才具有强大的生命力"④；宁茂昌提出"李开先认为作品的成败，要由群众来评定，来认可"⑤；李盟盟则贯通文艺，进一步认为"他提出'俗以渐加，而文随俗远'的主张，得出文学艺术永久生命的源泉在于通

---

① 李开先：《〈市井艳词〉序》，选自李开先：《李开先全集》，上海古籍出版社2014年版，第566页。
② 冯惟敏撰，汪贤度点校：《海浮山堂词稿》，上海古籍出版社1989年版，第1页。
③ 李开先：《〈市井艳词〉又序》，选自李开先：《李开先全集》，上海古籍出版社2014年版，第568页。
④ 卜键：《金瓶梅作者李开先考》，甘肃人民出版社1988年版，第202页。
⑤ 宁茂昌：《李开先及其文学主张》，载《山东师大学报》，1984年第4期。

俗化的理论"①。归纳他们的种种说法，无非是肯定了李开先的独到眼光，以及对俗文学发展所作的努力。

结合上述具体例证来看，李开先使用"雅"的概念，虽表述用词不一，但内核却是一以贯之的，且多作为品评文章时的称赞之语使用。同时，在他的观念中，"俗"的品格亦是有优劣之分的，发乎性情、出自清真，能为普罗大众所喜闻乐见之"俗"，才真正蕴含更强大的生命力。总而言之，对于李开先而言，雅是作为传统士人的恒定追求，俗是伴随新思潮涌现的变革突破，由此，他对雅与俗的甄别，不仅是外在形式上的语言风格，更涉及内在的层次逻辑和审美意涵，而雅俗共赏的情趣，乃是他所追求的文学艺术创作的至高境界。

二、"雅俗交融"的创作实践

考察李开先的文学作品，不难发现其既有的批评观念，已然表露于他的创作实践之中，且不乏一定的指导意义。不少作品之中，更反映出他打通文体界限，融合雅、俗边界的努力尝试。

其一，在他的相关俗文学作品中，常能窥见文人雅趣的渗透。较为有特色的是，在其编选的《改定元贤传奇》中，虽然如今仅存六个剧本，泰半却是描绘文士风流的作品（《青衫泪》《扬州梦》及《两世姻缘》），特别前两部取材于前人诗词作品，清词丽句之间，更充斥着男女情事的缱绻缠绵、失意文人的忧愁苦闷，正能反映李开先作为士大夫阶层的审美取向；在为前人整理曲集之时，李开先也特别选中乔吉、张可久二人，他既自认前者"句句用俗，而不失为文"，又有朱权《太和正音谱》评价小山词"华而不艳，有不吃烟火食气"②，其后，清咸丰年间许光治所作《江山风月谱散曲自序》云：

> 至元曲，几谓俚言诽语矣。然张小山、乔梦符散曲，犹有前人规

---

① 李盟盟：《李开先〈中麓画品〉研究》，天津社会科学院出版社 2016 年版，第 22 页。
② 朱权：《太和正音谱》，选自中国戏曲研究院编：《中国古典戏曲论著集成》（三），中国戏剧出版社 1959 年版，第 16 页。

矩在：丽辞追乐府之工，散句撷宋唐之秀。①

此中叙述乔、张二人的小令创作清丽雅正，在当时曲风转变中作用突出，而从所谓"前人规矩"中，亦可窥见他们不同于流俗的地方，这也正是他们备受李开先青睐的根源。这般源出私心的选择，恰反映出李开先纵然主导向民间学习，但他的文学观念并不是纯"民间化"的，文人化的规范仍占据主要地位。

其二，他的雅文学作品中，常常体现俗文学元素的介入。一方面，他对民间歌谣俗曲的关注，确实影响到了相关的诗歌创作，他的得意之作《塞上曲》就获得过"语言自然，具有民歌风味"②的评价。又据其自述，他曾亲身参与改写、仿作民歌："尝有一狂客浼予仿其体，以极一时谑笑。随命笔并改窜传歌未当者，积成一百以三。"③虽然游戏心态再所难免，但不失为一种突破性的写作尝试，至少说明他对民歌谣曲的推崇，并非人云亦云的跟风之举。

同时，李开先作有仿自乐府民歌的《樵妇吟》五首，诗意通俗浅显，其中"侬情好似机头锦，横也丝来竖也丝"④，采用双关手法，刻画妇人对久别不归丈夫的相思之意，下句直接摘自明代流传的一首山歌，原题为《素帕》，冯梦龙《山歌》中有收录。不过，相较民间作品的情意缠绵，李开先不偏重言情，意含讽刺，在内涵上有明显提升。

另外，《闲居集》中尚能见民谣体的诗作，如以下两首：

1. 车遥遥，遥遥行未已。只载官租，不载书史。官租完日无催扰，书史误人何日了！（《车遥遥》）

2. 三条路儿那条广，那条路可上东庄？东庄有个红娥女，不嫁村夫

---

① 杨朝英等选编：《历代散曲汇纂》，浙江古籍出版社1998年版，第725页。
② 章培恒、骆玉明主编：《中国文学史新著》（增订本）（下），复旦大学出版社2011年版，第98页。
③ 李开先：《〈市井艳词〉序》，选自李开先：《李开先全集》，上海古籍出版社2014年版，第566页。
④ 李开先：《樵妇吟》（其三），选自李开先：《李开先全集》，上海古籍出版社2014年版，第110页。

田舍郎。村田虽好他不喜,一阵风来两鬓糠。灶旁门外鸡随犬,院后家前马伴羊。一心嫁在市城里,早起梳头烧好香。一壶美酒一锅饭,一盏清茶一碗汤。从今不见恼怀事,里老催科又下乡。(《村女谣》)①

从严格意义来说,这两首作品无论体制还是语言表达上,皆去正统的诗作甚远。据此,李开先向民间歌谣靠拢的意图显而易见,而它们在集中皆被单独归类为杂体,从体式上与古、律二体有意区分,又足以彰显李开先对其的重视程度。其实他的不少诗作,从细节来考究,叙述还呈现鲜明的口语化倾向,如"北地多因羊致富,西方曾用马驮经"②、"门前巨石堪盘踞,父老相传是陨星"③等,多少也有借鉴民间文学的语言表达。

另一方面,李开先大胆借鉴俗文学的笔法,融入志状、传记类文体的书写中。当时所秉持的传统文体观念,大体如顾炎武"志状不可妄作"条所总结:"志状在文章家为史之流,上之史官,传之后人,为史之本。"④故而对李开先的文章,难免有持批评意见的,其中最典型的当为清人张谦宜的评价:

> 李中麓为人作志状,好用通俗白话,似坊刻小说。自以为任真,其实大坏文体。王、李却又以《史》《汉》字句贴合近事,龃龉不相肖者极多。二者皆古文之魔障,看欧、曾何尝有此。⑤

如其所言,李开先在以文辞雅正为本的志状写作中,仍秉持一副"直出肺肝,不加雕刻"的作风,但在这"大坏文体"的指责声中,反而可以看到李开先在写作技巧上的突破性,尤其从敢于求变和创新的尝试来看,他的创作中亦不乏亮点。而传记、墓志、行状诸作,纵然文体细化分类有别,但这

---

① 李开先:《李开先全集》,上海古籍出版社2014年版,第110页。
② 李开先:《田间四时行乐诗》,选自李开先:《李开先全集》,上海古籍出版社2014年版,第297页。
③ 李开先:《田间四时行乐诗》,选自李开先:《李开先全集》,上海古籍出版社2014年版,第298页。
④ 顾炎武著,黄汝成集释,栾保群、吕宗力校点:《日知录集释》,上海古籍出版社2014年版,第436页。
⑤ 张谦宜:《絸斋论文》(卷三),选自《续修四库全书》(第1714册),上海古籍出版社2003年版,第444页。

类作品多以著述人物事迹为核心,故仍可从写作技巧上一齐考察。

首先,他作传的对象不局限于当时的"大人物",还把目光投向市井小民。细究其缘由,在《老黄浑张二恶传》中李开先即有云:"传乃文中一体,善恶皆备可也。诸作者多溢美人善,而恶则未之及。"① 可见,出于文人脾性,他既怀有丰富、补益传类文体的私心,又主动顺应了当时求真尚俗的文化风向②;基于现实因素分析,官位的遗失牵动着社交对象的更替,他的"朋友圈"随之产生由"上"转"下"的变动,故得到唐顺之家属寄来的志状时,李开先会感慨:"独荆川事多所未知,以其历官政绩,林下人无由与闻也。"③ 一语道出自我的尴尬处境。也正是常居林下,远离庙堂,地域和身份的隔阂,反而使他与省会普通民众的接触更深,何况他并非自命不凡的清高一流,在乡间亦广结善缘、多杆臼之交。

另值得一提的是,他写作素材的来源,固然是优先采用碑志、行状中的史料,有时甚至会大胆采纳从他处收集而来的逸闻。暂且搁置对材料真实性的质疑,他能坦然作为转述者去记录人物事迹,文中又多以"平日所闻"④ "传据素闻,或不得其真"⑤ "其事久曾闻"⑥ 为记,在某种程度上也超越了传统的写作模式,取材途径的拓展和材料选择的变通,不失为传记写作中的有益尝试。

其次,行文走笔间充斥大量源自民间的口语、俗谚,这也是坊刻小说

---

① 李开先:《老黄浑张二恶传》,选自李开先:《李开先全集》,上海古籍出版社2014年版,第908页。

② 按:郭英德指出"明人传状文传主身份的平民化,从一个方面昭示出明代文人勇于突破'区隔'界限的时代文化风向。在传主事迹的选取方面,明人传状文偏好选择传主的奇特之事、奇异之事与奇趣之事,加以重笔渲染。同前代传状文不同,明人传状文的选材求奇嗜异,表现出以奇显真的文化趋向。"(参见郭英德:《论明人传状文的文体特性与文化内涵》,载《人文杂志》,2007年第5期。)

③ 李开先:《康王王唐四子补传》,选自李开先:《李开先全集》,上海古籍出版社2014年版,第964页。

④ 李开先:《对山康修撰传》,选自李开先:《李开先全集》,上海古籍出版社2014年版,第921页。

⑤ 李开先:《李崆峒传》,选自李开先:《李开先全集》,上海古籍出版社2014年版,第931页。

⑥ 李开先:《老黄浑张二恶传》,选自李开先:《李开先全集》,上海古籍出版社2014年版,第908页。

为迎合读者常使用的文本策略。譬如《老黄浑张二恶传》中的主角之一"浑张",该诨名就采用了俗语的称法,即"碌碡无棱者,俗谓之浑"①;在为岳丈所作的《张寿翁传》中,他特意列举并解释一系列民间用语"世人多有讳死者,闻人死,则称'乾',称'不在',或出入,则曰'废之矣',或火化,则曰'微伤而城外炙之矣'。"②又如《宋素卿传》在描述倭寇祸乱,官府不作为时,直接引用民谚表明立场,谚云:"徐倭杀朱倭,乡下人苦了多少鸡鹅"、"六郭门头插黄旗,十八员指挥作乌龟"③,凡此种种,皆表露出他对这些俗语俗谚的烂熟于心,故将其融入文章时亦是得心应手,甚至在为诗作命名时,还有《季冬大雪已而因暖成雨 俗谓之夹雨带雪》④的情况。

最后,一些记人的文章(如传记、墓志铭等)难掩作者戏谑调侃的态度。李开先既作《词谑》记录轶事趣闻,又作《一笑散》耍乐笑谑、极尽讽刺,可见他偏好并擅长此道,并将此法运用到了记人文体的书写中。譬如《煤客刘祥墓志铭》一文,开篇即称传主之子千里请文的行为,实出自可笑的"好名之心",文中描述:"煤客姓刘名祥,无字,生平不以文称,不以才称,不以辩称,不以雄贽尚气称,而不染浮华,不知机巧,则其长也。"⑤通过"不"字的连续使用,显示出传主的一无是处,末句虽以为人单纯质朴为赞,仍难掩揶揄嘲弄之意;有时,他不在叙事中直接批评或贬斥,"插科打诨"般的桥段常以人物对话的方式展现,传中人物"现身说法",形式上颇有戏剧"代言体"的意味,例如《二恶传》中:"里中少年多戏弄之者,图其貌于壁上,伛偻衰丑。老黄过而问之:'此果为谁?'少年应曰:'乃昔日捕盗,今又呷水者。'老黄怫然曰:'疑其为我,果然

---

① 李开先:《老黄浑张二恶传》,选自李开先:《李开先全集》,上海古籍出版社2014年版,第911页。
② 李开先:《张寿翁传》,选自李开先:《李开先全集》,上海古籍出版社2014年版,第853页。
③ 李开先:《宋素卿传》,选自李开先:《李开先全集》,上海古籍出版社2014年版,第862页。
④ 李开先:《李开先全集》,上海古籍出版社2014年版,第358页。
⑤ 李开先:《煤客刘祥墓志铭》,选自李开先:《李开先全集》,上海古籍出版社2014年版,第916页。

是我矣！'"① 语言生动，读之趣味盎然。

当然，坊刻小说的流俗由市场需求决定，而李开先显然没有迎合受众的顾虑，"浅显其词"主要是为主体意识的抒发，他本就一再倡议学习通俗文学之精神，这般身先士卒的尝试，不失为一种试验性的行为，满足他宣扬自我文学主张的需求之余，兼附表率作用，也为他的"雅文学"创作烙印上显著的个性特征。如果李开先在俗文学创作中，融入雅文学的范式，并不算创新，那么将俗文学元素介入雅文学的书写里，则可谓别有特色，尤其这般在遵循"辨体"观念之下涌现的创新意识，就非常值得关注。再从作品来看，李开先善于借用诗、传记、墓志铭等多种体式去描写某一个人物，使得人物的刻画在不同文体中交织互见，塑造出更为饱满立体的形象，最重要的是，任情放达的率意表露，使得文章笔调真挚，情感充沛，彰显着热烈的作者个性，亦激荡出鲜明的时代精神，故有学者肯定到："从明代中期文章的发展来看，李开先之文是有成就的，其主要成就在于传记，包括墓志。"②

第二节 "雅俗分界"与李开先的辨体意识

"雅俗之辨"在文学研究领域，绝对不是一个陌生的话题，基于最浅层的意义来说，二者作为相互对立的存在，势必有截然的划分界限，作为各种观点的源头，李开先是如何把握这种分界的，就显得尤为重要。本节对李开先的作品不置褒贬，而是从文体观念着眼，辨析李开先在"雅""俗"文学两个层面，表露出怎样的文体观、其作品是否能对此有所反映，最终又达成怎样的艺术成就。而要重点讨论的"辨体"问题，主要针对李开先对雅俗文学不同的态度而谈。

---

① 李开先：《老黄浑张二恶传》，选自李开先：《李开先全集》，上海古籍出版社2014年版，第910页。

② 郭预衡：《中国散文史》（下），上海古籍出版社2011年版，第152页。

一、李开先的辨体意识

《闲居集》中收录不少李开先为他人文集所作序文，因涉及的类型多样，使得他"借题发挥"之时，对不少文体的体性特征或多或少有所论及，纵然零散细碎，也不失其鲜明文体观念的表象。譬如《十朝诏令序》："诏令虽鼓舞万民之术，而根本在超越千古之心，皇祖留神《洪范》之学，垂情衍义之书。"从写作目的阐明了诏令撰写的核心要义。又，《何氏辞赋集》序里解释舍弃其他文体，单为何景明编辑辞赋集的理由，以"夜衣之领、朝食之果"为喻，突出"辞赋，本也"的中心思想，认为辞赋是文学写作的发端引绪，承袭的仍是最传统的文学观念。同时，他为亡故的挚友李舜臣作墓志铭后，又作诗和祭文等，采用多种文体形式以示悼念，其理由是："志铭勒石纳诸幽，人鲜见之，乃更刻木广其传，并及诗与祭文。"[①]可见，在无形之中，李开先从应用形态的角度，对墓碑文一体以示区分，简言之即墓志铭须深埋于地下，他希望通过文与诗这种流传更广的形式，让故友的贤才被更多人看见。

到了《醉乡小稿序》中，他点明："单词谓之叶儿乐府，若非散套杂剧，可以敷演添凑，所以作者虽多，而能致其精者亦稀矣。"[②]对曲体进一步做了区分，单词即小令，李开先认为小令的特征为短小精悍，而散套和杂剧的所谓"敷演填凑"，简单而言就是扩充填补，这里通过篇幅体制的长短之分，对同性质的小令、散套和杂剧加以区分。正如郭英德所言："李开先的散曲语言风格追求'俗以渐加，而文随俗远'，但他的剧曲语言风格却以典雅见长。"[③]说明即使是同类文体之间，无论在体制还是风格上，他亦是有心分辨的。

以上所述，皆是李开先观点概念上的呈现，而所谓辨体意识，此中之

[①] 李开先：《〈贤贤小集〉序》，选自李开先：《李开先全集》，上海古籍出版社2014年版，第517页。

[②] 李开先：《〈醉乡小稿〉序》，选自李开先：《李开先全集》，上海古籍出版社2014年版，第504页。

[③] 郭英德：《明清传奇戏曲文体研究》，商务印书馆2004年版，第123页。

"辨"不仅是观念理论上的自觉，还涉及写作实践中的具体运用。虽然李开先的文学理论几乎散漫不成系统，但他的作品确为可观，此处特举"诗"和"对联"，一雅一俗两个典型案例，作为主体进行分析，其余材料兹作补充。

罗时进在研究明人文学活动时，曾总结道："一般来说，人们对诗歌尚怀有一定程度的敬畏，虽不乏恃才狂傲，语无忌惮，动辄以李杜、王孟、韦柳自命者，但清慎持正、识体辨品者亦多，他们往往将娱情化的一时草作与可传后世的文本审慎地区分开来。"① 这般特质显然也能从李开先身上得到体现，最典型的一个事例，即是李开先应客人之托，次韵百首《田园四时行乐诗》。

这套组诗作于嘉靖三十三年（1554）冬，据其序中所述，有客人携《梅花百咏诗》来访，李开先便作诗百韵以应和，诗成之后，自己却并不满意，称："当时过于自信，比诗成客至，惭不敢出，虽《梅花百咏》不及，而况于唐乎？"② 然而，不仅客人大为叹服，同邑诗友袁崇冕、王阶等人，也赞赏有加，争相校而刻之，却令李开先更生悔意：

> 客有爱而刻之者，知之晚，不及停其工，印册殆遍布邑中矣。乃贻之以书，愿焚其刻而灭其迹……存亡无足深惜，只恐见是刻者，以予有好名之累。③

从中不难看出，一方面，李开先自认诗并非为己所长，称："中麓子素不能诗，诗不能多"④，虽不免有自谦的意味，但对比李开先的其他文学创作和流传情况，确也可称为比较客观的定位；尤其这组诗使用一韵百篇的技法，百篇中不换韵甚至不换韵脚，虽然也因创作的难度和罕见程度为

---

① 罗时进：《焚稿烟燎中的明代文学影响》，选自罗时进主编：《记忆与再现 明清近代诗文研究论集》，苏州大学出版社2018年版，第32页。
② 李开先：《〈田间四时行乐诗〉序》，选自李开先：《李开先全集》，上海古籍出版社2014年版，第582页。
③ 李开先：《〈田间四时行乐诗〉后序》，选自李开先：《李开先全集》，上海古籍出版社2014年版，第583页。
④ 李开先：《〈田间四时行乐诗〉后序》，选自李开先：《李开先全集》，上海古籍出版社2014年版，第582页。

人津津乐道，但种种限制之下，更容易暴露出不少短板："予是诗注脚字死而实，独一青字虽虚，然亦非圆活者，所以难于次押，句意因而或失照应，才限之，韵拘之也。"① 如此逞才使气之下，字句上的重复蹈袭、立意的牵强等问题，通通难以避免，正所谓"良工不示人以朴"，李开先的事后反思，亦反映出他对诗歌创作品质与价值的坚持。

另一方面，李开先不想被人诟病贪图文名，更何况他强调这只是文人逞才使能的游戏之作，不少友人在评点时亦以为是："此特中麓游戏之作耳。若夫该博之学、经济之才，如探溟渤，涯涘莫窥"②、"先生以文字为游戏，而托物比兴，命词感慨，时借近体，用存古风，间有寓情深郁，得之吟讽余，则其济世之心，果何如也？"③ 李开先本人也明确表示，他的目的仅在于排情遣兴，姑且自娱而已："聊以适一时之兴，非敢有奇博之心。"④ 很显然，在他的眼中，诗歌有娱乐和正式的不同创作属性，从文体的规范意义上看，前者徒有趣味，远达不到载于文本、流传后世的标准，故他本人是极为不认可该组诗的传世价值的。

值得一提的是，李开先的散曲《傍妆台》多至百首，正是为了声色之享，这些小令格外注重音乐性："偶有西郡歌童投谒，戏擅南北，科范指点色色过人，因作【傍妆台】小令一百，付之歌焉。"⑤ 顾秋山作跋语称："游戏文章、脍炙士林之口者，非欤？"⑥ 又王九思称："目昏不能捧读，付之歌工，凭几而听之，能使老人复少。"⑦ 可见，作为游戏文章，除了供文

---

① 李开先：《〈田间四时行乐诗〉后序》，选自李开先：《李开先全集》，上海古籍出版社2014年版，第582-583页。
② 张巨卿：《〈田间四时行乐诗〉跋》，选自李开先：《李开先全集》（下），上海古籍出版社2014年版，第1855页。
③ 郑坤：《〈田间四时行乐诗〉跋》，选自李开先：《李开先全集》（下），上海古籍出版社2014年版，第1861页。
④ 郑坤：《〈田间四时行乐诗〉跋》，选自李开先：《李开先全集》（下），上海古籍出版社2014年版，第1861页。
⑤ 李开先：《〈中麓小令〉引》，选自李开先：《李开先全集》，上海古籍出版社2014年版，第1449页。
⑥ 顾秋山：《〈中麓小令〉跋》，选自李开先：《李开先全集》，上海古籍出版社2014年版，第1468页。
⑦ 王九思：《〈中麓小令〉跋》，选自李开先：《李开先全集》，上海古籍出版社2014年版，第1470页。

人自吟清诵,该作还能在宴会时付与伶工演唱,充分发挥其娱乐作用,恰不背离其创作的初衷。然而,同样出于自娱自乐的目的,李开先不仅对该作的流传毫无芥蒂,甚至凭此掀起大规模的评赏、刊刻热潮。

这般截然不同的心态,恰恰凸显出李开先鲜明的辨体意识,即不同的文体之间(诗与曲),适用不同的处理态度,尤其从传世意识一层来考究,词曲一类的娱乐之作,他不甚在意、可堪流传;但是到诗,尤其是七言律诗这种古法体式时,却显得格外审慎,不愿轻易给人留下诟病的空间。这并不是说李开先鄙薄词曲,认为诗就是比曲正统、端庄,创作必须秉持一定的敬畏之心。其实,他看待文体不分高低贵贱,只是认为二者的功用和创作目的不同,因而要区别对待,词曲可以随心遣兴,诗还得意存高远。

另一个惹人关注的点,即是序言中"而况于唐乎?"的反问,其实暗示着李开先认为七律应以唐人为典范的观念。而从他人阅读此作的评价来看,大家夸赞的主要原因,不仅在于他"一韵百首"仍能做到格律谨严,其实也有多次强调"如唐"的观点,并常以此作为好评的标准,这俨然是当地诗会的一个共识。而"七律如唐"的要求,不仅是李开先诗歌创作观念的体现,更透露出他遵循传统创作范式的一面,表明起码在当时,他是与文坛主流思潮亦步亦趋的,该问题已有前辈详加讨论,不再赘述①。

钱谦益描述李开先"改定元人传奇乐府数百卷,搜集市井艳词、诗禅、对类之属,多流俗琐碎,士大夫所不道者。"② 如其所言,传统雅正文学之外,李开先把目光投向了更广阔的领域,不仅限于民歌谣曲,他还将意趣驰骋于楹联这一文体的创作之中。检点早期的文学史,楹联并未被纳入正式"文体",直到明代,随着社会文化风气的转变,它才逐步被认可并得以发展,即如顾颉刚所言:"至明而联不必在楹,裱工装治,触处可悬,其为用遂益广。其文可以写景,亦可以说理,可以发感喟,亦可以资

---

① 参见葛晓音:《唐诗流变论要》,商务印书馆2017年版;陈广宏、郑利华编选:《抉精要以会通》,商务印书馆2018年版。
② 钱谦益:《列朝诗集小传》("李少卿开先条"),上海古籍出版社1983年版,第378页。

笑剧,盖具画龙点睛之妙,以少许之文纳多许之意者也。"①

李开先在其中亦发挥着不小的影响,张小华曾评价:"楹联至李开先,已经完全成熟为一种独立的文体……李开先是一位优秀的楹联理论家与实践家。"② 如其所言,除了参与写作,在亲自撰写的《中麓山人拙对》和《中麓山人续对》序言中,李开先都对楹联创作的理论进行了探讨,并且这其中也涉及了文体之辨。

《中麓山人拙对》开篇,就对楹联的文体性质进行讨论:

> 属对在文事中为末技,然童而习之,至白首有不能得其肯綮。此与诗联夐别,只宜严而切、简而明。虽若出自信口,字句浑然天成,无雕琢之迹,有金石之声,是则可传,传而可远,不当以末技目之矣。③

从中可见,虽然不否认楹联作为"末技"低下的地位,他仍有意将之归类于"文事",凸显出联体常被忽视的文学审美性;同时,有意将"诗联"与"对联"相提并论,亦并非空穴来风,他显然注意到二者在平仄和对仗适用规则上的相近,最终目的无非也是借前者抬升后者地位,进而唤起众人对楹联创作的重视。更重要的是,李开先把握到了楹联与诗,不同文体之间的本质差异:"诗有长篇,意犹不尽;对则取足于两言之间,亦云难矣。"④ 在体制规模上,两者有长短之分,在意蕴内涵上,一求深永绵长,一则言简意赅,李开先的一番甄别之下,揭示出二者的文体特性,进而彰显了对联创作的自有规律。

与此同时,他提出一套专门性的写作法则:"对虽欲严,然意活泼而字不拘束,远则对以近,俗则对以雅,缓声则对以急响,乍见若出言外,

---

① 顾颉刚著,顾潮选编:《蕲驰斋小品·黄可庄〈集联三百首〉序》,北京出版社1998年版,第274页。
② 张小华:《中国楹联史》,南京师范大学2012年博士论文,第40页。
③ 李开先:《〈中麓山人拙对〉序》,选自李开先:《李开先全集》,上海古籍出版社2014年版,第574页。
④ 李开先:《〈中麓山人拙对〉后序》,选自李开先:《李开先全集》,上海古籍出版社2014年版,第576页。

徐察不逾目前。"① 又提倡"文意遇而自然成之"②，不过分苛求切磋琢磨，显而易见，这与他重视文学艺术真情直抒、本色自然的通俗化，是一脉相承的。

此外，在文友沈仕的跋语中，还可知李开先并未将所有创作尽刻："三册所不载何也？麓翁笑曰：'止有数对乃一时从俗漫应，俗不可登册，余皆非也。'"③ 其中之俗，应指庸俗不堪、趣味不高的风格特征，虽然楹联本属俗文学领域，是为末技之流，但兴之所至、浑然天成，并不意味着随心所欲、信口而出，李开先在这里强调了俗文学创作的"分寸感"，虽然比正统文学自由得多，但尺度的控制依旧重要，这既是士大夫阶层所偏好之"俗"，与普通大众有所区别的地方，也是李开先有别于明后期袁宏道等人，主张思想解放一味用俗、刻意浅露之处。

二、李开先的"曲体"观

如果"诗文之辨"体仍不出传统文学之本格，"曲体之辨"则更具有变格的意义。而曲体能有别于诗文脱颖而出，根本还是在于其声腔韵律，这也是"曲体之辨"中最有价值的一环。李开先不仅通晓音律，许多观点更有意识地触及此内核，仔细检点亦不难发现，其曲论整体呈现"尚曲"的特征，即多从"唱"的角度入手，热衷于讨论曲律声韵的部分。需要明确的是，评价李开先"通晓音律"的实质，既是能深谙戏曲的独特体性，也是构成其辨体意识的重要组成部分。

然而，纵使李开先自称自幼即"颇究心金元词曲"，还是有人质疑他并不谙音律，譬如沈德符批评他"不娴度曲""吴侬见诮"④。而这种不谐

---

① 李开先：《〈中麓山人拙对、续对〉又总序》，选自李开先：《李开先全集》，上海古籍出版社2014年版，第603页。
② 李开先：《〈中麓山人续对〉后序》，选自李开先：《李开先全集》，上海古籍出版社2014年版，第601页。
③ 沈仕：《〈中麓山人拙对〉跋》，选自李开先：《李开先全集》，上海古籍出版社2014年版，第1987页。
④ 沈德符：《顾曲杂言》，选自中国戏曲研究院编：《中国古典戏曲论著集成》（四），中国戏剧出版社1959年版，第203页。

之声的根源实为王世贞，其《曲藻》记载：

> 伯华以百阕【傍妆台】为德涵所赏。今其辞尚存，不足道也。所为南剧《宝剑》、《登坛记》，亦是改其乡先辈之作。二记余见之，尚在《拜月》、《荆钗》之下耳，而自负不浅。一日问余："何如《琵琶记》乎？"余谓："公辞之美，不必言。第今吴中教师十人唱过，随字改妥，乃可传耳。"①

王氏作此评价的缘由，第一章中已作讨论，乃是出于声腔运用和曲律观念的不同。这里仍想辩驳的是，实际上李开先不仅擅长创作，还精通识音辨韵之法，《南北插科词序》曾载："甚至歌者才一发声，则按而止之曰：'开端有误，不必歌竟矣。'坐客无不屈伏。"②李开先这段神乎其神的自我夸赞中，亦可见他对于音乐格律掌握得相当纯熟。当然，他也解释所谓"神技"实乃"好之笃而久"，经过长期的沉浸钻研，才能培养出这般绝对的音感。

另外，《词谑》中还记载了不少他通晓音律的轶事，最经典的乃"驳渼陂词"一条："开场唱【赏花时】，予即驳之曰：'四海讴歌百姓欢，谁家数去酒杯宽'，两注脚韵走入桓欢韵。因请予改作'安、干'二字。至'唐明皇走出益门镇'，予又驳之曰：'平声用阴者犹不足取，况用"益"字去声乎？'复请改之。"③能大胆批驳文坛前辈的作品，甚至为其改韵换字，其自信可见一斑。而从他人的评价来看，这些并非李开先的一家之言，罗洪先在与李开先往来的书信中就提到："闻诗余盛传，何不寄之，以为山中舞蹈之助，弟能按腔击节也。"④其中"能按腔击节"，正从旁人的角度证实李开先确实懂得节奏、音律，且具有比较高的艺术修养，甚至能为表演之用。

---

① 王世贞：《曲藻》，选自中国戏曲研究院编：《中国古典戏曲论著集成》（四），中国戏剧出版社 1959 年版，第 36 页。
② 周明鹃：《〈词谑〉疏证》，江西教育出版社 2015 年版，第 407—408 页。
③ 周明鹃：《〈词谑〉疏证》，江西教育出版社 2015 年版，第 6 页。
④ 徐渭辑：《古今振雅云笺》（卷九），四库禁毁书丛刊编委会：《四库禁毁书丛刊》（集部）（18 册），北京出版社 1997 年版，第 242 页。

  与此同时，李开先编选词曲集时，同样恪守声律原则，其《乔梦符小令》后序中强调："非敢变移音律，错乱宫商也。"①《改定元贤传奇》中虽有不少改笔，也大抵是从字词上入手的。当然，他不仅在实践中擅长此道，在相关理论的阐述上也颇有造诣，他对曲之崇尚亦并非泛泛而论，尤为看重音律的辨析，其中对南、北曲的探讨就深有见地："北之音调舒放雄雅，南则凄惋优柔，均出于风土之自然，不可强而齐也。"②从地域性特征看到音韵之差异，进而归结南北曲风格不一的成因。前辈康海有论："南词主激越，其变也为流丽；北曲主慷慨，其变也为朴实。"③关注到南、北声音和曲调在表现形式上的不同，李开先之论可谓该基础上的进阶深入，而后徐渭、王世贞等人的南北之辨，亦是多秉承其说。

  而对李开先"尚曲"的认定，突出表现在他于词曲"唱"的层面格外关注。在为词友谢九容（号东村）的词曲集作序时，他提到："余独以东村谢君为老作家，格古调平，音谐字妥，娱众目而便歌喉，真艺林中之善鸣者也。"④其中"便歌喉"指利于歌唱，意在强调演唱中词与韵的配合度，故他对友人文辞的赞赏，也正基于字音和谐、格调舒平。又，《词乐》中详尽记述乐人周全教曲、唱曲之事："教必以昏夜，师徒对坐，点一炷香，师执之，高举则声随之高，香住则声住，低亦如之。盖唱词惟在抑扬中节，非香，则用口说，一心听说，一心唱词，未免相夺，若以目视香，词则心口相应也。吴学士惠教人作举业，每受一徒，先出数篇无文枯淡题，观其雄弱短长，随其资而顺导之，亦全之法也。"⑤从因材施教到口传心授，层层递进展现时人艺术教学之精神，不仅保留下当时的艺术史料，更将艺人的演唱、教学经验上升到理论层面，对明代散曲音乐之研究具有

---

 ① 李开先：《〈乔梦符小令〉后序》，选自李开先：《李开先全集》，上海古籍出版社2014年版，第645页。
 ② 李开先：《〈乔龙溪词〉序》，选自李开先：《李开先全集》，上海古籍出版社2014年版，第526页。
 ③ 康海：《〈沜东乐府〉序》，《续修四库全书》编委会：《续修四库全书》（第1738册），上海古籍出版社2003年版，第501页。
 ④ 李开先：《〈东村乐府〉序》，选自李开先：《李开先全集》，上海古籍出版社2014年版，第479页。
 ⑤ 周明鹃：《〈词谑〉疏证》，江西教育出版社2016年版，第164页。

重要意义。

除了归纳、总结他人的经验，李开先还提出了自己对歌唱表演的看法。譬如"弹唱"一则有涉乐理，讨论了北曲演唱和弦索伴奏的关系，开篇之句"弦索不惟有助歌唱，正所以约之，使轻重疾徐不至差错耳"①，其中"约"字洞见音乐节奏对唱者的制约与平衡，进而指出表演者能做到弹唱兼擅并非易事，当时亦大乏其人，故而尚有单唱、清弹的表演形式；而后他又对当时出名的表演者，从技巧、特点等方面悉加点评，仍着重从"声"的角度来谈，如"无一曲不稳""敬极清软""弹唱皆妙"等，对考察明代嘉靖时期的戏曲表演生态皆有启发。由此，这些例证在某种程度上也揭示出，他对词曲创作音韵的重视是要胜于文辞的。

李开先在编选《改定元贤传奇》的观念上，同样凸显了很强的辨体意识。《改定元贤传奇》专门收录元杂剧，又言"俟有余力，当再刻套及小令。"② 明确对同为"曲文学"的杂剧、散曲进行了区分，正如李昌集所言："《西野春游词》是散曲集，李开先提到的曲家皆是散曲家，均是证明，李开先对'词'与'传奇'的分界还是清晰的。"③ 很显然，《〈西野春游词〉序》是针对散曲而言，《〈改定元贤传奇〉序》则专就剧曲而论，"散曲"和"剧曲"在体制形式上互相依存，却又是相对独立的。如此，在"以'曲文学'的眼光视戏曲的现象还相当普遍"④ 之时，《改定元贤传奇》于"剧曲"文体上，标举元杂剧为典型，就含有一定的范式意义。

不能否认，李开先的辨体意识体现于诗文方面，仍不脱传统士人套路，是被当时的文学思潮裹挟前进的，相比较而言，他在俗文学领域，尤其是曲学方面的成就，则要耀眼得多。他作为明中期重要的曲学家，非常积极地投身俗文学的整理和创作，在作曲、选曲及论曲等方面皆有建树，这其中李开先指涉曲体之辨的核心，乃是出于其讲究文律兼美的"曲学"视角，概而言之，即曲词本色之追求、韵律和谐之重视。正基于此，李开先在明代中叶的"诗曲之辨"中格外具有代表性，甚至可以说，他使得戏

---

① 周明鹃：《〈词谑〉疏证》，江西教育出版社2016年版，第240页。
② 周明鹃：《〈词谑〉疏证》，江西教育出版社2016年版，第240页。
③ 李昌集：《中国古代曲学史》，华东师范大学出版社2007年版，第426页。
④ 李昌集：《中国古代曲学史》，华东师范大学出版社2007年版，第296页。

曲之体逐渐脱离诗学的亲缘，成为一种独立的存在。正如王苏生所肯定的那样："李开先开启了由'尊体'到'辨体'的诸多命题，其言说最具戏曲观念史的转型意义"。[1]

还值得关注的是，《词谑》中"颜容"一条[2]有涉及戏剧舞台表演的成分，不过总体来看，李开先讨论重心还是在散曲而非剧曲，因而多是从"曲本位"的角度切入，他基于"剧本位"对舞台特征的关注，虽未系统成论，却在《改定元贤传奇》的改订中得以体现，本书第三章中已作专门讨论，此处不再赘述。

第三节 李开先"寄俗于雅"的审美倾向

正如杨万里所言："在古代中国，词、曲、戏剧、小说在登上文坛之前或之后，都经过尊体的过程。"[3] 长期被视作末流小道的曲体，正是在经过周德清、朱权等曲学家的努力下，才得以登上历史舞台，而发展到李开先时，已迈入戏曲发展由盛转衰的转型时期，因此他的种种观点，也为曲体之"尊"与"辨"注入了新的能量。相关问题已有不少学者深加阐述，故本节重点关注的并非概念而是方法，即李开先在雅文学主流思维的影响下，主要通过"寄俗于雅"的批评观念，实现尊体和辨体的诉求。而所谓"寄俗于雅"的核心，即将诗、文一类正统文学的批评范式，应用到俗文学的批评中，进而达到为后者辩护的目的。

一、"真诗只在民间"——为民歌时调辩护

明代中后期，文学思潮逐步呈现贵浅尚俗的倾向。此中比较显著的表

---

[1] 王苏生：《中国古代戏曲观的嬗变》，中国社会科学出版社2019年版，第100页。
[2] 李开先《词谑·词乐》"颜容条"："每登场，务备极情态，喉音响亮，又足以助之。尝于众扮《赵氏孤儿》戏文，容为公孙忤臼，见听者无戚容，归即左手挦须，右手抨其两颊尽赤，取一穿衣镜，抱一木雕孤儿，说一番，唱一番，哭一番，其孤苦感怆，真有可怜之色，难乎之情。"（参见李开先：《李开先全集》，上海古籍出版社2014年版，第1642页。）
[3] 杨万里：《略论词学尊体史》，载《云梦学刊》，1998年第2期。

征，即是不少作为精英阶层的士人，以极高的热情投入民歌时调的收集、整理中。参照沈德符《万历野获编·时尚小令》记载："自宣正至成弘后，中原又行《锁南枝》《傍妆台》《山坡羊》之属。李崆峒先生初自庆阳徙居汴梁，闻之以为可继国风之后何大复继至，亦酷爱之。今所传《泥捏人》及《鞋打卦》《熬鬏髻》三阕，为三牌名之冠，故不虚也。"① 正是在他们的染指之下，民歌这种脱胎于市民文化的产物，于当时迅速地流传开来。

出生较李、何稍晚的李开先，亦亲身参与其中。他曾在《词谑·市井艳词》中辑录了六首描述男女情爱的俗曲，并特别强调"李、何所爱者"②；又于"时调"一则中，借何景明之口对【锁南枝】词加以点评："时词中状元也。如十五国风，出诸里巷妇女之口者，情词婉曲，有非后世诗人墨客操觚染翰，刻骨流血所能及者，以其真也。"③ 这句话是否真由何景明所说，目前难以考证，不过李开先的目的却很明确：李、何毕竟为当时的文坛领袖，极具号召力和影响，经由他们首肯推荐的作品，必定会引起人们的重视，而他们诗文大家的身份，也过滤掉民歌俚曲一定低劣流俗的杂质。

单就李开先而言，一方面，他对于民歌深情意挚的特征倍加欣赏，表明民歌不仅传承国风之精神，真实而又深刻地反映现实生活，在审美价值和艺术价值上，更达到了文人笔墨所难企及的高度；另一方面，他将当时民歌谣曲的发端，追溯到《诗经》的"十五国风"，即是"寄俗于雅"，有向文学正统靠拢的意思。毕竟传统的文学观念中，这类作品还要别有寄托、讲究社会意义，正所谓"诗可以怨"，民歌俚曲亦可以"怨"，除了透露出鲜活的市民意识和情趣外，它们也是揭露社会百态、讴歌下层民众心声的有效方式。

与此同时，李开先也大胆地自发议论：

---

① 沈德符：《万历野获编》，中华书局1959年版，第647页。
② 李开先：《词谑·市井艳词》，选自周明鹃：《〈词谑〉疏证》，江西教育出版社2016年版，第59页。
③ 李开先：《词谑·论时调》，选自周明鹃：《〈词谑〉疏证》，江西教育出版社2016年版，第55页。

但淫艳亵狎，不堪入耳，其声则然矣，语意则直出肺肝，不加雕刻，俱男女相与之情，虽君臣友朋，亦多有托此者，以其情尤足感人也。故风出谣口，真诗只在民间。①

不难发现，"虽君臣友朋，亦多有托此者"一句，明显影射了古典诗学批评中的"喻托"传统，如果说前文所述"情真、怨刺"乃出自思想层面，这里则是从写作技法上介入的。"喻托"之说起自屈原《离骚》的写作，李开先所言的"君臣朋友"，正可与《离骚》中"香草美人"的象征手法对应。

试以《词谑》引载过的民歌来看："熬这顶髽髻如同熬纱帽，想这纸婚书如同想官诰"②，通篇虽言女子之恨嫁，却多少能与男子的求仕之路联系，再结合其遭受罢官的经历，隐约能读出一点渴望赐还的意味来。李开先借此传统来为民歌时调辩护，但他并非妄图撼动正统文学的地位，而是希望纠正大众所谓"小道末技"的偏见，要重塑人们的观念，"寄俗于雅"恰恰是更取巧的方式，而文士阶层对民歌的肯定和关注，无形中也促进了雅俗文化的交流互动。

当然，这段话承上启下的意义同样不容忽视。具体而言，向前追溯，即上承李梦阳，下启"公安三袁"、冯梦龙等辈。李梦阳《诗集自序》中曾引用王叔武之言道："'夫诗者，天地自然之音也。今途咢而巷讴，劳神而康吟，一唱而群和者，其真也，斯之谓风也。'孔子曰：'礼失而求之野，今真诗乃在民间。'"③姑且从文字之表述、口号之倡导来看，李开先"故风出谣口，真诗只在民间"的观点，分明承继于此。而袁中道《游荷叶山记》："其词俚，其音乱。然与'旱既太甚'之诗，不同文而同声，不同声而同气，真诗其果在民间乎？"④显而易见，他的反问亦不脱前人

---

① 李开先：《〈市井艳词〉序》，选自李开先：《李开先全集》，上海古籍出版社2014年版，第566页。
② 李开先：《词谑·市井艳词》，选自周明鹃：《〈词谑〉疏证》，江西教育出版社2016年版第59页。
③ 李梦阳：《诗集自序》，选自郭绍虞：《中国历代文论选》（第三册），上海古籍出版社1980年版，第66页。
④ 袁中道：《珂雪斋集》（中），上海古籍出版社1989年版，第531页。

套路。

从李梦阳"真诗乃在民间",到李开先"真诗只在民间",再到袁中道"真诗果在民间",虽然包含的意蕴不同、各自的目的企图不一,但都有借用通俗文学立论说法,且各种阐释的要害都统一指向"重视真情"。可以说,在明人意识到过分追求复古带来种种弊端,为纠正创作中的不良风气,而不断提倡"真情"的背景之下,纵然李开先只为推举民歌谣曲,他仍然不能摆脱时代的桎梏并且受制其中,付出的种种努力最终还是服务于正统诗歌;而李梦阳等人,虽是为诗歌正统找寻出路,却也在无形中为通俗文学打开门路,二者相辅相成,密不可分。因此,与其说李开先在明代通俗文学的发展史上有开领风气之功,不如说他是这一阶段承上启下的关键人物。

二、"诗须唐调,词必元声"——曲学批评中的"尊元"意识

自明中叶以来,在诗文领域复古思潮的影响下,戏曲家们也开始反思当时戏曲创作的诸种弊病,因此,曲学批评领域也渐呈现出"尊元"[①]之趋势。在此交织不断的争鸣之中,置身其间的李开先,无疑是很典型的案例。回溯李开先的个人经历,他既与前七子中的康海、王九思交往甚密;又因信奉复古派主张,诗学初唐、文仿先秦两汉,以"嘉靖八才子"称名;于唐宋派风起之时,更是投身其间:"嘉靖初,王道思、唐应德倡论,尽洗一时剽拟之习。伯华与罗达夫、赵景仁诸人,左提右挈,李、何文集,几于遏而不行。"[②] 在大势所趋和积极、自觉的参与之下,李开先早已

[①] 按:尊元之概念,援引自杜桂萍:"这种以元代戏曲为矩范的尊体意识与皈依心态统称为'宗元',并以之涵括戏曲史曾出现的'尚元''崇元''尊元''趋元''佞元''遵北'等提法。"(参见杜桂萍等著:《明清戏曲宗元问题论稿》,中国社会科学出版社2018年版,第1页)曲界"宗元"的问题,现今学界已有过不少讨论,朱万曙《明代戏曲评点研究》、徐子方《明杂剧史》及黄振林《明清传奇与地方声腔关系考论》等作,都曾提到明代戏曲在批评理论和创作中的"宗元"现象。而后,相关问题的研究逐渐具体而深入,比较典型的有,王斌《明代文人曲学"尊元"现象考论》一篇,以时为序,勾勒出明人"尊元"理念的流变;杜桂萍等所著《明清戏曲宗元问题论稿》,则对明清之际文人的"尊元"问题,做出比较全面和归纳性的总结。

[②] 钱谦益:《列朝诗集小传》(下)(丁集上)("李少卿开先"条),上海古籍出版社1959年版,第377页。

浸润在"复古"洪潮之中，由此，在转向戏曲领域之后，他会提出种种以"复古"为基准的倡导，也就不难理解。

可以说，李开先曲学观念中的复古倾向，乃至"尊元"观念的形成，实根源于诗文领域之影响。但与此同时，他不仅是此浪潮的趋从者，更是重要的领军者：既率先于戏曲领域提出"本色"①的概念，又在《题〈高秋怅离卷〉》前作小序言："诗须唐调，词必元声，然后为至。"②其中之词，即指元曲，"诗须唐调，词必元声"的提出，俨然是在模仿前七子"文必秦汉，诗必盛唐"的口号范式。它与诗文领域的复古风潮一脉相承，不仅明确表示了对"元曲"之推崇，还借唐诗抬升元曲地位，尊体意味昭然。

李开先自称："予少时综理文翰之余，颇究心金、元词曲……音调合否，字面生熟，举目如辨素苍，开口如数一二"③，可谓在曲学领域颇有心得。而他涉及曲学批评的表述，多散见于其所撰序跋之中，专就"尊元"来论，《〈西野春游词〉序》中提炼得最为明确："传奇戏文，虽分南北，套词小令，虽有短长，其微妙则一而已。悟入之功，存乎作者之天资学力耳。然俱以金、元为准，犹之诗以唐为极也。"④他不仅将曲与诗等量齐观，借以抬升曲体的地位，更用"唐诗"作比，标榜金、元为曲之极盛时代，视其面貌风格为正统。另，其《〈乔龙溪词〉序》中还提到："康衢、击壤、卿云、南风、三百篇，下逮金元套、散、杂剧等，皆北也。北，其本质也，故今朝廷郊庙乐章，用北而不南，是其验也。"⑤这种于曲律方面

---

① 李开先：《〈西游春游词〉序》："国初如刘东升、王子一、李直夫诸名家，尚有金、元风格，乃后分而两之，用本色者为词人之词，否则为文人之词矣。自陈大声正德丁卯殁后，惟有王渼陂为最，陈乃元词之下者，而王乃文词之高者也，可为等侪，有未易以轩轾者。若兼而有之，其元哉？其犹诗之唐而不可上者哉！"（俞为民、孙蓉蓉编：《历代曲话汇编·明代编》（第一集），黄山书社2009年版，第412页。）

② 李开先：《题〈高秋怅离卷〉》，选自李开先著，卜键校笺：《李开先全集》（修订本）（上），上海古籍出版社2014年版，第266页。

③ 李开先：《〈南北插科词〉序》，选自俞为民、孙蓉蓉编：《历代曲话汇编·明代编》（第一集），黄山书社2009年版，第407页。

④ 李开先：《〈西野游春词〉序》，选自俞为民、孙蓉蓉编：《历代曲话汇编·明代编》（第一集），黄山书社2009年版，第412页。

⑤ 李开先：《〈乔龙溪词〉序》，选自俞为民、孙蓉蓉编：《历代曲话汇编·明代编》（第一集），黄山书社2009年版，第401页。

"尊北贬南"的心态，根本上还是旨在推崇金、元旧格，与其复古理念一脉相承。

再关照到《改定元贤传奇》的编选，更有明确的针对性，仅从两则序言就能窥见李开先不少"尊元"的痕迹，正如有学者所言"李开先在《〈改定元贤传奇〉序》中两次提到'汉文、唐诗、宋理学、元词曲'"①，恰说明他是将元曲视为元代文学之代表的。就创作该书的原因和意图，一言以蔽之，即"欲世人之得见元词"；选剧标准则称"取其辞意高古"，此中所言之古，实暗指金元之旧制；更值得注意的是，选本中收入王子一《误入天台》剧，而李开先显然是把王子一归入明初作家一脉的，在其《西野春游词序》中有述："国初如刘东生、王子一、李直夫诸名家，尚有金、元风格。"②虽并非"元贤"范畴，李开先仍收纳其作，究其原因，实为标榜其"尚有金、元风格"，借以强调杂剧创作尊元之重要性，巧心用意可见一斑。由此，有感于"元词鲜有见之者"而编订的《改定元贤传奇》，既以"元贤"为题，又精挑细选、审慎改订，力图存元杂剧之旧貌，无疑是李开先"尊元"观念最具代表性的实践。

总体上看，李开先"尊元"概念的表达比较显豁直白，且与诗文领域之复古思潮有所贯通。与此同时，他的各种观点，也直接或间接地浸染到当时曲坛的批评风气，如其弟子梁玉菴曾有言："生无所知，因久侍教，似有所得。金、元余令，访得数十，因佳章以对证古作，即其法律，求其妙意。"正是在李开先的影响之下，梁氏在词曲的创作方面，皆以金、元为律则，而在其后的不少曲论中，亦不乏应和者。

"寄雅于俗"不仅是抬高相对下层文体的手段，也是文士避免"媚俗"的自我保护方式。正是基于身份的顾虑，尤其李开先实为经由科举渠道进入精英阶层的文士，他徘徊在世袭罔替的既定精英阶层与一般大众之间，对于前者他要迎合趋进，而对于后者，他企图划清界限却又难以割舍。尤其遭遇罢官以后，这种身份的游离更显得尴尬，最直接的表现，即是回乡

---

① 任广世：《〈改定元贤传奇〉编纂流传考》[J]．载《戏曲研究》，2008年第1期。
② 李开先：《〈西游春游词〉序》，选自韦为民、孙蓉蓉编：《历代曲话汇编·明代编》（第一集），黄山书社2009年版，第412页。

之后，出于身份变化导致的疏离感，他与仕途中交好的不少人便断绝了音信，只能通过撰写《六十子诗》等作，凭吊过往的岁月，交往的人物也转向同乡、后辈。

余 论

正如前文所述，李开先不仅在文艺观念上，显露出明确的雅俗分界意识，更将之渗透到诗文、词曲的创作实践中。诚然，"雅俗交融"的理念是他追求的至高境界，但严格来说，它还是分别指向语言的浅俗和思想的纯正，故应用于不同文体的侧重点亦截然有别，不过总体上依旧实现了雅俗文学之间的互动交流。李开先固然有其先觉意识，置身波云诡谲的时代思潮之下，他身上的"过渡"性质则更为明显，由此再来审视他的"雅俗之辨"，不少问题我们仍要继续加以辨识。

首先，需要探讨李开先作为"汲汲于经世"的士大夫，却格外重视俗文学的原因。关于这个问题，周潇认为："在仕途受挫，罢官归乡后，李开先较多地接触了当地流行的民歌俚曲，对通俗文学的热爱，对市井艳词'真'、'俗'特点的明确认识，使他的文学思想发生了根本的转折。"[1] 实际上李开先对俗文学的偏爱，并非起始于罢官之后，反而贯穿整个文学生涯，从其自称年少时即"敲棋编曲，竟日无休"便不难窥见。不过，民间文化的熏染，确实是影响其整个文学观念的重要因素。

当然，除了受文坛风气的影响外，更得看到他自身的独特性。回溯其家世，李开先本就出身于庶民阶层，整个家族虽以读书传家，在他之前却未有人迈入仕途，尤其到祖父李聪一辈，更是直言"躬耕养亲，以甘吾志分"[2]，开始真正意义上地以务农为生，扎根民众更贴近世俗，纵然其父有意栽培、一心向学，他成长起来的环境和现实生活中的耳濡目染，都在潜

---

[1] 周潇：《明代山东文学史》，中国社会科学出版社2015年版，第127页。
[2] 李开先：《先大父处士墓表》，选自李开先：《李开先全集》，上海古籍出版社2014年版，第831页。

移默化中渗透入他的意识观念里,而这种早年接受的价值理念,是他终身都难以剥离的。

其次,回归当时的明代文坛,尤其是诗学领域,需要对其价值和身份重新定位。李开先提出:"诗贵意兴活泼,拘拘谫谫,意兴扫地尽矣。"① 一味拟古使得作品丧失灵性与生命活力,最终势必会流于局促浅薄,他的这般反思,正冲击着明中叶复古思潮盛行带来的诗歌创作僵化的问题。诚如王运熙先生所指出的:"这样一种生活态度、文学主张与晚明公安一派的文人非常地形似,其间承前启后的关系是值得注意的。"② 其中的文学主张指李开先"意兴活泼""信口直写"的诗学批评概念,而晚明公安派正强调"直抒性灵",把"求变"作为主要精神,确与李开先有承继互通之处,由此可见,李开先的诗学批评虽零散,对当时及后来的诗人仍有一定的启发意义。

最后,也是不可忽视的,就是由李开先雅俗观念引申出的种种"矛盾心态"。黄洽《李开先曲论的二重性》一文中,也提及李开先文艺观念中的矛盾所在,认为"他的曲论深受带有市民色彩的俗文学的影响,但封建正统观念的痕迹尚未涤除净尽,其新旧两方面因素交互杂糅的现象,正是明中叶新旧思想交替历史时期的产物"③,乃从李开先思想形成的时代背景展开讨论。

而就其个人来看,其实在雅俗分界的问题中,也透露出李开先存在脱离文人群体的身份焦虑,所以才会产生各种看似矛盾的观念:既对民歌俚曲大加赞赏,宣扬"真诗只在民间",又称其价值不过"极一时谑笑"④,仍视之为消遣品,只能供人享乐之用;既提倡戏曲之功用乃"激劝人心、感移风化"⑤,要在社会层面发挥积极的引导、教化作用,又自叹"今借以

---

① 李开先:《〈中麓山人咏雪诗〉后序》,选自李开先:《李开先全集》,上海古籍出版社2014年版,第581页。
② 王运熙:《中国文学批评通史》(明代卷),上海古籍出版社2014年版,第208页。
③ 黄洽:《李开先曲论的二重性》,载《戏文》,1996年第6期。
④ 李开先:《〈市井艳词〉序》,选自李开先:《李开先全集》,上海古籍出版社2014年版,第566页。
⑤ 李开先:《〈改定元贤传奇〉后序》,选自李开先:《李开先全集》,上海古籍出版社2014年版,第557页。

坐消岁月，暗老豪杰"①，视自己的戏曲创作为无奈之举，不过是排遣现实苦闷的工具；既要求词曲要学习民歌谣曲的本色直白，又极力赞赏张可久小令的"超出尘俗"，换句话说，他喜欢小山词就是纯粹的文人趣味。

此外，似乎避嫌一般，总是在强调自己经义古书读罢，"正事"已毕，闲余无事乃作词曲，而非正经为之。例如，《一笑散序》提及刊刻此书的缘由，写道："中麓子尘世应酬之暇、古书讲读之余，戏为六院本。"又，《傍妆台小令》记述："闲居日长，颇有余力，省稼灌园之外，六经训解义有未安者，随笔注之。俟研究既久，各成一家之言。"② 在回忆编辑《张小山小令》时，又称："予自游乡校，读书或有余力，则以学词。"③ 这些相似的开篇套语，既让我们看到李开先的天然本性与纸笔营造的社会形象存在的双面性，更揭示出他徘徊于雅俗之间的纠结心境，不难理解，毕竟士大夫阶层始终对俗文学持有赏玩的心态，骨子里仍抑制不住鄙薄的态度，他们总要为自己做的不循规蹈矩之事，寻一套合理的说辞，每每这般，无外乎强调"闲暇之余"，暗示词曲创作不过打发时间的消遣罢了。

因此，杨遇青认为他们参与词曲写作，就是一种精神生活的向下沉沦："李开先笔下的康海无疑是自己精神世界的写照，他于嘉靖二十年后遭贬黜后，选择了类似的生活态度……当他们入仕无门，只能把生命热情消磨歌酒之间，倾注在词曲之中。"④ 不能否认，对李开先而言，诗文的地位是绝对凌驾于词曲之上的，他曾有言："嗣后专志经术，诗文尚而不为，况词曲又诗文之余耶！"⑤ 但可以完全肯定的是，虽然存在观念上的抵牾，但李开先并不排斥俗文学，更没有轻视一说。杨遇青的说法是一方面，这种宁可闲赋度日，也不愿适从俗流的人生选择，无疑是对当时政坛感到失

---

① 李开先：《〈宝剑记〉后序》，选自李开先：《李开先全集》，上海古籍出版社2014年版，第590页。

② 李开先：《〈傍妆台小令〉序》，选自李开先：《李开先全集》，上海古籍出版社2014年版，第561页。

③ 李开先：《〈张小山小令〉后序》，选自李开先：《李开先全集》，上海古籍出版社2014年版，第643页。

④ 杨遇青：《明嘉靖时期诗文思想研究》，三秦出版社2011年版，第42页。

⑤ 李开先：《〈傍妆台小令〉序》，选自李开先：《李开先全集》，上海古籍出版社2014年版，第561页。

望后的牢骚。

可实际上,并不能因为热衷于宴乐撰曲等事,就此判定李开先的消极沉沦,与其说他"弃政入乐",不如说他是把戏剧散曲之类,徘徊于主流之外的文体,作为其"立言"的工具了。不同于当时许多失意的文人,所谓俗流小道不是李开先逃避现实、放浪形骸的借口,也不同于常见的士人脾性,李开先虽然是站在文人立场看待俗文学,但他未曾自居高位,对俗文学表现睥睨之态,更多流露出的是真挚而恳切的尊重与欣赏——既有借俗文学的优点改进雅文学的企图,又兼推动、发展俗文学的意图。

当然,这也正是其特立独行的一面,特别是罢官归田之后,社会阶层关系产生变化,他原有的雅俗观念也受到冲击,使得他在重新厘清自我群体归属的同时,也在艺术层面上有了新的认识和感悟。因此,他渐渐醉心于词曲创作,并大量搜集曲本、民歌等俗文学作品,对俗文学的态度,不再止步于游戏、欣赏的层面,而是以"真情"为着眼点,探求"雅"与"俗"的磨合之道,他的通融性即在于——用文人的情致和雅士的审美,接纳和重塑根植于民间乡野的俗趣。就另一重角度而言,李开先的理论和实践,也在一定程度上提高着俗文学的艺术品味,对通俗文学之"雅化"无疑是一种推动,务求通俗而不媚俗,在雅俗之间寻求平衡,更是难能可贵的尝试。

结　语

本文的研究试图给李开先一个合适的定位，即明代文学史发展的过渡阶段一个承上启下式的人物。尽管在学界之外，李开先能被人提及和认识，或是因《宝剑记》一部作品，或是牵涉《金瓶梅》的作者之争，已然不是一位名号响亮的人物。但他富赡的人生经历、突出的个人风格和一颗诚挚忠贞的士人之心，都使他可以在明代文学史上留下自己的作品和姓名。

随着研究的深入，学术界对明代文学，尤其是对明代以戏剧、散曲为代表的俗文学之发展历史，也逐渐有了一个再认识的过程。置身其间的李开先，一生经历明弘治、正德、嘉靖和隆庆四朝，他的文学创作则主要集中在正德、嘉靖时期，位于前后七子之间、与唐宋派同时；界于戏曲渐进案头化、骈俪之风盛行和昆腔兴起之时。早年被裹挟在复古思潮之中的李开先，无论是仕途上的提携，还是曲学精神传承，皆笼罩在前贤的影子之下，他往往不能作为文坛风向的主导者，只能作为追随者出现，因而在此阶段他的个人风格展现仍不明显，他在诗文领域的派别归属，也难以完全定义。直到主掌章丘文坛，他渐渐掌握话语权，各种思想理论也得以成形，尤其是他作为曲学家的价值，与同时期作家相较的异质性，以及其人其作的影响力，都在这一时期得以彰显。

李开先所处的时代，乃是一个开始重视俗文学、不偏废雅文学的转换时期。伴随着"大礼议"的政治论争和商品经济的生机勃勃，文学思潮渐趋多元化，一方面，复古重理和自恣重情的思想并行而兴；另一方面，市民阶层的社会生活也影响着士人们的文化趣味，文人学士亦开始有意识地从民间文学中汲取养分，雅俗文学之间的互动融合，已然成为一种不可忽视的文学现象。而李开先本人的创作与思想也可谓是雅俗并融，面对各类文艺样式，既可以创作又通达理论，不固守一枝独秀，而求兼有所长。

在这样一个文艺思想多元并存的时代，李开先亦凸显着自身的独特性。正如罗宗强所总结的："李开先与唐（顺之）、王（慎中）都属于嘉靖八才子之列，而思想与他们不同。虽同辈同时代，而他们的文学思想倾向并不相同。"① 以此为基准重新审视李开先在明中叶文学环境下的艺术成就，不难发现，李开先是一位比较有前瞻性的文学家，他既能在思潮并起、各家争鸣的环境中，先声夺人提出"词必元声"、重乎"本色"的概念；又率先认识到"元杂剧"重要的文献和艺术价值，编选《改定元贤传奇》一书作为轨范。同时，他深受明中叶新兴的民间通俗文学影响，不仅较有远见地收集、整理俗文学作品，更在其创作中有所吸收借鉴。其笔下的诗、文、散曲等作品、民歌楹联等的收集出版，对打破雅俗文学之间的芥蒂、在创作时的有意融合和互相借鉴，都颇有创见和成果。

又从地域上来看，罢官闲赋后，李开先长期于家乡进行文学活动，对明中叶山东一带文学之发展，也有着直接的推动作用，正如《光绪山东通志》卷一九九记载："章丘李开先尝称客济南，胡春以鹅管做笛，有穿云裂石声。大梁周侍郎舡过章丘，犹见有为此技者。其《追忆》诗云：'鹅管檀槽明月夜，百年犹按奉常歌。'盖谓此也。"② 这段文字虽是陈述鹅管为笛之事，却又从侧面揭示出李开先于文艺领域的创获，在当地影响深远，一直到清代仍有余波。

客观来说，作为在当时富有声名的文学家，李开先的文学创作成就较为突出，其不少文艺思想也有广泛影响，但较之于同时期的不少作家，他的存在价值在后世引发不同意见，对他的某些评价亦显得不甚公允，正如卜键先生所言："李开先及其作品遭到的讥讪与苛责远过于其领受的赞誉。"③ 固然无须过分拔高李开先的地位，但通过前文可知，一直以来对他的评价的确是存在误解的：无论是"雅负经济，不屑称文士"的形象侧

---

① 罗宗强：《明代文学思想史》（下），中华书局2013年版，第447页。
② 赵景深、张增元编：《方志著录元明清曲家传略》，中华书局1987年版，第47页。
③ 卜键：《李开先疑事考》（下），载《戏曲艺术》，1987年第1期。

写,还是"不娴度曲"的指摘批评,虽然已经是对李开先的固有印象,皆因忽视李开先身份立场的转换和文学思想变化而存在着片面性;而更深层次的,隐含在背后不断变化发展着的文化观念、历史思潮,也导向着后世对他的评价与定位。

同样不可忽视的是,尽管有人对李开先存在误解,但误解的存在亦有其合理性,它从侧面揭示出,李开先的文学成就乃至文坛地位,仍未触及更高的位置,他的作品无论是丰富性还是经典化的程度皆有所欠缺,终使其处于受人指摘和诟病的层面。与此同时,李开先虽然肯定俗文学的价值,但仍未走出儒家文化的困囿,比如在讨论戏剧创作时,他一再强调"教化""实用性",至少从观念上,他有意忽视戏曲本身的娱乐性——这一普通民众更为看重的功用价值,而这种娱人媚俗的审美取向,显然不符合他长久以来受到的文化熏陶。作为文人他有着更崇高的思想追求,故在大众趣味和文人精神之间,他势必更趋向于后者,这是一种困于身份阶层难以脱离的"狭隘"。但从反面来看,李开先的理论和实践,也在一定程度上提高着俗文学的艺术品味,对通俗文学之"雅化"无疑是一种推动,务求通俗而不媚俗,在雅俗之间寻求平衡,是难能可贵的尝试。

总而言之,在明代雅俗文学的碰撞与交汇中,李开先是一位承前启后、颇具影响力的人物,他的出现并非偶然,是时代风气与个人遭际相互作用的产物。

参考文献

一、著作类

（一）典籍、目录类

[1]（明）李开先：《李中麓闲居集》，明刻本。

[2]（明）李开先：《林冲宝剑记》，明嘉靖刻本。

[3]（明）李开先著，路工辑校：《李开先集》，中华书局1959年版。

[4]（明）李开先著，卜键笺校：《李开先全集》，文化艺术出版社2004年版。

[5]（明）李开先著，卜键笺校：《李开先全集 修订本》，上海古籍出版社2014年版。

[6]（明）谈迁著，张宗祥校点：《国榷》，古籍出版社1958年版。

[7]（明）沈德符：《万历野获编》，中华书局1959年版。

[8]（明）焦竑编：《国朝献征录》，明文书局1991年版。

[9]（清）张廷玉等：《明史》，中华书局1974年版。

[10]（清）夏燮：《明通鉴》，中华书局1959年版。

[11]（清）谷应泰：《明史纪事本末》，中华书局2015年版。

[12] 路工编：《明代歌曲选》，古典文学出版社1957年版。

[13] 傅惜华：《明代杂剧全目》，人民文学出版社1958年版。

[14] 傅惜华：《明代传奇全目》，人民文学出版社1959年版。

[15] 中国戏曲研究院编：《中国古典戏曲论著集成》，中国戏剧出版社1959年版。

[15] 董康、北婴补编：《曲海总目提要》，人民文学出版社1970年版。

[16] 王利器：《元明清三代禁毁小说戏曲史料》，上海古籍出版社1981年版。

[17] 庄一拂：《古典戏曲存目汇考》，上海古籍出版社1982年版。

[18] 傅惜华编：《水浒戏曲集》，上海古籍出版社1985年版。

[19] 王秋桂辑：《善本戏曲丛刊》（全104册），学生书局影印本1984—1987年版。

[20] 吴毓华：《中国古代戏曲序跋集》，中国戏剧出版社1990年版。

[21] 郭英德：《明清传奇综录》，河北教育出版社1997年版。

[22] 李修生：《古本戏曲剧目提要》，文化艺术出版社1997年版。

[23] 王森然主编：《中国剧目辞典》扩编委员会扩编：《中国剧目辞典》，河北教育出版社1997年版。

[24] 谢伯阳编：《冯惟敏全集》，齐鲁书社2007年版。

[25] 徐泳、陶嘉今编：《李开先研究资料汇编》，齐鲁书社2008年版。

[26] 沈乃文主编：《明别集丛刊》第二辑（第49册），黄山书社2015年版。

[27] 古本戏曲丛刊编辑委员会编：《古本戏曲丛刊初集》（全40册），国家图书馆出版社2016年版。

[28] 古本戏曲丛刊编辑委员会编：《古本戏曲丛刊二集》（全39册），国家图书馆出版社2016年版。

[29] 古本戏曲丛刊编辑委员会编：《古本戏曲丛刊三集》（全40册），国家图书馆出版社2016年版。

[30] 廖奔、廖立校注：《朱有燉杂剧集校注》，黄山书社2016年版。

[31] 谢伯阳编纂：《全明散曲》（增补版），齐鲁书社2016年版。

（二）研究论著

[1]（日）八木泽元著，罗锦堂译：《明代剧作家研究》，龙门书店

1966年版。

[2] 严敦易：《元明清戏曲论集》，中州书画社1982年版。

[3] 吕慧鹃编：《山东历代作家传略》，山东教育出版社1983年版。

[4] 钱谦益：《列朝诗集小传》，上海古籍出版社1983年版。

[5] 周贻白著，沈燮元编：《周贻白小说戏曲论集》，齐鲁书社1986年版。

[6] 赵景深、张增元编：《方志著录元明清曲家传略》，中华书局1987年版。

[7] 卜键：《金瓶梅作者李开先考》，甘肃人民出版社1988年版。

[8] 王晓家：《水浒戏考论》，济南出版社1989年版。

[9] 卜键：《李开先传略》，中国戏剧出版社1989年版。

[10] 政协章丘县文史资料研究委员会编：《李开先年谱》，选自《文史资料》第7辑，1990年版。

[11] 曾远闻：《李开先年谱》，齐鲁书社1991年版。

[12] 徐朔方：《晚明曲家年谱》（共4卷），浙江古籍出版社1993年版。

[13] 赵山林：《中国古典戏剧论稿》，安徽文艺出版社1998年版。

[14] 俞剑华编：《中国古代画论类编》（修订版），人民美术出版社1998年版。

[15] 冯荣昌：《冯惟敏论稿》，中国戏剧出版社1999年版。

[16] 郭英德：《明清传奇史》，江苏古籍出版社1999年版。

[17] 廖奔、刘彦君：《中国戏曲发展史》，山西教育出版社2000年版。

[18] 黄天骥、康保成主编：《中国古代戏剧形态研究》，河南人民出版社2002年版。

[19] 李永祥：《李开先年谱》，黄河出版社2002年版。

[20] 傅谨：《中国戏剧艺术论》，山西教育出版社2003年版。

[21] 朱崇志：《中国古代戏曲选本研究》，上海古籍出版社2004年版。

[22] 孟祥荣：《李开先与〈宝剑记〉》，山东文艺出版社 2004 年版。

[23] 杜桂萍：《清初杂剧研究》，人民文学出版社 2005 年版。

[24] 李舜华：《礼乐与明前中期演剧》，上海古籍出版社 2006 年版。

[25] 徐朔方、孙克秋：《明代文学史》，浙江大学出版社 2006 年版。

[26] 吴晓铃著：《吴晓铃集》，河北教育出版社 2006 年版。

[27] 黎国韬、周佩文：《梁辰鱼研究》，中山大学出版社 2007 年版。

[28] 金宁芬：《明代戏曲史》，社会科学文献出版社 2007 年版。

[29] 丁淑梅：《中国古代禁毁戏剧史论》，中国社会科学出版社 2007 年版。

[30] 赵义山：《明清散曲史》，人民出版社 2007 年版。

[31] 程华平：《明清传奇编年史稿》，齐鲁书社 2008 年版。

[32] 赵山林：《中国戏曲传播接受史》，上海人民出版社 2008 年版。

[33] 徐朔方著，廖可斌、徐永明编：《古代戏曲小说研究》，浙江大学出版社 2008 年版。

[34] 解玉峰编：《吴梅词曲论著集》，南京大学出版社 2008 年版。

[35] 朱万曙：《明清戏曲论稿》，安徽大学出版社 2008 年版。

[36] 石守谦：《风格与世变 中国绘画史论集》，北京大学出版社 2008 年版。

[37] 郑振铎：《郑振铎古典文学论文集》，上海古籍出版社 2009 年版。

[38] （日）青木正儿著，王古鲁译，蔡毅校订：《中国近世戏曲史》，中华书局 2010 年版。

[39] 孙楷第：《沧州集》，中华书局 2010 年版。

[40] 戚世隽：《明代杂剧研究》，广东高等教育出版社 2011 年版。

[41] 徐燕琳：《明代剧论与画论》，广东高等教育出版社 2011 年版。

[42] 徐子方：《明杂剧史》，东南大学出版社 2012 年版。

[43] 任中敏：《任中敏文集》，凤凰出版社 2013 年版。

[44] 郑振铎：《中国俗文学史》，上海古籍出版社 2013 年版。

[45] 张秉国著，王志民主编：临朐冯氏家族文化研究，中华书局 2013 年版。

［46］吴新雷：《昆曲史论》，上海古籍出版社 2014 年版。

［47］江巨荣：《明清戏曲剧目、文本与演出研究》，上海古籍出版社 2014 年版。

［48］曾永义：《明杂剧概论》，商务印书馆 2015 年版。

［49］周明鹃：《〈词谑〉疏证》，江西教育出版社 2015 年版。

［50］王小岩：《冯梦龙曲学剧学研究》，中国社会科学出版社 2015 年版。

［51］梁乙真：《中国戏曲艺术大系 元明散曲小史》，中国戏剧出版社 2015 年版。

［52］冯艳：《明清散曲与歌谣时调互动研究》，中国社会科学出版社 2016 年版。

［53］郑振铎：《插图本中国文学史》，中华书局 2016 年版。

［54］廖可斌：《明代文学思潮史》，人民文学出版社 2016 年版。

［55］罗锦堂：《明代剧作家考略》，陕西师范大学出版社 2017 年版。

［56］罗锦堂：《中国散曲史》，陕西师范大学出版社 2017 年版。

［57］孙楷第：《小说旁证》，中华书局 2018 年版。

［58］王良成：《南戏接受研究》，中国社会科学出版社 2018 年版。

［59］孔杰斌：《元杂剧的明代改编本研究》广西师范大学出版社 2018 年版。

［60］江巨荣：《诗人视野中的明清戏曲 新世纪戏曲研究文库》，复旦大学出版社 2018 年版。

二、论文类

（一）期刊论文

［1］徐扶明：《李开先和他的"林冲宝剑记"》载《文史哲》，1957 年第 10 期，第 35-43 页。

［2］郑传寅：《李开先及其曲论》，载《上海戏剧》，1981 年第 2 期，第 54-56 页。

［3］宁茂昌：《李开先及其文学主张》，载《山东师大学报》，1984 年

第 4 期：71-75 页。

[4] 黄维若：《论李开先罢官》，载《戏曲研究》，1985 年第 14 期。

[5] 卜键：《关于李开先生平几个史实的考辨——兼与宁茂昌同志商榷》，载《山东师范大学学报》，1985 年第 2 期，第 75-79 页。

[6] 卜键：《李开先妻王氏墓志铭考引》，载《戏曲艺术》，1985 年第 3 期。

[7] 卜键：《李开先疑事考（上）》，载《戏曲艺术》，1986 年第 4 期，第 85-91 页。

[8] 卜键：《李开先疑事考（下）》，载《戏曲艺术》，1987 年第 1 期，第 87-90 页。

[9] 谢柏梁：《李开先及其同仁的戏剧理论——嘉靖隆庆五十年的剧论走向》，载《齐鲁学刊》，1990 年第 2 期，第 116-120 页。

[10] 卜键：《所见明刻本李开先《闲居集》及其他》，载《文献》，1991 年第 4 期，第 57-63 页。

[11] 黄洽：《李开先文学创作新议》，载《烟台师范学院学报》，1994 年 11 卷第 2 期，第 66-71 页。

[12] 韦明铧：《明清之际一般文人的戏剧观：读〈檀几丛书〉札记》，载《艺术百家》，1995 年第 3 期。

[13] 黄洽：《李开先文学思想嬗变管窥》，载《烟台师范学院学报》，1996 年第 4 期，第 73-77，83 页。

[14] 李献芳：《李开先和他的杂剧创作》，载《山东教育学院学报》，1997 年 12 卷第 3 期，第 46-47 页。

[15] 李献芳：《简论李开先思想的变化与文艺观的创新》，载《齐鲁学刊》，1997 年第 5 期。

[16] 祝肇年：《〈宝剑记〉述评》，载《戏剧杂志》，1997 年第 4 期。

[17] 黄洽：《李开先与通俗文学》，载《烟台师范学院学报》，1998 年第 15 卷第 3 期，第 40-42 页。

[18] 解玉峰：《读南图馆藏李开先〈改定元贤传奇〉》，载《文献》，2001 年第 2 期，第 158-169 页。

[19] 欧阳江琳：《〈断发记〉作者考辨》，载《中山大学学报》，2001年第6期，第19-22页。

[20] 吴书荫：《〈词谑〉的作者献疑》，载《艺术百家》，2002年第2期，第67-70页。

[21] 李献芳：《李开先的〈宝剑记〉与明中叶社会思潮》，载《曲靖师范学院学报》，2002年第4期，第57-59页。

[22] 黄仕忠：《〈词谑〉作者确为李开先——与吴书荫先生商榷》，载《艺术百家》，2005年第1期，第74-78+84页。

[23] 徐子方：《李开先及其院本创作》，载《文史知识》，2005年第3期，第78-83页。

[24] 郑利华：《"嘉靖八才子"与明代正、嘉之际文坛的复古取向》，载《深圳大学学报》，2007年第2期，第90-100页。

[25] 甄炜旎：《〈元刊杂剧三十种〉与李开先旧藏之关系》，载《中国典籍与文化》，2008年第1期，第64-67页。

[26] 李克和：《论李开先的曲学贡献》，载《戏剧文学》，2009年第1期，第70-74页。

[27] 刘恒：《李开先〈词谑〉述评》，载《戏剧文学》，2009年第2期，100-101页。

[28] 刘恒：《李开先曲论之贡献》，载《齐鲁学刊》，2009年第6期，第127-131页。

[29] 郭凯文：《李开先〈园林午梦〉院本之剧作主旨与至人无梦思想探析》，载《辅大中研所学刊》. 2009年第21期，第89-104页。

[30] 刘英波：《李开先与"章丘词会"成员略考》，载《山东文学》，2009年第2期，第108-109页。

[31] 耿明松：《〈中麓画品〉的画史观念与编撰体例研究》，载《艺术百家》，2010年，第A1期。

[32] 刘恒：《二十世纪以来李开先曲学研究述评》，载《贵州大学学报》，2011年第25卷第4期，第56-60页。

[33] 陈太一：《李开先及其〈中麓画品〉著述范式》，载《美术学

报》，2011 年第 3 期，第 50-54 页。

[34] 张同标：《论〈中麓画品〉为院体浙派辩护》，载《中国书画》，2011 年第 6 期，第 60-66 页。

[35] 孙书磊：《李开先与〈改定元贤传奇〉的辑刊》，载《古典文学知识》，2011 年第 1 期，第 76-80 页。

[36] 吕靖波：《〈园林午梦〉、〈打哑禅〉体制辨正》，载《文学遗产》，2001 年第 3 期。

[37] 刘铭：《李开先文学思想综论》，载《东方论坛》，2012 年第 6 期，第 92-97 页。

[38] 李盟盟：《现实主义观念下的〈中麓画品〉："真诗只在民间"思想对〈中麓画品〉的影响》，载《天津美术学院学报》，2012 年第 3 期，第 61-62 页。

[39] 朱红昭：《略论康海、王九思与李开先的交往及其影响》，载《短篇小说（原创版）》，2012 年第 4 期。

[40] 杜海军：《也论元刊杂剧与李开先的收藏关系：甄炜旎〈〈元刊杂剧三十种〉与李开先旧藏之关系〉失误辨》，载《艺术百家》，2013 年第 1 期，第 159-163 页。

[41] 陈太一：《〈中麓画品〉褒浙贬吴思想辨析》，载《美术学报》，2013 年第 57 卷第 4 期，第 48-52 页。

[42] 王安莉：《〈中麓画品〉与戴进问题》，载《美苑》，2013 年第 6 期，第 40-45 页。

[43] 刘恒：《〈词谑〉的编纂意图、来源及文献价值》，载《郑州大学学报》，2014 年第 1 期。

[44] 俞为民：《李开先的曲学实践与戏曲理论》，载《艺术百家》，2014 年第 30 卷第 1 期，第 162-167 页。

[45] 汪超：《复古与新变：论李开先的戏曲整理研究》，载《延安大学学报》，2014 年第 36 卷第 4 期，第 87-92 页。

[46] 刘恒：《词曲交游与李开先的曲学成就》，载《渤海大学学报》，2014 年第 36 卷第 5 期，第 88-92 页。

[47] 姜丽华：《以元为尚：〈一笑散〉文体及其宗元曲观》，载《北方论丛》，2014年第1期，第53-57页。

[48] 孙晓东：《李开先的救世心态与〈一笑散〉院本创作》，载《渤海大学学报》，2014年第36卷第3期，第87-90页。

[49] 杜海军：《论李开先旧藏与元刊杂剧之关系》，载《艺术百家》，2014年第1期，第168-174页。

[50] 林立仁：《李开先〈林冲宝剑记〉题材运用及创作旨趣探析》，载《通识教育学报》，2015年第3期，第89-121页。

[51] 连洁：《李开先曲学思想的初探——论戏曲创作中"雅正"观》，载《戏剧之家》，2016年第23期，第7-8，11页。

[52] 霍艳芳：《李开先藏书流散考》，载《图书馆杂志》，2016年第35卷第7期，第102-106页。

[53] 卢柏勋：《论明代曲话对康海、王九思之评议》，载《汉学研究集刊》，2016年。

[54] 杨惠玲：《对明清曲籍编刊活动的考察之———以李开先〈中麓小令〉为个案》，载《南大戏剧论丛》，2017年第13卷第2期，第69-78页。

[55] 杨春凤：《从李开先〈中麓画品〉看明代中后期浙派、吴派之争》，载《东方藏品》，2018年第2期，第57-58页。

[56] 李文胜：《论戏曲之"记"的文体特性与文化内涵》，载《戏曲研究》，2018年第1期。

[57] 李蓁：《从〈中麓画品〉看明代李开先的绘画批评观》，载《美术文献》，2018年第12期，第43-44页。

[58] 刘建欣：《李开先传笺》，载《明清文学与文献》，2019年第0期，第323-340页。

[59] 梅新林：《七十年来明清小说戏剧研究的成就与启示》，载《文学遗产》，2019年第5期，第34-45页。

[60] 叶晔：《"今文苑"与"小说言"：论李开先的群像叙事》，载《华东师范大学学报》，2021年第4期。

［60］周琦玥、姜复宁：《"生扭吴中之拍"与"真诗只在民间"的深层次自洽——李开先〈宝剑记〉"不娴度曲"说新读解》，载《戏曲研究》，2021年第2期。

（二）学位论文

1. 博士学位论文

［1］朱崇志：《中国古代戏曲选本研究》，华东师范大学，2003年。

［2］周潇：《明代山东作家研究》，上海师范大学，2006年。

［3］张秉国：《临朐冯氏文学世家研究》，四川大学，2006年。

［4］颜伟：《明清山东杂剧传奇研究》，曲阜师范大学，2008年。

［5］韩雪松：《中国古代绘画品评理论研究》，上海大学，2010年。

［6］刘铭：《李开先文学研究》，复旦大学，2011年。

［7］刘英波：《明代中后期南、北方散曲比较研究》，山东师范大学，2013年。

［8］张倩倩：《元杂剧版本研究》，山东大学，2016年。

2. 硕士学位论文

［1］梁海柱：《李开先与嘉靖八才子交往考论》，广西师范大学，2001年。

［2］王卓：《文体选择与李开先的文学思想》，首都师范大学，2005年。

［3］甘子超：《明中叶"三大传奇"论》，华南师范大学，2005年。

［4］邱苇：《明代水浒传奇研究》，暨南大学，2006年。

［5］王国彬：《李开先戏曲研究》，苏州大学，2006年。

［6］王博雅：《李开先戏曲创作研究》，兰州大学，2008年。

［7］楚萍：《曲史上的李开先》，中国社会科学院，2008年。

［8］甄飒飒：《李开先诗歌研究》，山东大学，2011年。

［9］单明川：《明代济南府作家研究》，上海师范大学，2011年。

［10］张冠男：《李开先诗文与戏曲创作关系研究》，集美大学，2012年。

［11］曹凤群：《明代私家藏书与戏曲文献的关系研究》，广西师范学院，2013年。

［12］何静：《明中期散曲中的自述研究——以陈铎、康海、李开先为

中心》，华东师范大学，2013年。

［13］毕裴裴：《李开先〈改定元贤传奇〉研究》，山西师范大学，2017年。

［14］刘树成林：《明代文人戏剧创作及风格形成研究》，南京师范大学，2017年。

［15］潘瑞雪：《明中期山东章丘士绅与地方社会》，东北师范大学，2020年。

附录 《改定元贤传奇》曲词异文一览表[①]

现以《改定元贤传奇》南图藏明嘉靖刻本为底本（简称"李本"），以卜键编《李开先全集》（上海古籍出版社2014版）中所收《改定元贤传奇》为参校本，对《改定元贤传奇》今存六剧，与元明时期戏曲选本《元刊杂剧三十种》（简称"元刊本"，郑骞校订世界书局1962版）、息机子《杂剧选》（北图藏万历二十六年（1598）序刊本）、王骥德辑《古杂剧》（长乐郑氏藏万历中顾曲斋刊本）、赵琦美辑校《脉望馆钞校本古今杂剧》（简称"脉望馆本"，北图藏本）、陈与郊辑《古名家杂剧》（南图藏万历十六年（1588）龙峰徐氏刊本）、黄正位辑《阳春奏》（北图藏万历三十七年（1609）序刊本）、阙名辑《元明杂剧》（大兴傅氏藏万历中继志斋刊本）、孟称舜辑《古今名剧合选》（上图藏崇祯六年（1633）序刊本）及臧懋循编《元曲选》（简称"臧本"，中华书局1958年版）进行比较，记录曲词所出异文。

[①] 按：因宾白差距甚大，仅以曲作对比，同时因有涉异体字等问题，故所录皆用繁体；又南图藏书排序与卜键编《李开先全集》不同，是为：一、梧桐雨；二、玉箫女；三、刘晨阮肇；四、江州司马（残缺）；五、陈抟高卧；六、扬州梦。

《西華山陳摶高臥》

第一折

曲牌	李本	臧本	元刊本
【混江龍】	1. 香爇疊文鼎； 2. 開壇講命，六爻搜盡鬼神驚； 3. 指君子； 4. 袍袖拂開八卦圖； 5. 怕有辨枯榮，問吉凶，冠婚宅葬，求財幹事，若有買卦的虔心正，全憑聖典，不順人情。	1. 香爇雷文鼎； 2. 開壇講命。六爻搜盡鬼神驚； 3. 指君子； 4. 袍袖拂開八卦圖； 5. 也不論冠婚宅葬，也不論出入經營，但有那辨榮枯，問吉凶，買卦的心尊敬，我也則全憑聖典，不順人情。	1. 香爇疊文鼎； 2. 俺今日開壇講命，斷文明白鬼神驚； 3. 算君子； 5. 我這袍袖拂開八卦圖； 6. 怕有辨榮枯，問吉凶，冠婚宅葬，求財幹事，若有買卦的閒人靜，全憑聖典，不順人情。
【油葫蘆】	1. 這《易》呵，伏羲以上無人定，仲尼之下無人省。	1. 這《易》呵，伏羲以上無人定，仲尼之下無人省。	1. 這《易》，伏羲以上無人定，仲尼之下無人省。
【天下樂】	1. 憑著八字從頭斷一生，丁寧不教差半星； 2. 似這般暗奪神鬼機，豫知天地情，堪教高士聽。	1. 憑着八字從頭斷一生，丁寧不教差半星； 2. 似這般暗奪鬼神機，豫知天地情，堪教高士聽。	1. 憑著八字從頭斷您一生，叮嚀不交差半星； 2. 雖然是子丑寅卯，甲乙丙丁，也堪交高士聽。
【醉中天】	1. 我等你呵似投吳文整，尋你呵似覓呂先生，教我空踏斷草鞋雙帶䩕（tīng）； 2. 你君臣每。	1. 我等你呵似投吳文整，你尋我呵似覓呂先生，教我空踏斷草鞋雙帶䩕； 2. 你君臣每。	1. 我等你呵似投吳文整，尋你呵似覓呂先生，交我空踏子斷麻鞋神倦疲； 2. 您君臣每。
【後庭花】	1. 這命干是丙丁戊己庚； 2. 我敢罰銀五錠。	1. 這命幹是丙丁戊己庚； 2. 我敢罰銀十錠。	1. 你命干是丙丁戊己庚； 2. 我敢罰銀十錠。
【金盞兒】	1. 到這戌字上呵； 2. 後交的丙辰一運大崢嶸。日犯空亡為將相，時逢祿馬作公卿。	1. 到這戌字上呵； 2. 後交的丙辰一運大崢嶸。日犯空亡為將相，時逢祿馬作公卿。	1. 到這戌字上主冠帶； 2. 若交的丙辰一運大崢嶸。向日犯空亡為將相，垂祿馬的作公卿。

续表

曲牌	李本	臧本	元刊本
【后庭花】	1. 東方日已明； 2. 沒人處倒山呼萬歲聲； 3. 貧道索是失衹迎，開基真命。	1. 東方日已明； 2. 沒人處倒山呼萬歲聲； 3. 貧道呵索是失逢迎，遇着這開基真命	1. 早子東方日已明； 2. 無人處倒山呼萬歲聲； 3. 貧道煞是失衹迎，開基真命。
【金盞兒】	1. 左關陝，右徐青，背懷孟，附襄荊； 2. 江山埋旺氣，草木動威靈。	1. 左關陝，右徐青，背懷孟，附襄荊； 2. 江山埋旺氣，草木助威靈。	1. 左關陝，右徐青，背懷孟，拊（同"撫"）襄荊； 2. 折謨江山埋旺氣，草木動威靈。
【醉中天】	1. 一品大臣名； 2. 命中有愁甚眼睛； 3. 兀那明朗朗群星雖盛，不如孤月獨明。	1. 一品大臣名； 2. 命中有愁甚眼睛。兀那明朗朗群星雖盛，怎如的孤月偏明。	1. 有一品大臣名； 2. 命裡有愁甚眼睛； 3. 兀那明朗朗群星雖盛，不如孤月獨明。
【金盞兒】	1. 但睡呵； 2. 則看您； 3. 忽嗖嗖酣睡似雷鳴。	1. 但睡呵； 2. 則看您； 3. 忽嗖嗖酣睡似雷鳴。	1. 我但睡呵； 2. 只看您那； 3. 喝嗖嗖的酣睡似雷鳴。
【賺煞】	1. 治世聖人生，指日乾坤定； 2. 何須把山野陳摶拜請； 3. 若久後休忘了這青眼相看舊弟兄，不索重酬勞賣卦先生； 4. 我又不似出師的孔明。	1. 治世聖人生，指日乾坤定； 2. 何須把山野陳摶拜請； 3. 若久後休忘了這青眼相看舊弟兄。不索重酬勞賣卦先生； 4. 我又不似出師的孔明。	1. 出世聖人生，天下嗚忽定； 2. 何須把這山野陳摶拜請； 3. 若久後忘了這青眼相看舊弟兄，也不索重酬勞賣卦的先生； 4. 我也不似出師的孔明。

第二折

曲牌	李本	臧本	元刊本
【一枝花】	1. 文能匡社稷，武可定乾坤。豪氣凌雲，心志如伊尹，六合人並吞。伐天下不義諸侯，救海內無辜萬民。	1. 文能匡社稷，武可定乾坤；豪氣凌雲，似莘野商伊尹，佐成湯救萬民。掃盪了海內烽塵，早扶策溝中愁困。	1. 讀書匡社稷，學劍定乾坤。氣凌雲，心志如伊尹，本待交六合人並吞。伐天下不義諸侯，救數百載生靈萬民。

续表

曲牌	李本	臧本	元刊本
【梁州】	1. 從逢着那買卦的潛龍帝主，饒了個算命的開國功臣； 2. 進時節道行天下，退時節獨善其身。修煉成內丹龍虎，降服盡姹女嬰兒，思飄飄出世離群，樂陶陶禮聖參真。想他那鬧攘攘黃閣上為官的貴人，爭如這閒搖搖華山中得道的仙人； 3. 一身駕雲，四溟八表神游盡，覷浮世暗中哂，坐看蟠桃幾度春，歲月常新。	1. 從逢着那買卦的潛龍帝主，饒了個算命的開國功臣； 2. 全不管人間甲，單則守洞裡庚申。降伏盡嬰兒姹女，將煉成丹汞黃銀。思飄飄出世離群，樂陶陶禮聖參真。想他那亂擾擾紅塵內爭利的愚人，更和那鬧攘攘黃閣上為官的貴人，爭如這閒搖搖華山中得道的仙人； 3. 一身駕雲，九垓八表神遊盡，覷浮世暗中哂，坐看蟠桃幾度春，歲月常新。	1. 從遇着那買卦的潛龍帝主，饒恰算命的開國功臣； 2. 進時節道行天下，退時節獨善其身。修煉成內丹龍虎，消磨盡降服姹女嬰兒，出世離群，樂陶陶的順化存神。想那亂擾擾紅塵中爭利的俗人，鬧攘攘黃閣上為官的貴人，怎強如那華山中得道仙人； 3. 一身駕雲，山溟八表神遊盡，覷浮世暗中哂，坐看蟠桃幾度春，抵多少華屋生存。
【隔尾】	1. 則與這高山流水同風韻，抵多少野草閒花作近鄰； 2. 你與我緊閉上洞門。	1. 則與這高山流水同風韻，抵多少野草閒花作近鄰； 2. 你與我緊關上洞門。	1. 放着這高山流水為檀信，索甚野草閒花作近鄰； 2. 你與我閉上洞門。
【牧羊關】	1. 我恰遊仙闕，驚的我跨黃鶴飛下天門。玉麈特持，金鐘煞緊； 2. 驚的那夢莊周蝶飛去。	1. 我恰才遊仙闕，謁帝閣，驚的我跨黃鶴飛下天門。為甚的玉節忙持，金鐘煞緊； 2. 驚的那夢莊周蝶飛去。	1. 我恰遊仙闕，謁帝閣，猛驚得我跨黃鶴飛下天門。你揮的玉麈特遲，打的金鐘鳴緊； 2. 驚的夢莊周蝶飛去。
【紅芍藥】	1. 舜德堯仁； 2. 滅狼烟，息戰氛，恩澤及萬姓黎民。招賢納士禮殷勤，幣帛似微塵。	1. 舜德堯仁； 2. 眼見得滅狼煙，息戰氛，早則是澤及黎民。又待要招賢納士禮殷勤，幣帛降玄纁。	1. 舜迹堯仁； 2. 滅狼煙，掃戰塵，恩澤及萬姓黎民。招賢納士禮殷勤，幣帛似微塵。

续表

曲牌	李本	臧本	元刊本
【菩薩涼州】	1. 當今至尊，重酬勞賣卦山人； 2. 過蒙君寵賜天恩。烟霞不憶風雷信，琴鶴自有林泉分。	1. 當今至尊，重酬勞賣卦山人； 2. 雖然是前言不忘是君恩，爭奈我煙霞不憶風雷信，琴鶴自有林泉分。	1. 當今至尊，重酬勞賣卦的山人； 2. 過蒙君寵賜天恩。風雲不憶風雷信，琴鶴自有林泉分。
【隔尾】	1. 俺子待下棋白日閒消困，高柳清風睡殺人； 2. 子除你個繼恩使臣。	1. 俺只待下碁白日閒消困，高枕清風睡殺人； 2. 則除你個繼恩使臣。	1. 俺子是下棋白日閒消困，高柳清風睡殺人； 2. 子除你個繼恩使臣。
【牧羊關】	1. 既然海岳歸明主，敢放巢由作外臣。怎望您弔千年高塚麒麟，誰待老景攀蟾，俺子閒身臥雲； 2. 商嶺採芝人。	1. 既然海岳歸明主，敢放巢由作外臣。怎望您弔千年高塚麒麟，誰待要老去攀龍。則不如閒來臥雲； 2. 商嶺採芝人。	1. 既然海岳歸明主。敢放這巢由作外臣。誰望您那千年調高塚麒麟，誰待老年攀蟾，子待閒身臥雲； 2. 岩嶺採芝人。
【賀新郎】	1. 看三卷天書，演八門五遁；說談諸侯國游天下，賣卦處逢着聖君。以此的來入山訪道修真； 2. 興常在，性於遠。則這黃冠野服一道士，伴着清風明月兩閒人。	1. 看三卷天書，演八門五遁。我也曾遍遊諸國占時運，則為賣卦處逢着聖君。以此的入山來專意修真； 2. 大都來性於遠習於近。則這黃冠野服一道士，伴着清風明月兩閒人。	1. 看三卷天書，名八門壬遁；說談諸侯國游天下，賣卦處逢着聖君。以此的入山訪道修真； 2. 興常在，性於遠。這黃冠野服一道士，伴着清風明月兩閒人。
【牧羊關】	1. 則當學一身拜將懸金印，萬里封侯守玉門。你如今際明良千載風雲，怎學的河上仙翁、關門令尹。可不道朝中隨聖主，卻怎的林下問閒人。既受了雨露九天恩，怎道的雲霞三市隱。	1. 則你這一身拜將懸金印，萬里封侯守玉門。現如今際明良千載風雲，怎學的河上仙翁、關門令尹。可不道朝中隨聖主，卻甚的林下訪閒人。既受了雨露九天恩，怎還想雲霞三市隱。	1. 也不是九轉火裡燒丹藥，三足鼎裡煉水銀。若會的參同契便是真人，教雖美千言，道不離一身，你存心休勞苦，四體省殷勤，散誕是長生法，清閒真道本。

续表

曲牌	李本	臧本	元刊本
【哭皇天】	1. 睡魔王怎做的宰臣； 2. 穿着這紫羅袍似酒布袋，執着這白象笏似睡餛飩；若做官後每日價行眠立盹，休、休，枉笑殺凌雲閣上人。疎庸愚鈍，寡陋孤聞。	1. 睡魔王怎做的宰臣； 2. 穿着這紫羅袍似酒布袋，執着這白象笏似睡餛飩。若做官後每日價行眠立盹，休，休，休，枉笑殺凌煙閣上人。有這般疎庸愚鈍，孤陋寡聞。	1. 睡魔王怎做宰臣； 2. 穿着底紫罗袍便似酒布袋，秉着白象笏似水餛飩。若做官後每日家行眠立盹，休，休，枉笑煞凌煙閣上人。早是疎庸愚鈍，更孤陋寡聞。
【烏夜啼】	1. 幸然法正天心順； 2. 樂道安貧； 3. 我實戴不的樸頭緊，著不的公裳坌。	1. 幸然法正天心順； 2. 樂道安貧； 3. 我其實戴不的樸頭緊，穿不的朝衣坌。	1. 幸然恁法正天心順； 2. 樂道甘貧； 3. 我實在戴不得展髻緊，着不得公裳坌。
【黃鐘煞】	1. 也不索雕輪隱隱登程進，也不索駿馬驅驅踐路塵。既然聖旨緊，請將軍休困。儘教山列着屏，草展着裀。鶴看着家，雲鎖了門。子消的順天風駕一片白雲，教他那宣使乘的紫藤兜轎穩。	1. 也不索雕輪冉冉登程進。也不索駿馬駸駸踐路塵。既然是聖旨緊。請將軍休固懇。儘教山列着屏。草展着裀。鶴看着家。雲鎖着門。只消的順天風坐一片白雲。煞強似你那宣使乘的紫藤兜轎穩。	1. 也不索雕鞍緩緩的登程進，也不索駿馬驅驅的踐路塵。既然聖旨緊，請將軍勿困。儘交山列着屏，草展裀。鶴看家雲鎖了門。子消的順天風駕一片白雲，教他那宣使乘的紫藤兜轎穩。

第三折

曲牌	李本	臧本	元刊本
【端正好】	1. 道人非為蒼生起，子是報聖主招賢意。	1. 道人非為蒼生起，只是報聖主招賢意。	1. 道人不為蒼生起，子是報聖主招賢意。
【滾繡球】	1. 俺便是那閒雲自在飛； 2. 那時節相識，曾算着他南面登基； 3. 賜與我鶴氅金冠碧玉圭，道號希夷。	1. 俺便是那閒雲自在飛； 2. 那時節相識，曾算着它南面登基； 3. 賜與我鶴氅金冠碧玉圭，道號希夷。	1. 俺便似片閒雲自在飛； 2. 恁時節相識，曾算着他南面登基； 3. 賜與我鶴氅金冠碧玉圭，加道號希夷。

续表

曲牌	李本	臧本	元刊本
【倘秀才】	1. 俺那裏草舍花欄； 2. 您這裏玉殿珠樓未為貴	1. 俺那裡草舍花欄； 2. 您這裡玉殿朱樓未為貴	1. 俺這草舍花欄； 2. 您這玉殿珠樓未為貴。
【滾繡球】	1. 便教早入朝內，俺便似野人般不知個遠近高低；	1. 便教唦早趨朝內，只是野人般不知個遠近高低；	1. 便交早入朝內，俺便似野人般不知個遠近高低。
【倘秀才】	1. 子打稽首權充拜禮； 2. 願陛下聖壽齊天萬萬歲	1. 只打個稽首權充拜禮； 2. 願陛下聖壽齊天萬萬歲	1. 只打稽首權充拜禮； 2. 願陛下萬歲萬萬歲。
【叨叨令】	1. 議公事枉啕了元和氣。	1. 議公事枉損了元陽氣。	1. 議公事枉啕了元陽氣。
【倘秀才】	1. 我但睡呵。	1. 我但睡呵。	1. 貪睡呵。
【滾繡球】	1. 貧道呵愛穿的蔀落衣。愛喫的藜藿食； 2. 有句話對聖主先題，貧道呵心閒身外全無事，除睡人間總不知，教人知貼眼舒眉。	1. 貧道呵愛穿的蔀落衣。愛吃的藜藿食； 2. 有句話對聖主先題，貧道呵貪閒身外全無事，除睡人間總不知。空教人貼眼舒眉。	1. 貧道穿的蔀落衣，喫的是藜藿食； 2. 子有句話對聖主先題，貧道子得身閑心上全無事，除睡人間總不知，教人道貼眼舒眉。
【倘秀才】	1. 俺須索由道義，依於仁，據於德。本待用賢退不肖，舉枉錯諸直，更是不宜。	1. 俺須索志於道，依於仁，據於德。本待用賢退不肖，怎倒做舉枉錯諸直。更是不宜。	1. 俺須索由道義，依於仁，據於德。本待用賢去不肖，舉枉錯諸直。更是不宜。
【滾繡球】	1. 三千貫二千石； 2. 雖然是重裀臥列鼎而食，臣事君以忠，君使臣以禮。呀，便是死無葬身之地。	1. 三千貫二千石； 2. 無過是重裀臥列鼎而食，雖然道臣事君以忠，君使臣以禮。哎，這便是死無葬身之地。	1. 四百貫四百石； 2. 雖然重裀臥列鼎而食，臣事君以忠，君使臣以禮。呀，便是死無葬身之地。
【倘秀才】	1. 索分個為人為己； 2. 石牀綿被煖，瓦鉢菜羹肥，是山人樂矣。	1. 索分個為人為己； 2. 石牀綿被煖，瓦鉢菜羹肥，是山人樂矣。	1. 俺索學分為人為己； 2. 土坑上淡白粥，瓦鉢內醋黃虀，採那首陽山蕨薇。
【三煞】	1. 抱元守一，窮妙理造化玄機。	1. 長則是抱元守一，窮妙理，造玄機。	1. 抱元守一，窮妙理造化玄機。

续表

曲牌	李本	臧本	元刊本
【二煞】	1. 浮生似爭穴聚蟻； 2. 一階半職。何足算，不堪題。	1. 浮生似爭穴聚蟻； 2. 便博得一階半職。何足算，不堪題。	1. 浮生似透窗飛鳥； 2. 一階半職。何足算，不堪題。
【煞尾】	1. 赴臺離山到朝裡	1. 赴召離山到朝裡	1. 赴詔離山到朝裡

第四折

曲牌	李本	臧本	元刊本
【新水令】	1. 笑您那滿朝朱紫貴，怎如我一枕黑甜鄉。揭起那翠巍巍太華山光，那一幅繡幃帳。	1. 笑他滿朝朱紫貴，怎如我一枕黑甜鄉。揭起那翠巍巍太華山光，這一幅繡幃帳。	1. 您滿朝朱紫貴，怎如我一枕黑甜香。揭起俺那翠巍巍太華山光，那一幅繡幃帳。
【駐馬聽】	1. 恁則待醉蟠桃到處覓劉郎，我委實畫蛾眉不會學張敞。好沒監量，出家兒怎受閒魔障。	1. 您則待泛桃花到處覓劉郎，我委實畫蛾眉不會學張敞。好沒酌量，出家兒怎受閒魔障。	1. 怕您待醉蟠桃到處覓劉郎，我委實畫蛾眉不會學張敞。好沒監量，出家兒怎受閒魔障。
【步步嬌】	1. 命不快上，遭逢着這夥醉婆娘。	1. 命不快遭逢着這火醉婆娘。	1. 命不快上，遭逢着這夥醉婆娘。
【沉醉東風】	1. 這茶呵採的一旗半鎗； 2. 誰信您盧仝健忘。	1. 這茶呵採的一旗半鎗； 2. 誰信您盧仝健忘。	1. 這茶呵採的一旗半鎗； 2. 誰喫恁盧仝健忘。
【攪琵琶】	1. 蚤是臥破月黃昏，直睡到日出扶桑。知我著忙，不爭如此癲狂。早聽得淨鞭三下響，識甚酬量。	1. 早則是臥破月昏黃，直睡到日出扶桑。慌忙，猛聽得淨鞭三下響，又待要顛倒衣裳。	1. 是臥破月昏黃，煮絮直睡到日出扶桑。知我著忙，不爭如此癲狂。早朝聽得淨鞭三下響，識甚酬量。
【鷹兒落】	1. 官封一字王，位列頭廳相。那是这這有官的我算看，子是你沒眼的天將傍。	1. 曾道你官封一字王，位列頭廳相。那裡有官的我預知，也則是你沒眼的天將降。	1. 官封一字王，位列頭廳相。那裡有官的我算着，子是無眼的天將傍。

续表

曲牌	李本	臧本	元刊本
【川撥棹】	1. 躲巫山窈窕娘，戰鼎的遊仙夢悠揚。則想道邯鄲道上，原來在佳人錦瑟旁。	1. 躲巫娥一壁廂，客舍淒涼，仙夢悠揚。只想着邯鄲道上，原來在佳人錦瑟傍。	1. 躲巫山窈窕娘，戰鼎的遊仙夢悠揚。則想道邯鄲道上，元來在佳人錦瑟旁。
【七兄弟】	1. 這場廝央不尋常。粉白黛綠粧宮樣，茜裙羅襪縷金裳，繡幃中取樂催身喪。	1. 這場，廝央，不相當。你便有粉白黛綠妝宮樣，茜裙羅襪縷金裳，則我這鐵臥單有甚風流況。	1. 這場，廝央，不尋常。粉白黛綠粧宮樣，茜裙羅襪縷金裳，繡幃中取樂催身喪。
【梅花酒】	1. 會定當論道經邦，燮理陰陽；2. 就裡的我也倉皇。您休使智量，俺樂處是天堂。	1. 你可也忒莽撞，則道你燮理陰陽；2. 就兒裡我也倉皇。您休使着這智量，俺樂處是天堂。	1. 會定當要論道經邦，燮理陰陽；2. 就裡的我也委實倉皇。您休使智量，俺樂處是天堂。
【收江南】	1. 硬闖我金殿鎖鴛鴦，高燒銀燭照紅妝。出家兒心地本清涼，纏殺我也恁般鬧攘。	1. 呀，你敢硬將咱送上雨雲場，則待高燒銀燭照紅妝。出家兒心地本清涼，怎禁得直恁般鬧攘。	1. 硬闖我金殿鎖鴛鴦，高燒銀燭照紅妝。出家兒心地本清涼，纏煞我也。
【水仙子】	1. 我恰纔神遊八表放金光，禮拜三清朝玉皇。不爭你拽雙環呀的門關上，莽撞大王。驚的那下三山鶴夢翶翔，俺只待丹鼎內降龍虎。誰教咱錦巢邊宿鳳凰，枉羞殺金殿鴛鴦。	1. 我恰纔神遊八表放金光，禮拜三清朝玉皇。不爭你拽雙環呀的門關上，纏殺我也瞎大王。驚的那下三山鶴夢翶翔，俺只待丹鼎內降龍虎。誰教咱錦巢邊宿鳳凰，枉羞殺金殿鴛鴦。	1. 一靈暫到華山莊，袖拂百韻出汴梁。不爭你拽金環呀地把門關上，悶煞人也瞎大王。扭得身化一道金光，索甚你回來回去疾，迷羞摩娑慌，分付取臭肉皮囊。
【太平令】	1. 塵世勾當頓忘，枉教盹睡了都堂裏宰相。	1. 縱有那女娘，艷妝，洞房，早盹睡了都堂裡宰相。	1. 塵世上，勾當頓忘，枉交盹睡了都堂裏宰相。
【離亭宴帶煞指歇】	1. 大王加官賜賞，教臣頭頂紫金冠；2. 則一個樂琴書林下客，絕寵辱山中相。推開名利關，摘脫英雄網。	1. 你待要加官賜賞，教俺頭頂紫金冠；2. 則一個樂琴書林下客，絕寵辱山中相。推開名利關，摘脫英雄網。	1. 大王加官賜賞，教臣頭頂紫金冠；2. 是一個樂琴書的林下客，絕寵辱的山中相。從今後飯餘皮袋飽，茶罷精神爽。

《江州司馬青衫淚》

第一折

曲牌	李本	臧本
【混江龍】	1. 經板似課名排日喚，落葉似官身弔名差。更怎當老母銀堆裡捨命，錢眼裡安身。	經板似粉頭排日喚，落葉似官身弔名差。〔帶云〕俺這老母呵。〔唱〕更怎當他銀堆裡捨命，錢眼裡安身。
【油葫蘆】	1. 堪堪兩鬢雪霜白； 2. 則歎自年月日時該。	1. 看看兩鬢雪霜般白； 2. 則歎自己年月日時該。
【天下樂】	1. 則教我倚定門兒手托腮； 2. 管甚桃李開。	1. 則索倚定門兒手托腮； 2. 他管甚桃李開。
【醉扶歸】	1. 待覓厭噷的新黃菜； 2. 八分裡又覷看了那條烏犀帶。	1. 待覓厭飫的新黃菜； 2. 俺娘八分裡又看上他那條烏犀帶。
【後庭花】	1. 這裡是風塵烟月街； 2. 〔末云〕久慕高名，特來一拜。	1. 這裡是風塵花柳街； 2. 〔白樂天云〕我等久慕高名，特來一拜。
【金盞兒】	1. 笑呷呷	1. 笑哈哈
【後庭花】	1. 他每酒腸寬似海。暢開懷今人不飲，古人安在哉。	1. 你酒腸寬似海。〔賈孟云〕我們都已醉了，不要過了酒戒。不吃罷。〔正旦唱〕暢開懷，都似你朦朧酒戒，那醉鄉侯安在哉。
【金盞兒】	1. 你甚麼走馬到章臺。〔末云〕定害了這一日。〔旦唱〕更待要秦樓夜訪金釵客，索甚麼惡茶白賴鬧了徐楊街。世兀那酒喪門臨本命，餓太歲犯家宅，雖是管待這兩個窮秀士。	1. 你怎麼走馬到章臺。〔樂天云〕定害了你這一日。〔正旦唱〕更待要秦樓夜訪金釵客，索甚麼惡又白賴鬧了洛陽街。兀那酒喪門臨本命，餓太歲犯家宅，雖是我管待這兩個窮秀士。
【賺煞】	1. 你個俊多才，不是我相擇，你更怕辱未着俺門前下馬臺； 2. 〔帶云〕白大人記者。	1. 你個俏多才，不是我相擇，你更怕辱沒着俺門前下馬臺； 2. 〔帶云〕侍郎記者。

楔子

曲牌	李本	臧本
【端正好】	1. 一尊酒盡青山暮，情慘切，意躊躇。我搵翠袖，淚如珠。你帶落日，踐長途，相公，你則身去心休去。	1. 一尊酒盡青山暮，我搵翠袖，淚如珠。你帶落日，踐長途。情慘切，意躊躇，你則身去心休去。

第二折

曲牌	李本	臧本
【端正好】	1. 好人死了萬萬千千。	1. 好人死萬萬千千。
【滾繡球】	1. 他又不會故違着天子三宣。〔云〕說白侍郎吟詩吃酒誤事。前人也有這等的； 2. 尚兀自得貴妃捧硯，走馬在五鳳樓前。偏教他江州迭配三千里，可不道吏部文章二百年，甚納士招賢。	1. 他又不曾故違着天子三宣。〔云〕人說白侍郎吟詩吃酒，誤了政事。前人也有這等的； 2. 尚古自得貴妃捧硯，常走馬在五鳳樓前。偏教他江州迭配三千里，可不道吏部文章二百年，甚些的納士招賢。
【倘秀才】	1. 貴公子，趙平原，你也要過遭。	1. 他便是貴公子，趙平原，你也要過遭。
【滾繡球】	1. 這是我逆耳言，休戀纏，戀纏着舞裙歌扇； 2. 劉員外你若識空便，早動轉落得滿門良賤。休覷着陷人坑似誤入桃源，我怕兩尖擔脫了孤館思鄉客。	1. 這的是我逆耳言，休廝纏，廝纏着舞裙歌扇； 2. 劉員外你若識空，便早動轉，倒落得滿門良賤。休覷着我這陷人坑似誤入桃源，我怕你兩尖擔脫了孤館思鄉客。
【呆骨朵】	1. 我覷眼前人，願臥底休相見，我又不曾著你臉上直拳； 2. 娘呵，省可窮廝炒餓廝煎。	1. 我覷着眼前人即世裡休相見，我又不曾孹着你臉上直拳； 2. 娘呵，可休窮廝炒餓廝煎。
【倘秀才】	1. 〔卜兒云〕見鐘不打，更去斂銅。樂天，樂天在那裏哩。〔淨云〕小子也看的過，咱做一程夫妻，也不讓他。	1. 〔卜兒云〕見鐘不打，更去煉銅。樂天，樂天在那裡。〔淨云〕小子也看的過，喀做一程夫妻，怕做甚麼。
【滾繡球】	1. 〔淨云〕大姐，仕路上大官，都是我鄉親。小子金銀又多，又波浪。你不陪我，卻伴那樣人。〔正旦唱〕那廝正拽大拳，使大錢，這其間枉勸，直到夢撒撩丁也，纔子四聖歸天。想他那蒙山頂上春風細。	1. 〔淨云〕大姐，仕路上大官，都是我鄉親。小子金銀又多，又波俏。你不陪我，卻伴那樣人。〔正旦唱〕那廝正拽大拳，使大錢，這其間枉了我再三相勸，怎當他癡迷漢苦死歪纏。想着那蒙山頂上春風細。
【叨叨令】	1. 聽的行雁來也，立盡吹簫院。聞得聲馬嘶相公目斷垂楊線； 2. 從今後越思量恰便是冤魂兒現。	1. 聽的行雁來也，我立盡吹簫院。聞得聲馬嘶也，目斷垂楊線； 2. 從今後越思量越想的冤魂兒現。
【倘秀才】	1. 相公，你往常出入在皇宮內院。	1. 侍郎呵，你往常出入在皇宮內院。

附录 《改定元贤传奇》曲词异文一览表

257

续表

曲牌	李本	臧本
【滚绣球】	1. 相公你文章勝賈浪仙，詩篇壓孟浩然，不能勾侍君王在九重金殿； 2. 你若有靈聖呵，顯形影向月下星前，則這半提淡水招魂紙，相公當得你一盞陰司買酒錢。	1. 你文章勝賈浪仙，詩篇壓孟浩然，不能勾侍君王在九間朝殿； 2. 你若有靈聖顯形影向月下星前，則這半提淡水招魂紙，侍郎也當得你一盞陰司買酒錢。
【醉太平】	1. 燒一陌紙錢，敘幾句衷言。	1. 燒一陌兒紙錢，敘幾句兒衷言。
【二煞】	1. 止不過看萬頃清江。	1. 止不過臨萬頃蒼波。
【三煞】	1. 鬢髻兒攢雲，卻怎捱這沒程限的竇娥冤。	1. 鬢髻兒稍天，卻下的這拳槌不善，教我空捱那沒程限的竇娥冤。
【四煞】	1. 怎想他能推磨扇似風車轉，更合你夢見槐花要黃襖穿。我虛度了三旬。	1. 怎想他能捱磨扇似風車轉，更合着夢見槐花要黃襖兒穿。我虛度三旬。
【尾煞】	1. 少年人苦痛也天，狠毒娘好使的也波錢； 2. 子願火煉了你，教油鐺滾滾煎； 3. 娘呵，你把我早嫁潯陽一二年，怎到的他乾貶江州四千里遠。	1. 少年的人苦痛也天，狠毒呵娘好使的錢； 2. 只願火煉了你教鑊湯滾滾煎； 3. ［帶云］娘呵。［唱］你只把我早嫁潯陽一二年，怎到的他乾貶去江州四千里遠。

第三折

曲牌	李本	臧本
【駐馬聽】	1. ［帶云］這江不是江； 2. 死囚風月藍橋驛，直恁天闊雁來稀。	1. ［帶云］這江那裡是江； 2. 幽囚風月藍橋驛，直恁的天闊雁來稀。
【步步嬌】	1. 這個四幅羅沒巴臂，不到難賺風流婿。從做起，常子是獨自托冰鑑兩頭兒偎。	1. 這個四幅羅衾初做起，本待招一個風流婿。怎知道到如今命運低，長獨自托冰藍兩頭兒偎。
【雁兒落】	1. 我則道是聽琴的鍾子期，錯猜做待月的張君瑞。	1. 我則道是聽琴鍾子期，錯猜做待月張君瑞。
【沉醉東風】	1. 煞怎的？你且自靠那邊，俺須是生人氣； 2. 我為甚將幾陌銅錢漾在水裡。	1. 你且自靠那邊，俺須有生人氣； 2. 我為甚將幾陌黃錢漾在水裡。

续表

曲牌	李本	臧本
【撥不斷】	1. 但犯着喫黃齏，都不是好東西。	1. 但犯着喫黃齏，者不是好東西。
【太平令】	1. ［淨云］大姐過來，駕着我睡去。	1. ［淨云］大姐過來，扶着我睡去。
【梅花酒】	1. 恰相逢在今夕，相公你更待候甚的，和俺有情人共商議。	1. 恰相逢在今夕，相公你還待要候甚的，和俺有情人一搭裡。（方言：一起）
【收江南】	1. 我這畫船權做望夫石，再不能住只，卻不道五湖西子嫁鴟夷。	1. 我把這畫船權做望夫石，便去波莫遲，卻不道五湖西子嫁鴟夷。
【太清歌】	1. 無個外人知大膽，姜維何疑？那廝正販茶船上偃仰和衣睡，黑婁婁鼻息如雷。	1. 無個外人知。那廝正茶船上和衣兒睡，黑婁婁地鼻息如雷。

李本更多俚俗用語，回歸口語習氣，臧本則呈現文人化改編痕跡，注意前後文的照應，如第三折的"扶"和"駕"。

第四折

曲牌	李本	臧本
【粉蝶兒】	1. 投至博的個富貴榮華，恰便似盼辰勾，逢大赦，得樂天改嫁。今日個聖旨宣咱。	1. 比及我博的個富貴榮華，恰便似盼辰勾，逢大赦，得重回改嫁。今日裡聖旨宣咱。
【醉春風】	1. 交我與樊素齊肩。	1. 他教我與樊素齊肩。
【迎仙客】	1. 願陛下海量寬洪。	1. 願陛下海量寬納。
【石榴花】	1. 俺娘門兒倚定等雁行叉。	1. 俺娘把門兒倚定看甚人踏。
【斗鵪鶉】	1. 一個毬子心腸到手滑，奏陛下得這車馬盈門，便是錢龍入家。	1. 一個毬子心腸到手滑，和賤妾勾勾搭搭。但得個車馬盈門，這便是錢龍入家。
	【幺】	【么篇】
【紅芍藥】	1. 聽不下蠻聲氣，死勢煞，怎比那一弄兒江山如畫。	1. 聽不得蠻聲氣，死勢煞，無過在客船中隨波上下。

续表

曲牌	李本	臧本
【紅繡鞋】	1. 他有數百塊名高天下，兩三船玉屑金芽，也待似賈誼昔日沒長沙。說到那堪傷心處，對聖主訴冤咱，都是寄哀書的該萬剮。	1. 他有數百塊名高月峽，兩三船玉屑金芽，元來他准備下一場說謊天來大。本待要綠珠辭衛尉，則說道賈誼沒長沙，可不這寄哀書的該萬剮。
【喜春來】	1. 道是江州亡化白司馬。	1. 既道是江州亡化白司馬
【快活三】	1. 他原來不曾到黃泉下。	1. 可原來不曾到黃泉下。
【鮑老兒】	1. 遠鄉去也，長安避甚，道路兜搭。	1. 今日個君王召也，長安避甚，道路兜搭。
【叫聲】	1. 這裏都是金馬客、玉堂臣，眼花，眼花，我與你偷睛抹。我向這文武班中試尋咱。	1. 這都是一般兒的執象簡戴烏紗，好着我眼花，眼花，只得偷睛抹。去向那文武班中試尋咱。
【剔銀燈】	1. 小的每翰林學士行無多話，從頭認。都不差。今日酒錢兒中待還咱，索動勞你，似陳蕃下榻。	1. 那翰林學士行無多話，則這白侍郎正是我生死的冤家，從頭認，都不差，可怎生妝聾作啞。
【蔓菁菜】	1. 怎敢唬當今駕。正是大睒淡酒、幫人家拖狗皮的措大。妾往常酒布袋將他思量抹，怎想他也治國平天下。	1. 他怎敢面欺着當今駕，他當日為尋春色到兒家，便待強風情下榻。俺只道他是個詩措大酒遊花，卻元來也會治國平天下。
【隨煞】	1. 再不去萬里天涯，你這般愁髻（同"鬢"）蕭蕭將白髮，少年心撇罷，再不去趁春風攀折鳳城花。	1. 恰纔來萬里天涯，早愁鬢蕭蕭生白髮。俺把那少年心撇罷，再不去趁春風攀折鳳城花。

《杜牧之詩酒揚州夢》

楔子

曲牌	李本	臧本
【賞花时】	1. 舞一遍。	1. 舞一迴。
【幺】	1. 我和你同學藝作儒生，吾身三省，意懶出豫章城。	1. 博着個甚功名，教俺做浮萍浪梗，因此上意孏出豫章城。

第一折

曲牌	李本	臧本
【混江龍】	1. 二分明月，十里紅樓。綠水朱闌品玉簫，珠簾繡幕上金鉤； 2. 罷干戈無士馬太平之世，省刑罰薄稅斂富貴之秋； 3. 豬市街，馬市街； 4. 文章客傲王侯峨冠博帶，豪俠士蕩塵埃肥馬輕裘； 5. 一箇箇着輕紗，籠異錦，齊臻臻按冬夏春秋。	1. 三分明月，十里紅樓。綠水芳塘浮玉榜，珠簾繡幕上金鉤； 2. 無； 3. 馬市街，米市街； 4. 無； 5. 大都來一箇箇着輕紗，籠異錦，齊臻臻的按春秋。
【鵲踏枝】	1. 呆答孩	1. 呆打頦
【寄生草】	1. 越顯的宮腰嫋娜纖如柳。	1. 越顯的宮腰嫋娜纖楊柳。
【幺】（【么篇】）	1.（牛云）何勞學士用意也。	1.（牛僧孺云）何勞學士這等費心。
【青歌兒】	1. 沙渚汀洲，宿鷺眠鷗。話不相投，心去難留。	1. 無。
【賺煞尾】	1. 你的話釣詩鉤。	1. 這的是釣詩鉤。

第二折

曲牌	李本	臧本
【端正好】	1. 敬客方和氣春風。	1. 似這等賓共主和氣春風。
【醉太平】	1. 只落的枕邊一夢覺朦朧。	1. 只落的華胥一枕夢初濃。
【么篇】	1. 那裏是困慵睡重。	1. 那裡也情深意重。
【一煞】	1. 我這裡繡被香冷； 2. 解發了紅絨。	1. 我這裡繡被香寒； 2. 解放了紅絨。
【煞尾】	1. 風送紗窗月影橫。	1. 風送紗窗月影通。

第三折

曲牌	李本	臧本
【罵玉郎】	1. 無。	1. 行一步百樣嬌。
【採茶歌】	1. 今日個既得朝雲行暮雨。	1. 既然你肯把赤繩來繫足。
【牧羊關】	1. 成就了繡榻紅鴛，匹配了玉堂金馬。	1. 成就了燕約鶯期，收拾了心猿意馬。

续表

曲牌	李本	臧本
【一煞】	1. 暫相別受此瀟灑。	1. 暫相別受些瀟灑。
【煞尾】/【黃鐘尾】	1. 恐年高，家道乏。縱有奢華豪富家，一任搬調待招嫁。休想大車無輗玉有瑕，敢指平生做賞罰。我直着諸人稱揚眾口誇，紅粉佳人嫁與咱。	1. 恐年過，生計乏。縱有奢華豪富家，倒賠裝奩許招嫁。休想我背卻初盟去就他，把美滿恩情卻丟下。我直着諸人稱揚眾口誇，紅粉佳人配與咱。

第四折

曲牌	李本	臧本
【新水令】	1. 則這淮南郡山水有姓名。	1. 似這淮南郡山水有名姓。
【雁兒落】	1. 本是個牛僧孺門下客。	1. 本為個牛僧孺門下人。
【折桂令】	1. 既能夠鸞鳳和鳴，桃李春榮，贏得青樓，薄倖微名。	1. 既能勾鸞鳳和鳴，桃李春榮，贏得青樓，薄倖之名。

《唐明皇秋夜梧桐雨》

楔子

曲牌	李本	臧本	脉望館本
【端正好】	1. 祿山呵；2. 寡人待與你定奪一些別官祿。	1. 無；2. 寡人待定奪些別官祿。	1. 祿山呵；2. 寡人待與你定奪些別官祿。
【幺】	1. 執軍權做節度漁陽去，破強寇永鎮幽都。國家直到危如壘卵纔防護，成大事，掌權謀。收猛將，保皇圖，開舉選，取名儒，寡人怎肯教閉塞了賢門戶。	1. 且着你做節度漁陽去，破強寇永鎮幽都。休得待國家危急纔防護，常先事，設權謀。收猛將，保皇圖，分鐵券，賜丹書，怎肯便辜負了你這功勞簿。	1. 執軍權做節度漁陽去，破強寇永鎮幽都。國家直到危如壘卵纔防護，成大事，掌權謀。收猛將，保皇圖，開舉選，取名儒，寡人怎肯教閉塞了賢門戶。

第一折

曲牌	李本	臧本	脈望館本
【八聲甘州】	1. 翡翠簾前百媚生。	1. 翡翠簾前百媚生。	1. 翡翠簾前百媚生。

续表

曲牌	李本	臧本	脉望馆本
【醉中天】	1. 重待怎生般巧智心靈。	1. 把一箇米來大蜘蛛兒抱定，攙奪盡六宮寵幸，更待怎生般智巧心靈。	1. 把一箇米來大蜘蛛兒唧定，攙奪盡六宮寵幸，更待怎生般智巧心靈。
【金盞兒】	1. 我看絳紗蒙，翠盤盛。	1. 我着絳紗蒙，翠盤盛。	1. 我着绣紗蒙，翠盤盛。
【金盞兒】	1. 不付能。	1. 不甫能。	1. 不付能。
【金盞兒】	1. 咱今日醉霞觥。	1. 咱日日醉霞觥。	1. 咱日日醉霞觥。
【醉中天】	1. 他把個可喜臉兒擎。	1. 他把箇百媚臉兒擎。	1. 他把個可喜臉兒擎。
【賺煞尾】	1. 心如一雙鈿盒盛；2. 在天同為比翼鳥，在地連理枝生。	1. 長如一雙鈿盒盛；2. 在天呵做鴛鴦常比並，在地呵做連理枝生。	1. 心如一雙鈿盒盛；2. 在天同為比翼鳥，在地連理枝生。

第二折

曲牌	李本	臧本	脉望館本
【粉蝶兒】	1. 坐近雕蘭，噴清香，簪花綻；2. 叫聲共妃子喜顏開。	1. 坐近幽蘭，噴清香，玉簪花綻；2.【叫聲】共妃子喜顏開。	1. 坐近幽蘭，噴清香，玉簪花綻；2. 叫聲共妃子喜顏開。
【紅繡鞋】	1. 則不向金盤中好看，也宜將翠袖擎餐，紗囊光罩水晶寒。	1. 不則向金盤中好看，便宜將玉手擎餐，端的箇絳紗籠罩水晶寒。	1. 則不向金盤中好看，也宜將翠袖擎看，絳紗囊光罩水晶寒。
【鮑老兒】	1. 寧王玉笛。	1. 賢王玉笛。	1. 寧王玉笛。
【古鮑老】	1. 更帶着瑤琴聲範。	1. 更帶着瑤琴音泛。	1. 更帶着瑤琴聲範。
【紅芍藥】	1. 直吃到夜靜更闌。	1. 捱着箇醉醺醺直吃到夜靜更闌。	1. 直吃到夜靜更闌。
【剔銀燈】	1. 假忠孝龍逢比干。	1. 敢待做假忠孝龍逢比干。	1. 假忠孝龍逢比干。

续表

曲牌	李本	臧本	脈望館本
【蔓菁菜】	1. 你好占奸，早難道羽扇綸巾，坐間破強虜三十萬。	1. 你常好是占奸，早難道羽扇綸巾笑談間，破強虜三十萬。	1. 你好占奸，早難道羽扇綸巾，坐間破強虜三十萬。
【滿庭芳】	1. 不見烽火報長安。	1. 不見烽火報平安。	1. 不見烽火報長安。
【尾聲】/【啄木兒尾】	1. 替你愁那巇嶮嵯峨連雲棧。	1. 替你愁那嵯峨峻嶺連雲棧。	1. 替你愁那巇嶮嵯峨連雲棧。

第三折

曲牌	李本	臧本	脈望館本
【新水令】	1. 蹬慵踏。	1. 登慵踏。	1. 蹬慵踏。
【步步嬌】	1. 國家又不曾虧你半霎。	1. 國家又不曾虧你半掐。	1. 國家又不曾虧你半霎。
【攪琵琶】	1. 卿呵，他不如吳太后般弄權、武則天似篡位、周褒姒舉火取笑、紂妲己敲脛覷人。早間把他個哥哥壞了，貴妃有萬千不是，看寡人也合饒過他一面擒拿。	1. 須不似周褒姒舉火取笑。紂妲己敲脛覷人。早間把他個哥哥壞了。總便有萬千不是。看寡人也合饒過他一地胡拿。	1. 卿呵，他不如吳太后般弄權、武則天似篡位、周褒姒舉火取笑、紂妲己敲脛覷人。早間把他個哥哥壞了，貴妃有萬千不是，看寡人也合饒過他一面擒拿。
【胡十八】	1. 便賜死着沙，他一句話生殺。	1. 便不將他刺殺，也將他嚇殺。	1. 便賜死着沙，他一句話生殺。
【落梅風】	1. 怎下的教橫授在馬嵬坡下。	1. 忍下的教橫拖在馬嵬坡下。	1. 怎下的教橫授在馬嵬坡下。
【沽美酒】	1. 活支煞勒殺。	1. 生各支勒殺。	1. 活支煞勒殺。
【三煞】	1. 汝指望長生殿裡當時話。	1. 沒指望長生殿裡當時話。	1. 沒指望長生殿裡當時話。
【太清歌】	1. 都吹落宮花。想他魂斷天涯，散作幾縷兒綵霞。	1. 可怎生偏吹落我御苑名花，想他魂斷天涯，作幾縷兒綵霞。	1. 都吹落宮花。想他魂斷天涯，散作幾縷兒綵霞。
【雙鴛鴦煞】	1. 黃埃散漫悲風刮。	1. 黃埃散漫悲風颯。	1. 黃埃散漫悲風刮。

第四折

曲牌	李本	臧本	脈望館本
【滾繡球】	1. 一樣兒妖嬈。	1. 一段兒妖嬈。	1. 一樣兒妖嬈。
【呆骨朵】	1. 孤辰限難熬，離恨天最高。在時同衾枕，死後同棺槨。怎想馬嵬坡塵土中，把朵海棠花零落了。	1. 則俺這孤辰限難熬，更打着離恨天最高。在生時同衾枕，不能勾死後也同棺槨。誰承望馬嵬坡塵土中，可惜把一朵海棠花零落了。	1. 孤辰限難熬，離恨天最高。在時同衾枕，死後同棺槨。怎想馬嵬坡塵土中，把朵海棠花零落了。
【芙蓉花】	1. 口是心苗，不住的頻頻叫。	1. 卻不道口是心苗，不住的頻頻叫。	1. 口是心苗，不住的頻頻叫。
【伴讀書】	1. 一點兒心焦躁；2. 披衣悶把幃屏靠。	1. 一會家心焦懆；2. 俺這裡披衣悶把幃屏靠。	1. 一點兒心焦躁；2. 披衣悶把幃屏靠。
【叨叨令】	1. 似玳筵前一□笙歌鬧；2. 諸般兒雨聲相聒噪。	1. 似玳筵前幾簇笙歌鬧；2. 則被他諸般兒雨聲相聒噪。	1. 似玳筵前幾簇笙歌鬧；2. 諸般兒雨聲相聒噪。
【倘秀才】	1. 子好把潑枝葉砍做柴燒，鋸倒。	1. 只好把潑枝葉，做柴燒鋸倒。	1. 子好把潑枝葉砍做柴燒，鋸倒。
【滾繡球】	1. 聽迴廊祝誓約，不合把梧桐挨靠；2. 是兀那當時歡會栽排下，今日淒涼廝覓着，暗暗地還報。	1. 轉迴廊說誓約，不合對梧桐並肩斜靠；2. 是兀那當時歡會栽排下，今日淒涼廝輳着，暗地量度。	1. 聽迴廊祝誓約，不合把梧桐挨靠；2. 是兀那當時歡會栽排下，今日淒涼廝覓着，暗暗地還報。
【三煞】	1. 荷花雨翠蓋翻飜。	1. 荷花雨翠蓋翩翻。	1. 荷花雨翠蓋翻飜。
【二煞】	1. 直下的衾寒枕冷，燭滅香消。	1. 直下的更殘漏斷，枕冷衾寒，燭滅香消。	1. 直下的衾寒枕冷，燭滅香消。
【黃鐘煞】	1. 莫不是喫酒樂巴，殿閣前度鈴聲響棧道。似花奴羯鼓敲，如伯牙水仙操。灑回廊嫩竹梢，潤階前百草苗。洗黃花潤籬落，漬蒼苔倒牆角。	1. 莫不是天故將人愁悶攪，度鈴聲響棧道。似花奴羯鼓調，如伯牙水仙操。洗黃花潤籬落，漬蒼苔倒牆角。	1. 莫不是喫酒樂巴，殿閣前度鈴聲響棧道。似花奴羯鼓敲，如伯牙水仙操。灑回廊嫩竹梢，潤階前百草苗。洗黃花潤籬落，漬蒼苔倒牆角。

《玉簫女兩世姻緣》

第一折

曲牌	李本	臧本
【油葫蘆】	1. 那裡有野鴛鴦眼禿刷的黃金殿。	1. 那裡有野鴛鴦眼禿刷的在黃金殿。
【醉中天】	1. 怎生熬煎。	1. 怎生的將我來直恁熬煎。
【後庭花】	1. 渭河邊倚畫船，洛陽城啼杜鵑。	1. 今日在汴河邊倚畫船，明日在天津橋聞杜鵑。

第二折

曲牌	李本	臧本
【集賢賓】	1. 恍惚似啜露飛螢，寸腸千萬結，長嘆兩三聲。	1. 恍惚似墜露飛螢，多嗜是寸腸千萬結，只落的長嘆兩三聲。
【醋葫蘆】	1. 容貌兒實是撐。	1. 看了他容貌兒實是撐。
【金菊香】	1. 想着他錦心繡腹那些才能，雪月風花，天哪！教人怎不動情？即席間小曲兒編捏成。	1. 想着他錦心繡腹那才能，怎教我月下花前不動情。信口裡小曲兒編捏成。
【後庭花】	1. 天心戀秋水明。	1. 空凝盼秋水橫。
【金菊香】	1. 我怕不幾番落筆強施呈；2. 和我這眼皮眉黛不分明。	1. 怕不待幾番落筆強施呈；2. 和我這眼皮眉黛欠分明。
【浪里來】	1. 空教我叫不應。	1. 空教我叫天來不應。

第三折

曲牌	李本	臧本
【金蕉葉】	1. 則見那宮燭明燒銀蠟。	1. 則見那宮燭明燒絳蠟。
【小桃紅】	1. 玉簫年十八，未曾招嫁。	1. 俺新年十八，未曾招嫁。
【禿廝兒】	1. 怎生調戲他好人家的嬌娃。	1. 怎生調戲他好人家，嬌娃。
【幺】	1. 他如今百十萬軍權柄把。	1. 他掌着百十萬軍權柄把。
【絡絲娘】	1. 那裡娶媳婦當筵廝暗喥。	1. 那裡有娶媳婦當筵廝暗啞。
【東原樂】	1.他丈人是萬萬歲君王當今駕。	1. 他丈人萬萬歲君王當今駕。
【拙魯速】	1. 便似井底鳴蛙；2. 你這般握武興威待怎麼。	1. 恰似井底鳴蛙；2. 你這般耀武揚威待怎麼。

第四折

曲牌	李本	臧本
【水仙子】	1. 也是俺官官相畏。	1. 也是俺官官相為。
【甜水令】	1. 因此上弄玉錯投了仙胎； 2. 也是天地安排。	1. 因此上弄玉錯投胎； 2. 也都是天地安排。
【折桂令】	1. 他尚年未衰殘。	1. 他也年未衰殘。
【沽美酒】	1. 翰林院試文才。	1. 鳳池裡試文才。
【太平令】	1. 那壁似狼吃了蠍頭般尋耐。	1. 那壁似狼吃了蠍頭般寧耐。
【絡絲娘】／【絡絲娘煞尾】	1. 還的他思凡債徹，今日個跨鳳乘鸞去也。	1. 不爭你大鬧西川性窄，翻招了個笑坦東牀貴客。

（喬夢符的本子，臧懋循曲子改動處頗少）

《劉晨阮肇誤入天台》①

第一折

曲牌	李本	臧本	脈望館本
【混江龍】	1. 藥爐經卷老生涯； 2. 不慣去上書北闕，棘闈射策，薇省宣麻。捐軀為國，戮力忘家；斬身鋼劍，碎腦金瓜。羨歸湖范蠡，喫酒樊巴。歎鴨鵬掩翅，狼虎磨牙。荒荒秦宮走鹿，漢苑啼鴉。嗚呼越邦勾踐，哀哉吳王夫差；自吊屈原湘水，每懷賈誼長沙。延殘喘車服不取，養終年斧鉞無加。盼庭柯乃瞻檐宇，狎麋鹿而友魚蝦； 3. 羨殺那知禍福塞翁失馬。	1. 伴藥爐經卷老生涯； 2. 不想去上書北闕，不想去待漏東華。似這等鴨鵬掩翅。都只為狼虎磨牙。怕的是斬身鋼劍。愁的是碎腦金瓜。怎學他屈原湘水。怎學他賈誼長沙。情願做歸湖范蠡。情願做喫酒樊巴。 3. 羨殺那知禍福塞翁失馬。	1. 伴藥爐經卷老生涯； 2. 不慣去上書北闕，待漏東華；棘闈射策，薇省宣麻。捐軀為國，戮力忘家；斬身鋼劍，碎腦金瓜。羨歸湖范蠡，喫酒樊巴。歎鴨鵬掩翅，狼虎磨牙。荒荒秦宮走鹿，漢苑啼鴉。嗚呼越邦勾踐，哀哉吳王夫差；自吊屈原湘水，每懷賈誼長沙。延殘喘車服不取，養終年斧鉞無加。盼庭柯乃瞻檐宇，狎麋鹿而友魚蝦。 3. 美殺那知禍福塞翁失馬。
【油葫蘆】	1. 學鴟夷理釣槎。	1. 學嚴陵理釣槎。	1. 學鴟夷理釣槎。
【天下樂】	1. 倦紅塵路徑狹。	1. 倦紅塵路徑狹。	1. 捲紅塵路徑狹

---

① 按：元曲選本名為《劉晨阮肇誤入桃源》。

续表

曲牌	李本	藏本	脈望館本
【寄生草】	1. 那裏想齊家治國平天下。	1. 煞強如齊家治國平天下。	1. 那里想齊家治國平天下。
【么篇】／【幺】	1. 則為那白雲漸漸迷高下。	1. 則為那白雲漸漸迷高下。	1. 則見他白雲漸漸迷高下。
【醉中天】	1. 我是個不求仕東莊措大，休覷的半籌不掛，繁不食吾豈瓠瓜。	1. 我兩個本東莊措大。（太白云）我看你二位生得齊整。像個出仕的人，休認做名題科甲。（太白云）二位可還有甚陪伴的麼。（正末云）若問我陪伴的呵。無非是麋鹿魚蝦。	1. 我是個不求仕東莊措大，休覷的半籌不掛，繁不食吾豈瓠瓜。
【金盞兒】	1. 我是個山中閒宰相，林下野人家。	1. 端的個山中閒宰相，林下野人家。	1. 我是個山中閒宰相，林下野人家。
【後庭花】	1. 識者論不足誇。	1. 無。	1. 識者論不足誇。
【賺煞】	1. 行得這路迢遙芒鞋邐邐遍。	1. 眼見得路迢遙芒鞋邐遍。	1. 行得這路迢遙芒鞋邐邐遍。

第二折

曲牌	李本	藏本	脈望館本
【端正好】	1. 酒力緊。	1. 風力緊。	1. 酒力緊。
【倘秀才】	1.（云）兄弟呵，咱兩個指空畫空。	1.（帶云）兄弟呵，咱兩個莫不被樵夫調哄。	1. 兄弟呵，咱兩個指空畫空。
【滾繡球】	1. 只聽的金鈴犬吠梧桐月，紅袖人歌楊柳風，環珮丁冬。	1.（內做奏樂科）（正末云）這是什麼響。又不是數聲仙犬鳴天上，又不是幾處樵歌起谷中。（帶云）待我聽咱。（做聽科）只聽的環珮丁冬。	1. 只聽的金鈴犬吠梧桐月，紅袖人歌楊柳風，環珮丁冬。

续表

曲牌	李本	臧本	脉望館本
【呆骨朵】	1. 莫不是巫山十二峰。	1. 敢則夢上他巫山十二峰。	1. 莫不是巫山十二峰。
【醉太平】	1. 盼更長漏永。	1. 早忘卻更長漏永。	1. 盼更長漏永。
【叨叨令】	1. 恰做了襄王一枕陽臺夢。	1. 恰做了襄王一枕高唐夢。	1. 恰做了襄王一枕陽臺夢。
【三煞】	1. 忘懷昆仲，揌卻醉顏紅。	1. 贏得我忘懷昆仲，揌卻醉顏紅。	1. 忘懷昆仲，揌卻醉顏紅。
【二煞】	1. 兩意初諧語話濃；2. 無。	1. 兩意初諧語話同；2. 似鶯鶯暗約張生。	1. 兩意初諧語話濃；2. 無。

楔子

（注：李本和脉望館本無楔子，并入第三折中）

曲牌	李本	臧本	脉望館本
【賞花時】	1. 我做甚陽關愁不聽，這的是一段傷心畫怎成？則不是人感慨別離輕，聽兀那樹頭乳鶯他先自啼出斷腸聲。	1. 我做三疊陽關愁不聽，也只為一段傷心畫怎成。則不是人感慨別離輕，聽兀那流鶯樹頂先啼出斷腸聲。	1. 我為甚陽關愁不聽，這的是一段傷心畫怎成？則不是人感慨別離情，聽兀那樹頭乳鶯他先自啼出斷腸聲。
【么篇】	1. 不覺得倒盡沙頭雙玉餅，將到十里短長亭。	1. 揌得個倒盡沙頭雙玉餅，直到這十里短長亭。	1. 不覺得倒盡沙頭雙玉餅，將到十里短長亭。

第三折

曲牌	李本	臧本	脉望館本
【粉蝶兒】	1. 那時待執手臨岐。	1. 不多時執手臨岐。	1. 那時待執手臨岐。
【醉春風】	1. 別是個一壺天地。	1. 別是個一重天地。	1. 別是個一壺天地。
【紅繡鞋】	1. 過了這百千重山路高低。	1. 過了這百千重山路逶迤。	1. 過了這百千重山路高低。

续表

曲牌	李本	臧本	脈望館本
【普天樂】	1. 恰便是幾星霜，多年歲； 2. 往年時將嫩苗跑土栽，今日見老樹衝天立。	1. 曾得個幾星霜，多年歲； 2. 往時節將嫩苗跑土栽，今日呵見老樹衝天立。	1. 恰便似幾星霜，多年歲； 2. 年時將嫩苗跑土栽，今日見老樹衝天立。
【滿庭芳】	1. 全不肯見賢思齊。	1. 全不管長幼尊卑。	1. 全不肯見賢思齊
【堯民歌】	1. 傷悲，傷悲。	1. 傷也波悲。	1. 傷悲，傷悲。
【耍孩兒】	1. 想臨行之時，更將斷腸詩句贈別離，分明是漏泄與肉眼愚眉。道，花當洞口應長在，水到人間定不回，參透了其中意。是一個神仙境界，錯認做裙帶衣食。	1. （帶云）我想臨行之時。怎將斷腸詩句贈別離，分明是漏泄與肉眼愚眉。他道花當洞口應長在，水到人間定不回，參透了其中意。本是個神仙境界，錯認做裙帶衣食。	1. 想起臨行時，更將斷腸詩句贈別離，分明是漏泄與肉眼愚眉。道，花當洞口應長在，水到人間定不回，參透了其中意。是一個神仙境界，錯認做裙帶衣食。
【五煞】	1. 盼殺我也絕纓會，想殺我也龍肝鳳髓，害殺我也蟒首蛾眉。	1. 到今日歸何地，想殺我龍肝鳳髓，害殺我蟒首蛾眉。	1. 盼殺我也絕纓會，想殺我也龍肝鳳髓，害殺我也蟒首蛾眉。
【四煞】	1. 尊席坐步障行，重裀臥列鼎食。	1. 也曾交頸睡並手行，也曾重裀坐列鼎食。	1. 尊席坐步障行，重裀臥列鼎食。
【尾煞】	1. 我是怕春光去了難尋覓。	1. 我則怕春光去了難尋覓。	1. 我則怕春光去了難尋覓。

第四折

曲牌	李本	臧本	脈望館本
【新水令】	1. 道不行乘桴浮海闊，時不遇攀桂仰天高。	1. 行不上巖巒臨澗絕，盼不到宮闕倚天高。	1. 道不行乘桴浮海闊，時不遇攀桂仰天高。
【沽美酒】	1. 豈不聞投之以木桃，報之以瓊瑤。	1. 早着我迷蹤失道，無處訪舊時樵。	1. 豈不聞投之以木桃，報之以瓊瑤。

续表

曲牌	李本	臧本	脈望館本
【太平令】	1. 願聽咱太公家教，抵多少晏平仲善與人交。你若肯扶傾濟弱，我正待追歡取樂。一會價記着想着念着。	1. 但得你天公指教，抵多少晏平仲善與人交。你若肯扶傾濟弱，我可便回嗔作笑。一會價記着想着念着。	1. 願聽咱太公家教，抵多少晏平仲善與人交。你若肯扶傾濟弱，我正待追歡取樂。呀，一會價記着想着念着。
【甜水令】	1. 依舊是路轉峰回，林深樹密，猿啼虎嘯，抵多少攀棲鵑之危巢； 2. 不由人心癢難撓。	1. 元來是路轉峰回，林深樹密，猿啼虎嘯，知他在何處教吹簫； 2. 還怕咱沒福堪消。	1. 依舊是路轉峰回，林深樹密，猿啼虎嘯，抵多少攀棲鵑之危巢； 2. 不由人心癢難撓。
【折桂令】	1. 人立妖嬈。	1. 人立妖嬈。	1. 人并妖嬈。